この賭の行方

スーザン・アンダーセン
立石ゆかり　訳

MIRA®

Skintight

by Susan Andersen

Published by Harlequin K.K., Tokyo, 2007

献辞

愛をこめて、本書を次の方々に捧《ささ》げます。

女性作家にとって最良かつ最高、最も愉快なエージェントであるメグ・ルーリーに。

いつもわたしに笑いと友情をくださり、時には同情もし、食事をともにすることもある同胞たち、ヴィクトリア・アレクサンダー、パティ・バーグ、ステファニー・ローレンス、リンダ・ニーダムに。

そして、いたずらが大好きで、その毛皮でわたしを暖め、優しい声でわたしを慰めてくれた猫のスティックスに。

読者のみなさまへ

　ギャンブラーとショーガールの物語を書きたいと思ったのは、海兵隊員が主人公の三部作をやっと書き終えたばかりのころでした。こうと決めたらてこでも動かないわたしはさっそく机に向かい、執筆を始めました。そして苦労の末、たった今、最後の一語を打ち終えました。ヒロインは、華やかなラスベガスで、ダンスで生計を立てるふたりの脚の長い女性たち。その最初の一冊をみなさまにお届けできて、とても光栄です。ラスベガスだなんて、すてき――そんなふうに思われたのであれば、ぜひ、トリーナ・マコールにそう言ってあげてください。ステージでスポットライトを浴びるために一生懸命努力してきたトリーナですが、この一年はコーラスラインの座を取られないようにするのが精いっぱいという状況に陥っていました。彼女の目標はただひとつ。間近に迫った年に一度のオーディションに合格し、もう一年、契約を更新することです。

　そんなとき、セクシーな瞳と秘密の計画を持ったプロのポーカー・プレーヤー、ジャックス・ギャラガーがラスベガスの町に現れます。そのときから、トリーナとジャックスの人生は大きく狂いはじめました。ジャックスは、実はトリーナが思っていたような男性ではなく、トリーナも、ジャックスが予想していたような女性ではなかったのです。トリーナの持ち物を奪い取るつもりでラスベガスへやってきたジャックスでしたが、彼女に自分のハートを奪われることになるとは思ってもいませんでした。

　嘘《うそ》から始まる関係から幸せな未来をどうやって作り出していけばいいのか、それを考えるだけで、ジェットコースターに乗って上がったり、下がったり、時にはぐるりと一回転する気分を味わうことができました。どうぞ、みなさんもテーマパークのライドに乗った気分で本書をお楽しみいただければ幸いです。

スーザン・アンダーセン

この賭の行方

■主要登場人物

トリーナ・サーキラティ・マコール……ラスベガスのショーガール。

ビッグ・ジム・マコール……トリーナの夫。故人。

ジャクソン（ジャックス）・ギャラガー・マコール……ビッグ・ジムの息子。プロのギャンブラー。

カーリー・ヤコブセン……トリーナの親友、同僚、隣人。

エレン・チャンドラー……トリーナの隣人。元図書館司書。

マック・ブロディ……トリーナの隣人。コンドミニアムの便利屋。

ジュリー＝アン・スペンサー……トリーナの同僚。チームリーダー。

ウルフガング・ジョーンズ……トリーナの新しい隣人。ホテルの警備員。

セルゲイ・キロフ……ロシア系のやくざ者。

イワノフ兄弟……セルゲイの手下。

プロローグ

ラスベガスのカジノバーに入ってきたショーガールの一団を見て、ジャクソン・ギャラガー・マコールはカクテルテーブルにグラスを置いた。これは驚いた。求めよ、さらば与えられん、とはよく言ったものだ。

今夜はついている。なにしろターゲットのほうから、やってきてくれたのだから。ジャクソンは彼女をじっと見つめた。もつれ合った淡い赤毛のカールが鎖骨を優しく撫《な》で、肩からこぼれ落ちた髪は、背中へ広がっている。実のところ、ホテルの劇場でつい今しがたまで見ていた華やかなダンスチーム『ラ・ストラヴァガンザ』のメンバーの中から彼女を見分けるのは至難の業だった。ステージ上のダンサーはみなスタイル抜群で、背の高さもほとんど変わらない。化粧も厚く、揃《そろ》いの衣装を着けている。もちろん、ウィッグも揃いだし、そうでなければ、まったく同じ形の羽根飾りのついたヘッドギアを着けている。違いといえば、せいぜい羽根が一、二本多いか少ないかというだけ。

だが、今、店に入ってきたのは、間違いなく先ほどのメンバーだ。ステージ用の厚化粧はすっかり落とされているとはいえ、何人かは彼がステージの最後に見た露出度の高い衣装のままだからだ。

だが、彼女は違う。ジャクソンは彼女を頭から爪先までじっくりと観察した。彼女を誘惑して家の中に入り込むのには、さほど苦労することはないだろう。足元はヒールの高いストラップサンダルに、ピーチカラーのローライズパンツ、それに後ろ身頃《みごろ》に十字の細いストラップが数本ついているだけの、パンツと揃いのトップといういでたち。そうは言っても、目当ては彼女のボディーではないが。笑い顔も、あの口も、決して上品とはいえない。今も、唇の左端をわずかに上げた抜け目のない笑みを浮かべている。いかにも、並みの女性たちとは比べものにならないほど男をたぶらかしてきた女らしい表情じゃないか。

〝一生に一度の最高にホットな夜を過ごさせてあげる〟と言わんばかりに曲げたあの唇を見てみろ。〝やっと結婚の約束を取りつけた〟と言って父が息子に見せびらかすために送ってきた、プロの手による顔写真の唇とまったく同じ形だ。

結婚証明書のインクが乾かないうちにビッグ・ジム・マコールの未亡人になろうとしていた女の唇と。

1

「ハッピー・バースデー、トリーナ！」

女性たちがいっせいにグラスを掲げ、声を合わせた。さらに誰かが付け足す。「それで、何歳になったの？　三十二歳？」

トリーナ・マコールは全員が座れるようにとくっつけ合ったテーブルを囲む女友達を見回し、唇に笑みを浮かべた。「三十歳よ」さらりと訂正したが、本当は三十五歳だった。ふだんのトリーナにはどうでもいい事実だ。ただ今日は、最後の曲で軽いハイキックをしたあと、左ふくらはぎが肉離れを起こしてしまった。いやでも年齢を考えざるをえない。

友人たちがどっと笑った。「そうそう、そうだったわね」誰かが親しみをこめて皮肉る。ジュニーという名前のダンサーがうなずいて尋ねた。「だとしたら、今日は何回目の三十歳の誕生日？」

「そうねえ。そこまで言うなら……」トリーナはさらに口の端を上げて微笑《ほほえ》んだ。「本当のことを言うと、数字を足していくのはやめたの。これからはアルファベット方式でいくわ……だから、今年は三十とE歳ってことかしら。ジュニー、これだけは言っておくわよ。それ以上、突っ込まないでいてくれたら、あなたの誕生日に年齢の話は持ち出さないって約束する」

「オーケー、取引成立ね」

「何にしても……」離れた場所にいるジュリー＝アン・スペンサーが身を乗り出した。「〈ラ・ファム〉の『クレージー・ホース・ショー』には出られそうにはないわね」

一瞬、場が静まり返った。ジュリー＝アンの言葉が、口調がどれほど親しげでも決して好意的ではないことは、みなが知っているからだ。

「いやな女」カーリーはトリーナの耳元でそうささやくと、そのあとは声をあげて言った。「ジュリー＝アン、ここのテーブルにあなたのほかにも二十五歳になっていない人がいるのかしら？」

〝いないわよ〟――彼女の質問に応《こた》えるようにやじが飛ぶ。

カーリーは改めてジュリー＝アンを見据えた。「つまり、元気で若いあなた以外、誰も『クレージー・ホース』に出演する資格はないということね」

「それは『クレージー・ホース』にとって多大な損失だわ」イヴが言った。

「愚か者には、失ったものの大切さがわからないのよ」ミシェルも声を揃《そろ》えた。

だが、ジュリー＝アンの言葉がトリーナの気分に水を差すのが目的だったなら、彼女のもくろみは成功したようなものだ。トリーナは『クレージー・ホース』どころか、二週間後に迫った年に一度のダンス・オーディションに通るかどうかさえ危うい状況だった。オーディションに通らなければ、今の仕事は続けられない。原因は、十一カ月の間、ビッグ・ジムの看病にかかりきりだったことにある。夫の病状が急速に悪化したせいで、ほとんどダンスレッスンを受けることができなかったのだ。ラスベガスのショーガールにとって毎日のレッスンは、実力を維持するためにも欠かせない。それができなかったトリーナは、一年もたたないうちに、一座のチームリーダーどころかメンバーとしての地位を維持できるかどうかの瀬戸際にまで追い込まれてしまっていた。女性にとって三十五歳は人生の最盛期だが、ダンサーとしては峠を越えたに等しい。この先に待っているのは、滑りやすい下り坂だけだ。

実のところ、ショーに復帰するまでは年齢のことなど深く考えたことはなかった。ダンサーとしてのキャリアの終わりなど、遠い未来のことだと思っていた。自分のキャリアという列車が日本の新幹線のように高速で終着地に突進していることは、わざと考えないようにしていたと言ってもいい。だがその日の朝、トリーナは目覚めたと同時に自分が三十五歳になったことを改めて自覚した。終点に着いてしまったら、いやがおうでも列車から降りなければならない。引退したあとのことを考えていないわけではなかった。いつか、自分のダンススタジオを開く――それがトリーナの夢だ。だが、当分その夢はかなえられそうになかった。

だめ。今は、そんなことを考えている場合じゃないわ。一日のうっぷんが積もっていく一方じゃないの。

そのとき、〝あっ〟という男性の低い声と、〝きゃっ〟と叫ぶかん高い女性の声が聞こえた。何事かと振り返ろうとしたその瞬間、肌が露《あらわ》になったトリーナの肩と背中に、溶けかかった氷のシャワーが降り注いだ。トリーナは驚いて飛び上がった。

「まあ、どうしましょう。トリーナ、ごめんなさい」ウエイトレスのクラリッサだった。黒い網タイツをはいた片膝を床につけてかがみ込み、トレイの上の空のグラスを起こしている。

「いや、ぼくのせいです」男性の滑らかで低い声がした。日焼けした長い指をクラリッサの肘にかけ、彼女に手を貸している。「本当に申し訳ありません。誰もいないことを確認すべきだった」

男性はウエイトレスが立ち上がったのを確認してから、トリーナに向き直った。背が高くて肩幅が広く、やや乱れた茶色い髪は日焼けでまだらになっている。トリーナは一瞬にしてそれを見て取り、次に相手が黒いジャケットの胸ポケットからハンカチを取り出すのを目にした。このジャケット、わたしの一週間分の給料ぐらいはしそう。きっと高価なデザイナーズブランドに違いないわ。

彼はハンカチを持った手を差し伸べ、トリーナの肩についた水滴をそっと拭《ぬぐ》った。「すみませんでした」彼が言った。指が肌に触れないようにしているのか、慎重な手つきで髪を払ってハンカチを当て、空いたほうの手でカールに挟まった水のしたたる氷をつかんだ。眉が濃く、鼻筋は太くて存在感もあるが、骨を折ったことがあるらしい。「グラスが空でよかった。後ろを向いて。背中を拭《ふ》くから」

感情のこもっていない冷静な言葉に、トリーナは何も考えずに回れ右をした。気がつくと、友人たちが目を見開いたり、眉を上げたり、思い思いのうっとりした表情で彼がトリーナの背中のしずくを拭き取る様子を見つめている。その瞬間、トリーナの自衛本能がよみがえった。

トリーナはもともと他人に素直に従うタイプではない。男が少しでも怪しい動きを見せたら、何が起こったのかわからないまま一メートル先まで蹴飛《けと》ばしてやるつもりだった。楽屋口で彼女たちを待ち伏せ、ファイナルショーのトップレスダンサーなら触り放題とばかりに腕を伸ばしてくる男たちの攻撃をかわすのには慣れている。しかし男の手は決してトリーナの肌には触れなかった。水分を吸い取って湿ってゆくハンカチを通して、かすかな熱が伝わってくるだけだ。

「これでよし、と」耳に男の声が低く響いた。彼は手を脇《わき》に下ろし、後ろへ下がった。

「完璧《かんぺき》とはいえないけれど、できるだけのことはさせてもらった」

男に向き直ったトリーナは、相手が予想以上に近くにいることに驚いて後ずさった。そのとたんに椅子にぶつかり、椅子が二本の脚でゆらゆらと揺れた。椅子を整えようとして手を伸ばしたとたん、ハンドバッグを落としてしまった。「ああ、もう……」

トリーナと男は同時に身をかがめた。小さな革のバッグを拾おうと、ふたりの指がからまる。男はすぐに手を引っ込めたが、目の覚めるようなスカイブルーの目でトリーナを見つめ、彼女にしか聞こえない低い声でささやいた。「若いから〝クレージーなんとか〟というショーに出る資格があるっていうあの女性のことだけど……彼女、二十五歳になっていないって言ってた？　でも、三十とE歳のきみのほうがずっとすてきだよ」男はいたずらな笑みを浮かべた。

まあ、盗み聞きしていたのね。しかし、トリーナはむっとするどころか、お腹《なか》の底から笑いがこみ上げてきた。目の前でしゃがむ男を、トリーナは改めて見つめた。左右に大きく広げた膝に当たる部分が伸びて、白くなっている色あせたジーンズ。デザイナーズブランドの軽やかなジャケットの下に着たシルクのTシャツの色は、スカイブルーの瞳の色によく映えている。トリーナはもうずっと長い間、経験したことのない感覚を覚えた。男性的な魅力。純粋で動物的な、男と女が引かれ合う力。トリーナは癖である唇の左端だけを上げた笑みを浮かべ、立ち上がった。「どうもありがとう。今の言葉、今日いただいた中でも最高のバースデープレゼントだったわ」

彼も立ち上がり、立ったままトリーナを見下ろした。「ちょっといいかな」彼がゆっくりと言った。「たぶん無理だとは思うんだが……」彼は首を横に振り、言葉を切った。乱れた髪を手ですき、後ろへ下がる。「いや、やっぱりいい。きっとイエスとは言ってもらえないだろうから」

「何が?」

「なんでもない。あまりに厚かましすぎる」

トリーナは肩をすくめた。だが、心臓は激しく鼓動していた。今、何を言おうとしたのか教えて――喉まで出かかった言葉をかろうじて抑え込む。

すると彼が手を脇に下ろし、細い顎を上げて言った。「いや、やっぱり言おう。明日の朝、一緒に朝食なんていうのはどうだろう? ここのホテルにはすばらしいレストランがあるんだ」

積もり積もったうっぷんの反動か、すぐにでも誘いに飛びつきたい衝動に駆られた。行っちゃいなさいよ――トリーナの肩に乗った小悪魔がささやく。人生は楽しまなくちゃ。今日はいまいましくも三十五回目の誕生日なのよ。たまにはいい思いをしたっていいじゃない。

そのとおり――赤い角の生えた小悪魔が言った。人生に少しぐらい楽しいことがあったって悪くはないわ。

だが、トリーナは衝動に突き動かされるままに行動できるほど若くはない。それになんといっても、四カ月前に夫を埋葬したばかりの未亡人だ。だからイエスと言いたい本心をなんとか抑え込み、丁寧かつ断固とした態度で彼の申し出を断るつもりで口を開きかけた。

ところが、トリーナが話すよりも先に、ジュリー＝アンが口を出した。「お兄さん、せっかくならブランチ、いえ、ランチにしたほうがいいんじゃないかしら。ほら、人生の転機を迎えた彼女には、お肌のために今まで以上に睡眠が必要でしょ」自分のすべすべした若々しい喉を最大限に見せびらかすように頭を後ろへ軽く倒して、ジュリー＝アンは笑った。いかにも内輪ねたに彼を引き込んだかのように。

はっとして二十とウン歳のダンサーのほうを振り返ったトリーナの心に、彼女に対する反逆心が沸き起こった。いったい何が言いたいの？　わたしからリーダーの地位を奪っておきながら、それでも満足できないわけ？　わたしの存在がよほどお気に召さないみたいね。わかったわ。今に見てなさい。トリーナは男を振り返った。「お名前を聞いてなかったわね」

「ギャラガーです。ジャックス・ギャラガー」

ジャックスの声はトリーナの神経全体に響き渡った。「えっと、ジャックス・ギャラガーさん、ぜひ朝食をご一緒させていただきたいわ」

ジャックスはにっこりと笑みを浮かべた。きれいに並んだ白い歯がのぞき、真っ青な目の端には扇形のしわが浮き出ている。「本当に？」

「ええ、本当よ。でも、ジュリー＝アンの言うとおりだわ。昨日までのわたしと違って、年をとると休息が必要なの。だから、よければ十時の約束にしてくださる？　もし用があって時間が押してしまうようなら、九時半でもかまわないけど」

「十時でけっこうです」ジャックスは手を差し出した。

ジャックスの手をつかんだトリーナは驚いた。長くて指先はごつごつしているけれど、すごくパワーを感じる。心の中ではまだ迷っていたが、結局こう答えた。「ところで、わたしはトリーナ・マコールです」

「お会いできて光栄です、トリーナ」ジャックスはゆっくりとトリーナの指を離した。

「よろしければ迎えの車を送りましょうか？」

「いえ、直接レストランへうかがいます」

「わかりました。それでは明日」

「ええ」ジャックスが後ろへ下がるのを見ながらトリーナは答えた。「また明日」くるりときびすを返してすたすたと歩きはじめたジャックスの後ろ姿をトリーナはじっと見つめた。彼はバーを出る手前でいったん足を止め、クラリッサに話しかけている。トレイにお札を数枚置くのが見え、そしてクラップスやブラックジャックのテーブルの間を通って去っていった。すっかり慣れてしまい、ほとんど耳に入らなくなっていた音――一ドル銀貨がトレイに落ちる音や鳴りっぱなしのベルの音、さまざまな電動スロットマシーンの機械音が、意識の中にしみ込んでくる。ジャックスがカジノの奥へ姿を消すと、トリーナは友人たちを振り返った。一瞬、彼女たちをぼんやりと眺めたあと、叫び声をあげるふりをした。

ジュニー、イヴ、ミシェルは本当に叫んだ。ジェリリンとスーとジョーは指でテーブルを打ち鳴らし、驚きの声をあげた。「ヤッホー！」まるでプロ野球の試合でトリーナが決勝点を叩《たた》き出したかのように。

トリーナの最も親しい友人カーリーは、椅子にもたれかかってほっそりした腕を椅子の背にかけ、にやにやしながらトリーナを見上げた。「やったわね、トリーナ！　あれこそ、まさしくバースデープレゼントよ」

ジュリー＝アンは面白くなかった。せっかくトリーナに思い知らせてやる絶好のチャンスだったのに。彼女がショーに復帰してから、どれほどうんざりしてきたことか。すっかり気落ちしたジュリー＝アンは、ハンドバッグのストラップを椅子の背に引っかけてどすんと座り込んだ。それでも、仲間には気取った笑みを見せる。カーリーの言葉を借りれば、まるで自分が特別の〝バースデープレゼント〟をものにしたかのように。

けれどもジュリー＝アンは心の奥底で、自分は何をしているのだろうと思わずにはいられなかった。

翌朝、ジャックスはレストランの真っ白なリネンをかけたテーブルにつき、椅子に背を預けていた。人工甘味料のピンク色の小さな包みを破り、指で挟んでカップに中身を空ける。その間も目は入口を見たままだ。昨夜は予想以上にうまく事が運んだ。だが、トリーナが本当に現れるかどうかは一種の賭《かけ》である。

ウエイトレスには気の毒なことをしたが、作戦は大成功だった。無関係な人間を巻き込むのは主義に反するとはいえ、今回の場合はしかたがなかった。数日間トリーナを観察した結果、ストレートに誘いをかけてもうまくいかないだろうと判断したからだ。彼女が恋人も作ろうとせず仕事一本の未亡人生活を装っていったいなんの得になるのか、ジャックスには想像もつかない。それでも一流のギャンブラーは何かしらのツキには恵まれているものだ。そこでジャックスは自らチャンスを作り出した。良心の呵責《かしゃく》を覚えた分、ウエイトレスにはチップをはずんでおいた。面倒をかけたのと恥ずかしい思いをさせたお詫《わ》びのしるしである。

特に、恥ずかしい思いをさせたことは申し訳ないと思っていた。ジャックスは、昔から必要以上に恥ずかしさには敏感だった。恥をかいて死ぬことはないが、死にたくなることはあるものだ。

まあ、どうでもいい。ジャックスは気持ちを切り替え、トリーナ・マコールに近づいて急速に親しくなった数分間の出来事に思いを馳《は》せた。甘味料の包みを挟んだ手を止め、その短い時間のやりとりを脳裏に浮かべる。

ジャックスは自分で自分の行動にとまどっていた。ジュリー＝アンが年齢のことを大げさに騒ぎ立てたとき、トリーナはかなり動揺していた。それを見た自分は、ためらうことなく利用した。

だが、あれほど簡単に近づきになれるとは思っていなかった。彼女が琥珀《こはく》色の瞳を輝かせ、大きな笑い声をあげたときのことだ。ジャックスは彼女に真実を告げただけだった。三十五歳のトリーナは十歳以上も若いジュリー＝アンより十倍すてきだ、と。彼女のにおいと、淡い赤色のカールした髪が指に当たった感触にかすかな欲望が沸き起こったのは、驚きに値することではない。だが、彼女が大笑いした瞬間、あれほど親しみを感じたのはなぜだろう。いったいどういうことなのか。

そのとき、トリーナがレストランのドアを開けて入ってくるのが見えた。ジャックスは人工甘味料の包みをテーブルの中心に置かれた銀のホルダーに戻し、体をまっすぐに起こした。革張りのソファの背に腕をかけ、さりげなく、くだけた態度を装う。トリーナはウエイトレスに話しかけてから、テーブルの間を縫うように、ジャックスのブースへ向かってきた。

自分を見ているジャックスの視線に気づくと、トリーナは口の左端だけを上げて微笑んだ。ジャックスも笑みを返した。どういうわけか、心臓が激しく鼓動している。

彼女は滑らかで光沢のあるベージュのコットンパンツと、しなやかな素材でできたオリーブグリーンのトップというういでたちだった。ゆったりとしているが、さりげなく体の曲線を引き立てるデザインだ。

なるほど、ぼくに性的魅力を感じているということなのだろう。まあ、そうでなくても別にかまわない。トリーナ・マコールは目的を達成するための手段にすぎないのだから。ぼくが持つべきものを彼女は持っている。ぼくが生き残るために必要なものを。

もちろん、ぼくは死なない。

だから、それを取り返すためならどんなことでもするつもりだ。

2

トリーナはぎりぎりまでレストランに行くのをためらっていた。朝食デートに来られたのは、あれほど礼儀正しく振る舞ってくれた人との約束をすっぽかすなんて失礼よ、と自分に言い聞かせたからだ。しかしウエイトレスのあとをついてレストランの奥へ向かう間も、逃げ出したい気持ちでいっぱいだった。正午のダンスレッスンの前にいくつかすませておきたい用事もある。

だが顔を上げ、テーブル席から自分を見ているジャックスに気づいたとたん、心のわだかまりはすぐに解けてなくなった。

どうしてだろう。まったく知らない人なのに、何か惹《ひ》かれるものがある。ルックスではないわ。人並みのお坊っちゃまタイプだから。ホームレスでないことは確かだけど、うっとりするほどのお金持ちではなさそう。鼻はやや大きめで、顎が少し出ている。特徴のひとつひとつを取り上げれば大したことはない。けれども、全体として見るとバランスがとれていて、魅力的にまとまっているから不思議だ。体は引き締まっていて、トリーナ好みのアスリートタイプ。鮮やかなスカイブルーの瞳にみなぎる力強さは、離れていてもはっきり感じ取ることができる。

テーブルに近づいたトリーナを、ジャックスは立ち上がって出迎えた。ふと気づくと、トリーナの目の高さにジャックスの鎖骨がある。意外だった。ジャックスは想像していたよりも背が高く、肩幅もがっちりしていた。自分がすごく小さくなったような気がした。これは珍しいことだった。ラスベガスのショーガールは、身長が少なくとも百七十センチはないと勤まらない。だから、自分を小柄だと思ったことは一度もなかった。

ジャックスの背の高さに驚いたのは、昨夜はハイヒールを履いていたからかもしれない。今朝は、ストラップ式の踵《かかと》の低いサンダルである。ざっと見たところ、身長は百九十五センチほどだ。体重は百キロ近いだろうが、筋肉は引き締まっている。

ウエイトレスがごゆっくりどうぞ、と声をかけて戻っていくと、トリーナはにっこりと微笑《ほほえ》んだ。「おはようございます」そう言いながら、トリーナは考えた。挨拶《あいさつ》だけでいいものかしら。でも……。迷った末、手を差し出した。ハグをしたり、ましてやキスし合ったりするほど互いのことを知っているわけではないわ。ジャックスの温かい手が、彼女の手を包んだ。その瞬間、とまどいを隠すようにトリーナは咳払《せきばら》いした。わたしったら、何を硬くなっているの？　前はあんなにおしゃべりが得意だったのに。異性とふたりきりで会うのは久しぶりだから、デートのしかたを忘れてしまったのかしら。手がぞくぞくするのを感じたトリーナは、さっと指を引き抜き小声で言った。「遅かった？」

「ご心配なく。時間どおりだよ」ジャックスはトリーナをテーブルにつかせ、それから自分も反対側の椅子に滑り込んだ。「ぼくが早く来たんだ」

　トリーナは小さなハンドバッグを脇《わき》に置き、テーブル越しにジャックスを見つめた。彼は昨夜のとよく似た高級そうなジャケットを着ている。今日は中にグレーのシルクのTシャツを合わせ、黒いジーンズをはいていた。自信に満ち、くつろいだ様子のジャックスを見ながら、トリーナは考えた。この人、いつも女性に気軽に声をかけて、朝食デートの相手を見つけているのかしら。

「念のために言っておくと」トリーナはいきなり切り出した。「いつもなら、まったく知らない相手のデートの誘いを受けることはないのよ」顔をしかめる。「まあ、ゆうべ、あんなに簡単に誘いに乗ったわたしが言っても、信じてはもらえないでしょうけど」

「まさか。信じるよ」ジャックスは眉を寄せて何を言っているのだろうという顔をしたが、すぐに表情を和らげた。そして今度はまじめな顔で、トリーナにメニューを差し出した。

「きみは、それほど軽い女には見えない」

　トリーナは声をあげて笑った。「ありがとう……と言っておけばいいのかしら」

「軽いというより、男を求めてさまよい歩く女と言ったほうがよかったかな。つまり一夜だけの情事――つまり男と行きずりの関係になれる女かどうかということだけど」ジャックスがトリーナを見つめた。「話がまずい方向にいってないか？」

トリーナはにやりと笑った。「話題を変えましょうか」

「賛成だ」

「あなたは、この辺の出身ではないのでしょう？」トリーナはいぶかしげに眉をひそめた。

「実は十代まで住んでいたんだ。戻ってきたのは久しぶりでね」

「つまり、この町に帰ってきたということ？　引っ越してきたの？」

「いや、そうじゃない」

「それじゃあ、出張ね。いやだ、また結論を急ぎすぎたかしら。休暇中なの？」

「どっちとも言える。まずは自分の故郷を懐かしんでいるところさ。その後、仕事に入る」

「仕事って、どんな？」ジャックスが反応するよりも早く、トリーナは手を振ってさえぎった。「待って、当ててみせましょうか」トリーナはじっとジャックスを見つめた。「立派なジャケットね。アルマーニ？」

「ヒューゴ・ボスだ」

「なるほど、高級志向で、かなり保守的。さらにシルクのＴシャツを合わせることでドレッシーかつカジュアルさを強調している。ただ、ジーンズと組み合わせているし……」トリーナは体を横に倒して、テーブルの下をのぞき込んだ。「靴はナイキだから、ＣＥＯではないわね。違う?」

「そのとおり」

「でも、頭はよさそうだし、それにどこか……ワイルドな面もあるわ」トリーナはジャックスの日に焼けた茶色い髪を見つめた。長髪とまではいかないが、平均的なビジネスマンに比べると長めでなんとなくまとまりがない。「芸術系とか? ひょっとしてグラフィック・デザイナー?」

ジャックスは首を横に振った。

「じゃあ、画家か写真家?」

ジャックスは意地の悪い笑みを浮かべた。「そういった方面に進出したこともあるけど、大して面白くはなかったよ」

ジャックスの笑みを目にしたとたん、なぜかトリーナの体の奥がうずいた。ほかにも適当な職業はなかったかしら。気持ちをそらすために、慌てて頭を働かせる。「じゃあＩＴ関係?」

「いや。だが、コンピューターは好きだ」

「大学教授?」

ジャックスは声をあげて笑った。

「それはノーという意味に解釈させてもらうわ。そのジャケット、見かけよりもカジュアルなのかもしれないわね。そうねえ」トリーナはジャックスを見やった。「日焼けしてるわ。もちろん、この町の人たちはほとんどが日に焼けているけど。でも、どうかお願い、サーファーだなんて言わないで」トリーナはぴしゃりと自分の額を叩《たた》いた。「そうよね、ラスベガスにサーファーなんていないもの。それにあなたは〝よう！〟なんてくだけた言葉づかいはしていないし。つまり、それぐらいサーファーだったら誰にでも当てられるってことだわ。まさか、サーフボードのデザイナーってことはないわよね？」サーフィン業界の関係者の会合がこの町のどこかで開かれるって聞いたような気がする。それともスノーボードのデザイナーだったかしら。

ジャックスはまた白い歯を見せて笑いながら答えた。「残念ながら」

「オーケー、降参するわ。ラスベガスへ来た目的は何？」

「ポーカーだ」

トリーナはぽかんと口を開けた。慌てて閉じると腕を伸ばしてジャックスの腕を軽く叩いた。「騙《だま》したのね？　仕事に来たって言ったじゃない！」

「それがぼくの仕事なんだ」

トリーナは驚いてジャックスを見つめた。「プロのギャンブラーなの？」ジャックスが眉を上げるのを見て、トリーナはゆっくりと言った。「正直言うと、そんなこと思いもつかなかったわ」理由はわからないが、急に気分が落ち着かなくなった。結婚するわけでもないのに、彼がどうやって生計を立てようとわたしには関係のないことよ。そもそも深い仲になる前に、向こうがこの町を出ていってしまうかもしれないんだから。

わたしったら、どうしてこんなに落ち込んでいるのかしら。

トリーナが急に無口になったのを見て、ジャックスは考え込んだ。何かまずいことを言っただろうか。正直が最善の策だとは思っていないし、正直の道を貫くつもりもなかった。以前、真っ向からぶつかって目標を達成しようとしたのに、その努力がいっさい報われなかったことがあったからだ。なに、かまうものか。彼女には、捨てるほど金を持った博打《ばくち》打ちだと思われていたほうがいい。プロのギャンブラーなど、世間の目から見ればいかがわしい職業にすぎない。ぼくがプロリーグでどれほどすばらしい成績を上げていたとしても。

そう、ジュネーブでしくじるまでは、ぼくは絶好調だった。へまをした責任はぼく自身にある。その結果、窮地に立たされる羽目に陥ったのもぼく自身の責任だ。

そもそも、彼女を朝食デートに誘ったのは、ふたりで楽しく過ごすためじゃない。とはいえ、すっかり楽しんでいるのは事実だが。トリーナ・マコールを誘惑しようと思いついたのは、彼女の家に招待してもらうにはそれしか方法がないと考えたからだった。家に入り込み、ひとりになるのを見計らって、自分を生命の危機から救ってくれるものをゆっくりと捜し出す――目的はそこにある。

それほど時間はかからないと踏んでいた。彼女はしょせんショーガールだ。簡単に落とせる女であることは、すでに父親が証明してくれているじゃないか。だが、テーブルの向こう側に座る彼女と、彼女のカールのかかった髪や口を見ながら、ジャックスはあまり調子に乗りすぎないよう自分に言い聞かせた。そもそも、自分のエゴのせいで、こんな窮地に立たされることになったんだ。よくよく注意しなければ。この数日間、毎晩のように彼女を観察してきたが、今朝は一緒に食事をしただけで、体がすでに先走ろうとしている。そのうえ、下腹部の動きを抑制することもできないでいるとは。たとえ、彼女が自分が思っていたような女性でなかったとしても、許されることではない。

ジャックスが想像していたトリーナは、頭が悪く欲張りで、ユーモアに欠けた打算的な女だった。そうでなければ、彼女のような若い女性が、父親ほども年の離れた男と結婚するわけがない。ジャックスは父親と暮らしていた当時のことを思い出した。父親は決して穏やかな男ではなかった。だが、金持ちだったことは間違いない。

「ということは、ラスベガスには何度か？」

トリーナの声に、ジャックスは我に返った。とりあえず父親のことは頭の奥へ押しやり、目の前のトリーナに気持ちを集中させる。「いや、帰ってきたのは久しぶりだ。大学を卒業して以来かな。ずっとヨーロッパだったからね。つい最近まではモンテカルロにいた」

「リビエラの？」

「うん」

「いいわねえ」トリーナはふっと息を吐き出して頬杖《ほおづえ》をつき、どこか切なげな、それでいてうっとりした表情を浮かべてジャックスを見つめた。「どんなところか想像もできない。三年前に――ううん、もう四年になるわ、カーリーとメキシコのカンクンで一週間過ごした以外、一歩もアメリカから出たことはないんだもの」

「まさか、冗談だろう?」ジャックスは驚いたふりをしているわけではなかった。トリーナは夫を言いくるめて世界中を旅行して回っていたに違いないと想像していたのだ。もちろんファーストクラスで。その結果、マコール家の財産を使い果たし、ショーガールに戻らざるをえなくなったのだと考えていた。

「冗談のひとつも言えればいいんだけど。残念ながら事実なの。悲しいでしょ?」

「きみのようなすてきなアイルランド人女性が、母国に里帰りさえしたことがないということかい?」

トリーナは唇の左端だけを上げ、〝ほら来た〟と言わんばかりの笑みを浮かべた。「わたしがアイルランド人に見える?」

「違うのかい? その赤毛とマコールという名前から、アイルランド人かスコットランド人のどちらかだと思っていたよ」

トリーナがさもおかしそうに笑った。近くのテーブルのビジネスマンたちが振り向き、彼女に見とれている。

「ワルシャワを経由して、というところかしら」トリーナが言った。「わたしが生まれたのは、ペンシルバニア州の小さな鉄鋼の町よ。あなたは聞いたこともないようなところ。一年半前までは、トリーナ・サーキラティという名前だったの」

「じゃあ、マコールは芸名なのかい？」

「いいえ、夫の姓よ。夫だった人と言ったほうがいいわね。今は未亡人だから」

「驚いたな」ジャックスは椅子にもたれかかった。今回も決して驚いたふりをしたわけではなかった。少なくとも彼女が百パーセント芝居しているのではないことは確かだ。実はジャックスが出した〝芸名〟という引っかけに、トリーナは飛びついてくるだろうと思っていた。彼女の未亡人という言葉はある意味、衝撃的だったと言ってもいい。寂しさとか、懐かしさといった思い出したくもないさまざまな感情がよみがえってくる。「立ち入ったことを聞いて申し訳ない」

「かまわないわ。彼はすばらしい人だったもの」

よほど男を見る目がないらしい。ジャックスは苦々しく思ったが、深く追及するのはやめた。つまらないことにこだわっていたら、いつまでたっても目的が果たせない。

気にせずやり過ごそうとして口を開きかけたとたん、トリーナが言った。「そういえば、あなたを見ていると、どういうわけか彼を思い出すのよね」

ジャックスは驚いてトリーナを見つめ返した。

トリーナは笑った。「わかってるわ。女性に死んだ夫と比較されるほど恐ろしいことはないわよね。ビッグ・ジムは大した教育も受けずに自力で叩き上げた人なの。彼と比べたら、あなたはずっと洗練されているわ。でも、やっぱり、なんというか……似てるのよね……優しいところとか。体も大きいし。彼はまさに男の中の男だった」

やっぱり彼女は嘘《うそ》つきだ。〝優しい〟など、自分の父親とは無縁の言葉だ。それにこのぼくだって、優しくはない。

優しい男になどなれるものか。

だが、〝男の中の男〟という点に関しては否定するつもりはない。父は釣りや狩猟、それにありとあらゆるスポーツを自らプレーしたり、観戦したりするために生きていたような男だった。

父はいつも人の意見ばかり気にしていた。それが見も知らぬ他人の意見であってもだ。その半面、息子の気持ちなどおかまいなしだった。同年代の仲間に認められるように振舞えと、父親に何度脅されたことか。吐き捨てるようにつぶやく父親の声がジャックスの脳裏に響いた。

〝バットは短く持て、ジャクソン。ボールから目を離すな。ばかやろう、なんだ、その女みたいなスイングは！〟

過去の記憶を押しやり、ジャックスは当面の目的に気持ちを集中させた。父の言ったこともひとつだけは役に立った。ボールから目を離すな、という言葉だ。目の前のセクシーな赤毛の女性に目をやったジャックスは、心の中で悪態をついた。トリーナが眉をひそめ、心配そうに自分を見ていたからだった。「ご主人が亡くなってどれくらい？」

「四カ月と少しかしら」

「まだつい最近じゃないか。もちろん、彼はこれからもきみの心の中にいてくれるさ」ジャックスは体をかがめ、トリーナの指先をそっと撫《な》でた。「ご主人が亡くなってから、デートしたのは初めて？」

「ええ。正直言うと、ここへ来た理由が自分でもよくわからないの」

ジャックスは思わず笑みを浮かべた。「本当に？」

「本当よ」トリーナが頬を赤らめた。

「そういうことなら、さっきの〝それほど軽い女には見えない〟発言を取り消すよ。男を最高の気分にさせることをひとつの基準とするなら、ぼくが思っていた以上にきみは食わせものだ」

トリーナは目をみはった。「口の立つ悪魔ね」だが、さりげない口調で言った。「あんまりおだてると、本気にするわよ」

「無理しなくてもいい」ジャックスはにやりと笑った。「きみの正体はお見通しだ。デートの相手に、理由はわからないけど招待を受けることにした、と告げることが、そもそも浮ついた女の証拠だよ、ハニー。実に効果的な誘い文句だ」トリーナがうろたえたのを見て、ジャックスは話題を変えた。「それで、家では子供が待っているとか?」

「いいえ。結婚生活は一年も続かなかったから。ビッグ・ジムには数学にかけては神童と呼ばれた息子がいたのよ。でも、もう独立してしまっていて、わたしは会ったことはないわ」

「どうして?」ジャックスは椅子にもたれかかった。このほうが彼女の言い訳をゆっくりと聞ける。彼女も話しやすいはずだ。

だが、トリーナは苦虫でも噛《か》みつぶしたかのように、唇をぴたりと閉じた。「できれば話したくないの」

父に愛されていなかったという苦々しい思いが、ジャックスの胸によみがえった。だがそのとき、ありがたいことにウエイトレスがやってきた。注文をしながら、ジャックスは考えた。いったいどんな言葉を期待していたのだろう。父親にとって、ぼくは厄介な存在以外の何ものでもなかったじゃないか。ぼくが何年も家から離れていたことで、状況が変わったとでも思っていたのだろうか。そんな希望はとっくに捨ててしまったはずなのに。

いずれにしても、父親にどう思われていたかなど気にする柄ではない。ビッグ・ジム・マコールに認めてもらうことなど、とっくにやめていたのだから。

今はただ、今月末までにトリーナに取り入って部屋に入り込み、父親が最も誇りとしていたサインボールを捜すことを考えなければ。あの貴重な宝の所有権を主張する権利があるのは、ぼくだけだ。手に入れるためなら手段を選ぶものか。とにかくセルゲイ・キロフに犬をけしかけられる前に実行しなければならない。

同時に、ポーカー・トーナメントのラスベガス大会に勝てるだけの集中力も温存しておく必要がある。できれば、まずサインボールを手に入れ、それから大会の心配をしたいところだが。いつの間にか力が入っていたことに気づき、肩を回した。ウエイトレスが注文を書いたメモを閉じ、去っていく。

リラックスしろ。考えすぎだぞ、ジャックス。これまで何事も余裕を持ってこなしてきた自分が、たったひとりのショーガールを落とすのにこれほど苦労するとは。ジャックスはトリーナに小さな笑みを見せた。トリーナは、唇の左端だけを上げ、誘うような笑みを返してきた。

いい調子だ。あとは時間の問題だ。

3

いつ終わるとも知れないプリエの練習に汗を流していたトリーナの目の前に、突然カーリーが現れた。「ハイ」トリーナは驚きながら声をかけた。両膝を外向きに、背中をまっすぐにしたまま体を下げていき、再びゆっくりと戻ってくる。悲鳴をあげる太ももの筋肉のことは考えないようにした。「どうしたの？」

「ふざけないでよね」腕を伸ばして指先を軽くバーに添え、カーリーもトリーナの動きに合わせてプリエを始めた。「レッスンのあと、どうして帰ってこなかったの？」

トリーナは目を開いて見つめた。「スタジオが空いていたから、押さえたのよ」トリーナにはよくあることだ。カーリーもそれは知っている。

「ええ、そうよね。別の日ならそれでもいいわ」カーリーはトリーナの説明をはねつけた。「でも、今日にかぎってはそうはいかないわよ。デートの話を聞くのを、わたしがじっと待っていられると思う？　さあ、白状しなさい！　うまくいった？」

ジャックスとのデート。運よく手に入れた練習時間を無駄にしないためにもレッスンに集中し、断固として抑えつけていたデートの記憶がトリーナの脳裏をよぎった。トリーナはにっこり笑った。

「ワオ、なるほど。うまくいった、ってことでしょ?」

「まあね」

「そうだろうと思ったわよ！　彼、何か惹《ひ》かれるものがあったもの」

トリーナはプリエの半ばでいったん動きを止め、カーリーを追いかけるように再開した。

「わたしもそう思ったの。どこか惹かれるところがあったのよね。でもそれが何かは突き止められそうにないわ」

「あなたと彼って、きっと何か共通点があるのよ。相性がいいんじゃないかしら」カーリーは肩をすくめた。「何か問題でも?」

「問題は大ありよ。どうして彼なの?　しかも、こんなときに」トリーナはカーリーを見つめた。「タイミングが悪すぎるわ。ビッグ・ジムが亡くなってまだ四カ月よ。それにジャックスはラスベガスにずっといるわけじゃないし。彼、プロのギャンブラーだったの」

「嘘《うそ》でしょ?」今度はカーリーが動きを止める番だった。「まったくの予想外ってやつね。だって、靴は光ってなかったし、髪はオールバックじゃなかったし、ギャンブラーと聞いて頭に浮かぶ恐ろしげなイメージはまったくないじゃない」

トリーナは思わず笑ってしまった。ジャックスに会うまで、彼女もカーリーとまったく同じイメージを持っていたからだ。「来週、〈ベラージオ〉で始まるポーカーの大きなトーナメントに参加するそうよ。待って、再来週だったかしら……日程のことはよく覚えてないけど」

「そういうことなら話は別よ。彼は正式なギャンブラーだわ。背の高さと体格の良さはさておき、しばらくラスベガスにいるのも本当ね。それに、あなたを見る彼の目からして、あなたのことを気に入ったのは確かよ」カーリーは頭を傾けた。「あなたもビッグ・ジム以来、初めてデートしたぐらいだから、彼のことが気に入ってるんでしょ。じゃあ、何も問題はないわ」

「わかってるわよ。確かに問題はないわ。でもやっぱり……早すぎる」

「まったく、何を言ってるんだか。大丈夫よ」カーリーは腕を伸ばし、トリーナの肩をぎゅっとつかんだ。「結婚したとはいえ、普通の人では想像できないほど苦労の多い結婚生活だったってことは、お互いわかってるじゃない」カーリーは手を出し、トリーナのカールした髪をかき上げた。後ろでざっとまとめていた髪が、汗で崩れかかっているようだ。

「もちろん、慌てて彼と付き合わなければいけない理由もないわよ」カーリーの青い目は思いやりにあふれていた。「ゆっくりと時間をかけていけばいいじゃない。ただ、まるっきり背を向けちゃうのはどうかと思うけど」

　トリーナは親愛の情をこめてカーリーに笑いかけた。カーリーのさばさばした態度や、非の打ちどころがない容姿、それに短いブロンドをつんつんに立たせたスパイキーヘアを見て、頑固でプライドが高いコンパニオンか何かと誤解する人も多い。確かに近ごろではあまり見ないセクシーなブロンド美女に違いないが、彼女ほど面倒見がよく、このうえなく誠実で、自由奔放かつ官能と母性に満ちあふれた女性をトリーナは知らない。「そういうことなら安心して」トリーナは言った。「今夜の十時のショーが明けたら、また彼とデートすることになっているの。電話番号も教えたわ」

カーリーは叫び声をあげた。「でかしたわね、マイガール！」

「あら、ガールなんて呼び方、おかしくないかしら」スタジオの反対側から第三者の声がした。

トリーナはため息をついた。振り向かなくとも、声の主はわかっている。「また盗み聞き、ジュリー＝アン？」

フローリングを横切って近づいてくるジュリー＝アンが一瞬、苛立《いらだ》ちの表情を見せた。しかし、すぐにいつもの表情に戻り、冷ややかに言った。「哀れなあなたの身の上話になんて、なんの興味もないわ。カーリーの話を小耳に挟んだのは、あくまでも不慮の事故みたいなものよ」

「不慮の事故ですって」カーリーがつぶやいた。「ずいぶんもったいぶった言葉だこと」

ジュリー＝アンはカーリーを無視し、トリーナに向かって言った。「調べてくれればわかるでしょうけど、次はわたしがスタジオを使うことになっているの。わたしね、ラスベガスのショーガールに関するドキュメンタリーに出ることになったのよ。最高の踊りを見せなくちゃいけないでしょ」ジュリー＝アンはトリーナを上から下まで見回し、わざと優しい口調で付け加えた。「でも、まだ途中だっていうなら、場所を貸してあげてもいいわよ。あなたは、人一倍練習しないといけないものね」

ひっぱたいてやりたい気持ちをこらえ、トリーナはにっこり笑った。期待を裏切られて、ジュリー＝アンはさぞかし頭に血が上ったに違いない。「あら、ありがとう、ジュリー＝アン。意外と優しいのね。カーリー、どうする？　もう一時間、体を動かしていく？」

「もちろんよ。これほどうれしい申し出はないわ。ジュリー＝アンはわたしたちのお手本みたいな人だもの。勉強させてもらわなくちゃ。そうでしょ？」

「確かにそうね」彼女はばかじゃないから、わたしたちの嫌味は通じているはず。トリーナは不機嫌そうに顔をゆがめるジュリー＝アンを満足げに見つめてから、カーリーに向き直った。「でも、わたしは一レッスン終えたところに、スーズに無理を言ってスタジオを開けてもらったのよ。あなただって、家で大事なベビーたちが壁をよじ登らんばかりになっているんじゃない？　お腹《なか》減ったよお、って」

「そうだった」カーリーはジュリー＝アンに向かって親しげに微笑《ほほえ》んだ。「それにトリーナはデートを控えていたわね。デートの前ってどんな気分なのか、あなたならわかるでしよ？　もうずっと、ひとりで外出したことはないでしょうから」

ジュリー＝アンはこわばった笑みを見せた。「あなたって、おかしな人ね、カーリー」

トリーナが吹き出した。「やっぱりそう思うでしょ」トリーナはそう言うと、出口に向かって歩きはじめた。カーリーもすぐに追いつき、ふたりはジュリー＝アンにさよならを告げてスタジオを出た。

背後の扉が閉まったとたん、トリーナの顔から笑顔が消えた。「いったい、どういうつもりかしら」通りに出ると、トリーナは言った。乾いた熱風がふたりに吹きつける。「あそこまで嫌われるようなことをした覚えはないわよ」

「あなたのほうが、教え方が上手だからよ」

トリーナは驚いて足を止め、カーリーを見つめた。「どういう意味？」

「あなたの場合、相手にみじめな思いをさせることなく的確に真意を伝えられるの。でも、ジュリー＝アンはお世辞を言いながら、相手に付け入る隙《すき》をうかがっているのよ。わたしはこうしたの、ああしたの、ものすごい上達ぶりでしょ、なんて自慢話を聞きたい子なんか誰もいないわ。本当かどうかもわからないし。それに、メンバーがチームリーダーとして推しているのはあなただってこと、彼女もわかってるわ」

「そういうことだったの」トリーナはもう一度、通りを見下ろした。「あちらを立てれば、こちらが立たず。人生って、そういうものなのよね。でも、悔しいけど、今はわたしよりジュリー＝アンのほうがダンサーとしては優れているわ。それでは、満足できないのかしら?」

「だめよ。あの子、とにかく負けず嫌いなの。何につけても人の上をいかないと気がすまないんだから」

　そんなわがままが許されるなんて、いったいどんな環境で育ってきたのだろう。トリーナにはまったく理解ができなかった。トリーナが育ったのは、規模が縮小される一方の鉄鋼の町だ。人々は定職があるだけで運がいいと思っていたし、誰も他人に優越感を持つ余裕などなかった。食卓にのせる食べ物を買うお金を稼ぐのが精いっぱいだったのだ。「わたしにはさっぱり理解できないわ」トリーナは自分の思いを声に出した。

「それはあなたが立派な労働倫理の持ち主だからよ。働けるようになったとたん、ふたつの仕事をこなしてきた人なんて、あなた以外に知らないわ」

「家族のために働いていただけよ。それでも、ダンスのレッスンだけは続けたかったし」

トリーナにとってダンスは唯一の逃げ場——灰色の世界の中にあるただひとつの明るい場所だった。なけなしのお金をかき集めてでも行く価値のあるところだった。ダンスを習いはじめた当初から、ダンスのレッスンを受ける間だけは、わびしい町を出て、短いけれども輝くような時間に身を置くことができた。

　その気持ちは、両親には理解してもらえなかった。今もわかってくれていない。彼女のことを愛してくれてはいるが、どうして娘が隣人のビリー・ウオジンスキーのような普通の男性と結婚し、自分たちになじみのある普通の生活をして落ち着いてくれないのか、まったく理解できないのだ。トリーナのふたりの姉妹も、町のほかの娘たちもみな、なんの問題もなく若くして結婚し、子供を産んできた。両親にとっては、それが普通の女性の生き方だった。善良なポーランド系アメリカ人女性は、ラスベガスへ逃げ出したりはしない。ましてや、裸同然でステージの上でスプリットをしたりハイキックをしたりするなどもってのほかだ。

「どうしたの？　ぼうっとして」

トリーナは苦笑いした。「前に家族が来たでしょ？　あのとき見てもらったのが八時のショーでよかった、と思って」

カーリーはにやりとした。「確かに。あのショーの衣装だけで十分ぎょっとしていたもの」

「あれだけでも、父は〝裸同然じゃないか〟って言っていたわ。トップを取っていたらどうなったと思う？　三十歳を超えていようがなんだろうが、おかまいなしよ。きっとわたしの髪をつかんで家に連れ帰っていたでしょうね」

「衣装で思い出したわ――厳密には違うけど、まあそのようなものだから。ルーファスったら、買ったばかりのわたしのダンスシューズに何をしてくれたと思う？」カーリーは最近やってきたばかりの子犬の話を始めた。カリフォルニア州との境に近い州間ハイウェイの脇《わき》に捨てられていた雑種犬で、カーリーが見つけて飼いはじめたのだった。駐車場に着くまで、ふたりはルーファスについておしゃべりを続けた。

とりとめのない話をするうち、トリーナの心の中から、ジュリー＝アンに嫌われている、両親が彼女の生き方に当惑し賛成してくれない、お金や仕事への不安がますますつのっていく、といった悩みがいつの間にか消えていった。トリーナの顔に笑みが浮かんだ。かつてビッグ・ジムに〝おまえたちの話の種が尽きることはないのかね〟と訊《き》かれたことを思い出したのだ。もちろん答えはノーである。トリーナとカーリーの出会いは、十一年以上前の『ラ・ストラヴァガンザ』の公開オーディションだった。ふたりはすぐに意気投合し、それ以来、困ったことといえば、おしゃべりの話題をしぼり込むことぐらいなものだ。

やがてトリーナはカーリーと別れ、ひとりで車に乗り込んだ。とたんに忘れていた悩み事が舞い戻ってきた。だが、しばらくはなんとか無視することができた。家に着くと同時に、定期的に行う大掃除に取りかかったからだ。散らかったコートクローゼットに足を踏み入れた。山積みの箱の上に野球のボールがある。ボールをしまってあるプラスチックのケースを手に取って床に座り込み、複雑な気持ちで眺めた。

それは、ビッグ・ジムが宝物のように大切にしていた古い野球のボールだった。一九二七年のワールドシリーズのホームランボールで、当時十二歳だったビッグ・ジムの父親がキャッチし、〝殺人打線〟と称されたニューヨーク・ヤンキースのメンバー全員にサインをもらったものだ。コレクターにとっては喉から手が出るほど入手したい一品で、ちょっとした財産になるほどの価値があるらしい。だが、ビッグ・ジムにとって、このボールはスポーツ史に残る歴史的価値のある品というよりは、マコール家に伝わる家宝だった。彼がボールを誇りにしていたことを、トリーナは懐かしく思い出した。

しかし、彼女の奥底にはそれだけでは満足できない欲張りな心も、見え隠れしていた。トリーナはボールの箱を元の場所にそっと戻した。ここの掃除はまた今度にしよう。トリーナはクローゼットを出て、扉をばたんと閉じた――誘惑に負けそうな自分を切り離すかのように。この一週間、リチャードソンという名の弁護士から受けた電話の内容を、何度心の中で思い返したことだろうか。匿名希望のクライアントにボールを売ってほしい、という依頼の電話だった。驚いたのは、その金額だ。

それだけのお金があったら……。いやがおうでもトリーナの期待は広がった。カーリーにも言われたとおり、トリーナはこれまで必死になって働いてきた。十八歳で家を出たあとも、ふたつの仕事をずっとかけ持ちしてきた。仕事をひとつに減らしたのは、〈アヴェンチュラト・リゾート・ホテル・アンド・カジノ〉で『ラ・ストラヴァガンザ』のショーに出演するようになり、わずかながらも将来の蓄えができてからのことだ。だが、残念なことに昨年、その蓄えをほとんど使い果たしてしまっていた。弁護士の申し出た金額に心が揺らいだのはそのせいだ。サインボールを売りさえすれば、財政的な不安はなくなる。

年に一度の『ラ・ストラヴァガンザ』のオーディションが近づいた今、今年の合格は無理かもしれないという不安がトリーナを苦しめていた。自分にとって特別だったものを失いはじめていること、夢を現実にするためにひたすら努力してきたプロダンサーとしての人生が終わりに近づいているということが、いやでたまらなかった。だが、それよりも心配なのは、経済的に不安定な生活に逆戻りしてしまうかもしれないという現実だった。サインボールの売却の依頼は、そんな矢先に降ってわいた話だ。〝そんなふうにならなくてもすむ方法があるじゃない〟という思いが、トリーナの頭の片隅を離れることはなかった。リチャードソンが申し出たお金があれば、ダンススタジオを開くための軍資金になるばかりか、スタジオの運営が軌道に乗る前の数カ月をなんとかやり過ごすこともできるだろう。軌道に乗れば、あとはなんとかやっていける。カーリーも言ってくれたように、教えるのには自信がある。それが、買い取りの申し出に飛びつかないよう自分を抑えるのに苦労する点だった。

問題はビッグ・ジムの願いをトリーナが知りすぎていることにある。彼は、サインボールを息子に譲りたがっていたのだ。

ジャクソン・マコールのことは、思い出すだけでもいまいましい。どれほど頭を悩ませても、彼にサインボールを相続する資格があるとは思えないからだ。

トリーナは深々と息を吸い込み、ゆっくりと吐き出した。あんな息子のせいで、楽しい今日の一日を台無しにされてしまうわけにはいかないわ。オーディションの日まで、これ以上のストレスをためたくはない。再び深呼吸をしながら、トリーナは両手を広げた。時間やエネルギーはもっと生産的なことに費やさなければ。例えば、今朝のジャックスとのひとときを思い出したり、今夜の楽しいデートをイメージしたり、とか。緊張が少しずつほぐれていき、トリーナは最後に大きく息を吐き出した。大丈夫、なんとかなるわ。

ろくでもないどら息子のことで思い悩むより、すぐ手の届くところにいるすてきな男性のことを考えたほうがいいに決まっている。

4

ジャックスは最高の気分だった。計画は予定どおりに進行しているし、ラスベガスのショーガールとベッドインできる見込みも出てきた。そのうえ、最高五千ドルまでしか賭《か》けられないこのテーブルでポーカーを始めて三時間がたち、現時点で四万三千ドルの儲《もう》けが出ている。

人生とはすばらしいものだ。

ジャックスはほかのプレーヤーに目をやった。右側の美女は、見事なほどのポーカーフェースだ。女性に隠れるように座っているアジア人の男も顔色ひとつ変えていない。その隣にいる男は三年連続でオールスター・ゲームに選ばれた人気のあるプロ野球選手である。球場のダイヤモンドでどれほど観客を感動させられるかは知らないが、本人は気づいていない癖がふたつあった。手が悪いにもかかわらずはったりをかけようとするときは左目をやや細め、いい手が揃《そろ》ったときは、一度大きく開いたカードをさっと閉じるのだ。

ジャックスの目の前にあるチップの山の大半は、ミスター・オールスターから巻き上げたものだった。

ウエイトレスがカクテルを勧めてきたが、ジャックスは笑顔を見せて断った。そのとき目の端で赤毛の女性をとらえた。前かがみにしていた体を起こし、首を伸ばして群衆のほうを見やった。何を慌てているんだ。ジャックスは自分に言い聞かせて腕の力を抜き、再びテーブルに向かってかがんだ。

トリーナではなかった。赤毛は赤毛でも、トリーナの髪はもっと淡い赤色だ。あれほど濃くはない。まあ、トリーナと勘違いするのも無理はない。実のところ、彼女はぼくが目標を達成するための障害物であることは確かなのだから。

そのとき、ジャックスの心臓が激しく鼓動しはじめた。なに、脈が速くなったのは、ぼくも赤い血の流れた人間であることの証拠にすぎない。セクシーなショーガールを見て、エンジンの回転数が上がらないほうが変だ。彼女とのベッドインを楽しみにして何が悪いものか。要は、快楽に溺《おぼ》れて本来の目的を忘れないようにすればいいんだ。

どうやら集中力が途切れてしまったらしい。ジャックスはチップを換金してクラブソーダを買い、近くのパイガオポーカーのテーブルに向かった。ポーカーテーブルからさほど離れていない場所にある装飾用の柱にもたれ、ゲームの進行状況を眺めた。

「おれのサインボールはどうした？」

くそっ。ジャックスは柱にかけていた足を下ろし、けだるげに体を起こした。心地よい気分を台無しにしてくれる男は、セルゲイ・キロフしかいない。

「まだ手に入れてない」ジャックスはロシア人のセルゲイを見ながら淡々とした口調で言った。「時間がかかると言っただろう」

「チッチッチッチッ」セルゲイが言った。「すでにカウントダウンは始まっているぞ」

両脇《りょうわき》に立つふたりの大柄な男たちが、まるでセルゲイがウィットに富んだ冗談でも言ったかのように大笑いした。だがジャックスはセルゲイをじっと見つめ、心の中でつぶやいた。いまいましいおたく野郎め。

ラスベガスだけあって、セルゲイの風采《ふうさい》もほかの場所ほど異様には映らない。黒髪をオールバックにして口元に冷笑を浮かべた男は、町のいたるところに存在する。エルビスのそっくりさんが、結婚式で普通に聖職者の務めを果たしている町なのだから。もっとも、このロシア人の大金持ちはその格好でヨーロッパのバプテスト教会で開かれた結婚式に出席し、ばかみたいに目立っていた。

相手がセルゲイでなければ、精神的に優位に立つためにわざと気取ったふりをしているのだと思っただろう。だがセルゲイは、今は亡き偉大なるロックンロールキングを心底から崇拝している。エルビス・プレスリーから野球にいたるまで、アメリカ的なものにはとにかく目がない。執着できるだけの金も持っている。セルゲイは、ジャンプスーツのジッパーをへその辺りまで下ろしていた。その胸元でからまるゴールドチェーンをジャックスは見つめ、首を横に振った。

「あのボールがほしいんだ」ロシア人が言った。

「やるから心配するな。前にも説明したが、父親の遺産が考えていたよりもややこしいことになっているんだ」相続した財産の中にサインボールが入っていなかったことは黙っておいた。もちろん、トリーナの名前を持ち出すつもりはない。セルゲイはロシアのマフィアとつながっているという噂《うわさ》もある。あのショーガールが金目当てで結婚するような女であっても、彼女の命を危険にさらすわけにはいかない。そうだ、彼女のせいでぼくがボールを手に入れられないと知れば、セルゲイはおそらく彼女に危害を加えようとするだろう。「トーナメントが終わるまでには手に入れる。約束どおりにな」

「楽しみに待ってるぜ」セルゲイはそう言うと、指を鳴らしてボディーガードに合図し、ふたりを両側に従えて歩き去った。まるで、派手な白いジャンプスーツを着たエルビス気取りのロシア人に寄り添う二羽の黒いからすだ。

ジャックスはふっと息を吐き出すと、もう一度柱に寄りかかった。よくもずぶの素人のようなまねをしたものだ。セルゲイの策略にはまってむざむざとサインボールを失うことになるとは。

子供のころ、父の望みどおりのスポーツ選手になろうとして大失敗した。あのとき以来の失態ぶりだ。そもそも、セルゲイに祖父のサインボールの話などするべきではなかった。

トーナメントで各地を転々としているジャックスは、私生活を人に語ったことは一度もなかった。セルゲイの終わりのない自慢話に嫌気が差したジュネーブでのあの夜までは。

だが、少し大げさに反応しすぎた。父親が亡くなったという知らせは受け取ったものの、もともと親子の仲がうまくいっていたわけではない。母がまだ生きていたときからビッグ・ジムはあまり家にいなかった。母の死後はなんとか父に好かれようと努力したが、徒労に終わった。三学年を飛び級し、年上の同級生にどう接していいかわからなかった天才少年にとって、人生はあまりに過酷だった。ジャックスは父が母のように自分のことを誇らしく思ってくれればいいのにと願った。だが、ビッグ・ジムは息子が〝普通の子供〟であることを求めていた。

ぼくには〝普通の子供〟というカードがなかったんだ。ジャックスは苦々しく思い返した。父とはあらゆることで衝突した。十四歳でマサチューセッツ工科大学《MIT》工学部への奨学金の全額給付に飛びついたのは当然の結果だった。ＭＩＴへの入学を希望していたからという理由だけではない。むしろアメリカ国内でビッグ・ジムから少しでも離れることができればいいという思いのほうが強かった。

だが、ＭＩＴへ行ったのは自分にとってもよかった。ラスベガスでは、父親の期待に応《こた》えようとするあまり、息の詰まる毎日を送っていたからだ。チームプレーが求められるスポーツが苦手でも問題なく生きていけることに気づいたのは、ＭＩＴのあるケンブリッジに行ってからだった。同級生は、数理に明るいジャックスを高く評価してくれた。口うるさい父親から離れたことで、ジャックスはおどおどしなくなり、三年間の速成プログラムを受ける間に自分が想像していた以上に肉体的にも成長した。卒業後も、自分を敗者のように思わせていた環境にはできるだけ戻らないようにしていた。

とはいえ、まだ十代半ばのジャックスは、大人の世界においてはほんの子供にすぎなかった。授業中どれほどクラスメートを彼の才能で圧倒したとしても、いったん授業が終わればそれまでだ。クラスメートはビールを飲みに行き、ジャックスはテレビゲームをするために寮へ戻る。ただ、卒業後、我勝ちにシンクタンクに採用されたことは言うに及ばず、年長のクラスメートに自分の頭の良さを認められたことは、まさに彼に勝ち組意識を植えつけた。

父親について言えるのはそこまでだ。ジュネーブでのあの夜の一件を受け入れられない理由もそこにあった。

ジャックスは頭を振った。こんなことを考えていては、時間とエネルギーの無駄だ。しかし、ぼんやりと中空の一点を見据えながらも、なんとしてもサインボールを手に入れざるをえなくなったあの夜のことを頭から拭《ぬぐ》い去ることはできなかった……。

父さんが死んだ。ジャックスは首を振って頭をすっきりさせ、もう一度、弁護士の手紙を読み返した。きっと何かの間違いに決まっている。だが、やはり手紙には父がすでに他界していること、それも二カ月近くも前に死んだことが書かれている。ジャックスの居所がわからず、臨終を知らせることができなかったらしい。確かに誰を責めるわけにもいかない。ビッグ・ジムと金目当ての新妻に居場所を教えなかったのは、自分なのだから。

ジャックスは手紙をデスクにそっと置き、部屋のミニバーへ向かった。ミニボトルを二本取り出し、中身をグラスに注《つ》ぐ。ストレートのまま一気に飲み干すと、もう一度ダブルで注ぎ、グラスを窓際へ持っていった。グラスをすすりながら、アルプス山脈を眺める。前日にジャックスを圧倒した広大な眺めも、このときはまったく目に留まらなかった。

気がつくと、胸に手を当てていた。心にぽっかりと穴があいたような気分だ。

父親とは疎遠だったことを考えると、死んだと聞いて悲しい思いをする理由はないはずだ。そもそも自分が悲しく思うわけがない。大人になって以来、ジャックスは論理と確率を中心に人生を構築してきた。だからこそ、どうしてそれほど悲しいのかがわからず、ジャックスは途方に暮れた。その間も心の穴はますます広がり、悲しみはますます深まっていく。ジャックスは叫び声をあげたい衝動に駆られた。

ちくしょう。ジャックスはカードキーをつかみ、部屋を飛び出した。ホテルのバーへ行き、気持ちをまぎらわそうとした。

二十分後、セルゲイ・キロフがラウンジに入ってきた。ふだんならば、セルゲイなど相手にしなかっただろう。しかし、酒はすでに四杯目に入っている。言葉が通じる者はまわりにいないし、何より心の中のわだかまりを早く消し去りたい。ジャックスは旧知の友人のように親しげに挨拶《あいさつ》した。

カウンターへ向かおうとしていたセルゲイが、ジャックスのテーブルにやってきた。

「やあ、ジャックス。こんなところで会うとは珍しいじゃないか」

「まあな。ひとりでいるのに飽きたんだ」ジャックスはさっとセルゲイを見やった。トップステッチの入った黒のデニムスーツを身に着け、太い縞《しま》模様のモノトーンのTシャツを下に着ている。「当ててみせようか。《監獄ロック》時代のプレスリーだろう？」

「ご名答」セルゲイはにこやかに笑い、ジャックスの抜け目のない瞳を見返した。「わかってくれないやつが多くてね。気に入ってくれたかい？」

「なかなかいかしてるぜ」

「あ、り、が、とう！　やっぱりおれのプレスリー姿は最高だろ」

セルゲイに言わせれば、自分は何をやっても最高らしい。反論しそうになったが、こんなやつに腹を立ててもしかたないと思い、言葉をのみ込んだ。「なんとでも言ってくれ。ところで、最近はどうだ？」

セルゲイはウエイトレスにオーダーすると、ジャックスに注意を引き戻した。「聞いて驚くな。一九二七年のワールドシリーズの野球カードコレクションがようやく揃ったんだ」

子供のころいやというほど耳にした言葉を聞かされ、ジャックスは思わず動揺した。だが、なんとか表情を変えることなくテーブル越しにセルゲイを見やった。「収集家とは知らなかった」

「世界一のコレクションだ。誰にも負けない自信がある。ワールドシリーズの公式プログラムに、ハーブ・ペノックが四戦目と最終戦に勝利したときに使っていたバットやニューヨーク・ヤンキースのチーム写真、それにパイレーツの野球カードは全種類、揃っているぜ。ヤンキースのカードも揃っているが、一枚だけ足りなくてな。だが今日、ようやくレアなアール・コームズのカードが手に入った」セルゲイは満面の笑みを浮かべた。「これで名実ともに世界一のコレクションというわけだ」

これまでジャックスはセルゲイの自慢話をどうにか聞き流してきた。実際、二分前にもそうした。だが、もはや我慢の限界だ。グラスを持ち上げ、縁越しにセルゲイを見やった。「ぼくはそのシリーズの第一号のホームランボールを持ってるぜ」酒をすすりながら、ジャックスは言った。

セルゲイがジャックスを見つめた。「ベーブ・ルースのか？　第三回戦で満塁ホームランになった？」

「ああ、しかも殺人打線のサイン入りだ」

「売ってくれ」セルゲイは両手でテーブルを叩《たた》いた。「いくらだ？　金は払う」

「あいにく売り物じゃないんだ」簡単にノーと言うだけでは面白くない。今日は一日中、最悪の気分だったんだ。ここらで少しくらい楽しんだっていいだろう。「ぼくにとっては少々思い出深い品でね。祖父が試合を見に行ってキャッチしたボールなんだ。祖父の死後は父親の手に渡り、今はぼくのものというわけさ」また心臓がえぐられたかのように心が痛んだ。ジャックスはバーボンを飲み干した。

驚いたことに、セルゲイは何も言わずにウエイトレスを呼んだ。酒をさらに二杯飲んだあと、セルゲイがドローポーカーをやらないかと提案した。ビッグ・ジムのことを思い出していたジャックスは、セルゲイに注意を引き戻した。ありがたい。余計な感傷に浸るのはごめんだ。ジャックスのプロ魂が最も基本的な注意事項を耳元でささやいた。ゲームに完全に集中できないなら、プレーをするな。なに、これまで一度も試合以外でライバルとゲームをしたことがないから不安に感じるだけだ。ジャックスはセルゲイににやりと笑ってみせた。「面白そうだ」

五分後、ふたりはジャックスの部屋にいた。窓際の小さなテーブルを片付け、カードを一組と財布の中の現金を置いた。金額はセルゲイのほうが明らかに多い。ジャックスはふらつきながら金庫へ向かった。しまってあった金を持って振り向くと、セルゲイはデスクの前に立ってビッグ・ジムの弁護士からの手紙を読んでいた。

激しい怒りが喉をこみ上げてきた。「手紙に触らないでくれ」

セルゲイはそっと手紙を置き、ジャックスに向き直った。「親父《おやじ》さんが死んだのか。気の毒なことだったたな」

ジャックスは肩をすくめた。「大したことはない。ほとんど付き合いはなかったんだ」

ジャックスはテーブルを指した。「始めよう」

ジャックスは負け続けた。まったく勝負にならない。五手目のカードを見下ろしながら、かろうじて働いている脳細胞を使い、そろそろ潮時だ、今夜はこれでお開きにしよう、と判断した。

ひとりでしゃべり続けていたセルゲイは、テーブル越しにジャックスを見つめた。「父親と息子っていうのは、奇妙な関係だよな」

ぼんやりした頭に危険信号が灯《とも》った。「父親の話はしたくない」

「おれの親父は共産党員だった。気に入らない男だったが、認めてほしいとは思っていたよ。何枚交換する？」

ジャックスは手持ちのカードをじっくりと眺めた。万が一の希望に賭けるしかないが、期待はできない。

「おまえも、父親に認められるために努力をしたのか？」

「努力をしたらどうだと言うんだ？　一晩中しゃべり続けるのか、それともゲームを続けるのか、どっちだ?」ジャックスはそう言ってストレートに不要なカードを引き抜くと、さっとテーブルの上に捨てた。「二枚もらおう」

よし、ストレートドローだ。セルゲイが二枚カードを取ったのを見て、ジャックスはポットに百ドル札を三枚置いた。

セルゲイは自分の賭け金に視線を送り、七千ドルに上げた。

ジャックスは残りの現金を数えた。もうあまり残っていない。あきらめたほうがよさそうだ。

「おれは、世界一のポーカー・プレーヤーだ」セルゲイが自慢げに言った。「金を節約するためにも、ラスベガスのトーナメントはパスしたほうがいいぞ。勝つのはおれだからな」

まずい。金庫にも金は残っていないし、セルゲイがATMに行かせてくれるとは思えない。「借用証書を書かせてくれ」

「サインボールでいいぞ」

なんだと?　ジャックスはぼんやりと考えた。手は悪くない。「紙をよこせ」

ジャックスは借用書を書くとポットに投げ込み、カードを表に返した。キングハイのストレートだ。

セルゲイも札を返した。2のフォーカードだった。

一瞬、ジャックスはめまいがした。気持ちを集中させるのに、どれほど苦労したことか。待てよ……。失ったのが祖父のワールドシリーズのサインボールであることを、ジャックスは思い出した。腹の中がよじれ、吐き気がする。だが、賭《かけ》は賭だ。

セルゲイが出ていったあとも、ジャックスは長い間テーブルに向かっていた。サインボールを失ったことを思い、それによって自分の人生がどう変わるのかを考えた。サインボールが惜しいわけではない。あのボールはジャックスが覚えているかぎり、いまいましい存在でしかなかった。ジャックスと父親の不仲の象徴のようなものだったのだ。

それなのに、この喪失感はなんなのだろう。軽蔑《けいべつ》する男に裏をかかれたせいだ――ジャックスは自分に言い聞かせた。父親が大切にしていたものを不用意に他人の手に渡してしまったこととは、なんの関係もない。

自分の集中力が足りなかった。

それだけのことだ。

ジャックスは首を振った。思い出に浸っている場合ではない。くよくよしても、今さら状況は変えられないんだ。

チップを現金化するのが早すぎたのかもしれない。今、自分に必要なのは、一組の新しいカードのすべすべした感触や、大量のチップが指の間を滑ってぶつかり合う音だ。それに、緑色のフェルトやそわそわしたプレーヤーから発せられるにおいを吸い込まなければ。

　この十数年というもの、ギャンブルはジャックスにとって欠かせない存在だった。ギャンブルに教えられたことがひとつあるとすれば、どれだけ努力しても人生は時にとんでもない方向へ向かう可能性があるということ。

　それでも、やり直しがきくのがポーカーゲームのいいところなのだが。


「ねえ、トリーナ」楽屋で、ジェリリンという名のダンサーがトリーナを呼んだ。「できたてほやほやの新しい彼氏について興味深い噂を聞いたわよ」

ドーランを拭《ふ》き落とし、顔からハンドタオルを離したトリーナは、楽屋のおしゃべりがトーンダウンしたことに気づいた。鏡をのぞき込むと、ジェリリンが歩いてくるのが見える。トリーナが振り向く前に、ジェリリンは体をかがめ、鏡の中のトリーナと目を合わせた。

「ここ、取れてないわよ」ジェリリンは、ドーランが残っている左耳の脇を指さした。

「まあ、それはいいとして」トリーナがドーランにタオルを当てると、ジェリリンは続けた。「わたしも男ができたのよ。ドニーと言ってね、ワールドポーカーの大ファンなの。トーナメントのテレビ放送を見るために生きているような男なのよ。信じられないかもしれないけど」ジェリリンは首を振りながら、トリーナの横の空いたスツールにどすんと座り込んだ。「ただラッキーなことに、ベッドの中では最高なの。そうでなければわたしたちにはなんの共通点もないんだけどね」そう言って、ジェリリンは手をひらひらと振った。

「まあ、そんなことはどうでもいいのよ。実はね、ドニーに、ゆうべのあなたとジャックスの話をしたの。それでね、あなたが〝えっと、ジャックス・ギャラガーさん、ぜひ朝食をご一緒させていただきたいわ〟って言ったところに話が差しかかったとき、彼がいきなり大騒ぎを始めたのよ。ねえ、あなたのジャックスが、今月末に〈ベラージオ〉で開かれるポーカーの大きなトーナメントに出るってこと、知ってた？」

「ええ、今朝聞いたわ」

「ランキングのことは言ってなかった？　彼、ものすごく有名なんですって。ドニーによると、ここ数年の優勝者の中でも五本の指に入るらしいわよ。儲けた金額は半端じゃないみたい」

「おまけにすてきだし」ミシェルの声だ。同じ明かりのついた鏡の前に座っているが、トリーナからはかなり離れた場所にいる。

「へえー、なるほどねえ」イヴは小声でつぶやき、トリーナに向かってにやりと笑った。

「お金もセックスアピールもある男ねえ。トリーナ、まさにジャックポットを当てたようなものじゃない」

「ねえ、わたしが出演するテレビの特別番組のこと、話したかしら？」ジュリー＝アンがいきなり話に割り込んだ。

「うんざりするほどね」シャワールームから出てきたカーリーが答えた。トリーナの隣の席にやってくると、タオルを置いてカウンターの上にある絹の下着を手に取る。下着に足を入れ、ひもの強さを調節しながら、トリーナに向かって眉を上げた。「それで、デートには何を着ていくつもり？」

トリーナは、最後のダンスでつけるウィッグがずれないようにするためのナイロン製のキャップを取り、立ち上がった。髪に両手を差し入れてカールを浮かせ、衣装ラックに向かって歩いていく。衣装ラックの前で立ち止まり、衣装係がまだ修理に出していない衣装を脇へよけた。家から持参したカクテルドレスをハンガーごと取り出し、友人たちに見せるために体に当てた。「どう？　彼、ドレスアップしてほしいような口ぶりだったの」

それはブラックとゴールドのクローシェ編みのドレスだった。ネックラインは深めで丈は膝上、スカート部分は高めのウエストラインからフレアーになっている。スリップドレス型の裏地がつき、袖《そで》はキャップスリーブ、バイアスカットされた裾《すそ》は長さ二十センチの柔らかなフリンジで仕上げられ、ちょっと動かしただけで、ひらひらと揺れる。

トリーナは眉を上げた。「どうかしら？」

「ワオ、すてき」ドレスを見に来たジュニーが、ため息をついた。「どこで買ったの？」指でフリンジを揺らしている。「すっごく、すてきよ。今度、貸してもらおうかしら」

「いつでもどうぞ」トリーナは答えた。ビッグ・ジムと結婚したときに買ったものだが、そのことは考えないことにした。その日の午後、トリーナはふと気づいたのだ。デートが待ち遠しくてこんなにうきうきした気分になったのは、いったい何年ぶりだろう。死んだ夫に遠慮してせっかくの楽しい夜をぶち壊しにすることだけはしたくない。トリーナはドレスをラックに戻し、身支度を整えるために鏡の前に引き返した。

少ししてからジュリー＝アンが感嘆するように言った。「ご主人が亡くなって間もないのに、簡単に忘れられるんだからいいわよねえ」

カーリーがスツールから立ち上がろうとした。「ちょっと、あなた――」

トリーナはカーリーの腕に手を置いた。「いいのよ」静かに言うと、ジュリー＝アンに向き直った。「夫が亡くなったのは四カ月前よ」淡々とした口調だ。「それに結婚する前からすでに病に冒されていたの。彼が生きている間は誠実に接したし、今、別の男性とデートすることが、冒涜《ぼうとく》に値するなんて思えないわ」

「もちろん冒涜なんかじゃないわよ」ジュリー＝アンはあどけなさを装っているつもりか目をぱちぱちさせた。「そう言ったじゃない。死んだ夫のことはすっかり忘れて別の男とデートが楽しめるなんていいわねって」

気にしない、気にしない。トリーナは心の中でつぶやき、ジュリー＝アンのわざとらしい笑顔とまったく同じ笑顔を返した。「まあね」トリーナは答え、鏡に向き直ってメイクの仕上げに取りかかった。

せっかく気持ちが盛り上がっていたのに、ジュリー＝アンの言葉で水を差されてしまった。だが、ホテルのメインロビーに足を踏み入れてジャックスの姿をとらえたとたん、そんな思いは吹き飛んだ。

柱にもたれていたジャックスが体を起こし、ほれぼれした目つきでトリーナを見つめた。「驚いた」トリーナに向かって歩き出しながら言った。「とってもきれいだ」

「ありがとう。あなたもすてきよ」本心からの言葉だった。幅広の肩にピンストライプ柄のダブルの上着を羽織ったジャックスは、背が高くて体格もいいというカーリーの言葉どおりだ。ズボンは今夜もジーンズだが、上着の中には瞳の色を強調する紺色のドレスシャツを身に着け、ストライプのような柄のシルクのネクタイを優雅に結んでいる。

「そう言ってもらえると光栄だ」ジャックスはネクタイをきゅっと引っ張った。「きみに敬意を表して着けてきただけだからね。誰がこんなものを考え出したのか知らないが、迷惑千万だ」

トリーナはぷっと吹き出した。「かわいそうな人」同情のかけらもない口ぶりで言った。「でも、あなたはギャンブラーでしょ。あなたがネクタイなら、わたしは普通のブラジャーで勝負するわ。不愉快さでは負けないから。ひょっとして、とっておきの日のためのネクタイを引きずり出してきた？　毎日、十二時間から十八時間も着けなくてはならないんだもの、どうせなら思う存分、楽しめるものを身に着けたほうがいいわよ」

ジャックスの視線が、トリーナの大きくあいたドレスの胸元に注がれた。胸の間の深いV字がはっきりと見えている。「今日のきみは、ずいぶん開放的だ」

突然、体の奥が熱くなったことは無視しながら、トリーナはジャックスに向かってにやりと笑った。「そうねえ。どちらかひとりが快適な気分を味わえるとしたら、それはわたしね」

「それも悪くないさ」ジャックスはトリーナの肘を取り、エスコートしながら表通りへ出た。夜空は濃いブルーに染まり、砂漠から吹いてくるさわやかな風が優しく椰子《やし》の木を揺らしている。「うん、これくらいの気温がちょうどいい」ジャックスが満足げに言った。「近ごろは、摂氏三十五度を超える気候には適応できなくなってね」ネオンサインの灯った沿道から、トリーナのヒールの高いストラップサンダルに視線を落とした。「どうだろう、そのサンダルで〈アラジン〉まで歩けるかい？　ぼくはいつもタクシーを拾うんだが」

トリーナは鼻を鳴らした。「やあね。このままバスケットボールだってできるわよ。数ブロック歩くぐらいなんともないわ」

「きみがそう言うなら歩いてもいいが」ジャックスがいぶかしげに言った。「ネクタイとブラどころの騒ぎじゃないいな。ぼくに言わせれば、そういったサンダルこそ拷問の道具だ」ジャックスは、トリーナの足首からふくらはぎ、膝、太もも、さらにその上へと、ゆっくり視線を上げていった。ようやく顔にたどりつくと、明るく情熱的な目でトリーナの瞳を見据えた。「だが、こういうサンダルのおかげで、きみの脚が美しく見えるのも事実だ」ジャックスは、今度はトリーナの脚に当たって揺れているフリンジを見下ろした。「いや、きみの脚が美しいから、サンダルがセクシーに見えるのかもしれない」

「まあ、驚いたわ。あなたって危険な人ね。せいぜい注意して、ぼうっとならないようにしなくちゃ」

ジャックスは眉をつり上げた。「きみこそ、自分は丸腰だって言い張るつもりかい？ このサンダルやドレスや唇が、男を虜《とりこ》にしないとでも？ ハニー、きみは生まれたときから男を誘惑する才能があったんじゃないかという気がするよ。注意しなければいけないのはぼくのほうだ。下手をすれば、何もかもが台無しだ」

最後は気の抜けたような声になっていた。だが、トリーナがいぶかしげに見ているのに気づくと、悲しそうな笑みを浮かべて肩をすくめた。「すまない。不器用でくそまじめなだけが取り柄だった十代の自分を、つい思い出してしまった」

「へえ、そうなの」トリーナはいぶかしげに言った。「体格のいい、すてきなあなたのことだから、きっと女性にもててもててしょうがなかったんじゃないかと思ったわ。アメフトチームのキャプテンか何かで、元気のいいチアリーダーたちのお色気攻撃をかわすのに忙しかったんじゃないかって」

ジャックスはつい大笑いしてしまった。「アメフトチームのキャプテンだって？」十八歳の若者に交じって授業を受ける十四歳の少年の姿が脳裏に浮かぶ。「ありえないよ」トリーナにぽかんと見つめられているのに気づき、言葉を続けた。「確かに十二歳になったころには、かなりの身長に達していた。でも、ぼくは体と心のサイズが合致する前にすでに大学に通っていたからね。普通の女の子はみんな、ぼくのことを〝変わり者〟だと思っていた。ましてや学校一、人気のある女の子たちに相手にされるはずがない」

〈アラジン〉に併設されたデザート・パッセージと呼ばれるショッピングセンターに到着した。ジャックスはドアを開けつつ、トリーナをそっと観察した。琥珀《こはく》色の目に、髪はラファエロ前派風のカールがたっぷりとかかっている。

「むしろ」ジャックスはそっけなく言った。「きみのようなすてきな女の子に、遠くから憧《あこが》れのまなざしを送るのが精いっぱいだったよ」

レストランや衣料品店の並ぶ北アフリカ風のショッピングセンターに足を踏み入れながら、トリーナはジャックスに驚いた表情を向けた。「わたしのような？」ゴールドやピンクの筋雲が浮かぶトワイライトブルーのドーム型天井の下で、トリーナはジャックスを見上げて笑った。「遠くからだろうと、間近からだろうと、あなたがわたしに憧れるなんてことはなかったと思うわ。そういう女の子たちと一緒にいることがなかったから。わたしはね、背だけは高くて、髪はにんじん色で手に負えない女の子だった。早くダンスが上手になって町から出たいばかりだったのよ。同じ学校に通う子たちは、リーハイ・バレー高校をアメフトで打ち負かすとか、学園祭で女王になるという野望にあふれていたわ。だけど、わたしはそういうタイプじゃなかったの」

なるほど、彼女も十代のころはぼくと同じくまわりから浮いた存在だったわけか。ジャックスはそう思った。〈コマンダーズ・パレス〉の支配人が予約リストに目を通し、案内のウエイターを呼んだ。大したものじゃないか。ひとりぼっちの孤独な少女が、ここまでのし上がってきたとは。

ドレスの胸元のあきかげんを見れば、彼女がどれほどイメージを変えたかがよくわかる。今すぐ彼女の胸から視線を引きはがさないと、ジーンズがきつくなってしまうだろう。

長年、目にした中でも、トリーナの胸は最高に魅力的だ。大きくはないが、丸みがあって頂点が高いところにある。胸の谷間をたっぷりと見せてくれるドレスのネックラインをここまで見せつけられては、下腹部の緊張感が高まらないはずがない。

まったく。ぼくは十七歳の高校生か？　トーナメント会場の〈ベラージオ〉ではなく〈アヴェンチュラト〉に部屋を取ったのは、そこがトリーナ・サーキラティ・マコールの職場であり、計画を実行するためにはできるだけ彼女に近い場所にいるべきだと思ったからじゃないか。

彼女の胸が見たければ、一週間に五回やっている夜十時のショーを見に行けばいい。部分的に見えているくらいで、何を大騒ぎすることがある？

いや、単に胸がいいというわけじゃない。認めたくはないが、黒いドレスの布地に押さえつけられた、青白い滑らかなカーブの張り具合はなんとも言えない。計画のあるなしは問題じゃなかった。

「すてきなレストランね」グリーンの壁やイスラムの宮殿を思わせるテント型の天井を見回しながら、トリーナが言った。「噂はいろいろ聞いているけど、来たのは初めてよ」

「ぼくも、ここは初めてだ。ただ、ニューオーリンズの本店には行ったことがあってね。きみに喜んでもらえるだろうと思って」

「もちろんよ。外食は大好きなの」

「そうかい？　ぼくはトーナメントであちこち回っているから、家庭料理が懐かしくてね」だから、ぼくを家に招いてくれ、スイートハート。ジャックスは期待するようにトリーナを見つめた。

トリーナは、例の片端だけを上げる訳知り顔の笑みを浮かべただけだった。「冗談でしょ？　わたしなら財布に余裕があったら、一週間、毎日レストランで食べるのに」

「正直な話、すぐに飽きるよ」ぼくが望む誘いの言葉を引き出すには、苦労しそうだ。そろそろ本腰を入れる必要がある。

だが、その後もなかなか成果は上がらなかった。トリーナを車のところまで送っていくころには、ジャックスは思うように話を運べないもどかしさで、頭がどうかなりそうだった。トリーナに好かれているのは間違いない。たっぷり二時間半、話をして笑い合ったのだから。むしろ、デートの目的がただ彼女との時間を楽しむことではないことを、何度も自分に思い出させなければならないほどだった。そしてそのたびに、それまでの倍の努力をしてきた。それなのに、ジャックスがどれほど巧みに会話を操っても、トリーナは決して自分の家に彼を招待しようとはしなかった。

トリーナの車に着くと、ジャックスはできるだけ平静な声を出すよう努めた。「これでは送った意味がない」トリーナが運転席側のドアを開け、ジャックスを見上げた。「だだっ広くて、誰もいない駐車場ビルにきみを置き去りにするようなことはしたくない。今度出かけるときは、ぼくがきみを迎えに行って、ちゃんと玄関まで送り届けることにする」

トリーナはジャックスに向かって眉を上げた。「今度があったら、の話よね、もちろん？」

「あるに決まっているじゃないか」ジャックスは自信ありげな笑みを見せた。「ぼくのこと、嫌いじゃないだろう？　素直に認めたほうがいいぞ。けっこう、気に入ってくれたはずだ」

トリーナは冷めた目でジャックスをにらみつけるまねをした。だが、すぐに降参し、にっこり笑った。「少しは好きになったかも」

「いや、かなり好きになっている」ジャックスは足を一歩前に踏み出し、トリーナに近づいた。「ぼくがきみを好きになったように」あとの言葉は少し真に迫りすぎていただろうか。ジャックスはそっと頭を下げた。よし、今度はうまくいくぞ。さまざまな気持ちが交錯する中、勝手にそう確信した。

冷静で計算ずくの手慣れたキスが成功したことに、ジャックスは満足していた。トリーナの柔らかな髪に指を入れて抱きしめる。このうえはないというほど完璧《かんぺき》な女性の扱い方だ。

ただひとつ問題だったのは、トリーナも、このうえはないというほど完璧に応えてくれたことだった。彼女の唇は柔らかくてしなやかで、ジャックスの唇にぴったりと重なった。ジャックスが軽く押すとトリーナは唇を開いた。トリーナの誘いに応じて歯の間から口の中へそっと舌を差し入れる。どこか謎《なぞ》めいていて、中毒になりそうな味。トリーナがうめき声をあげた。その声は直接ジャックスの股間《こかん》に届き、ジャックスはさらに体を近づけた。トリーナのドレスが許すまで脚を割ると、腰を押しつけ、彼女の太ももの間の温かくて甘い下腹部に自分の熱情のあかしをあてがう。しかし、体にフィットしたドレスに阻まれ、それ以上、接近することはできない。

トリーナの手がジャックスの胸を這《は》い上がってきた。首に腕を回し、一晩中ジャックスを挑発していた魅力的な胸が、ジャックスの胸にぴったりと寄せられた。急に息が吸えなくなり、ジャックスはうめいた。

無理やり口を引き離す。「ちくしょう」ジャックスが言った。胸が激しく鼓動している。開いたままの車のドアの横にいるトリーナを引き寄せ、音をたててドアを閉じた。彼女のヒップを両手で包むようにして、彼女をボンネットの上に持ち上げる。スカート地を指に挟み、ウエスト部分までゆっくりとめくり上げながら、膝で脚と脚の間にスペースを作った瞬間に露《あらわ》になったレースの小さな布地にちらりと目をやった。「きみは、とっても、セクシーだ」うなるようにそう言うと、自ら作ったスペースに入り込み、もう一度トリーナの髪に指を入れて、唇を重ねた。

どれだけ味わっても、味わい尽くせない。彼女の味も、肌から漂うなんとも説明しがたい香りも、抱きしめたときの温かで引き締まった感触も。そのとき、トリーナを抱いたまま腰を左右に揺らしていたジャックスは、我を忘れた。ズボンの前部に当たっている柔らかな丘が徐々に湿ってきたのに気づいたのだ。頭を上げて深呼吸し、トリーナを見下ろした。

トリーナの目は虚《うつ》ろだった。重そうなまぶたは、陰り具合がまたセクシーだ。トリーナもジャックスを見つめ返した。澄んだはちみつ色の虹彩《こうさい》は、今にも拡大した瞳孔《どうこう》にのみ込まれそうだ。唇は赤く、キスのせいかぷっくりと膨れている。トリーナはけだるそうな笑みを浮かべ、下唇に沿って舌を滑らせた。ジャックスは頭を低くし、湿ってふっくらした唇をそっと噛《か》んだ。

「ああ」トリーナが頭を後ろへ倒した。

ジャックスは彼女の唇を吸って離し、唇の端、顎の先端、そしてその下へとキスをしていった。手で首の後ろを撫《な》でながら、滑らかで長い喉に沿ってキスの位置を下げていく。やがて滑らかな胸に到達すると、口を開け、浅い谷間に唇を押しつけた。空いたほうの手で胸を包み、温かな感触を楽しむ一方で、唇を胸の先端へと移動させていく。目的地に到達すると硬くなった先端に軽くキスをし、それから口を開けて小さなごちそうを吸った。

トリーナははっと息を吸い込み、さらに刺激を求めるかのように胸を突き上げた。しかし同時に両手をジャックスの胸まで下ろし、彼を押しやった。「だめ」トリーナの息が上がっている。「いけないいわ。ジャックス、これ以上はだめよ。早すぎるわ」トリーナはボンネットから滑り下りた。

そうだろうか。彼女を押し倒して、その小さなパンティをはぎ取るには絶好のチャンスなのに。

「許して」トリーナはあえぎながら言った。「こんなこと一度も……」トリーナは笑い声をあげ、首を横に振った。柔らかくカールした髪が揺れ、光輪が浮かんだように見えた。

「なんてことかしら。駐車場の真ん中でこんなことをしてたなんて信じられない」トリーナはさっと車のドアに歩み寄った。

ふたりが車のボンネットの上で愛し合う光景が、ジャックスの脳裏をよぎった。彼女の言うとおりだ。こんなところで彼女を誘惑してどうするつもりだったのだろう。自分が瞬く間に自制心を失っていたことに、ジャックスは驚いた。

計画を忘れるな。ジャックスは静かに深呼吸した。トリーナを見つめながら下唇を舐《な》め、彼女の味の名残を味わう。「きみの家に連れていってくれないか」

トリーナの心が動いた――ジャックスにはそう見えた。だが、彼女は首を振った。「ごめんなさい」運転席のドアに向かって少しずつ進みながら答えた。「本当に、ごめんなさい。なんて思わせぶりな、って思っているでしょうね……でも、だめなの。まだ昨日会ったばかりだもの」

トリーナはドアを開け、車に乗り込んだ。

ジャックスは罵《ののし》りたい気持ちを抑え、穏やかに言った。「電話するよ」車のドアがばたんと閉まった。

トリーナはうなずいただけで何も答えずにエンジンを始動させた。ふと気がつくと、ジャックスはエンジン音が反響するコンクリートの空洞の中にひとり立っていた。股間は欲求不満を訴えたまま、頭痛までしはじめた。トリーナの車の赤いテールライトが点滅し、やがてスロープに入ってその姿を消した。

「くそ」頭を抱え込んで、ジャックスは言った。「くそっ！」

ぼくはなんてばかなんだ。せっかくのチャンスだったというのに、結局、冷たいシャワーを必要としながら、壁に反響する自分の声を聞く結果に終わるとは。

ぼくのほうが遊ばれたのだろうか――ジャックスは顎をこわばらせた。「〝なんて思わせぶりな、って思っているでしょうね〟」裏声で意地悪く言ってみた。それから普通の音域に戻した。「そんなことないさ」

彼女はぼくをかつぎ、とまどわせ、そして苦しませて去っていった。両手をポケットの奥まで突っ込み、ジャックスはエレベーターに向かって歩きはじめた。

こんなのは二度とごめんだ。

5

トリーナがカーリーの部屋のドアを叩《たた》いたとたん、コンドミニアム中に興奮した犬の鳴き声が響き渡った。驚いたトリーナが後ろめたい気持ちで腕時計に目をやると、いかにも不機嫌そうなカーリーの叫び声が聞こえた。「うるさいわよ！　はーい、今、行きます！　ルーファス、バスター、静かに！」犬たちは吠《ほ》え続けている。カーリーが苛立《いらだ》たしげに怒鳴った。「もう、いいかげんにして！」

ドアが開け放たれた。

カーリーのブロンドはいつにも増してつんつんだ。顔はきれいにメイクが落ちている。大きなブルーの目に炎をたぎらせ、カーリーは口を開けた。きっとものすごく乱暴だけど当を得た文句を言われるに違いない、とトリーナは思った。しかし、相手がトリーナだとわかった瞬間、気が変わったらしい。「あら、入って」それだけ言うと、足元で飛び跳ねている二匹の犬を脇《わき》へどかし、トリーナに道を開けてくれた。

「ごめんね」カーリーたちのあとをついて狭い玄関ホールに足を踏み入れる。「夜遅いことはよくわかっているんだけど」

「気にしないで」カーリーはカラフルなリビングへ入っていった。「座って。紅茶でも飲む？　それよりテキーラのほうがいい？　ああ、その子なら、下ろしてやって」トリーナがロングヘアの黒猫ラッグスを、インド更紗《サラサ》を張った詰め物入りの椅子から床に下ろすのをカーリーはじっと見ていた。「わたしよりずっと有意義な夜を過ごした、って顔ね」

「それがね」トリーナは大笑いしながら、椅子に座り込んだ。「危うく車のボンネットの上で、ジャックス・ギャラガーとセックスするところだったのよ」

カーリーは目をぱちくりさせた。だが、すぐにやりとし、すぐに満面の笑みを浮かべた。

「でかしたわね、トリーナ！」

三本脚の猫がトリーナの膝の上に飛びのった。トリーナはふわふわしたグレーとホワイトの毛の中に手を埋《うず》めた。「でかしたなんてとんでもないわよねえ、トリポッド」猫に顔を近づけ、厳しい口調で言った。「あなたのママにそう言ってあげてちょうだい。彼と知り合って、まだ……二十四時間しかたってないのよ、って」

トリポッドはまったく興味がなさそうだった。トリーナの膝の上で二度回ると、すとんと座り込んだ。しばらくすると、撫《な》でてくれとばかりにトリーナの手に頭を押しつけてきた。トリーナが応じると、気持ちよさそうに喉を鳴らした。

「そうね、あなたは男の子だもの。それ以上、期待しても無理よね」トリーナはつぶやき、向かい側のソファに座り込んで興味深げに自分を見ているカーリーを見やった。「でもカーリー、あなたは別。こんなこと、全然いいことじゃないんだから」

「そんなこと言うのはあなただけ。アウトドアセックスって最高だと思うけど」

「冗談じゃないわ。月明かりに照らされた砂漠の、柔らかなブランケットの上じゃないのよ、カーリー。コンクリート製の駐車場ビルのど真ん中なんだから」

「なるほど、確かにあまりロマンチックとはいえないわね。でも、自然の成り行きでそこまでいった、という点は上出来じゃない」

「自然の成り行きだったことは認めるわ。ほんと、すっかり自制がきかなくなっちゃったの」トリーナを思いとどまらせたものは何かと訊《き》かれたら、自制心を働かせなさいという意志の力だとしか言いようがない。どうしてあんな気持ちになったのかしら。それにしても、ばかよ。車のボンネットの上で我を忘れてしまったこともそうだけど、我に返ったときの、あの意味のないおしゃべりだって。一人前の女性どころか、まるで高校生のような反応を思い出し、身がすくんだ。

「あら」カーリーはうれしそうに体をくねらせた。「わたしは、自制がきかなくなるって大好きよ」だが、急に真顔になり、申し訳なさそうな表情でトリーナを見つめた。「でも、ごめん、トリーナ。あなたが動揺する気持ちはわかるの。ただ、しばらくセックスとは縁がなかったから、妙に興奮しちゃって」

「気にしないで」と、トリーナ。「わたしもこんなにどきどきしたのは久しぶりだったもの」

カーリーが笑った。「ええ、そうね。でも、ビッグ・ジムが寝込むまでは、せいぜい楽しんでたんでしょ？　わたしなんか、最後がいつだったかも覚えてない――」言葉を切って、トリーナを見つめた。「どうかした？」

いけない。トリーナは驚いたように瞬《まばた》きした。「何が？」

「何か言いたげだったわよ。まあ、ビッグ・ジムの具合が悪くなったのは結婚してすぐだったから、ベッドの上でお楽しみどころじゃなかったろうけど……」カーリーが口ごもった。そしてトリーナの表情をうかがい、目を細めて尋ねた。「何か話したいことがあるんじゃない？」

いいえ、ないわ。でも彼女は親友だ。あからさまに嘘《うそ》をつくのも気が引ける。「わたしたちは、その、ベッドの上で楽しんだことは一度もないの。少なくとも、あなたが考えているような形では」

「また、そんな冗談を」大笑いしながらカーリーが言った。「ごまかしてもだめ。ビッグ・ジムはセックスマシーンだって……」言葉を切ってトリーナを見つめる。「違ったの？」

「違うわ。なんというか、いろいろと複雑なのよ。彼は、ショーガールとのセックスが目的でわたしに近づいたわけじゃなかった。わたしはまず、そこに惹《ひ》かれたのよ」

カーリーはうなずいた。「そうね、わかるわ。体が目的で言い寄ってくる男たちはごまんといるもの」

「そのとおり」

「ビッグ・ジムは違ってたのね？」

「そう。結婚したころ、彼は前立腺癌《ぜんりつせんがん》の緩解期といって症状がおさまった状態だったのよ。だけど、わたしはそのことを全然知らなくて、彼ももう大丈夫だと思ってたみたい。でも、本当はのんでいた薬のせいで、セックスができなかったの。ただもともと、お互いに愛とか欲望とかを求めていたわけじゃないのよ。彼が体中をべたべた触ろうとしないところがわたしにとっての利点で、彼にとっての利点は、彼の友人がわたしをお気に入りの高級コンパニオンだと思い込んでくれたことだったの。金は出しても女の尻には敷かれない、というところを見せつけたかったのよ」

「あなたは、それでよかったの？」

「ええ。彼は友人にどう思われているかということをものすごく気にしていたの。それに、彼が不能だったこと、いいえ、まったく不能ではないにしても維持できないことだけは、友人たちに知られたくなかったみたい」

「でも、あなたはどうなの？　ビッグ・ジムが何もしないのを、不思議には思わなかった？」

トリーナは肩をすくめた。「なんて紳士なのかしら、って思っただけ」決して嘘ではない。ただ、実はほっとしたというのが正直なところだった。

だが、カーリーにそこまで打ち明けるつもりはない。

トリーナが知っている世の女性たち――自分の母をのぞくと――はみな、セックスが好きらしい。だから、自分の不能を友人に知られたくないというビッグ・ジムの気持ちがわかるのは、そういう方面の話題にトリーナ自身がついていけないせいもあるのだろう。

トリーナは自分でもよくわからなかった。キスや前戯は大好きなのに、いざとなると急に気持ちが冷めてしまう。エクスタシーの喜びは人並みに知っている。時には自分で自分を慰めることもある。特に手持ち式のシャワーヘッドとの相性は抜群だ。

でも、相手が生身の男性となると話は別だった。ガードの堅いトリーナは、我を忘れるということがない。自制心を失うことがなければ、男性主導のセックスでクライマックスを得ることはできないだろう。つまり、認めたくはないが、トリーナはベッドの中では役立たずなのだ。かつてベッドインした男性に、〝死体と寝るようなもの〟と言われたことさえある。

「お試し期間もなしで結婚するなんて、わたしには信じられないわ。それなら、彼のどこがよくて結婚したの？」

「気がきくところかしら」カーリーの表情を見て、トリーナは大笑いした。「わかったわよ。冗談だってば。でも、わたしにとっては大切なことなのよ。見かけだけじゃないの。わたしの話には、ちゃんと耳を傾けてくれたわ。わたしの好きなものがあると、すぐに気づいてくれたし。細かいところまで注意が行き届く人だったのね。あなたは、わたしの両親に会ったことあるでしょ？　ふたりともわたしのことを心から愛してくれて、すごくいい人たちよ。でも貧しかったせいもあって、誕生日プレゼントは何にしようとか、今度の休みはどこへ行こうとかという話し合いもできないほど疲れていたわ」

「なるほど、ビッグ・ジムはそうじゃなかったってことね」カーリーが笑いながら言った。「あなたの三十四回目のバースデーパーティーは、まさに歴史に残るパーティーだったもの」

「まあね。彼、わたしの人生でとびきりすばらしい夜になるよう演出してくれたのよ。そのころには病状が悪化して、ひどく体調が悪かったはずなのに。そういう人だったの。ほかにもいろいろしてくれたわ。でもね、いちばんよかったのは、彼がいつもわたしを笑わせてくれたこと。彼に出会うまで、毎日の生活があんなに楽しいものだなんて思いもしなかった」

「かけがえのない人だったのね」

「そう。わたしが財産目当てで結婚したんだと思っている人が大勢いることは知っているわ。確かに最初は、これでお金の心配をしなくていいと思ったこともあった。けれど、わたしが彼と結婚した本当の理由は、彼がわたしの面倒を見たいと言い続けてくれたことなの」

「それがあなたにとっての最優先事項だったんでしょ？」

トリーナは脚を伸ばし、爪先でカーリーを押した。「ほんと、何も言わなくても、あなたにはわかっちゃうのよね。でも、そうなの。あなたの言うとおり。わたしは物心ついたときから自分のことは自分でやってきたでしょ。一気に肩の荷が下りた気がして。世界中からかき集めたお金を前にしても、ビッグ・ジムの申し出にはかなわなかったと思うわ」

「だとしたら、理に合わないと思わない？　面倒を見てもらうはずのあなたが、結局は彼の面倒を見ることになったんでしょ」

認めたくはないが、そう思ったのも一度や二度ではない。結婚後、ほどなくしてビッグ・ジムの病状は急激に悪化した。トリーナは再び重い責任を背負うことになったのだ。いくらか病態がよくなり、病床を離れる余裕ができたとしても、山のような請求書の処理が待っていた。治療代や薬代は増える一方で、ついにはジムの財産を吸い尽くしたばかりか、トリーナ自身の貯金も使わざるをえなくなった。唯一、手放さずに残しておいたのが、今住んでいるコンドミニアムだった。

だが、トリーナは肩をすくめただけだった。結局、人生なんて理に合わないことばかりなのだ。「まあね。そういうこともあるわよ」

「どうしてあなたばかり、つらい思いをしなくてはならないのかしら。けどね、わたしにはよくわからないのよ、トリーナ。今の話からすると、セックスとはずいぶんご無沙汰《ぶさた》ってことでしょ。あんなにセクシーな男性の誘いをどうして断ったりしたの？」

「さあ。わたしにもわからないわ」駐車場での出来事が頭をよぎった。トリーナは慌てて太ももを閉じ、動揺した気持ちを心の隅へ追いやる。不安を振り払うようにわずかに顎を上げた。「一夜かぎりの情事を楽しむタイプじゃないもの。それに、初めてキスしてから、十分しかたっていなかったのよ。そんなに急激に心の準備ができるはずないわ」

心の準備など永遠にできないだろう。トリーナは寝返りを打ちながら、一晩中考え続けた。ボンネットの上で一瞬とはいえ実際に感じた激しい欲望と、それまでの自制心あふれた女性としての自分との間でなんとか折り合いをつけたい。だが、残念なことに結論は出なかった。不安な思いで自問自答し続けたせいで、眠ることもできなかったのだ。もう、ジャックス・ギャラガーのことなんか考えないでおこう。トリーナはそう心の中でつぶやいた。

だが、それほど簡単なことではなかった。

トリーナがカーリーの部屋にいる間に、ジャックスから電話がかかっていた。留守番電話には、朝また電話をするというメッセージが残されていた。朝になり、電話が鳴った。

ジャックスかもしれない——不安を感じたトリーナは、留守番電話に応答させた。

「トリーナ、そこにいるのかい？」一瞬の沈黙のあと、ジャックスの少し思い詰めたような、低い声がした。「頼む、そこにいるなら出てほしい。こんなふうに、ぼくを無視しないでくれ。これからポーカーの試合でロスへ行く。ゆうべは悪いことをした。すまない。今のままではロスへ行っても、ずぶの素人よろしく負けて帰ってくることになりそうだ。怖がらせてしまったんじゃないかと気になって、ゲームに集中できないだろうから」

トリーナは受話器を取り上げた。「違うの。怖かったわけじゃないわ」それだけはわかってもらわないと。

「そう言ってもらえて安心した。じゃあ、今夜も付き合ってくれるね」

今夜？　考えただけで心臓が飛び上がり、トリーナは文字どおり後ずさりした。首を横に振ったあとで、気がついた。ばかみたい。彼には見えないのに。「あまりいいアイデアとは思えないけど」

「すばらしいアイデアじゃないか。ゆうべのぼくは、あまりに性急だった。だが、もう二度ときみに無理は言わない。約束する。だから、頼む。ぼくに背を向けないでほしい。静かな夜を過ごそう。迎えに行くよ」

「だめ」廊下を行けば寝心地のいい大きなベッドがあるような場所でふたりきりになるのだけは避けたい。また自制心が働かなくなったらどうなるか、考えただけでもぞっとする。

だけど、彼に会えないのも寂しい。「映画のオールナイト上映なんてどうかしら。それとも、ほら、踊りに行くという手もあるわ」わざとジャックスの気をそぐような提案を持ちかけた。プロのダンサーと踊りたがる男性などいるはずがない。それに、ふたりの関係がどうなるにしろ彼が自制してくれれば、トリーナは窮地を脱することができる。

だが、ジャックスからは予想外の言葉が返ってきた。「なら、そうしよう」軽い口調でそう言うと、さらに続けた。「でも、ひとつお願いを聞いてほしい。今夜、仕事に行くときは、きみの友達の車に乗せてもらってくれないか？　ぼくがきみを家まで送り届けたいんだ」

広い駐車場でまたジャックスとふたりきりになる光景が脳裏をよぎり、トリーナの鼓動が一気に高まった。トリーナはジャックスの提案に同意したものの、いちおう念を押した。「ただし、カーリーが犬を散歩に連れ出す前につかまえられたら、の話よ。彼女、しょっちゅう出入りしてるから、なかなかつかまらないの。いずれにしても、今夜会いましょう。メインロビーのエレベーター横の同じ場所で」トリーナは自分の気が変わらないうちに電話を切った。わたしはまた大きな過ちを犯しているのではないかしら。

でも、そうだとしてももう手遅れよ。小さな不安を頭の隅へ押しやり、ようやく気持ちが落ち着きはじめたとき、ドアベルが鳴った。ドアを開けると、小柄な隣人エレン・チャンドラーが立っていた。

「こんにちは、トリーナ。いきなりお邪魔してごめんなさいね。今、お忙しい？」

「いいえ、かまいません」いつものごとく元図書館司書のエレンの上品な物腰に感心しながら、トリーナは彼女を招き入れた。よかった。気がまぎれるわ。「どうぞ、入って」エレンといると心がなごむ。六十歳のエレンが持ってきてくれる手作りのごちそうは、格別の味だ。このときもエレンはアルミホイルのかかった皿を手にしていた。トリーナは思わず目を輝かせた。

エレンがトリーナの視線に気づき、皿を差し出した。「どうぞ、召し上がって」

「まあ、ありがとう！　ひょっとして誰か別の人のところへ持っていくところかしらと、一瞬思ったの」トリーナはにこにこしながら皿を受け取り、キッチンへ向かった。「今、コーヒーをいれるわね。今日は何を作ってくれたの？」

「大したものじゃないのよ」エレンは、リビングと賑《にぎ》やかで小さなキッチンを隔てるカウンターを回って、トリーナのあとを追った。「バタークッキーとチョコチップクッキーを少しだけ」

トリーナは笑った。「まあ、大したものじゃない、ですって」アルミホイルをはがし、風味豊かな手作りクッキーの香りを吸い込む。「なんておいしそう。エレン、あなたのこと大好きよ」

「だから、いつもクッキーを焼いてあげてるんじゃないの。あなたなら簡単に買収できそうだもの」

「はい、そのとおりですわ、奥様。でも、こう見えても安くはないのよ」

エレンが笑った。白髪交じりのショートヘア、こざっぱりとしたグレーのタンクトップに飾りのついたベルト、ウォーキングシューズといういでたちにはそぐわない、低くて豊かで、そして驚くほどセクシーな笑い声だ。「山盛り一杯のクッキーがあれば、あなたの愛情が買えそうね」

「累積効果って知ってる？　ここまでくるのに、何皿分のクッキーが必要だったことか」

「そう、それを聞いて安心したわ。あなたが自分を安売りしているなんて思いたくないもの」エレンは冷蔵庫のマグネットをまっすぐに直し、トリーナを見やった。「というわけで、あなたの新しい彼の話を聞かせてちょうだい。ものすごくセクシーな人ですって？　カーリーがそう言っていたわ」

トリーナの顔から笑顔が消え、コーヒーメーカーの準備をしていた手が止まった。「カーリーったら、おしゃべりなんだから」

エレンが眉を寄せた。「あら、まずいこと訊いちゃったかしら？」

「いえ、いいの。わたしのほうこそ他人行儀で……ごめんなさい」ごめんなさい、がすっかり常套句《じょうとう》になってしまったみたい。「本当のことを言うと、ジャックスに対する自分の気持ちにとまどっているの。だから、まだ心の準備ができてなくて」

「それなら、やめましょう。ところで、念願だったイタリア旅行にツアーで行こうかどうしようか悩んでいるという話、あなたに話したかしら？」

トリーナは一瞬、エレンの顔を見つめ、それからジャックスの名前が出たことで力の入った肩を緩めた。エレンに笑みを返し、コーヒーの準備を続ける。「あなたって、本当に思いやりがあるのね」

「当然よ。だって、ほら、なんて言ったかしら？」エレンは肩をすくめた。「分別は年とともにやってくる」

「さすが！　あなたみたいな人、ほかに知らないわ。それで、何を悩んでいるの？」

「イタリアには行きたいけど、ひとりはいやなの。でも、まったく知らない人たちばかり集まった団体旅行もどうかと思って。スケジュールに振り回されそうだし」

「そうね。わたしもそれを考えると、踏ん切りがつかないと思うわ」トリーナはエレンに賛同し、クッキーを食べてもいいか尋ねた。カップにコーヒーを注《つ》ぎ、小さなダイニングテーブルに運ぶ。「メンバーについては、最初は知らなくても、旅行をしている間に仲良くなれるでしょ。でも、観光はやっぱり自分のペースで進めたいわけ」トリーナはクッキーに手を伸ばした。「お友達で行きたがっている人はいないの？　休暇が取れれば、すぐにでも〝行く、行く〟って志願するのに」悲しげな笑みを浮かべた。「もっとも、余裕があればの話だけど」

「わたしは早期退職したから、まだ働いている人が多いの。中には、三週間休みなしで働いている人もいるのよ。ロイスという友達とは、いつか一緒に旅行しようと約束していてね。本当は彼女と一緒にこの秋に行くつもりだったのよ。だけど、二カ月前にミネソタ州にいる娘さんの妊娠がわかったの。長年待ち望んでようやくかなった妊娠だから、彼女、大喜びだったわ。それで、休暇は赤ちゃんが生まれたときにお手伝いに行くために取っておくことになっちゃって」エレンは繊細な指でコーヒーカップを持ち上げ、コーヒーをすった。「たぶん、彼女が動けるようになる来年まで、旅行はお預けね」

「それは残念だったわね。元気を出して」

エレンは温かく微笑《ほほえ》み、テーブル越しに腕を伸ばしてトリーナの手を軽く叩いた。「あなたは優しい子ね」

「今の言葉、紙に書いてもらえる？　わたしの両親ときたら、ダンスなんて破滅への片道切符も同然だと思っているんだから」

「なるほど」エレンは訳知り顔でうなずいた。「かわいい娘が上半身裸になってショーに出演するという事実が、なかなか受け入れられないのね」

「違うの。決定的要因であることは確かだけど、それだけじゃないのよ。そうさせた原因が自分たちにあるということをまったくわかってないの」

そのとき、ドアをノックする音がして、ふたりは飛び上がった。トリーナは返事をして、のぞき穴をのぞき、来訪者の正体を確かめた。「まあ、マックだわ」コンドミニアムのもうひとりの隣人だ。

エレンが小声で不満げな声をあげた。

トリーナは無視して、ドアを開けた。「こんにちは」戸口に立ち、体格のいいマックに挨拶《あいさつ》をすると、眉をひそめた。「火事でも起こった?」

「いや。だが、あんたの体に火がついたという噂《うわさ》を聞いてね。男前のボーイフレンドができたそうじゃないか」

「まったく、カーリーったら、本当に口が軽いんだから。一言、言っておかなくちゃ」

「まあまあ、そんなに怒らんでくれ。彼女は、きみのことを自分のことのように喜んでいるんだから」マックがにおいを嗅《か》ぐまねをした。「コーヒーのにおいかな?」

「そうよ。それにすっごくおいしいクッキーもついているの」トリーナはドアを大きく開けて、後ろへ下がった。「あなたも一緒にどうぞ」

「一緒に? 誰かいるのか?」マックは敷居をまたいで部屋の奥をのぞき込んだ。だが、テーブルについているエレンの姿が見えたとたん、活力にあふれた身長一メートル七十センチの彼がぴたりと足を止めた。「おや、あんたか」マックは日に焼けた手をカールのかかったグレーの髪に差し入れて、顔をしかめた。「うかつだった。ひょっとして、家がないのかい?」

エレンはおいしそうにコーヒーをすすると、冷ややかな顔を向けた。「その言葉をそっくりお返ししますわ、ミスター・ブロディ」

「マックだ。マックと呼んでくれと何度言ったらわかるのかね？　ずいぶん物覚えの悪い人だ」マックはリーバイスの尻ポケットに親指を突っ込んで小声でつぶやいた。「ミスター・ブロディなんて呼ばれると、自分がものすごいじいさんになった気がするよ」

エレンはマックを値踏みするように上から下まで見やり、美しく整えた眉を上げた。「まあ、いいだろう。大したことじゃない」マックは腹を立てたような声で言った。「そこいらの若造と一緒にされても困るからな」マックはテーブルに向かって歩いていった。椅子を引き出して後ろ向きにすると、またいで座る。筋張った腕を背もたれの上に重ねて顎をのせ、じっと見返した。「だが、あんたも同じだよ、司書さん」

トリーナはため息をついた。エレンもマックもトリーナにとっては大切な隣人だ。しかし、ふたりはどういうわけか顔を合わせるたびにいがみ合っている。「喧嘩《けんか》なら外でやってちょうだい。わたしはそんな気分じゃないの」

「これは驚いた」マックがトリーナに向き直った。「何を怒っているんだ？　トリーナが腹を立てるとは珍しいじゃないか」マックはエレンに向かって顎を突き出した。「この人のことが原因だって言うなら――」

「もうたくさんよ、マック」トリーナはぴしゃりと言った。そのときエレンが椅子を引いて立ち上がった。

「失礼させてもらうわ」

「エレン、待って。まだいいじゃない」トリーナは引き止めようとしたが、エレンは断固とした笑みを浮かべた。

「コーヒーをごちそうさま、トリーナ。それから、ミスター・ブロディ」エレンはマックに向かって小さく会釈したが、目を合わせようとはしない。「いずれ、ゆっくりお話ししましょう」

エレンは部屋を出ていった。

トリーナはすっかり腹を立て、マックに向き直った。「エレンを困らせることが、そんなに楽しい？」

ドアをにらみつけていたマックは、トリーナを振り返った。いや、ちっとも楽しくなんかない。一年半以上前にトリーナの新しい隣人がやってきて以来、おれは一度も楽しいなどと思ったことはない。その小柄で清楚《せいそ》な女性に一目惚《ぼ》れし、たちまち肉欲の虜《とりこ》に陥ったというのに、彼女が向けてくるのは冷めた軽蔑《けいべつ》のまなざしだけなのだから。

「あなたたちって、どうしていつもそうなの？」トリーナの非難の声が、やけに遠くで聞こえた。だが、マックは無視することにした。あんな冷たくて、小さな司書に、おれはいったい何を期待していたんだろう？　たいていの男性と同様、マックにとってもセックスは最優先事項のひとつだ。年をとったからといって、性欲までが急に衰えたわけではない。航空機メーカーを引退して以来、マックは便利屋を本職としていた。両手の器用さには自信がある。今は亡き妻のメリーアンも、いつもそう言っていたじゃないか。

だが、マックがたとえ世の女性たちへの、光り輝く真新しい神様からの贈り物だとしても、ミス・エレンがそれに気づくことはないだろう。万が一そういうことがあったとしても、金属の薄板をもてあそぶようなものにすぎないのではないか。あの女には色気がない。笑顔などほとんど見たことがないし、だいたい洋服だって、グレーとかブラックとか黄褐色とか茶色とか、そういう暗い色ばかりじゃないか。

「あなたっていつも、いやらしいことを言い出すでしょ」トリーナが言った。「すると、それまで優しくて愉快だったエレンが、よそよそしくて冷ややかな人になってしまう。それで、わたしは間に入っておろおろ。古い歌にあったわよね。どんなメロディーだったかしら。〝ピエロは左に、ジョーカーは右に〟って」

トリーナが部屋を又貸ししていた一年の間に、エレンとは顔を合わせることもなくなるだろうとマックは思っていた。だが、廊下ですれ違うたびに硬い会釈を交わすのは、トリーナのこぢんまりした部屋で互いを侮辱し合う以上につらかった。言い合いになると、エレンが表向きは冷静さを装っていても、頬は赤らみ、薄茶色の瞳に炎が浮かぶことをマックは知っている。それを見るのがひそかな楽しみでもある。

だが、今日は言いすぎた。あの言葉のあと、エレンは目を合わせなかったが、顔を見ただけでひどく傷ついたのはわかった。おれは、なんてばかなことを言ってしまったのだろう。

「女同士のパーティーを台無しにして悪かった」自己嫌悪に陥りながらマックは言った。トリーナが急に黙り込み、驚いた表情で見つめている。マックは自分の情けなさに首を振りながら立ち上がり、ドアへ向かった。そして生まれて初めて、エレンがほのめかしたとおり、自分がひどく年をとったように感じた。

6

ジャックスはまとまった現金と達成感を携えてロスから戻ってきた。〈ベラージオ〉の前でタクシーを降り、数分後には〈ベラージオ〉を通り過ぎた。〈シーザーズ・パレス〉の前に出た辺りでは、目の前を通ったいかにも結婚式を終えたばかりという若い花嫁と花婿ににっこりと笑いかけた。驚いたな。この数日で、今までに見てきた以上の新郎新婦に出会ったぞ。

今日の成功を祝って自分へのプレゼントを買うとするか。ジャックスはそう思いながら〈シーザーズ・パレス〉のショッピング街、アピアン・ウェイへ向かった。以前は着るものに無頓着《むとんちゃく》だったジャックスが高級ジャケットの価値を知ったのは、十六歳でMITの三年次に進んだときだ。デザイナーズブランドのスポーツジャケットやシルクのTシャツ、それにジーンズというでたちがどんな社交の場においても通用することがわかると、二度と過去を振り返ることはなかった。それ以来、折を見てはコレクションを増やすのを楽しみにしている。

たしか〈ベルニーニ〉が入っていたはずだ。イタリア製高級紳士服の店に向かっていたジャックスは、高級宝石店を過ぎたところで突然、足を止めた。

早足で歩いてきた女性がジャックスにぶつかり、バランスを失った。ジャックスは反射的に手を出して女性を支え、すみませんとつぶやいた。しかし、意識は別のところにあった。温度制御されたカジノの人工的な空を見上げる。ちょうど明るい真昼モードから、黄金色の午後モードへと空の色が変化していくところだ。頭の良さを自負しているくせに、大事なことを見落とすとは、なんてばかだったのだろう。

昨夜、肝心なところで背を向けられてなかなか眠れなかったのは誰だ？　どんなことにもルールがあるということに気づかされて、苦い思いをしたのは誰だ？　今こそ、ピンチをチャンスに変えるときじゃないか。彼女は年をとった金持ちと結婚した、金のかかるショーガールだ。今の作戦では成功するはずがない。彼女の気持ちを引きつけるには、適当な餌《えさ》が必要なのに決まっている。

ジャックスは回れ右をすると、宝石店へ取って返した。

店に入り、スパンコールのたっぷりついた派手な宝石を選んですぐに出てくるつもりだった。ところが、適当な品を選ぶのに予想以上に手間取った。トリーナがどんな宝石を身に着けていたか――光るタイプだったか、それとも光の鈍いタイプだったか――が思い出せない。宝石を着けていなかったからなのかもしれないが、着けていたのに自分が見落としたという可能性もある。

指輪は候補に入れないことにした。サイズがわからないし、せっかくプレゼントしたのに、すぐにサイズ合わせのためにしばらく引き取ることになってはムードも何もあったものではない。イヤリングもパス。ピアスかどうかがわからないからだ。ジャックスは宝石を使ったペンダントやブレスレットのケースをのぞき込んだ。だが、どれもぴんとこない。あきらめて店を出ようとしたそのとき、大きめの宝飾に隠れるように置かれたネックレスに目が留まった。

近くにいた店員を呼び、ケースからネックレスを出してもらった。それまで見ていた品よりもずっとシンプルなデザインだ。細いプラチナのチェーンから、小さなダイヤがちりばめられたパヴェのペンダントヘッドが下がっている。ヘッドはイブニングバッグを模してあり、おととい夜トリーナが椅子から落としたバッグによく似ていた。

これならぴったりだ。しゃれているし、理由もある。女性はそういうところに弱いからな。だが……これは驚いた……四千ドルもするじゃないか！

心の中で肩をすくませ、ジャックスはポケットから金を出した。やれやれ。得やすいものは失いやすい、とはよく言ったものだ。ジャックスは、急いでプレゼント包装をすませてくれたらきみの売り上げに協力するよ、と店員に告げた。

店員はすぐに仕事を始めてくれた。十五分後、ジャックスはポケットにきれいにラッピングされたプレゼントを収め、店をあとにした。

ようやく〈ベルニーニ〉の隣の店までやってきたものの、上着などどうでもよくなっていた。ジャックスはホテルへ戻ることにした。

携帯電話でトリーナの家に電話をしたが、留守だった。そういえば、午後は新たにショーに取り入れることになった曲のリハーサルがあると言っていたっけ。〈アヴェンチュラト〉に到着したジャックスは、自分の部屋へ戻る代わりに、『ラ・ストラヴァガンザ』が公演を行う劇場の派手なドアの前に立った。

だが、ドアはロックされている。しかたなく後ろを向いて立ち去ることにした。ここへ来たのは単なる思いつきだ。しかたない。

そのとき、背後でドアの開く音がした。慌てて振り向くと、中から苛立《いらだ》った様子の若い女性が飛び出してきて、カジノのほうへすたすたと歩いていく。ジャックスは慌ててドアに近寄り、指先をハンドルに引っかけて押さえた。すんでのところで間に合い、ジャックスは劇場の中へ滑り込んだ。

「アーンド、ロック、ツー、スリー、フォー、ファイブ、シックス、セブン、エイト」女性が声をあげてリズムを取っている。ジャックスは広い劇場の後ろで足を止め、スポットライトの当たったステージを見つめた。

トリーナの誕生日に彼女の年齢のことを大げさに騒ぎ立てていた若いダンサーの指示に

合わせて、少なくとも十二人の女性と四人の男性が踊っている。ジャックスは薄暗い観客席の最後部に置かれたテーブルから椅子を引き出し、反対に向けて腰を下ろしながら、自分をこの場所へ引き寄せたダンサーの姿を捜した。

　ショーガール用のヘッドギアを着けていないので、見つけるのは簡単だった。色鮮やかな髪を頭の上でひとつに結んでいる。髪はライトを受けて輝き、風に乗った雲のように浮かんで見えた。下にくすんだ炭色の衣装を着ているので、ほのぼのと明けゆく太陽の色にも見える。

　よく見ると、練習着のスタイルはダンサーによってさまざまだった。中には必要最低限の部分しかカバーしていない服もある。小さなトップの中で揺れる胸、Tバックのショーツ、むき出しの腹筋と胸部、素足にハイヒール。長い髪をポニーテールにまとめている女性は、ちびTシャツと脚の間に申し訳程度の布がついた網タイツ姿だ。同じくステージに立っている男性ダンサーは、腰布を巻いているだけ。だが、トリーナの格好は彼らとは対照的だった。着古したハイレグのレオタードの上に、両袖《りょうそで》と身頃《みごろ》の下半分を切り落としたTシャツを重ねている。

　ジャックスは椅子に座り直した。彼女の練習着には、ショーで着ている衣装はもちろん、昨夜のドレスのような華やかさは影も形もない。胸は完全に隠れているので、ジャックスの視線はむき出しの長い脚に向けられた。滑らかで、引き締まった脚だ。中ヒールの黒いダンスシューズは踵《かかと》がすり減っている。メリー・ジェーン・タイプのシューズに似ているが、そうではないらしい。そのとき、ダンサーの列がくるりと後ろを向き、手を膝に置いて、腰を激しく振るシミーを始めた。やっぱりトリーナのヒップは最高だ。よく見ると、太ももとヒップの付け根に、親指の指紋ほどの小さなくぼみがある。

　驚いたよ。いいかい、天才野郎、よく見ておけ。彼らはラスベガスのダンサーだ。ものを言うのは、肉体の美しさなんだ。

　とはいえ、衣装に目が行った以外、ジャックスがステージ上のほかの女性たちに視線を向けることはほとんどなかった。

「リック」ジュリー＝アンが大声を出した。「もっと腰を振って、そのみすぼらしいお尻を少しでも立派に見せてくれないかしら？　それから、トリーナ、ハイキックに元気が足りないわよ。わたしたちはプロなの。やる気がないならやめてくれてかまわないのよ。そのほうが今夜の本番に向けてスムーズに練習が進められて、ありがたいわ」ジュリー＝アンは舞台の中央に向かっていくと、コーラスラインの正面で立ち止まり、ダンサーをバックにして客席のほうを向いた。「よく見て。もう一度、手本を見せるから。今度はちゃんと覚えてちょうだい」指を鳴らしてリズムを取り、脚を動かしはじめた。「アンド、ツー、ツー、スリー、フォー……」

　ジュリー＝アンの後ろにいる、おそらくリックらしき男性が、中指を立てて彼女を侮辱するのが見えた。しかし、彼もすぐにほかのメンバー同様、ダンスの列に加わった。ジュリー＝アンが振り向いて出来をチェックするころには、すっかり真剣さを取り戻している。ジャックスの目には全員がプロ意識を持って踊っているように見えた。いったいこのダンスのどこが不満なんだろう。

だが、ぼくにダンスの何がわかるというのか。ジュリー＝アンにポーカーの微妙な駆け引きを理解させるのが無理なように、プロのダンスの微妙な違いなどぼくに区別できるわけがない。

どのダンサーもみな、見事なダンスをしているようにしか見えないのだから。

その後、ジュリー＝アンがいくらか小言を申し添え、一度だけ通しを行ってリハーサルは終了した。トリーナは汗まみれのTシャツを脱ぎながら、ステージ後方のスポーツバッグがまとめて置いてある場所へ歩いていく。目的の場所に到着すると膝を曲げ、バッグから自分のタオルを引き出した。すぐ横でカーリーが短いブロンドの髪をタオルで叩《たた》いて汗を吸い取っている。トリーナはカーリーを見上げながら、自分も汗を拭《ふ》きはじめた。トリーナのバースデーパーティーのときにも見た数人のダンサーが話に加わった。やがてトリーナはタオルをバッグにしまい、今度はフリンジのついた三〇年代のテーブルクロスのようなショールを取り出した。立ち上がりながら、全体に薔薇《ばら》をあしらったその黒いショールを半分に折って三角形にし、腰に巻きつける。そしてカーリーとともに友人たちに話しかけながら、舞台の袖に向かって歩きはじめた。ひょっとして舞台裏の出口へ行こうとしているのだろうか。声をかけて呼び止めたほうがいいのかも……そのとき、トリーナが急に進行方向を変え、ステージの端へ向かいはじめた。ステージを飛び下り、通路をこちらへやってくる。ジャックスの後ろの出口をめざしているようだ。

女性たちはジャックスが座っているテーブルのほぼ真横へやってきた。ジャックスが立ち上がった。「トリーナ」

トリーナが立ち止まった。「ジャックス？　驚いた。今日はロスに行っているのだと思ってたわ」

「行ったよ」

「どうやって行けば、こんなに早く帰ってこられるの？」

「小型ジェット機を使った」

カーリーが眉を上げた。「へーえ、そう」

ジャックスは笑った。「自家用だって言えればいいんだけどね。送り迎えをしてもらっただけ」

「やっぱりね」

「どうやってここへ入ったの？」トリーナが尋ねた。

「ドアが開いてたんだ」

トリーナもカーリーもいぶかしげな表情を浮かべている。ジャックスはにやりと笑った。

「実を言うと、女性がひとり、慌てて出てきた隙《すき》にもぐり込んだ」

「メアリーだわ」カーリーが言い、トリーナがうなずいた。

「副支配人よ」トリーナがジャックスに説明し、ジャックスは気づかなかったが前のほうの席に座っている年輩の女性を指さした。「あの女性が、『ラ・ストラヴァガンザ』の総支配人のヴァーネッタ・グレイス。忍び込んだのがばれなくてよかったわね。彼女に気づかれたら、あなたは今ごろ留置場に放《ほう》り込まれていたわ」

「あんまり楽しそうじゃないな」ジャックスは沈んだ声で答えた。

「楽しいもんですか」トリーナは口の端をゆがめて微笑《ほほえ》んだ。「ここで何をしているの？」

「今日のゲームはひとり勝ちだったんだ。だから、太陽の下できみに会うのも悪くないと思ってね。時間はあるかい？　ランチには遅いから、コーヒーでもどう？」ジャックスはカーリーに向き直った。「もちろん、きみも一緒に」断ってくれることを期待しながら申し出た。

カーリーはほくそ笑んだ。「ありがとう。ご一緒させてもらおうかしら」

なんだって？

「でも、うちの子供たちにごはんと水をあげなくちゃいけないのよ」

なんだ、人騒がせな。ちょっと待ってくれ、今、なんて？「子供がいるのかい？」母親には見えない。

　トリーナとカーリーが声を合わせて笑った。カーリーが言った。「ペットよ。ペットを何匹か飼ってるの」

「そうなのか」ジャックスはやれやれと首を振った。「驚いたよ。トリーナと同じコンドミニアムに住んでいるんだと思っていた」

「そうよ」

「なるほど、部屋で飼えるペットの数は特に制限されていないということなんだね」

「さあ、どうかしら」トリーナが言い、カーリーは肩をすくめた。

「本当は決まっているの。でも、隣は空き部屋だし、ほかの住人たちもわたしのベビーたちをかわいがってくれてるから、問題になったことがないだけ。それにね、どの子もすごくお行儀いいのよ。ルーファスは来たばかりで慣れていないから、わたしの留守中にときどき吠《ほ》えてるみたいだけど。それに、まだ我慢することを知らないのよね。だから今、訓練してるところ。ご近所さんたちもよく我慢してくれていると思うわ。どっちの訓練だかわからなくなりそう」カーリーはダンスバッグのストラップを肩にかけた。「さあ、早く帰らなくちゃ。今夜も乗せてきたほうがいいかしら、トリーナ?」

　トリーナは琥珀《こはく》色の瞳をジャックスに向け、答えを問うように眉をひそめた。

「ああ、そのほうがいい。本格的なデートは今夜に取っておこう。今はコーヒーが飲みたいだけだから」

「そういうことなら、答えはイエスよ、カーリー。わたしも家から持ってきたいものがあるの」トリーナはジャックスを横目で見ながら、謙遜《けんそん》するように口の端をよじった。「ホットなデートに備えて」

「はいはい、デートの相手もいないわたしたちのために何度も繰り返してくれてありがとう」カーリーはそう言うと、彼女の胸や脚、そのファンキーな髪形にそぐわない厳しい視線をジャックスに向けた。「トリーナを六時半までに送り届けて、ギャラガー」

ジャックスは神妙な面持ちでうなずいた。「承知いたしました」

カーリーは高らかに笑った。「いい子ちゃんたちだこと。おりこうさんにするのよ」そう言い残すと、出口に向かい、派手に飾り立てた二重扉を押して出ていった。

ジャックスはトリーナに向き直った。「腹は減ってないか？　きみとぼくのタイムテーブルには、ずれがあるようだから」

「いいえ、大丈夫。でも、コーヒーは飲みたいわ」トリーナもバッグを肩にかけた。「静かなところへ行かない？」

「ああ、ぜひそうしたい。賑《にぎ》やかなのもいいが、疲れる。静かなコーヒーショップへ案内してくれるかい？」

「どこがいいかしら。〈スターバックス〉？　〈ジャヴァ・ハット〉？　それとも〈ミス・

イタリア〉？　北のほうのコーヒーの町ほどじゃないけど、有名なフランチャイズ店はもちろん、すてきなお店もたくさんあるのよ」

「どこでもかまわない。適当に決めてくれればいい」ジャックスは携帯電話を取り出した。

「車を呼ぶから」

トリーナは鼻で笑った。「コーヒーを飲むだけのデートでしょ、ギャラガー。タクシーを拾いましょう」

トリーナの唇から目をそらしたジャックスは、彼女が真顔なのに気がついた。驚いたジャックスは、心の動揺を悟られないよう懸命にポーカーフェースを保った。トリーナのことを、ファーストクラスでの移動が当たり前と思っているような女性だと思っていたからだ。

でも、絶対に違うとは言いきれないじゃないか。彼女はぼくをもてあそんでいるのかもしれない。「ひょっとして、ぼくに節約させようとしているの？」

「もちろんよ。メニューの中でいちばん値段の高い特大サイズのモカ・フラペチーノをおごってもらわなければいけないもの」

「なるほど」ジャックスは、余分な脂肪がなくスポーツ選手のように引き締まったトリーナの体にさっと視線を走らせた。「ショート・サイズにスキムミルクを入れて、ホイップクリームはなし。違うかい？」

「そう思うの？　ホイップクリームとチョコレートシロップ増量の特大サイズを買えるだけの出費を覚悟したほうがいいわよ」

ジャックスはため息をついた。「まさか千キロカロリーもあるドリンクを飲んでその体を作ったわけじゃないよね」

「ねえ、ラインダンスはものすごくカロリーを消費するのよ。生活のためにダンスをやめたら、食べるものに気をつけるようになるでしょうけど。今、みんなについていくのがやっとなのは、そのせいでもあるの。約一年、ダンスから離れていたから」

外に出たとたん、歩道にあふれる人混《ひとご》みにふたりは引き離されてしまったが、曲がり角まで来てようやく肩を並べた。トリーナが笑いながら言う。「ほんと、すごい人。こういうところは、夏はゴーストタウンになりそうな気がしない？　でも、脳みそまで焦げそうなほど暑くても、ラスベガスの観光業界は衰えを知らないのよ」

ジャックスはトリーナを見つめた。着古したレオタードと腰にショールを巻いただけの気軽ないでたちの彼女が、琥珀色の瞳を自分に向けている。上唇が汗で光っていた。ジャックスは体がこわばって震えるのを感じ、さっと目をそらした。縁石に足を踏み出すとタクシーが走ってくるのが見え、さっと腕を上げた。

タクシーが縁石に近づくと同時に、セリーヌ・ディオンの歌声が聞こえてきた。トリーナがジャックスの隣へやってきた。「ほら、見て。〈ベラージオ〉の噴水ショーよ」トリーナは小さく肩をすくめた。「といっても、噴水の先端しか見えないけど。あれ、『タイタニック』のテーマソングよね。大好きだわ、あの曲」ジャックスがタクシーのドアを開けたとたん、トリーナは曲に合わせて歌いはじめた。

ジャックスは改めて彼女を見つめた。シートの奥に座ろうとしているトリーナのショールの割れ目から、左脚の太ももがのぞいている。だが、ジャックスの心をとらえたのは、歌を歌っていることをまったく意識していない彼女の様子だった。

これまでジャックスは、自意識を捨てようと懸命に努力をしてきた。しかし、結局は不可能だった。父のせいで極度なほど内気だった子供時代はすでに遠い過去のことだ。それでも、上手でもない歌声を混雑した表通りで披露するなど絶対にありえない。

仰天ぶりが表情にも出ていたのだろう。トリーナが軽く笑みを浮かべて言った。「言いたいことはわかってるわ。とても聞けたものじゃないって思ってるんでしょう?」

「いや、実に上手だよ」だが、心の中では首を振っていた。なんてことだ。いったいぼくはどうしたんだろう。突然、沸き起こったかつての苦手意識を頭の中から追いやるために、トリーナの太ももに視線をやった。腸《はらわた》をつかまれるような居心地の悪さを感じたのは、彼女の太ももを見たせいだと思い込もうとするかのように。

そうだ。そうに決まっている。ふだんは脚の一部を見せられたところで、ホルモンバランスの狂ったティーンエイジャーのように落ち着きを失うことはないのだが。

年老いた父がこの女にのめり込んだのも不思議じゃない。彼女はまさに歩いて話す性欲促進薬だ。

ぼくまで彼女の魅力に溺《おぼ》れるわけにはいかないぞ。「さっき、メンバーについていくのが大変だって言ってたよね。どういうこと？」トリーナが運転手に行き先を告げたあと、ジャックスは話しかけた。「やめたあとも、いつでも復帰できるように練習を続けながらトラック運転手のように食べていたのかい？」

「いいえ。そのときは、ショートのスキムミルク入り、ホイップクリーム抜きを飲んでいたのよ。でも、早い時期に夫が病気になって、予定どおりハネムーンから戻ったら復帰というわけにいかなくなったの。体をなまらせないためのレッスンも受けられなくなってしまって」

心臓の鼓動が重くなった。父が癌《がん》と闘っていたことを思い出すたびに起こる現象だった。

「早いって、どれくらい？」

「結婚してすぐだったわ」トリーナはしばらく黙っていたが、タクシーがコーヒー店の前に止まると肩をすくめた。「彼は、最初は隠そうとしてたの。でも、すぐに病状がかなり進んでいることがわかって」

果たして、父の病気がふたりの夫婦生活にどれほど影響を与えたのだろう。いや、彼女があの年寄りと裸になるところなどやはり想像したくない。大人になりきれていない、負けず嫌いで行動がワンパターンの思春期の若者に戻ったような気分だ。それとも、コーヒー店に向かって前を歩く彼女の脚まわりで揺れているショールの房を見ているせいで、こんな気持ちになったのだろうか。

ジャックスは思いきり息を吸い込んだ。

トリーナが席を取りに行ったので、ジャックスはバリスタにコーヒーを注文した。コーヒーを待つ間、ポケットの中の宝石店の小さな箱を指でいじりながら、ネックレスをいつ渡そうかと考えた。今がいいだろうか。それとも夜まで待つべきか。今、渡すのがいいような気もする。夜のデートまでに、どうやって感謝の気持ちを表そうか、じっくり考える時間を与えられるからだ。

だが、トリーナのフラペチーノと自分のコーヒーをテーブルに運んだジャックスは、いつの間にかさっきの会話の続きを始めていた。「レッスンを受けると受けないとで、そんなに差がつくものなの?」

「どんなものでも使わなければ役に立たなくなるでしょ。あなただって、常に勝ち続けるためには、定期的にポーカーをする必要があるんじゃない? わたしの場合、一週間のうち五日はショーに出ていたし、そのうちの四日は二ステージ出演してたのよ。つまり一週間に九ステージこなしていたの。そのほかにもダンスレッスンを受けていたし、新しいダンスを覚えなくちゃいけないときは、今日のようなリハーサルもあるの。そういう生活からすっかり遠ざかってしまったのよ。それにこの間、指摘されたみたいに、いつまでも若いままではいられないし」

「ぼくはそんなふうに思っていない」

「わかっているわ。二十五歳の女性と同じくらいスタイルがいいって言われればうれしいに決まっているけど、残念なことに現実はそうはいかないわ。復帰してからというもの、疲れやすくなったし、すぐに息が切れるし、けがも多いのよ。みんなに追いつくために毎日のようにレッスンしているけど、不安でしかたがないの。練習が足りないんじゃないか、再来週の年に一度のオーディションに落ちるんじゃないかって」トリーナは椅子に座ったまま姿勢を正し、ステージで見せるような満面の笑みを浮かべた。「でも、わたしのぐちばかり聞きたくないわよね。あなたの仕事の話をして」

　確かに、彼女の苦労話など聞きたくはない。そもそも、苦労をしているなどとは思ってもいなかった。予想外の彼女の弱さに、ジャックスの心はかき乱された。

　彼女に同情するわけにはいかない。

　だが……。彼女の前では、ぼくは礼儀正しい男として通っている。彼女だって自分が気まずい思いをするよりも、プロのギャンブラーとしてトーナメントで各地を回っているぼくの愉快な話を期待しているはずだ。

　多才で優れた技術をいくつも身につけているジャックスだったが、人間関係という面では表面的な付き合いしか経験がない。こういうときは、なんて言えばいいのだろう。ジャックスは指先でトリーナの空いているほうの手に触れ、ぎこちなく言った。「きみは、いろいろと苦労したんだ」

トリーナはむせるように笑い、飲もうとしていたカップをテーブルの上に置き直した。「まあ、優しいのね」

「優しくなんかない」腹の中でうごめくなじみのない感情――罪悪感――を打ち消すかのように、ジャックスはきっぱりと言った。

トリーナはジャックスの口調に驚いた顔をしている。

ジャックスは明るく言い添えた。「本当だ。ぼくは優しくなんかないんだ」話題を変えよう。「つまり、きみはご主人の面倒を見るのに忙しくて、本来は必要なレッスンを受けられなかったってことかい?」いったい、ぼくは何をしているんだ。最初から最後まで状況を読み違えるばかがどこにいる?

「なんだかわたし、殉教者みたい。聖トリーナに改名しようかしら」トリーナは鼻で笑った。「いいえ、手を貸してくれる看護師がいたもの。ただ――」

そう聞いて、ようやく罪悪感が消えた。なるほど、話を聞こうじゃないか。世話をするための看護師はいたに決まっている。どうせショッピング三昧《ざんまい》の毎日を送るあまり、受けておくべきレッスンや、今にも死にそうな夫のような取るに足りないことなど心配するひまもなかったのだろう。そのあげく、今になって嘆いているんじゃないか。

〝カモはいくらでもいる〟というのは誰の言葉だっただろう。彼女に操られている気がしたのは、これが初めてではない。いや、二度、三度どころじゃないかもしれない。根拠のない自己批判はとりあえず先送りし、ジャックスは心の中で夜のデートの計画を練りはじめた。これだけじらされたんだ。そろそろ先に進ませてくれてもいいだろう。

今夜こそ勝負だ。

7

エレンは、ラウンジチェアの背もたれにタオルをかけて隣のテーブルに鍵《かぎ》を置き、プールに歩み寄った。一日の中でもいちばん気温の高い時間だが、直射日光を避けようという気持ちはまったくない。もともと泳ぐのは大好きだった。それに、さまざまな形の運動を試みて失敗を繰り返した結果、水泳がいちばん体にいいということもわかっている。低い飛び込み台に上り、一歩、二歩と足を踏み出して焼けつくような日差しの下に出ると、一、二、三で、水の中へ飛び込んだ。頭から体全体を包み込む水が、冷たくて心地いい。

腕で水を切りながら静まり返った水中を進み、プールの中心辺りで水面に浮かび上がった。滑らかで安定したストロークで水深の浅いほうへ向かいながら、エレンは自分にしっかりと言い聞かせた。マック・ブロディが午後のいちばん暑い時間にプールのフィルター掃除といったメンテナンス作業をすることはないと知っているから、泳ぐわけではないのよ。そんなこと、なんの関係もないわ。

本当よ。関係あるわけないじゃない。マックなんて怖くもなんともないわ。

プールの端でターンし、反対側へ向かって泳ぎ出す。半ばまで来たところで、息継ぎをしようと横を向いた。その瞬間、頭の上で何かがひゅっと動いた。えっ、と思った直後、ばしゃーんと音がして水しぶきが上がった。エレンは慌てて水しぶきを避けようとした。

「ルーファス！　だめ！」カーリーの声だ。「どうしよう、エレン、ごめんなさい」

立ち泳ぎをしながら振り返ると、ルーファスがエレンのほうへ向かって必死になって泳いでくるのが見えた。水に濡《ぬ》れた黒と茶の毛が光っている。口を大きく開け、笑っているようだ。実に楽しそうなルーファスの姿に、エレンは笑みを浮かべた。

だが、カーリーは楽しんでいるどころではないらしい。「こっちへいらっしゃい！　もう、何をやってるの？　こっちよ！」ルーファスが知らん顔なのを見て取ると、カーリーもプールの中に飛び込んだ。

エレンは声をあげて笑い出した。露出度の高いカーリーのトレーニングウエアは、見た目には水着とほとんど変わらない。だから、カーリーは服を着たまま飛び込んだとは言いがたい。ただキャンバス地のバレエシューズまで履いたままだ。

このコンドミニアムに越してきて、カーリーとトリーナと出会ってから、エレンの人生はそれまで以上に愉快なものになった。エレンはふたりのことが大好きだった。若いふたりのエネルギーと友情、そして明るさに、毎日のように幸せを感じさせてもらっていた。

陽動作戦は見事に成功した。ルーファスはうれしそうに〝わん〟と吠《ほ》えると、途中でくるりと向きを変え、主人のもとへまっすぐに向かいはじめた。カーリーは笑いながらルーファスが必死で動かしている前脚をよけ、首筋をつかまえた。そのままプールの脇《わき》に引っ張っていき、手でお腹《なか》の下を支えてプールサイドへ押し上げた。

「本当にどうしようもない子ね、あんたは」カーリーは優しくそう言うと、自分もプールから上がり、タイル張りのプールの縁に腰を下ろした。ずぶ濡れになったトレーニングウエアから水がしたたっている。「やってくれたわね」カーリーがつぶやいた。ルーファスが思いきり体を振ったので、しずくがカーリーに飛んでいったのだ。しかしカーリーは隣に座り込んだルーファスの毛をいとおしげにかきむしった。

「いったい何事かね？」

しわがれ声の主はすぐにわかった。その瞬間、下品な罵《のの》り言葉がエレンの頭をよぎった。あまりにも淫《みだ》らで自分のボキャブラリーとは思えず、エレンはつい自分が恥ずかしくなった。もっとも、それもほんの一瞬のことで、すぐに運のなさを呪《のろ》った。今日のわたしはどこまでついていないのかしら。また、マック・ブロディと顔を合わせることになるなんて。

「おれの清潔なプールで、その汚らしい犬を泳がせるつもりなのか、カーリー？」

「ごめんなさい、マック」カーリーは苦笑いを浮かべた。「わざとじゃないの。ルーファスに逃げられちゃったのよ」カーリーはルーファスの首に腕を回した。「この子って、ほんと頑固なの。いえ、石頭って言ったほうが正しいかも」

「能なしというのはどうだ？」

カーリーが笑った。「それもいいわ。確かにそのとおりだもの。なんて呼んでくれてもいいけど、この子は今までの子たちより訓練に時間がかかりそうだわ」カーリーはルーファスを優しく見やった。ルーファスはうれしそうにカーリーを見上げて荒い息をしている。「でもちゃんと覚えてくれるわね。少し時間がかかるだけ」

エレンは、カーリーとマックの様子をそっとうかがった。水に濡れたトレーニングウエアを着て、水を吸って形の崩れたバレエシューズを履いていても、若いカーリーはさわやかでセクシーだ。だが、マックはコンドミニアムに住んでいる若い女性たちを淫らな目で見たことは一度もない。それはエレンも断言できる。

それでも、エレンは美しいダンサーがいるときにマックの目の前でプールから上がる気にはなれなかった。互いにうまく調子を合わせているようなときでも、エレンはマックの言葉のせいで、自分が性的魅力のないしわくちゃの老婆のような気にさせられる。ましてや、カーリーの完璧《かんぺき》なスタイルと、六十歳の誕生日を一カ月半前に迎えたばかりの自分の体とを比べられるのだけはいやだ。

エレンはルーファスのために中断したクロールを深いほうへ向かって再開した。最初は緊張してスムーズに腕を回せなかった。しかしブルーのタイルを張った壁でフリップターンをしたとたんに緊張がほぐれ、安定した見事な泳ぎを披露しはじめた。

やがてカーリーとマックの声が消えた。水音だけが響き、椰子《やし》の木を揺らす風のささやきが聞こえる。エレンは一休みするためにはしごに近づき、水から上がった。いちばん上のバーに足をかけ、耳に入った水を出そうと頭を傾けた。

「やっと終わりというわけか」

驚いたエレンは振り向いた勢いではしごから滑り落ちそうになった。椰子の木陰に目をやると、タオルを置いたラウンジチェアにマックが座っている。マックはエレンをにらみつけ、焦茶色の瞳でエレンの頭から爪先までじろじろと眺め回した。

水の中に引き返してマックの無礼な視線から逃げ出したい。だが、プライドがそれを許さなかった。エレンは心臓を高ぶらせ、プールサイドに立ち上がった。張りを失った内ものの筋肉と、ネイビーの水着の下に隠れているやや丸みを帯びたお腹を痛いほど意識しつつ、顎を上げてマックの視線を真正面から受け止めた。

あの人だって、わたしより年が上ということはないにしても、それなりの年齢を重ねているはずだわ。それなのに、きちんとアイロンのかかったカーキ色のズボンと白いポロシャツがあんなに似合っている。世の中はなんて不公平なのかしら。

エレンは悔しい思いを黙ってのみ込み、礼儀正しく頭を下げた。「ごめんなさいね、ミスター・ブロディ。あなたのお仕事の邪魔をしていたなんて気づかなかったわ」ラストネームを呼んだ瞬間にマックの目を苛立《いらだ》ちの色がよぎった。エレンは勝ち誇った気分になった。こみ上げる笑みをこらえ、相手が怒るのを見て喜ぶなんて趣味が悪いわよと、自分に言い聞かせる。だからといって、せっかくの楽しみをなくすのもいやだけど。「そのタオルを取ってくださったら、すぐに退散します」

マックはプラスチック製の固い椅子に置かれたタオルをつかんで立ち上がった。エレンに歩み寄り、腕を伸ばしてタオルを突き出す。「ほら」マックの陰りを帯びた目がすばやくエレンの全身を盗み見た。「さっさと巻いてくれ。体中から水が垂れているじゃないか」

マックの視線が一瞬、自分の胸にとどまった。まったく、男というのはあきれた生き物ね。乾燥してしなびたプルーンとわかっていても、色目を使わずにはいられないんだから。

まあ、見たければ見ればいいわ。それだけわたしが元気だという証拠ですものね。そのとき、強烈な欲望がエレンの体を走り抜けた。トリーナの紹介で初めて出会った日から、マックには侮辱的な偏見を持たれている。彼は、図書館司書は性についての関心が薄くお堅い人間ばかりで、特にエレンはその代表だと信じ込んでいる。なんとかしてこの人の鼻を明かせないものかしら。

もちろん、あからさまな態度をとることはない。マックの差し出したタオルをつかんで腰に巻き、落ち着いた様子で礼を言った。そしてテーブルに置いた鍵を手に取り、自分の部屋へ向かった。六十代に入ったばかりの大人の女性の威厳を示しながら。

その夜、出番を待っているステージ裏でカーリーからルーファスのプール飛び込み事件の顛末《てんまつ》を聞き、トリーナは大笑いした。ルーファスのおちゃめぶりには大いに楽しまされたものの、エレンとマックの名前を聞いたとたん、朝の自分の部屋でのマックの態度と、ふたりの言い合いを見ていたときの思いがよみがえった。「それで、あのふたりはなんて言ってた？」

「何も言ってなかったわよ」カーリーは驚いた様子でトリーナを見た。「エレンはそのまま泳ぎはじめたもの。マックが何したかまでは知らないわ。わたしは少しマックと話をしたけど。そのあと、あのおばかちゃんを連れて部屋に戻って、びしょ濡れになったウエアを着替えたの」

「じゃあ、あなたがプールを離れたときは、まだマックはいたのね」

「そうよ。ラウンジチェアに座って、エレンが泳ぎ終わるのを待ってたんじゃないかしら。よくわからないけど、掃除か何かするために」

「なるほど」やっぱり、そうなのかも。トリーナはにやりとしてカーリーを見つめた。「普通、気温の高い真っ昼間に、わざわざ掃除するかしら。ねえ、今日、わたしの部屋で何があったか知りたくない？」

カーリーは興味深げに眉を上げた。

「マックって、エレンにお熱なんじゃないかしら」

「まさか！」カーリーは大笑いしたが、トリーナがにこりともしないのを見て、真顔になった。「まじめに言っているの？」

「もちろん、大まじめよ」トリーナは右膝を持ち上げて胸に近づけ、そのまま足を上げた。爪先を天井へ向け、頭の上まで持ち上げる。左脚でバランスをとりながら、右脚を曲げ、その日の朝の様子をカーリーに話しはじめた。「わたしがマックの態度を非難したときの彼の表情を見せたかったわ」トリーナは右脚を下ろし、左脚も同じようにストレッチをした。「でも、彼が神妙になったのは、わたしが怒ったからじゃないと思うの。エレンの気持ちを傷つけてしまったことがわかったからじゃないかしら」

「あのふたり、互いの気持ちを傷つけ合って喜んでいるようなものね」すると、カーリーははっとしたように続けた。「ああ、そういうこと。ハイスクール時代を思い出したのね？」

「そのとおり。気になる相手ほどいじめたい、っていう心理。キスをしたい女の子のお下げをわざと引っ張って、自分にはかなわないんだぞって彼女に思わせる作戦よ」

「そうそう。男って女に操縦桿《かん》を握られるのがいやなのよね」カーリーが言い、トリーナが笑い返す。「自分たちがあくまでも優位でいたいのよ。女に主導権を握られたと思うと腹が立ってしょうがないわけ」

トリーナはうなずいた。もっとも、自分に男性を操縦してきた経験がたっぷりあるというわけではなかった。「ただ、エレンの気持ちはわからないの。マックよりエレンのほうが、行動は慎重だから」

「そうね。あの冷静で洗練された振る舞いが彼女の強みだわ。そのせいで、マックは頭に血が上っちゃうのよ」カーリーはにやりと笑った。「でも女同士のときは、エレンはもっと気を許してくれているわ」

「ええ、わたしもそう思うわ」劇場の観客がコメディアンのジョークに大笑いし、嵐《あらし》のような喝采《かっさい》が沸き起こった。「今夜のハリーはいつにも増して絶好調みたいね」トリーナは舞台の袖《そで》に並ぶほかのダンサーたちに近づきながら言った。「何かわたしたちにできることはない？　どんなことでもいいわよ」

「そうねえ、マックに問いただすようなことはしないほうがいいわ」

「当然よ。それに〝エレンと寝たいと思ってるの、マック？〟と訊《き》くなんて、考えただけで……」ちょうどいい言葉が出てこない。トリーナは困った顔で首を横に振った。「どう言ったらいいのか……」

「腰が引けちゃうわね」と、カーリー。

「そう、それ」

「でも、エレンなら訊けそうだと思わない？」カーリーが言った。「だって、自分に熱を上げる男がいるという話を聞いて喜ばない女はいないもの。ただ……」

「それはあくまでも一般論だ、でしょ」

「そうなのよ！　あなたのショーツを下ろしたくてうずうずしてる男の人がいるのよ、なんて自分の母親にはとても言えないもの」カーリーは高笑いした。「トリーナはわたしの母親に会ったことがあるからわかるだろうけど、あの人は、娘には〝わたしはこうのとりに運ばれてきたんだ〟と信じるふりをしていてほしいの。ふしだらで、みっともない肉体的行為の結果だなんて考えさせたくないのよ」

「それに比べたら、わたしの母はもっと現実的ね。それでも娘とセックスの話なんかしないわ。特に娘のことに関しては。わたしたち娘に対する性教育は〝男の子が求めるのはたったひとつだけ。でも絶対に許しちゃだめよ〟って言われたことくらいかしら」

「でも、エレンとなら話せそうな気がするわ」カーリーが言った。

「ええ、そうね」

「それじゃあ……」

「セックスはエレンとマックの問題だから、わたしたちは首を突っ込むべきじゃないと思う。違う？」

「ごもっとも」

「オーケー、これで話は決まりね」コメディアンが舞台を下りると、ダンサーの登場を合図する音楽が鳴り響いた。列を成したダンサーたちが次々に舞台に上がっていく。トリーナはスポットライトの下へ走り出る前に、もう一度カーリーを振り返った。「いい結論が出せてよかったわ」

なんてことだろう。

ジャックスは人気のナイトクラブを見回し、首を振った。大失敗だった。この店は金持ち向けと聞いていた。それもとびきりの大金持ち用のクラブだと。ラスベガスでも指折りの高級クラブという噂《うわさ》だったぞ。だが、店内の照明は低く、やたらと話し声が響く。そのうえ、ヒップホップミュージックが響き渡っていて、今にも頭痛が起きそうだ。

ジャックスとトリーナの席は広々としたメインルームにあった。バーカウンターや、一段低いところにある円いダンスフロアからもさほど遠くはない。プロのダンサーを連れていくにあたって、どちらかといえばダンスの苦手なジャックスは、技術よりも運動神経の良さをアピールするつもりだった。チークダンスをしながら彼女のハートをしっかりつかむはずだった。

それなのに……。まったく、なんてくだらない計画を立てていたのだろう。チークタイムはないうえ、控えめに言っても静かな店ではない。ロマンチックでもない。おまけに、トリーナには初めての店ではなかった。入口に立っていた用心棒がトリーナに気づき、手を振って先頭へ並ばせてくれたからだ。そのうえ、サービス料の割引券をくれるという侮辱を受けることになるとは。せっかくＶＩＰルームを借りきって彼女を驚かせるつもりだったのに。

ジャックスはテーブル越しにトリーナを見つめた。トリーナは楽しそうだ。座ったまま曲に合わせて体を揺らしながらコスモポリタンをすすり、ダンスフロアで狂ったように踊る人々を眺めている。ジャックスが見ているのに気づくと、トリーナはにっこりした。いくらか気持ちが晴れ、ジャックスも笑い返した。テーブルにのしかかるように体を寄せて言う。「ここは音がうるさすぎないかい？」

耳の後ろに手を当てて、トリーナも体を寄せた。「なあに？」

ジャックスは笑った。もちろん、トリーナにからかわれているとは思っていない。「ここは音がうるさすぎないか、と言ったんだ」

トリーナはうなずいて立ち上がり、小さなハンドバッグを持って脇に挟んだ。片手でドリンクをつかむと、もう一方の手をジャックスに差し出し、部屋の反対側のドアに向かって顎をしゃくった。ジャックスはテーブルを立ち、トリーナの手をつかんだ。トリーナはシャンプーの香りがわかるほどジャックスに体を寄せ、頭を傾けて唇を耳に触れそうなところまで近づけた。「ついてきて」

トリーナは密集したテーブルの間を縫うように進んでいった。

数分後、ふたりは賑《にぎ》やかなメインストリート、ラスベガス・ストリップに面した屋外パティオにいた。往来を行く車のエンジン音やクラブの音楽も聞こえてくるが、中にいるよりはずっとましだ。

「ありがとう、キャス」ふたりの席を用意してくれた若いウエイトレスに向かってトリーナは言った。「あなたって本当にいい人ね」

「当然のことをしたまでよ」ウエイトレスは生意気そうな笑みを浮かべた。「お礼はチップでちゃんといただくわ」

「ここのほうがずっといい」ジャックスが言った。気取った様子で立ち去っていくキャスに向かって首を傾けた。「彼女はどういう知り合い？」

「彼女がダニーと結婚するまで、同じコンドミニアムに住んでいたの。入口で立っていたのが彼よ」

「世間は狭いな」

「まあね、小さな町だもの。遅かれ早かれ――まあ、ある程度の期間住んでいればだけど――道で昔なじみにばったりなんてことが頻繁に起こるようになるわよ。近ごろは地元の人間に見られることがうれしくてしかたないの。もちろん、ここで暮らすほとんどの人たちと同様、わたしもよそ者だけれど。でも、ダニーとキャスはラスベガス育ちですって」

トリーナはクランベリー色のドリンク越しに急に目を輝かせた。「ねえ、あなたもふたりのこと知っているんじゃない？」

確かに、近ごろは流行の先端を行く連中と親しくさせてもらっているからね。「ぼくよりもずっと若そうだ」

「そうだとは思うけど、例えば同じ高校に行っていたとか、何かありそうじゃない？」

「ああ、何かはね」ジャックスはテーブル越しに腕を伸ばしてトリーナの手を取り、もう一方の手をポケットに入れた。「今日、コーヒーショップへ行く前に言ったこと、覚えているかい？　ひとり勝ちしたって」

「もちろん」

「そこで、きみにちょっとしたプレゼントを用意したんだ」

「冗談でしょ？　わたしにプレゼント？」笑いながら、トリーナは姿勢を正した。「何かしら？」

ジャックスは宝石店の小さな箱をポケットから出し、テーブルの上を滑らせるように押し出した。

トリーナは黙って見ている。

困惑の表情を浮かべたトリーナを見つめながら首を傾けて合図し、そっと箱を押しやった。「開けてくれないか」

トリーナはとまどっていたが、ようやく意を決したように手を伸ばし、箱を持ち上げた。

ゆっくりとふたを開け、驚いたように息をのんだ。

「まあ、すごいわ」トリーナはジャックスを見上げた。「なんてきれいなの。すばらしいわ」首を曲げて、じっくりと見入っている。「驚いた。わたしのハンドバッグと同じ形よ！」トリーナはうれしそうに声をあげた。「こんなにそっくりなペンダントヘッド、どこで見つけたの？　本当にすてきだわ。ありがとう」だがトリーナはぴしゃりと箱を閉じ、ジャックスの前に戻した。「でも、受け取れないわ」

「どうして？」ジャックスは驚いて訊き返した。トリーナの言葉にジャックスの喜びが吹き飛ぶ。「ぼくは受け取ってほしいんだ」

「だめ」トリーナはそっと答えた。「受け取れないの」

「どうして？」

トリーナはジャックスの握りこぶしを指先で優しく触れた。「だって、高価すぎるもの」

「ぼくには理解できないよ。プレゼントと聞いてうれしそうにしていたじゃないか。そうだろう？　きみを見ていればわかる」

「ジャックスったら」トリーナは手を引っ込めた。「わたしはゴディバの四個入りチョコレートかしらと思っただけなの。それとも、特大サイズのモカ・フラペチーノのギフトクーポン券とか。まさか宝石だなんて！」

「ただのネックレスじゃないか」

「これはどう見ても高級な宝飾品よ。もしこれが本物のパヴェ・ダイヤじゃないって言うのなら、Tシャツを食べてもいいわ」

「高級品はだめなのかい？」

「あなたと知り合ってまだ三日よ。受け取れないわ」ジャックスを見つめるトリーナの表情が急に険しくなった。「ショーガールだからといって、わたしは自分を売り物にするつもりはないの」

「そんなこと考えたこともないよ」それは嘘《うそ》だった。ジャックスの心臓が激しく鼓動した。百万ドルを賭《か》けたトーナメントの最中じゃないんだぞ。箱のふたを開け、もう一度トリーナの前に押し出した。「でも、とにかく受け取ってほしい。頼む。そうだ、裏側を見てごらん」

「まあ、文字が彫ってあるなんて言わないでちょうだい」トリーナはベルベットとサテンの台に置かれた小さなダイヤのハンドバッグをつまみ上げ、裏返した。テーブルの上のキャンドル形のライトに近づけてかがみ込み、ため息をつく。「ぼくを笑わせてくれるTへ」トリーナが読み上げた。こわばっていた肩から力が抜けた。「ジャックスったら」

「小さくて、それだけしか彫れなかった」

「ジャックス、わたし――」

「見返りを期待しているわけじゃない」ジャックスは言い張った。自分でも驚いたことに、このときばかりは本心だった。「今日は本当についていたんだ。新しいジャケットでも買おうかと思っていたときに、きみのことを思い出した。深い意味はないんだ」その晩、彼女をベッドに誘うという大きな期待をジャックスは自ら捨て去った。

トリーナと寝るのではなく、彼女を笑わせたい。そんな自分の気持ちに気づいたとたん不安を覚え、椅子に座ったまま姿勢を正した。

だが、すぐに不安を振り払った。なに、大したことじゃない。ネックレスには若干の作戦ミスがあったが、彼女があくまでも親しみやすい普通の女性を装う以上、こっちもそのつもりでいけばいい。むしろ、そのほうが都合がいいじゃないか。無駄な金を注《つ》ぎ込む必要はないうえ、感謝の言葉までかけてもらえる。トリーナはネックレスの入った箱を憧《あこが》れと嫌悪の入り混じったような表情で見下ろしていた。しばらくしてようやくふたを閉め、箱をバッグに押し込んだ。だが、気が進まない様子なのは明らかだ。文字を彫ってあって返品がきかないのでしかたなくもらっておこうというトリーナの気持ちが、ジャックスにははっきりと読めた。

本当に大きな作戦ミスだった。すぐにでも改善策を打ち出す必要がある。「今度の休みはいつ?」

トリーナは警戒するように目を上げた。「火曜日よ」

ジャックスは急いで自分の予定を頭に浮かべた。「完璧だ。その日は〈ビニオンズ〉で試合の予定があるんだが、開始は七時なんだ。よかったらフーバー・ダムまでドライブでもどうだろう」

「ラスベガス外デートってこと？」

「そのとおり」

トリーナは一瞬ジャックスを見つめ、それからゆっくりと微笑《ほほえ》んだ。「いいわ。楽しいでしょうね」

「よかった。じゃあ、正式なデートと考えてもいいかな」

トリーナの満面の笑みを見て、ジャックスはほっと胸を撫《な》で下ろした。

別に彼女に気を遣っているとか、何かするのに彼女の承諾が必要だということではないぞ。ジャックスは慌てて自分に言い聞かせた。それは絶対に違う。自分の計画をようやく軌道に戻せたことに、安心しただけだ。

もっと自分の気持ちに素直になったらどうだ、という小さな声が頭の奥から聞こえたが、ジャックスは無視を決め込んだ。

今回だけは、自分の本心と向き合う気にはなれなかった。そう、今の自分は目的を果たすために、事実からわざと目をそらそうとしているのかもしれない。

だが、今はそれを受け入れるしかない。

8

火曜日の朝、トリーナはデートに行く準備で大わらわだった。ビューラーで右目の上まつげを挟みながら、かがみ込んでストラップのついたサンダルを左足に履く。時間節約のための並行作業はことのほかうまくいった。そこで今度は左手で右の踵《かかと》にストラップをかけながら、右手で左まつげをビューラーで挟んだ。メイクが終わると、宝石箱に向き直った。引き出しのひとつを開け、ジャックスにもらったネックレスを見下ろす。

このネックレスに対する思いは複雑だった。トリーナが今までに受け取った中でいちばん心のこもった贈り物だと思うものの、一方で下心のあるファンがショーガールに買い与える種類のプレゼントかもしれないという思いも捨てきれない。

トリーナは、引き出しの深緑のフェルトの上に置いてあるネックレスの細いチェーンを指でいじりながら、デートに身に着けていくべきかどうか考えた。ようやくネックレスを持ち上げると、鏡の前に持っていく。頭を前に倒して首の後ろで留め金をかけ、ペンダントの位置を直すと、後ろへ下がって鏡の中をのぞき込んだ。

フーバー・ダム・デートのためにトリーナが選んだのは、膝上のカーキ色のスカート、ヒールの低いサンダル、赤みがかったオレンジ色のタンクトップというでたちだ。カジュアルな服装だから、優雅なネックレスは似合わないかもしれない。それは、ある意味トリーナの願いでもあった。似合わなければ、着けようかどうしようか悩む必要はない。

だが、期待ははずれた。日光がブラインドの隙間《すきま》を通して差し込むだけの薄暗い部屋の中でもパヴェ・ダイヤのペンダントはきらきらと光を放っている。ドレスアップした装いはもちろん、カジュアルな装いにもぴったりなほどおしゃれなネックレスだった。トリーナはため息をついて、胸の谷間がわずかに見えるタンクトップのネックラインに合わせてペンダントのチェーンを調節し、両手を脇《わき》に下ろした。しかたないわね。これでいきましょう。

ドアベルが鳴った。トリーナは引き出しを閉め、チューブ入りの日焼け止めをつかむとトートバッグの中に押し込み、狭い玄関に向かった。ジャックスが立っているものと思ってドアを開けると、目の前にいたのはカーリーだった。

カーリーの視線がネックレスに注がれた。「よかった。着けていくことにしたのね」カーリーは言い、中へ入ってきた。「彼、センス抜群じゃない。あなたにすごく似合ってる」カーリーは、トリーナが炉棚の上の時計を盗み見たのに気づき、顔をしかめて肘で彼女をつついた。「心配しないで。デートに割り込もうなんて思ってないから。あなたが出かける前に、午後から車を借りられるかどうか訊《き》いておきたかったの。後ろのタイヤに釘《くぎ》が刺さってガソリンスタンドに持っていったんだけど、修理に最長三時間かかるって言うのよ。早く終わってくれればいいけど、もし本当に三時間かかると困るの。一時半にルーファスの予防接種の予約が入っているから」カーリーは勢いよく息を吐き出した。「いつものことながら考えちゃうわ。どうしてあの子を家に連れ帰ろうなんて思ったのかしらって」

「そうねえ。それはやっぱり、あなたが道端に置き去りにされた動物をどうしても放《ほう》っておけない、おめでたくて心の優しい人だからじゃない？　見殺しになんてできないんでしょ？」

「まあね。ありがとう。近ごろのルーファスがあんまり手に余るから、今言ってくれたことをつい忘れちゃうのよ」

「あのふさふさした毛に覆われた体についてる蚤《のみ》でさえ殺せないくせに」トリーナはバッグからキーホルダーを取り出した。しかしもう一度、内ポケットに戻すと、キッチンへ向かった。「家の鍵《かぎ》をはずすのはやめておくわ。爪が折れるといやだから」キッチンから戻ってきたトリーナは、カーリーに向かってスペアキーを放った。「はい、どうぞ」

カーリーはキーを空中でつかんだ。「ありがとう。あなたがデートから戻ってくる前に返しておくから」トリーナの大きめのトートバッグを見て、カーリーはさらに言った。

「日焼け止めは持った？」

「はい、ママ」

「ミネラルウォーターは？」

「いけない。忘れていたわ。思い出させてくれてありがとう」トリーナはキッチンへ歩いていき、冷蔵庫の中からペットボトルを二本取り出した。「これで準備は万端ね」

「そう？」カーリーは皮肉たっぷりの笑みを浮かべた。「わたしから言い出したのになんだけど、あなたが行こうとしているのは観光客を食いものにする場所よ。その気になれば、必要なものはなんでも買えるわ」カーリーは片腕を伸ばし、トリーナを強く抱きしめた。

「楽しんできてね」

「もちろんよ。だって、スタジオでの練習をキャンセルして遊びに行くんだもの」

「いい気分転換になるわ。あなたったら、毎日ダンスばかりじゃない。一日ぐらい休んだってばちは当たらないわよ。さてと、もう行くわね。これ、ありがとう」カーリーがキーホルダーを振った。「おかげで山のような用事が一日ですませられそう」カーリーは玄関に向かって歩きはじめた。

　トリーナもカーリーについて玄関まで出ていった。しかし、カーリーがドアを開けたとたん、驚いて飛び上がった。ノックをしようと手を上げていたジャックスが目の前に立っていたのだ。

　ジャックスは手を脇へ下ろし、トリーナを上から下まですばやく見下ろした。視線はトリーナのネックレスに一瞬とどまったあと、すぐにむき出しの脚へと下がっていった。しかし、トリーナがいちばんうれしく感じたのは、ようやく視線が顔へ戻ってきてそこで止まったことだった。

「驚いたな。すごくすてきだよ」

「ありがとう。あなたもよ」トリーナの言葉は嘘《うそ》でもお世辞でもなかった。ジャケットを着ていないジャックスを見たのは初めてだ。タイトなTシャツとジーンズ姿のせいか、肩の広さと脚の長さが強調されて見える。総じて言えば、トリーナが想像していたよりもずっとタフで野性的な印象だ。

「そうそう、わたしたちはみんな、すてきなんだってば」カーリーは言って、その場でタップダンスを披露した。最後は手のひらを上に向けて両手を広げ、自分のゆったりして色あせたショートパンツとグレープジュース色のスポーツブラを見せびらかすかのように、ゆっくりと回転して止まった。

三人は大笑いした。ジャックスがカーリーに〝きみもすごくすてきだ〟と言っているのを聞きながら、トリーナはカーリーのおかげで体中が痺《しび》れるほどの緊張がほぐれたことを実感し、ほっとした。男性にこれほど強烈な性的緊張を感じたのは久しぶりのことだ。久しぶりすぎて、どう振る舞うべきなのか思い出せないほどだった。

それでも、ジャックスと一緒にいると、わたしはありのままのわたしでいられる。それだけでもすごいことだわ。そのうえ、ジャックスはそんなありのままのわたしに好感を持ってくれている。これ以上うれしいことがこの世にあるかしら。

ジャックスはトリーナの先に立ってコンドミニアムをあとにした。共有スペースを通って歩道へ出る。やがてジャックスは、車体が赤いコンバーチブル型のスポーツカーの前で足を止めた。トリーナは驚いてぽかんと車を見つめた。「ワオ」トリーナは息を吐いた。「これ、あなたの？」

「だといいんだけどね」ジャックスは、カーリーがペットたちのことを考えるときと同じような愛情のこもった視線を車に投げかけ、目を細めた。「レンタカーさ」

「初めて見る車よ。なんていうの？」

「ダッジ・バイパーSRT／10だ」ジャックスは滑らかでつやのあるバンパーを手でいとおしげに撫《な》でた。「美人だと思わないかい？」

「思うわ。でも、すごく高かったんでしょう？　わたしの車を出せばよかったわ。どうして思いつかなかったのかしら」

ジャックスは何を言っているんだという表情を浮かべた。「お金のことなら心配はいらないよ、トリーナ。それにせっかくのデートじゃないか。ぼくたちふたりにとって」

トリーナは顔をしかめた。「ごめんなさい。せっかくの楽しい気分に水を差すようなことを言ってしまって。よくよく考えてからしかお金は使わないことが当たり前になっていて、世の中にはそんな心配をする必要のない人もいることをつい忘れてしまうの。わたしが言いたかったのは、その、ほんと、かっこいい車ね！　屋根はどうするの？　下ろしていくの？」

「屋根を下ろしてもいいのかい？　風で髪が乱れるのをいやがる女性もいるからね」

トリーナはちっちっと舌打ちして、バッグから金色の模様の小さなバンダナを引き出した。髪を指ですき、うなじのところでポニーテールにまとめて言った。「ここをちょっと持っていてくれる？」

トリーナが後ろを向かないうちに、ジャックスは腕を伸ばして両手で彼女の髪をつかんだ。トリーナは手早くバンダナをねじってひもを作った。ジャックスはトリーナに体を寄せた。ポニーテールにバンダナを巻くために上げたトリーナの腕がジャックスの腕にぶつかった。まあ、まるで御影石《みかげ》の彫刻のような胸だわ。でも、腕がかすった彼の腕の内側はなんて滑らかなのかしら。それにすごくいいにおいがするのね。きれいに洗濯をしたコットンと、清潔で健康的な男性のにおい。鼓動の高まりを感じながら、トリーナはゆっくりと目を上げた。ジャックスがじっと立ったまま自分を見下ろしている。

「これでいいわ」トリーナは言い、後ろへ下がった。そのままでは、今にもジャックスの下唇に噛《か》みついてしまいそうだった。「風が吹いても、髪が顔にかかることはないでしょ」

トリーナは浅い息をしながら車に乗り込んだ。ジャックスが運転席に乗ってきたときに、うっとりするような彼のにおいを肺に吸い込むのを避けるためである。それでも、そのにおいはトリーナの感覚にそのままとどまっていた。

トリーナは革製のサンバイザーとサングラスをバッグの中から取り出して身に着けた。武装して安心した気分でジャックスに向き直った。

トリーナを見ていたジャックスは、口の端に小さな笑みを浮かべた。「魔法のバッグだね」

「なんでも入ってるわよ」トリーナはミネラルウォーターのペットボトルを取り出した。「飲む？」

「いらない。それよりこっちがいい」そう言うとジャックスは、体を乗り出してトリーナの首の後ろに指をかけ、彼女を引き寄せてキスをした。

脳の血液が唇に集まって、トリーナの脈が激しく打ちはじめた。頭の中は真っ白で何も考えられない。指の力が抜け、ペットボトルがカーペットの敷かれた豪華なフロアボードにどすんと音をたてて落ちた。

ジャックスは優しくて短いキスをすますと、すぐに体を起こして自分の唇を舐《な》めた。

「今、キスをしておけば、一日中キスのことばかり考えなくてすむような気がしたんだ。キスなんかしてもしなくても分別のある会話はできると信じたいところだけど、やっぱりキスをしておけばよかった、っていう声が頭の奥から聞こえていては、車の運転どころじゃなくなるからね」

「そ、そうね」トリーナはそうとしか答えられなかった。ジャックスはそれでいいかもしれない。だけど、わたしは？　むしろ、もう知的な会話はできなくなってしまったかも。ジャックスがサングラスをかけて前を向き、イグニッションキーに手を伸ばしたのを見て、トリーナはほっとした。エンジンが始動し、ステレオからロックミュージックが大音量で鳴りはじめた。

ジャックスはボリュームを落として苦笑いした。「ごめん。でも、今日はデート日和だし、せっかくいかした車に乗るんだから、オープンにしてステレオをがんがん鳴らして走りたい気分だ」ジャックスが屋根を下ろすと、強烈な日光がふたりに照りつけた。「うわ、暑い。やっぱりあまりいい考えとはいえないか」ジャックスはシフトレバー越しに手を伸ばし、トリーナの腕に触れるか触れないかというところで指をゆっくり動かした。琥珀《こはく》色のレンズの奥に見える瞳が、うつむきかげんのまま指の動きをじっと追っている。「きみの肌は、あっという間に焦げてしまいそうだ」

腕よりもっと親密な場所を撫でられているような気がしたのはなぜかしら。トリーナは咳払《せきばら》いした。「わたしは日焼けしないたちなの。本当よ。でも念のためにSPF四十五の日焼け止めをたっぷりと塗ってきたわ。ここにも入っているし」トリーナはトートバッグを叩《たた》いた。

「本当かい？」

「ええ」肌を撫でられている感触がよみがえった。それを振り払うかのように、トリーナは滑らかなレザーシートの肌触りを確かめた。床にペットボトルが落ちているのに気づいて拾い上げ、口の端を上げてジャックスに微笑《ほほえ》みかけた。「この豪華さをエンジョイしない手はないわね」

「当然さ」ジャックスも笑みを浮かべた。「そろそろ出発しよう。火あぶりになる前に」ジャックスは車のギアを入れ、縁石を離れた。

フーバー・ダムはネバダ州とアリゾナ州の州境にあり、ラスベガスからは五十キロも離れていない。目的地に着くまでの間、トリーナは髪に受ける風を楽しみながら、ジャックスの運転を眺めていた。ジャックスは運転が上手だった。スピードは出すが決して不注意ではなく、遅い車を追い立てるような短気でもない。ハンドルを軽く握り、車を走らせている。トリーナの視線はついジャックスの手にいってしまった。

トリーナはジャックスの手が気に入っていた。長くて強そうな指、清潔な爪に、大きめの関節。そして手の甲に透けて見えるしなやかな血管。すごく……男らしい手だわ。有能な男の手。トリーナはジャックスの手の感触も忘れられなかった。かすかにざらついてはいるが、トリーナの髪に差し込まれたときは優しく、トリーナのうなじを支えたときはしっかりとしていた。

「よくよく考えてからしかお金は使わない、って言ったよね」風切り音と、ジャックスが楽しめるように音量を最大に上げたＣＤの音楽が流れる中、突然、ジャックスが大声で言った。「ご主人の遺産はないのかい？　保険金とかも？」

「ないの」大声を出して答えるようなことではないと感じたトリーナは、ステレオの音量を下げた。「病気のせいで、ビッグ・ジムは財産を使い果たしてしまったの。診察代とか、薬代とか入院費だとかで。近ごろは、そういう費用がものすごくかかるの。政府の医療保障があっても同じことよ。それに、彼は癌《がん》になるまで体も大きくて健康だったから、保険をかけたことがなかったの。だから病気を知ったときには、もう保険がかけられるような状態じゃなかった」

「そうか。変なことを訊いてすまなかった。さぞかし苦労したんだろう？　裕福だった暮らしが短期間に一転してしまったわけだから」

トリーナは肩をすくめた。「彼に出会う前は裕福なんかじゃなかったもの。結婚後もお金を自由に使える生活はしてないのよ。だから、全然気にしてないわ」そうは言っても、ビッグ・ジムのお金を使い果たしたあとに失った自分の貯金だけは別だった。それだけは残念でしかたがなかったのだ。貯金を失ったせいで長年の夢をあきらめざるをえなかったばかりか、そもそも何年もかけて築き上げた生活基盤までぐらつくことになった。

ジャックスは瞬間的に前方から目をそらし、トリーナを盗み見た。今の話は事実なのだろうか？　本当に病気のせいで財産を食いつぶしてしまったというのか？　彼女の際限ない浪費が、それに拍車をかけたのではないのか？　迎えに行ったときは部屋の中をちらっとしか見ることができなかったから、彼女の今の暮らしぶりまではつかめなかった。トリーナの言っていることがすべて真実だとは思えない。だが、自分の車を出せばよかったと言ったときのトリーナには、正直言って驚いた。ジャックスに無駄なお金を使わせたくないという気持ちが伝わってきたからだ。

もちろん、それは巧妙な作戦にすぎないかもしれない。ネックレスのことだって、受け取れないなどと言っていたわりに、今日はちゃんと着けてきている。

それにしても、あのネックレスが彼女の首にかかっているのを目にしたときに感じた、あの妙な感覚はなんだったのだろう。彼女をひとりじめできてうれしいという本能的な感覚だった。まあ、そんなことは、今はどうでもいい。

ジャックスはもう一度、トリーナを横目で見た。どうにかして彼女の口から真実を引き出せないものだろうか。視線を感じたのか、トリーナがジャックスのほうを向いた。サングラスの奥からまっすぐに見つめる瞳は誠実そのものだ。ジャックスは道路に注意を引き戻した。

やっぱり彼女の話は本当なのかもしれない。

そうでないとすれば、アカデミー賞女優並みの演技力だ。

いったいどうすれば真実がわかるのだろう？　これまで半ば直感に従って生活費を稼いできたジャックスだったが、このときばかりは自分の直感には頼れない気がしていた。今は彼女を見つめることしかできない。そしてその間も、彼女の柔らかな髪を触りたい、手を伸ばして、その驚くほどひんやりして滑らかな肌に触れたいという思いで指がむずむずしていた。才能が欲望に負けようとしている。脳が柔らかくなる一方で、体は硬くなっていく。

このままでは勝ち目はない。

「大変だったんだね」ジャックスはもう一度言った。何か言わなければいけないと思ったからだ。そして、それが事実であるからだった。この十数年というもの、父とはほとんど連絡を取っていなかった。だが、そんな父親でも、病気にかかってほしいなどと願ったことはない。

トリーナがジャックスの手首に手を置いた。「今日は、ビッグ・ジムの話はおしまいにしない？」

「そうだね」話題を変えるきっかけができたことで、ジャックスはほっとしていた。「そうしよう。もともとぼくがそんな話を出すべきじゃなかった」ジャックスはトリーナを見つめた。さあ、そろそろ彼女にぼくの魅力を見せつけるときだ。「フーバー・ダムに行ったことはある？」

「それが、一度もないの。おかしいでしょ？　ラスベガスに来て十三年になるのに、観光らしい観光ってしたことがないのよ。〈パリス〉のエッフェル塔の最上階に上ったこともないし、リベラッチ博物館にも行ったことがないの。シークフリード＆ロイの公演もロイが出演している間に見に行けばよかったって後悔しているわ。というわけで、フーバー・ダムにも一度も行ったことがないの。あなたはどう？」

「ハイスクールの遠足で一度だけ行ったよ。でも、キャロル・リー・スイーニーの気を引くのに必死だったから、ダムのことはほとんど覚えていない」

トリーナは笑った。「その子、さぞかし喜んだことでしょうね」

「いや、彼女は野球部で一番人気のピッチャーに夢中で、ぼくの存在すら知らなかった」

いったいぼくは何をしているんだ？　トリーナを誘惑するんじゃなかったのか？　彼女の気を引くどころか、自分の過去の失敗を暴露しているとは。キャロル・リーが夢中だった男子は、ぼくとは正反対だった。父がぼくに対して期待していたのも、まさにその正反対の部分だった。ましてやクラスの中では浮いた存在で、女子にも無視されていたぼくが、学校一の美人に注目されるはずがない。

「冗談でしょう？　わたしは、スポーツ選手って脳が筋肉でできているんだと思っていたわ。でも、片思いのつらさには同情するわ。同じような経験をしてるから。わたしの相手は、ジェレミー・パワーズだった。科学クラブの部長だったの」トリーナはにやりと笑った。「わたしは頭のいい人が好きよ」

だったら、なぜぼくの父と結婚したんだ？　ジャックスは心の中でつぶやいた。「へえ、そうなんだ。ぼくが十七歳のとき、きみはどこにいたんだろう？」ジャックスが女性に興味を持ちはじめたのは、ＭＩＴを卒業したころのことだった。

「顎ににきびの薬を塗りながらダンスレッスンに通っていたころじゃないかしら。ペンシルバニア州の田舎町から遠く離れたどこかで人気ダンサーになることを夢見て、一生懸命踊っていたもの。ねえ、見て！」トリーナが声をあげた。ダムはもうすぐそこだ。「着いたみたいよ。フーバーの上は何度も通ったことがあるの。でも来るたびにその大きさには圧倒されるわ」

数分後、ジャックスは車の速度を落としてビジターセンターの駐車場に入り、三階まで上った。ダムからは遠いが道路に最も近い隅へ向かうと、偶然にも最高に眺めのいい場所に車を止めることができた。

車を降りると、ジャックスはその地でいちばんの呼び物を指さした。ふたりの目の前にそびえ立つ巨大な金属製の塔だ。そこから渓谷をまたいで六本のケーブルが伸びている。

「あれは、現在運用されている索道ケーブル・クレーン・システムの中でも、世界最大で最古の装置なんだ」ジャックスはトリーナに説明しながら、ビジターセンターのある一階まで下りた。

しかしビジターセンターを目前にして、ジャックスは並んだ椰子《やし》の木の右側にある岩壁にトリーナを寄せた。「念のために訊いておくが、高所恐怖症《アクロフォビア》ではないよね」

「さあ、どうかしら。〝アクロフォビア〟がどういう意味かわからないもの」

トリーナの正直な答えに、ジャックスは笑みを浮かべた。「高いところは怖くないか、ってこと」

「それなら大丈夫。ただし……まあ、すごい！」トリーナは渓谷の底を見下ろした。「落ちたら大変なことになるわね」トリーナは後ろへ足を引いた。力が入っているのか、手すりをつかむ指の関節が青白い。「いつもは自分と地面との間に何か固いものがあるかぎり、高いところでも平気なのよ。でも、この高さは……うわあ！　頭がくらくらしちゃう」

「よかったら手を貸すよ」ジャックスはトリーナの腰に腕を回し、肌に塗った日焼け止めの香りを吸い込みながら彼女を背後から引き寄せた。トリーナのヒップがジャックスの体に軽く当たった。

「まあ、ずうずうしい」トリーナはジャックスの腹部に肘鉄を食らわせ、ジャックスと壁のどちらからも遠ざかった。ジャックスは驚いてうめき声をあげ、トリーナを放した。

「まさか、わたしを支えるふりして、自分を支えたわけじゃないでしょう？　あなたのこと、てっきり紳士のお手本のような人だと思っていたわ」

「なんのことだい？」ジャックスはとぼけた顔をした。「ぼくはもともと、頭がいいだけの面白みのない男で――」

「嘘ばっかり！」

「本当だとも」余計なことを言うんじゃない。ジャックスは心の中で自分に言い聞かせた。だが、トリーナ・マコールを前にすると、つい言わずにいられない。「ここへ来て当時の記憶がよみがえった。キャロル・リーにはできなかったことが、今ならできそうな気がする」

トリーナは短く笑った。「だとしたら、わたしはついてるわ。脳が筋肉でできたスポーツ選手がかっこいい男の代表だと思っていた女の子の代役が務められるわけだもの」

ジャックスは背が高く魅惑的なトリーナをじっと見つめ、思った。日光を浴びて輝く髪と滑らかな肌を持った彼女は、単なる同級生ではない。欲望を抱かせる大人の女性だ。

「言っておくが」ジャックスはそっけなく言った。「きみを誰かの代役にするような男はどこにもいないよ。さあ、行こう」トリーナの肘を取り、エスカレーターの上へ向けた。

「あそこにサボテン・ガーデンがある。実は、あのサボテン、自生のものじゃないんだ。『ベガス・バケーション』っていう映画を作った撮影スタッフが、もっと〝砂漠らしく〟見えるようにとサボテンを植えたっていう話を知っているかい？」

「どこと比べて〝砂漠らしく〟したかったのかしら。この辺り一帯はモハーベ砂漠という名前のついた、れっきとした砂漠なのに」

「そうだよね。でも、面白いと思わないか？」ジャックスは心から愉快そうに笑った。「その撮影スタッフときたら、モハーベ砂漠にはこういう種類のサボテンが自生していないことなど、思いもよらなかったんだ。面白いだろう？　じゃあ、あれはどう？　渓谷の壁の横だよ。あそこにマスコットの墓があってね。それこそ、涙なしでは語れない物語なんだ」

トリーナはジャックスに向かって眉をひそめた。「マスコット？」

「そう。あるときダム工事の作業員の家の前に黒い子犬が迷い込んできて、それ以来、工事現場のマスコットになった。ところが一九四一年のある日、トラックの下で眠っていたその犬は、トラックの下敷きになって不慮の死を遂げたんだ。その日は結局すべての工事作業が中止になり、事故現場の上に墓石が立てられた。おっと、その目に光っているのは涙かな？」ジャックスは目を輝かせた。「ぼくのハンカチを貸そうか？　ハグもしてほしい？」

「どこでそういう話を仕入れてきたの？」

「偉大なるギャラガーはなんでもお見通しなのさ。なんでも知っているんだ」

トリーナは冷めた目でジャックスを見つめ、ほんとかしらと言わんばかりに両眉を上げた。

「オーケー、白状するよ。ゆうべ、ウェブサイトをのぞいて、自分で調べたんだ」ジャックスは胸の前で腕を組んだ。「せっかく知識をひけらかせると思ったのに」

「調べた情報はどうしたの？　カンニングペーパーを作ったの？」トリーナはジャックスの手首をつかんで組んでいた腕を広げさせ、手のひらに何か書いてあるのか調べるかのように手を表に返した。

「いいや」ジャックスは誇らしげに言った。「暗記した」

トリーナは考え込むようにジャックスを見つめた。「記憶力の良さは、ポーカー・プレーヤーの武器のひとつでもあるのね」

ジャックスは返事の代わりに、眉を上げた。

「企業秘密は明かさないってこと？　わかったわ。でも、映画や子犬のほかにも、もっとトリビアな情報を入手しているんでしょ？」

「うん。ぼくたちはまだ、セーフティ・アイランドにも着いてない。羽をつけた像や、ホロスコープや羅針盤の銘板などが飾られていて、特徴的なフロアデザインも有名なんだ。ほかに古い展示館もある」

「なるほど」トリーナは親指と人差し指でパヴェ・ダイヤのペンダントを挟み、ゆっくりと左右に滑らせながらジャックスを見上げた。ジャックスの頭を変にさせる、片方の口の端だけを持ち上げたかすかな笑みを浮かべて。「なんだか、ちょっとだけ……わくわくしてきたわ」

「本当に？」ジャックスはトリーナに近づき、頭を下げて彼女の耳に唇を寄せた。「それなら、ネバダ取水塔の壁に埋め込まれた、浅浮き彫りについての話も楽しみにしていてほしいな。フーバー・ダムを建設した五つの大きな理由を絵にしたレリーフがあるんだ」

彼女のことはもっと警戒するべきなのに、このざまはいったいどういうことだろう。女性とデートすることじたい久しぶりだし、そもそもこれほど楽しく思えたことが今までにあっただろうか。まあ、いいさ。このあとの数時間をせいぜい楽しんで、次のステップへの架け橋にすればいいのだから。

ジャックスは、今日のデートの締めくくりとして、是が非でもトリーナの部屋に上がり込むつもりだった。いよいよ貴重なサインボール捜しが始まる。

目的を果たすためだ。せいぜい楽しもうじゃないか。

9

〈ハイ・スケーラー・カフェ〉の外にあるモニュメントは、ブラックキャニオンの切り立った壁面を命綱一本で上り下りしながら削岩機で岩を砕いたり、ダイナマイトを装填《そうてん》したりといった危険な作業をこなしていたハイ・スケーラーたちをたたえたものだ。岸壁にぶら下がるハイ・スケーラーの姿を表したその像に、トリーナは激しく心を動かされた。ジャックスの運転で、見るもののない殺風景な土地を通って家路に向かっていたトリーナは、シートの上で体をひねり、運転席の後ろの小さなスペースに押し込まれたミニチュアのレプリカを見つめた。「これ、本当にすごいわ。買ってくれてありがとう」

「心底気に入ったみたいだったからね」ジャックスは肩をすくめて一瞬だけ道路から目をそらし、困惑したような視線をトリーナに向けた。「ネックレスなんかとは比べものにならないほど」

「やだ、そんなことないわ。このネックレス、本当にすてきだもの」トリーナはチェーンを指に巻きつけた。「でもハイ・スケーラーを見ていたら……どうしてかわからないけれど、故郷の製鋼工を思い出したの。父やおじがああいうきつい仕事をしてたわけじゃないのよ。でも、ヘルメットとか作業着とか、顔の表情とか、そうそう、特にゴーグルが押し上げられて目のまわりだけ肌がきれいで色も薄くなっている様子は、工場の従業員そのものなの」

「きみは、すぐにでも故郷を離れたいと思っていたんじゃないのかい？」

「離れたかったのは故郷の町よ。町の人たちが嫌いだったわけじゃない。両親や姉妹は、わたしが必要としているのは彼らとは別の人生だということを一生わかってくれないでしょうね。それでも家族であることには変わりはないわ」だが、その家族に対する気持ちが最近になって変わってきたことにトリーナはふと気づいた。「それとも、わたしがようやく大人になったってことかしら」トリーナは考え込むように言った。「確かにあなたの言ったように、子供のころのわたしはあの町から離れることばかり考えてたわ。とにかく遠くへ逃げなければ、あの町で一生過ごすことになってしまうって、ひどく恐れていたの。それだけはいやだった」

トリーナは自嘲《じちょう》ぎみに笑った。

「もちろん今でも故郷に戻るつもりはないけど。家族はわたしの仕事を絶対に認めてくれないだろうし。だからといって、家族に見捨てられるとも思ってないの。あのね、ジャックス、わたし、ラスベガスという派手な町で何年か暮らしてきて、ぺてん師のような人たちを大勢見てきたせいかしら、今は家族の誠実さにすごく感謝しているわ。思ったとおりのことを口にする、口にしたとおりのことを実行する——これって当たり前のことだけど、すごいことなのよ。それがどれほど貴重なことか、時間はかかったけれど、ようやくわかってきたの。結局のところ、人生にとっていちばん大切なのは、正直さと誠実さなのよ。だから……」トリーナは座席の後ろへ腕を伸ばし、ミニチュアのハイ・スケーラーがぶら下がっている崖《がけ》の壁面を指で撫《な》でた。「これがあると、その正直さと誠実さを忘れないでいられそうなの。本当にありがとう」

ジャックスは再び道路から目を離してトリーナをちらりと見やった。彼の表情を読み取ることはできない。だが、トリーナの言うことがさっぱり理解できないとばかりに首を振っている。

トリーナはシートの上に膝を立ててジャックスのほうを向いた。「あなたには、そういう家族はいないの？」

「ああ」ジャックスは口ごもったが、すぐに続けた。「母は死んだ……ぼくが」咳払《せきばら》いして続ける。「思春期に入る前に。父は仕事人間だったから、母が生きていたときはほとんど家にいなかった。まあ、ぼくが起きている時間には、ということだけど。母が死んでからは、父がぼくの面倒を見てくれていたが、どうも気が合わなくてね。ぼくの希望する生き方と父が望む生き方とが、まったく合致しなかった」

「あなたの今の生き方を、お父様はどう思っているの？」

「さあ。少し前に死んだから」

「まあ、ジャックス。ごめんなさい。ごきょうだいは？」

「いない」

トリーナは無意識に腕を伸ばしてジャックスの肩を軽くつかんだ。「ひとりぼっちだなんて、さぞかしつらいでしょうね。家族って、会う機会は少なくても、どこかにいてくれるだけで気持ちが慰められるものだもの」

ジャックスは肩をすくめた。「もともと家族らしい家族なんていなかったからね。寂しいとも思わない。むしろホームドラマに出てくる家族というのがぼくにはよくわからない」

ジャックスの硬い筋肉から、Tシャツを通じて熱が伝わってきた。ふと気づくと、トリーナはジャックスの腕をそっと撫でていた。トリーナはさっと手を引き、咳払いした。

「おじさんとかおばさん、いとことかは？」

「いないよ。母はひとりっ子だったから。父方の親戚《しんせき》はいたけど、遠くに住んでいたのか、付き合いがなかったのか、一度も会ったことがない」

話せば話すほど、ハンドルを握るジャックスの手に力がこめられていく。家族の話には触れてほしくないのかもしれない。トリーナは話題を変えることにした。「ねえ、変わり

ない。

ジャックスがぞっとした表情を見せた気がした。ほんの一瞬のことだったので、確信は

「知らないほうがいいと思うけど」ジャックスはそっけなく言った。

「いやよ、ぜひ聞きたいわ。だって今のあなたからは想像がつかないんですもの。すごく落ち着いていて礼儀正しいし、周囲から浮いていた時期があったようにはとても思えない。でも、自分で変わり者だったたって言うくらいだから、さぞかし大変だったんでしょうね」

ジャックスは短く吐き捨てるように笑った。「そうかもしれない」

「友達にいじめられたの？」

「そうじゃない。いや、いじめられたこともあったと思うが、別に何を言われたって気にならなかった。ぼくは精神的に大人になるのが早かったという話はしたよね。だから、痩《や》せこけた貧相な子供がごみバケツに押し込まれるような目に遭ったというのとは状況が違うんだ。ただ……」ジャックスは居心地が悪そうに肩を動かした。「いつか、きみが通っていた学校の生徒はみなアメフトで他校に勝つことに燃えていたという話をしてくれただろう。ぼくの学校でも同じようなものだった。対象となるスポーツがアメフトじゃなかっただけさ。バスケットボールと野球が交互に幅をきかせていたんだ。そしてぼくの父もそういうことにすごく燃えるタイプだった。いや燃えていたんだろうね。ぼくがチェスや数

式に夢中になることなく、父の望みどおりのスポーツ選手になっていたら、の話だから」

トリーナは目をしばたたいた。ジャックスの声には、苦々しさがわずかににじみ出ている。驚いてジャックスの様子をじっとうかがった。車体が低いせいかもしれないが、ジャックスはいつものエレガントな前かがみの姿勢ではなく、背をまっすぐに伸ばし、体をこわばらせて座っている。ハンドルを握る手にもいつもの優雅さはなく、指の関節から手首にかけて走っている腱《けん》が浮き上がっていた。やはり、あまり話題にしたくないことなのだろう。コンソールボックス越しにもう一度腕を伸ばし、指先でジャックスの腕に触れた。力が入っているようだ。鋼のように硬い。

トリーナは温かくてこわばった腕をそっと撫でた。「ジャックス、話したくないのなら、話さなくてもいいのよ」

ジャックスはもう一度首を動かし、軽く肩をすくめた。「大したことじゃない」

「わかったわ。あなた、この会話を続けるくらいなら針を目に刺すほうがまし、って表情だもの」トリーナはジャックスの腕をぎゅっと握った。「もうやめましょう。まだ知り合って日が浅いのに、思い出すのもつらいようなことを聞かせてもらう権利はわたしにはないわ。その気になったら話して。ううん、話してくれなくてもいい。あなたの気分を害するようなことはしたくないの」

「そんなことはない」緊張がゆっくりとほどけていったのか、ジャックスは悲しげな笑みを見せた。「きみのせいじゃない。せっかくのデートに水を差したのはぼくのほうだ。すまなかった。ふだんは、男としての権威を脅かされた十二歳の子供のような態度をとることなんかないのに」

どうしよう、とトリーナは思った。わたし、この人のことを本当に好きになってしまったみたい。彼の洗練されたところも、わざと子供っぽく振る舞ってみせるところも。変わり者云々《うんぬん》の話題で垣間見えた彼の弱さも。わたしと同じように彼も、まわりから浮いた存在だったのかもしれない。たとえ体が大きくて肉体的にいじめられるようなことはなかったとしても。人々がつらい過去を乗り越え、一生懸命生きようとする姿には、つい心を動かされてしまうものだ。

ジャックスも、きっと長い時間をかけてそういうつらい思いを乗り越えてきたに違いない。

そして、それまでの長い道のりについても話したくはないようだ。わたしにだって、他人に語りたくない苦労話のひとつやふたつはあるじゃない。トリーナはジャックスの意思を尊重することにした。

トリーナはシートに背中を預けてゆっくりと脚を組み、陽気に言った。「ところで……あのネバダ取水塔のエレベーターの浅浮き彫りもよかったわね。たくましい男たちの姿が壁に彫ってあるって聞いたら、きっとカーリーが大喜びするわ。ひょっとしたら彼らを拝みに行くことになるかもしれない。女同士で」

ジャックスは驚いたようにトリーナを見やった。しかしトリーナが無邪気で穏やかな視線を返すのを見て、口の端を曲げた。「本当に？」

「たぶん」

「なるほど。本当に行くつもりなら、拓本を取れるように紙を持参したほうがいい」

トリーナは吹き出したが、考えておくわとばかりにうなずいた。「そうね。でも、あなたが電力《パワー》を表すレリーフのモデルになれそうなほど体格がいいことは、カーリーには言わないでおくわ」トリーナは目を細めてジャックスを見つめた。「もちろん、実際にどうかは、シャツを脱いだところを見せてもらう必要があるけど」

つい口をついて出た言葉にトリーナははっとした。これまで男性に向かって性的なことをほのめかしたことは一度もない。自分に自信がないからだった。期待させたところで、相手を心から満足させることができないのはわかっている。からかわれるのが好きな人などいないのだ。

しかし、期待しても無駄だということをわからせるには遅すぎたようだった。ジャックスは岩をも溶かしそうなほど温かい笑みをトリーナに向けた。「それならまかせて」

一瞬、ぞくぞくするような喜びがトリーナの体を突き抜けた。だが、その理由を分析する間もなく――むしろ自分らしからぬ反応にどう対処すべきか途方に暮れているうちに

――車はトリーナのコンドミニアムに到着した。

ジャックスはそれが当たり前のようにコンドミニアムのゲートをくぐり抜け、来客用スペースに車を止めると、すぐに車を降りて助手席へ回り、トリーナのためにドアを開けた。車から降りながらトリーナは心を決めた。いいことか悪いことかはわからない。けど、このまま今日のデートを終わらせるのはいやだわ。トリーナはジャックスの手を取り、指をからませた。

「今日はとても楽しかったわ」かすれた声で言った。「よかったら試合の前に、お礼代わりの夕食をごちそうしたいんだけど」

ジャックスは腹の中でうずく罪の意識を無視して、トリーナを見下ろした。「手料理をごちそうしてくれるのかい？」

トリーナはうなずいた。「でも、念のために言っておくけど」トリーナは口の端を小さくゆがめて微笑《ほほえ》んだ。「単なるスパゲティよ。料理は嫌いじゃないけど、大得意というわけでもないの」

ジャックスはつないだ手を唇まで持ち上げ、トリーナの指先にキスをした。「うれしいよ」そのときになって、トリーナが試合のことに触れていたのを思い出し、腕時計に目をやった。「ただ、六時半までにはここを出ないと。問題はそれだけだ」

「かまわないわ。少し早めの夕食にはなるけど」

ふたりは美しく整備された庭に入り、人工池と噴水、白しっくいの壁に赤いタイル屋根の三階建てのマンションの脇《わき》を通って、トリーナの部屋がある建物に到着した。

「ここはすばらしいコンドミニアムだって、迎えに来たときに言おうと思っていたんだ」トリーナについて建物の中に足を踏み入れながらジャックスが言った。「本当にきれいなところだよ。水辺の風景だけでも最高だ」

「すてきでしょ？　とても気に入っているの」トリーナはエレベーターではなく階段にジャックスを案内した。「わたしが初めて手に入れた自分の家よ」

親父《おやじ》の金を使って、じゃないのか？　皮肉めいた言葉が頭をよぎったが、すぐに打ち消した。職業柄、他人の心を読むのは得意なほうだ。トリーナの言動は、ジャックスが想像していた〝金持ちの老人と結婚した金目当てのショーガール〟とはまったく違う。

もちろん、今も猫をかぶってジャックスをたぶらかそうとしている可能性がないわけではない。だが彼女といると、どういうわけかジャックスの判断力は狂ってしまう。トリーナには、ジャックスの注意力を散漫にする力があるのかもしれない。母親が死んだときの自分の年齢を漏らしそうになったのがいい例じゃないか。息子に対する大きな失望感を抱いていた父のことだ。前の妻が死んだとき子供が何歳だったかという話を、新しい妻にしていたとしても不思議ではない。何事につけても数学的思考と論理的思考がすべてのジャックスにとって、そういった計画の手落ちは絶対に許せないことだった。

だが、トリーナと過ごす時間が長くなればなるほど、分析的推論に基づいて抱いていた彼女のイメージはすべて誤りだったという気がしはじめていた。

しかし、トリーナの部屋に足を踏み入れ、家具をざっと見渡したジャックスは、やはり自分の推測の正しさを再認識した。確かに、こぢんまりした張りぐるみの椅子のセットは二束三文で手に入れ、金をかけずに張り替えたものだし、コーヒーテーブルはきれいに表面の再仕上げが施されているが、アンティークというよりはがらくたに近い。明るい色のシルクのクッションやブロンズ製ホルダーに立てられたキャンドル、それに小さな炉棚の上にかけてある大きなモロッコ風の鏡といった女性らしい小物も値の張るようなものではなかった。ただ、そういった安物に交じって、少しではあるが上等な家具も置かれていた。象眼をはめ込んだマホガニーの食器棚や、値の張りそうなソファ、そして壁にかけられた価値のありそうな絵画。床の敷物は、おそらくペルシャのタブリーズ産だろう。

ワールドシリーズのサインボールを捜したが見当たらない。居間には飾っていないようだ。

「いい部屋だ」トリーナが食器棚の上にバッグを置くのを見ながら、ジャックスは言った。「カラフルなものが好きなんだね」確かにインテリアは個性にあふれている。イタリア風のコンドミニアム、ゴールドに塗られた壁、色調を抑えた敷物、絵画やそのほかの鮮やかな小物など、カラフルなもの同士がうまく調和していた。

「最初の手がかりはなんだったのかしら、シャーロックさん？」トリーナは喉の奥を転がすような笑い声をあげ、ハイ・スケーラーのレプリカを暖炉の上に置いた。

トリーナは冗談半分の口調だった。しかし、ドライフラワーを入れた大きな花瓶を暖炉から下ろし、レプリカを置く場所を作っている彼女を見ながら、ジャックスは真剣に答えた。「きみの洋服だ。〈コマンダーズ・パレス〉のディナーのときに着ていたキラードレスは別にしても、きみはおとなしく黒でまとめるような女性じゃないな、って思っていた。実際、赤い髪の女性にしては珍しくカラフルな洋服を着ている」トリーナのオレンジ色のトップを見つめて、ジャックスは考え込むように言った。「普通に考えればとても髪とは釣り合わないはずなのに、どういうわけかすごく調和している」

「褒めてもらえてうれしいわ」しかし、トリーナの返事は上の空だった。レプリカの位置を決めるのに忙しいらしい。後ろへ下がってじっくりと眺めると、手を伸ばして暖炉の中心に来るようほんの少しだけ位置をずらす。さらにもう一度、今度は数十センチ後ろへ下がって別の角度から確認する。「うん」さらに二度、三度と調整を加え、ようやく息をついた。「これでいいわ」そう言うと、肩越しに振り返ってジャックスに微笑みかけた。ようやくジャックスに全神経を向ける気になってくれたようだ。「本当にすてきなものを買っていただいたわ。感謝してもしきれないくらい」

ジャックスは愕然《がくぜん》とした。トリーナは、値段の張るダイヤのペンダントより、故郷の人々を思い出させる像を手に入れたことのほうを心底喜んでいる。もし彼女が猫をかぶっているのなら、これはネックレスを受け取ったときに見せるべき態度ではないのか？　値段にすればダイヤのほんの何十分の一にすぎない、石と木と鋳型で成型されたブロンズ像で、これほど喜ぶなんて考えられない。

しかし、どうしてこれほど自分の頭を混乱させるのか、その理由を彼女に問いただすわけにもいかず、ジャックスはとびきりの笑顔を繕って言った。「きみの手作り料理をごちそうしてくれれば十分だ」

「それなら、こっちへ来て座っててちょうだい。準備を始めるから」トリーナはカウンターのスツールを指さしながら、自分はキッチン側へ回った。「ワインでも飲む？」

「そうしたいところだが、やめておくよ。試合の前は飲まないことにしているんだ」

トリーナはうなずいた。「決して気を抜かないようにするためね。わかるわ」

「勝負に残るためさ」ジャックスは軽い口調で言い、居間とキッチンとを分けているカウンターのスツールを引き出すと、さっと腰をかけた。

しかしトリーナは真実を見抜く力があるらしい。「あなたにとって、試合は真剣勝負なのね」トリーナは満足げに言った。「トーナメントが始まるのをただ待つだけでなく、空いている時間を利用してあちこちの試合に顔を出しているのは、それが理由なの？」

「ああ。きみのダンスレッスンのようなものだ。スキルアップしてる」

「どこかで聞いた話だと思ったわ。それじゃあ、ワインはなしにしましょう。クラブソーダはいかが？」トリーナは腕を伸ばして食器棚を開いた。

「そうしよう」

トリーナは冷蔵庫からクラブソーダを取り出し、グラスに注《つ》いだ。「氷は？」

「いらない」カウンターの上には明るい色の陶器が置かれ、冷蔵庫のドアハンドルやタオルバーにはカラフルなデザインタオルがかけられている。「きみはカラフルなものが好きなようだが、インテリアのコーディネートもすごく上手だ」ジャックスの正直な気持ちだった。トリーナの部屋はとても家庭的で居心地がいい。

トリーナの笑みはますます部屋を明るくした。「ありがとう。一度にはできないから、少しずつやっているの」

この部屋をいつ買ったのか、購入資金の出所に親父がかかわっているのか否かを訊《き》く絶好のチャンスだ。

しかし、ジャックスが切り出すより早く、トリーナはクラブソーダ入りのグラスを差し出し、問いかけるようにジャックスを見つめた。「ポーカーのプロ・トーナメントでプレーするのって、さぞかし集中力が必要なんでしょうね」メルローのボトルに手を伸ばし、自分用の高い脚のついたワイングラスに中身を注ぎながら、トリーナは言った。ジャックスが手にしたクラブソーダに向かって顎をしゃくる。「規律を守ることも大変でしょうけど」

「ゲームから気をそらすわけにはいかないからね」ジャックスはそう答え、トリーナの世界最高レベルのヒップを包み込むカーキ色のスカートを見つめた。トリーナはかがみ込んで、こんろの下の引き出しから鍋《なべ》を出そうとしているらしい。「だけど、きみがそばにいると、きっと集中できなくなる」

トリーナは肩越しに振り向いてにっこり微笑み、平鍋を手にして立ち上がった。「ずいぶん口が達者だこと」平鍋をこんろの上に置いてワインをすすると、戸棚から材料を取り出してひとつずつカウンターの上に並べはじめた。

トリーナが準備するのをジャックスは愉快な気持ちで眺めていた。手料理に招待してもらおうと画策したのには確かに下心があった。しかし、手料理が食べたいという気持ちはまんざら嘘《うそ》ではない。「もう外食にはうんざりだよ」

「そう言っていたわね。その点に関して意見が一致することはないんじゃないかしら」

「じゃあ、こうしよう。これからは、きみがレストランでの食事はもうたくさん、って言い出すまでごちそうするよ。まあ、そんなに長くはかからないと思うけどね」材料が全部揃《そろ》ったことを確認したトリーナが、念のため冷凍庫からハンバーガーの包みを取り出して電子レンジに入れたのをジャックスは目撃した。「何か手伝うことはある？」

「いいえ。のんびりしていてちょうだい。あとでサラダの盛りつけを手伝ってもらうから。

とりあえずソースを作るわ。しばらく火にかけておきたいから」トリーナは平鍋にオリーブオイルを入れ、こんろの火をつけた。玉ねぎとピーマンをつかんでプラスチックのまな板にのせ、慣れた手つきで切りはじめた。ソースの下ごしらえを終えるころには、鍋からかぐわしい香りのする蒸気が上がりはじめた。トリーナの顔は赤らみ、バンダナで縛ってある巻き髪が逆立つ。ジャックスは無意識のうちにスツールの上で体を動かしていた。料理をする女性を見て興奮するとは思わなかった。

ふいにトリーナが顔を上げた。ジャックスは気持ちを読み取られたような気がして驚いた。だが、そうではないらしい。「音楽でも聞く？　そこの戸棚の中にプレーヤーがあるわ。いちばん上の扉よ」

「わかった」ジャックスはスツールを下り、トリーナが指し示した家具に近づいた。最上部の扉を開けるとＤＶＤマルチチェンジャーと大量のＣＤが入っていた。数枚を選んでプレーヤーに挿入し、リモコンを使ってランダムのオールプレーモードにセットすると再生ボタンを押した。やがてダイアー・ストレイツのアルバム《ブラザーズ・イン・アームス》の曲が部屋を満たした。

トリーナはジャックスににこりと微笑んだ。「意外だわ。車の中で聞いていた曲とはずいぶん違う」

「ドライブにはドライブに、料理には料理にふさわしい音楽があるからね」

トリーナは笑い声をあげて、ジャックスの視界から消えた。戸棚の下の引き出しを探っている音がする。

「いけない！」トリーナがいきなり声をあげた。

「どうした？」ジャックスはキッチンのほうに戻り、カウンター越しにのぞき込んだ。

幅が狭い扉のない戸棚の前にしゃがみ込んでいたトリーナがジャックスを仰ぎ見た。

「いつもならひとつやふたつは足りないソースの材料が揃っているのに、よりによってスパゲティを切らしてたの」トリーナが立ち上がった。「急いで買ってくるわ」

「カーリーに訊いてみたら？」言ったあとで、ジャックスは自分を蹴飛《けと》ばしたくなった。サインボールを捜す絶好の機会なのに。

トリーナは声をあげて笑った。「彼女の家の戸棚には上等なドッグフードやキャットフードはあるけど、人間が食べられるようなものはめったに入ってないの」カウンターを回ってキッチンから出てきたトリーナは食器棚の上のバッグから財布を取り出し、鍵《かぎ》を引っ張り出した。「ゆっくりしていてね。すぐに戻るから」そう言うと、部屋を出ていった。

ドアが閉まりトリーナの姿が消えるのを見ていたジャックスは、一瞬その場に立ち尽くしていた。それからようやく、ぽかんと開いたままの口をかろうじて閉じた。いやはや、驚いた。なんとも賑《にぎ》やかな女性だ。

いったいベッドの中ではどんな反応を見せてくれるのだろう——いや、そんなことを考えていてはサインボールを捜せないじゃないか。ジャックスは脳裏をよぎったイメージを振り払い、部屋の中を歩きはじめた。時間はかぎられている。トリーナの持ち物に手をつけることへの説明のつかない不快感を押しやり、頭の中にコンドミニアムの間取りを思い浮かべた。サインボールはこの部屋にはなさそうだ。ということは、ベッドルームから始めるのが得策だろう。だが、こういう泥棒のまねなどしたことはないし、トリーナの持ち物をあさる後ろめたさを拭《ぬぐ》い去ることもできない。ジャックスは比較的わかりやすい場所から捜しはじめることにした。

まずは象眼が埋め込まれた美しい食器棚の前面の円いスライドパネルを開けてみた。見事な職人技が施された家具だ。かなり値段の張るものに違いない。だが、中には陶器しかなかったので、すぐに扉を閉めた。小さな本棚に並んでいるのは書籍や女性らしい小物ばかり。ジャックスはそのまま通り過ぎた。ＣＤプレーヤーの入っていた戸棚の別の扉を開けてみた。真ん中の段にはテレビとビデオデッキ、下の段にはビデオテープにキャンドルのセット、花瓶が二個入っているだけだった。

立ち上がっても、どうせすぐまたしゃがまなくてはならない。そう思って、そのままの格好で一メートルほど先の小さなキャビネットに向かった。トリーナはサイドテーブルとして使っているらしい。

装飾の施されたつまみに手を伸ばしたそのとき、ドアロックの開く音が聞こえた。

10

部屋に戻ったトリーナは、アーチ型の戸口をくぐり抜けて居間に入った。「ねえ、こんなに早く戻ってくるなんて思わ――」

ソファの端で膝をついて腰をひねり、たくましい尻を空に向かって突き出したジャックスの姿に、トリーナは言葉を失った。トリーナがパーム・スプリングスのフリーマーケットで手に入れ、サイドテーブルとして使っている小さなキャビネットの下に肩まで腕を突っ込んでいる。

「何をしているのか、訊《き》いてもいいかしら?」スカイブルーのTシャツとジーンズの隙間《すきま》からのぞいた肌と尻を交互に見つめながら、トリーナはかろうじて尋ねた。

「ちょっと待った……よし、あったぞ!」腕を引いて体を起こし、踵《かかと》の上にセクシーな尻をのせてしゃがむと、ほこりにまみれた金縁に黒のコインを掲げてみせた。「ジョージ――幸運の二ポンドコインなんだけど、落としてしまってね。あっという間に転がっていった」

トリーナは部屋を横切ってジャックスが指に挟んだコインを手に取り、ほこりを吹き払った。「恥ずかしいわ。家具を動かさずに掃除しているのがばればれね」

「それは大問題だ。ぼくたちの友情もここまでかな」

「あら、少なくともわたしは硬貨に名前をつけたりはしないわ」

ジャックスは立ち上がり、腕を伸ばしてトリーナの手の中のコインを裏返した。裏面には黒地に金色のレリーフで、馬に乗り剣を竜に向かって突き出す戦士の姿が鮮やかに描かれている。「一九八七年製のセント・ジョージ・アンド・ドラゴンだ」

「それでジョージなのね。ついでに言えば、二ポンド以上の価値があるんじゃない?」

ジャックスはにやりとした。「ほんの少しだけさ。でも、こいつの価値は、もたらしてくれる運の大きさにあるんだ」

「迷信を信じているの?」さほど驚くようなことではないかもしれない。しかし、ジャックスが迷信を信じるような人間には見えなかった。

ジャックスはにっこりと笑った。「その意味では、二重人格に近いかもしれない。基本的には、ぼくにとっては数字がすべてだ。でも、ぼくは同時にギャンブラーでもある。ギャンブラーというのは本質的に信心深いんだよ」トリーナの手からコインを取り、人差し指から小指までの関節の上を転がして一往復させるという巧みな芸当を見せたあと、ジャックスは空ットにしまった。「だから、試合のときはいつもジョージを連れていく」ジャックスは空っぽになったトリーナの手に視線を向けた。「それで、スパゲティは？」

「そう、それよ！」トリーナは手のひらで額を叩《たた》いた。「今日、車をカーリーに貸してあったの。今ごろは戻してくれているはずだったんだけど、まだ返ってなくて。何かトラブルがあったのかもしれない」トリーナはカウンターの端に置かれた電話に歩み寄った。赤いメッセージランプが点灯している。「そういえば、戻ってから一度も留守番電話を確認していなかったわ」トリーナは再生ボタンを押した。

ひとつ目のメッセージは翌朝のスタジオのスケジュールに空きができたというものだった。ふたつ目はカーリーからだった。

〝トリーナ、ごめん！　獣医さんを出るときにルーファスが逃げ出して、今、捜しているところなの。本当に逃げ足が速いんだから。あいつのおかげでわたしは命がいくつあっても足りないわ。バスター、ラッグス、それにトリポッドを三匹合わせた以上のトラブルメーカーよ。本当にもう……いけない、縁石に乗り上げちゃった〟カーリーは、はあ、とため息をついた。〝運転しながら話すのは無理ね。誰かを死なせる前に切るわ。車はできるだけ早く返すから。本当にごめんなさい。わたしのせいであなたの予定が狂わないといいんだけど〟

トリーナはとりあえず笑ってから、どうしたものかと考え込んだ。「オーケー」ゆっくりと声に出した。「そうだわ。エレンにスパゲティがないか訊いてくるという手もあるわね」

「ぼくの車を使うといい」ジャックスはトリーナに向かってキーを放《ほう》り投げた。

トリーナは反射的にキャッチしたものの、手に持ったままジャックスを見つめて立っていた。「冗談でしょ？　あの高級車を運転させてくれるの？」

「いいよ」ジャックスはブルーの目でトリーナを見つめた。「ちゃんと返してくれるなら」

「ええ、ちゃんと返すわ」トリーナはジャックスの気が変わらないうちにと、玄関に向かった。ドアノブをつかんで足を止め、肩越しに振り返ってにやりとした。「一、二週間以内にはね」

見事な捨て台詞《ぜりふ》を残して、トリーナはドアを滑り出た。

トリーナが出ていくのを見ながら、ジャックスは首を横に振った。それから彼女に中断された作業の続きを開始した。

さっきは本当に危なかった。ジャックスは、気分が悪くなるほど危険なまねをすべきではないと自分に言い聞かせつつ、気持ちを新たにベッドルームへ向かった。

しかし、戸口を目の前にして、まるで石の壁にでもぶち当たったかのように足をぴたりと止めた。なんてことだ。ここは、なんとも言えない女性らしいにおいがする。ジャックスは無意識のうちに鼻から息をたっぷりと吸い込んだ。

さあ、気を取り直せ。脱線している場合じゃないぞ。敷居をまたぎ、部屋の中を見回した。明るいシルクのリネン類が部屋の女性らしさを引き立てている。またた。ここへ何をしに来たのか、忘れるな。そのときクローゼットが目に入った。ここから始めるか。ジャックスは鏡張りの扉を横に開いた。

女性らしいにおいがジャックスを包み込む。これでは息を浅くしていないと耐えられない。まるで十四歳の子供だ。

ジャックスは苦笑いした。トリーナは、ジャックスのことを余裕があって礼儀正しいと言ってくれた。だが、そのイメージを作り上げるためにどれほど努力してきたことだろう。単なるごまかしというわけではない。これまでの十二年間の努力は、今ではすっかり自分に根付いている。ジャックスは自らすばらしい人生を作り上げてきた。子供時代の悩みなどとっくに克服してきたのだ。ところが大人になり、父親に認めてもらいたがっていた愚かな子供はもう影も形もなくなったと思いきや、今ごろになって、また昔の不安が復活しようとしている。子供らしくない子供だった自分。そんな自分に対する失望感が、大人になった今、思い出したようにジャックスを苦しめていた。

ぼくは一度も父ときちんと向き合おうとしたことはなかった。自分の気持ちを正直に父に語ったこともないし、二度と父と向かい合うことはできない——そう考えれば考えるほど、ジャックスのいつもの落ち着きは失われていく。

「ちくしょう」こんなことを考えている場合じゃない。みじめったらしい子供のようにくよくよ悩むのはやめて、今すべきことに集中しろ。

とにかくサインボールを見つけなければ。ジャックスは適当に場所を選び、捜しはじめた。貴重なサインボールを、荷物のぎっしり詰まったクローゼットのいちばん下に放り込んでおくとは思えない。それでもジャックスは下のほうから捜索を始め、徐々に上へ進めていくことにした。床にうずくまり、散らかったものを丁寧に選《え》り分けていく。

クローゼットの床は靴だらけだった。赤い靴、黒い靴、青い靴に緑の靴。ありとあらゆる形とスタイルの靴が揃《そろ》っている。鋲《びょう》がついていてヒールの太いものから、バレエシューズのような室内履き、サンダル、ウエッジソール、フラットシューズまで、ヒールの形もさまざまだ。ハンドバッグが数個と、鉄アレイのほかに細々したものがいくつか入った箱もある。だが、とにかく靴があふれている。

サインボールは見当たらなかった。

もう一度確かめ、元どおりに直してから立ち上がり、天井から吊《つ》るした棚の上にある、いちばん手近な箱に手を伸ばした。箱の中は、整理されてない写真がたっぷりと入っている。慎重に写真を選り分け、手を入れてボールが底のほうに埋もれていないかを確認した。

やはりない。

ジャックスは箱を元に戻し、別の箱に手を伸ばした。ふたを開けると、こちらも中身は写真だった。ただ前の箱と違うのは、写真がすべて台紙に貼《は》りつけられているか、写真立てに入っている点だ。しかも、いちばん上にのっているのは、父がジャックスに送ってきたプロのカメラマンが撮影したトリーナの顔写真だった。ジャックスは写真が自分のもとに届いたときのことを思い出した。クッション封筒に入っていたが、封筒には転送を示すスタンプがいくつも押されていた。投函《とうかん》されてから一、二カ月がたっており、何度か転送されたあとようやく届いたようだった。

ジャックスは、トリーナのよじれた唇を写真立てのガラス越しにしばらく撫《な》でたあと、箱の脇《わき》に立てかけて次の写真を手に取った。さっきのよりは小さく、写真立てに入っているが、ただのスナップ写真らしい。ジャックスは薄暗い箱の中からそれを取り出し、明るい方向にかざした。

ジャックスの体が凍りついた。頭の中を言葉にならない言葉が飛び交い、思考がまとまらない。心臓がゆっくりと、うんざりするほど重々しく鼓動した。二十年以上前、この写真を撮ってもらったときと同じように。大きな父の腕に抱かれ、こちこちになって立っていた、不器用でかわいそうな十一歳の少年の胸の中で動いていた心臓の動きそのままに。

ジャックスはその日のことをはっきりと覚えていた。笑いにならない笑いで、ジャックスの喉に焼けつくような痛みが走った。〝覚えている〟なんてものじゃない。脳に焼き印を押されたように刻まれている。ジャックスは、父の命令でしかたなくソフトボールの試合に出た。サイドラインの外から指示を出していたビッグ・ジムは、彼がミスをするたびに罵倒《ばとう》した。試合が終わると、ビッグ・ジムはまるで親友同士のようにジャックスの肩に腕を回してきた。そのとき別の選手の父親が撮ってくれたのが、手にしている写真だった。ようやく地獄のような苦しみから解放された、それ以上の屈辱を受けることはないだろう、と思っていたジャックスだったが、そのあとビッグ・ジムにピザ店に連れていかれた。そしてまたしてもそこで、ジャックスがチームにいたくないと思う以上に彼の存在を迷惑に思っていた選手たちの輪に入っていくことができず、ビッグ・ジムを再び失望させることになった。

いったいどうしてこの写真がここにあるのだろう。しかもきちんと写真立てに入っているとは。箱の中をあさり、ほかの写真も確かめた。これは全部、父が持っていた写真じゃないか。意気地がなく臆病《おくびょう》だった子供時代の自分、かつて必死になって抹消しようとしていたみじめな自分がそこにいた。

動揺することはない。ジャックスは自分に言い聞かせた。ぼくはもう十一歳のがきじゃない。確かにいろいろあったさ。だが、大昔のことじゃないか。覆水盆に返らず、とか、昨日のニュースがどうの、っていう諺《ことわざ》もあった気がするぞ……。

くだらない言い回しをあれこれ考えているうちに、ようやく気持ちが静まった。ジャックスはかすかに笑みを浮かべ、写真を元どおりに整理した。

そのとき、別の不安が脳裏をよぎり、ジャックスは箱の中を探る手を止めた。トリーナが自分とビッグ・ジムの息子とを結びつけることがないよう、できるだけ慎重に接しているつもりだったが、彼女が子供のころの自分と今の自分との接点を見つけ出すかもしれないという心配は一度もしたことがなかった。ラスベガスを出てから、ぼくはすっかり変わった。当時のぼくを知っていた人間はそう多くはないが、彼らはたとえ今、町ですれ違っても、ぼくだとは気づかないだろう。唯一の特徴らしい特徴といえば、スカイブルーの目の色ぐらいだが、見知らぬ男の目の色を見て、ずっと昔にいなくなった子供の目の色と結びつけるような人間がいるとは思えない。

それにしても父がぼくの写真を飾っていたとは想像もしていなかった。だがしょせん、十七歳の我が子が優等でＭＩＴを卒業するというのに、式にさえ姿を見せなかった冷たい父親だ。

写真立てをもう一度取り出し、窓辺に持っていった。ブラインドを少しだけ開けて、午後の厳しい日光に照らして見た。少しずつ、肩の緊張が和らいでいく。

写真の中のジャックスは、野球帽をかぶっていた。レーザー手術を受ける前で分厚いめがねをかけているため、目の色はほとんどわからない。ださいシャツと成長期で丈の短くなったジーンズのせいで、野暮ったさは予想以上だ。ジャックスは笑みを浮かべ、ブラインドを閉じた。写真を箱に戻し、元どおりに棚の上に置いた。思いがけないものを発見したせいで、さまざまな疑問が次から次へとわいてくる。これ以上、写真を見ていれば、ますますそういった疑問を頭の中から消すことができなくなる。だが……。ジャックスは肩をいからせた。そんなことをあれこれ考えていても、サインボールは見つからない。セルゲイに言われたとおり、すでにカウントダウンは始まっているのだ。

隣にあるふたのついた花柄の箱に手を伸ばそうとした。そのとき、玄関のドアをノックする音がした。驚いて手が滑り、箱が傾いた。はっと息をのんで箱の前端を手でつかむ。どうにか落下を阻止することができた。箱を押して棚の上に戻した。ぼくは、何をびくついているのだろう？

いつものぼくは鋼鉄のような神経の持ち主だ。だが、トリーナに出会ってからというもの、子猫が毛玉をほどいていく以上の速さで、身にまとっていた〝落ち着き〟の糸がみるみる間に解かれていく。ジャックスはもう一度クローゼットの中を見回し、特別変わったものがないことを確かめると扉を閉めた。Tシャツで手を拭《ふ》き、鏡をのぞき込んで試合をしているときのようなポーカーフェースを装う。それから後ろへ下がり、くるりときびすを返した。またノックの音がした。ジャックスは狭い玄関ホールへ向かった。

ドアを開けると、鉄灰色の髪に、背は低いが筋骨のたくましい男が立っていた。

男の焦茶色の瞳が苛立《いらだ》たしげにジャックスを見つめた。「あんたは誰かね？　トリーナはどこだ？」

「ぼくはジャックスです。ジャックス・ギャラガー」

「ああ。新しいボーイフレンドか」

ジャックスはもっと詳しく訊かせてくれないかとばかりに、眉を上げた。トリーナは、ぼくのことをそう言って他人に話しているのだろうか。どういうわけか誇らしげな気分になった。

だが、喜ぶのは少し早すぎたようだ。「まあ、カーリーはそう言ってたがね。おれはマック」男は手を出そうとはしない。「デートの相手が娘たちにふさわしい男かどうかを確かめるお目付役みたいなものだ。それにしても、ドアを開けるのにやけに時間がかかったじゃないか」

ジャックスはマックに向かって冷ややかに微笑《ほほえ》んだ。「マリファナを始末してました」

「とりあえずそういうことにしておくか。あんたが頭の切れる男なのか、単なるこざかしい野郎なのかわかるまでな。まあ、それまでおまえたちの仲が続けば、の話だが」ふいにマックは鼻から息を思いきり吸い込んだ。「ほう。トリーナはスパゲティを作っているところなのか?」マックは家の中へ足を踏み入れた。

マックはジャックスよりも頭ひとつ分は背が低い。それなのに、ジャックスがよけなければ、マックは平気で彼を踏みつけていきそうだった。だが、トリーナの知り合いともめ事を起こすわけにはいかない。ジャックスはポケットに手を突っ込んで後ろへ下がり、そっけなく言った。「どうぞ」

マックは、ジャックスの皮肉が聞こえなかったのか、聞こえても無視するつもりでいるらしい。冷たい目でジャックスを上から下まで見つめた。「それで、トリーナはどこにいると言ったかね？」

「まだ言ってませんよ。彼女は今、買い物に出てます」

「あんたはついていかなかったのか？　いったい何様のつもりかね？　女性に何もかも押しつけるろくでなしなのか？」

父親のような男に、会ったとたんに粗探しをされたようなものだ。むっとしたものの、ジャックスは淡々と答えた。「最初は、ぼくが言い出す前に彼女が出ていってしまったんですよ」

「最初は……？」マックはうなずいた。「ああ、そうか。カーリーがトリーナの車を使っていたな。だが、そろそろ返しに来てもいいころだが」

「彼女の犬が動物病院の外で逃げ出して、まだ捜しているらしくて」ジャックスはつい眉《み》間《けん》にしわを寄せてしまったが、すぐに元に戻した。「あなたこそ、カーリーと一緒に捜してあげたらどうです？」

マックは大笑いした。「痛いところを突かれたな」よほど愉快だったらしい。

ジャックスは肩をすくめた。「年上の男にあれこれ言われることは慣れているんです。

父に、おまえはろくでなしだとさんざん言われましたから」背中を冷たいものが走った。いったい何を言っているんだろう。他人に自分の私生活について打ち明けたことなどなかったというのに。突然、おしゃべり人形に変身してしまったのか？　いったいこの町はどういうところなんだ？

しかし、ジャックスが台詞を撤回するより早く、マックのほうが態度を改めた。「いや、おれが悪かった。若い男を見るとつい警戒してしまうんだ。娘をふたり育てたが、どちらも目に入れても痛くないほどかわいくてね。今はノースダコタとニューハンプシャーに住んでいて会えないが、その代わりに、トリーナやカーリーを娘のように思っているんだ」

そう言うとマックはさっさとキッチンへ入っていき、冷蔵庫からビールを二本取り出した。一本をジャックスに差し出したが、ジャックスが首を振って断ると、何も言わずに肩をすくめた。マックは一本を冷蔵庫に戻し、もう一本のボトルのキャップを開けた。

「カーリーは野良犬や猫を拾ってきては面倒を見てやっているんだ」マックが言った。「まあ、ちゃんとしつけているから問題はないんだが、ルーファスっていう新顔がちょいと厄介でね。苦労しているよ。それでも時間の問題さ。じきに言うことを聞くようになるだろう」マックはリビングに足を踏み入れて椅子に腰かけ、反対側に座ったジャックスを見つめた。「それで、二度目はどうしてトリーナと一緒に行かなかった？」

「彼女にここにいるよう言われたんです。たぶん、ぼくのレンタカーを運転したかったたんじゃないかな」

「なぜだ？　そんなにいい車なのか？」

「バイパーSRT／10です」

マックは椅子の上で座り直した。「なんだと？　トリーナに運転させたのか？」

正気を疑うようなマックの口調に、ジャックスは不安を覚えた。「ええ、なぜです？　彼女、そんなに運転が下手なんですか？」

「いや、運転は上手だ。しかし、バイパーとはな。一度しか見たことはないが、いい車だった」マックはビールをすすり、にやりと笑った。こんろの火を少し落としたほうがいいぞ。当分帰ってこないかもな」

ジャックスは口の端をゆがめて笑みを返した。「彼女もそう言ってました」

「冗談だと思っただろう？」マックは首を横に振った。それからもう一度、背もたれに背を預け、ビールのボトルをお腹《なか》の上で揺らしながら、ジャックスを冷ややかに見つめた。

「カーリーに聞いたんだが、あんたはギャンブラーだって？」

「プロのポーカー・プレーヤーです」ジャックスは正直に答え、おそらく聞かされるであろう非難の言葉に備えて身を構えた。

「本当にポーカーだけで生計を立てているのか？」意外にも、マックはそう訊いただけだった。

「ええ、こう見えてもけっこう稼いでます」

「ほう、おれがあんたの年齢だったころとは、住む世界が違うってやつだな」

ジャックスは肩をすくめた。

驚いたことに、マックは高笑いした。「わかってるさ。また、その台詞か、とでも思っているんだろう？　おれが子供のころは……」マックは大声をあげた。「コーンのアイスクリームは――」

「ひとすくい五セントだった」ジャックスがあとを続けた。自分で言いながら、つい吹き出した。

「なんだ、聞いたことがあるのか。それなら、取引をしよう。おれは、〝おれが若かったときは云々《うんぬん》〟という話はしないようにする。本当だ。聞かせたい昔話はいくらでもある。それを我慢するのは、決してやさしいことじゃないんだぞ。だが、その代わりにトリーナを大切にしてやってくれ。口出しはしないから」マックは温かな目を向けた。「ただし、トリーナを傷つけようものなら、絶対に承知しない」

ジャックスはぎくりとした。本心を見透かされたかのようだ。なに、この男の脅しなど恐れるものか。計画を開始したときは、トリーナを傷つけることなどまるで気にならなかった。だが、今は心に引っかかる。

しかも、半端じゃなく。

それでもジャックスは、マックを落ち着いた目で見つめた。「ぼくが彼女に振られたらどうします？」

「そのときは、そういうことにしてくれとあんたが頭を下げたとでも思うかな」

ジャックスは腹に突き刺さるものを感じ、口をよじった。「なるほど。ずいぶん公平なんですね」

「当たり前だ。おれはどこまでもトリーナの味方だ」

「お手柔らかに頼みますよ」

「お互い様さ」

ドアロックを開ける音がして、〝先に目をそらしたら負け〟とばかりにからみ合っていたふたりの視線がようやくほぐれた。

「ジャックス、戻ったわよ」トリーナの声がした。「わたし、すごくいい子だったのよ。本当はロサンゼルスまでひとっ走りしてこようかと思ったんだけど、どうにか自制心を働かせて我慢したの」鍵《かぎ》を抜き、ドアが閉まる音がして、ようやくトリーナが姿を現した。腕に紙袋をさげている。マックの姿を目にしたとたん、琥珀《こはく》色の目が見開き、温かな笑みが浮かんだ。「まあ、驚いた。来てたのね」

「スパゲティのにおいに誘われて、様子を見に来た。ギャラガーさんが、ぜひ一緒にと言ってくれてね」

トリーナは目を皿にしてジャックスを見つめた。「あなたが誘ってくれたの？」

ジャックスは鼻を鳴らした。「夢でも見たんだろう。でも、マックがどれほど年をとっているとはいえ、この体格だからね。ちょっとやそっとのことじゃ追い返せないよ」

「何が年をとっている、だ」マックは文句を言いつつも、トリーナには愛情のこもった笑みを見せた。「今夜食べるつもりだった冷たくてかび臭いサンドイッチに比べたら、あつあつのディナーのほうがどれほどどいいことか」

「頼む」ジャックスはつぶやいた。「ぼくの気持ちをわかってほしい」

しかし、トリーナは笑い声をあげた。「マック、よければ食べていってちょうだい」

「そうかい？　うれしいよ。ぜひ、そうさせてもらう」

「冗談だろう？」せっかくトリーナとふたりきりになれるチャンスだったのに。ジャックスは落胆の色を隠せなかった。「きみがそんなにあっさりと騙《だま》されるとは思わなかったよ」

トリーナとマックが同時にジャックスを振り返った。トリーナは叱《しか》りつけるような目で、マックは取り澄ました様子で彼を見つめている。ジャックスはおとなしく引き下がることにした。

だが、ただではすませないぞ。「いいだろう。一緒に食べよう。その代わり、皿洗いをしてもらおうじゃないか」

ドアベルが鳴った。しかし、返事をするより早くドアが勢いよく開いた。タイル張りの玄関ホールに爪が当たる音が響き、カーリーと、茶色と黒のまだらの犬がリビングに飛び込んできた。

「もう、今日はさんざんだったわ！」カーリーはまっすぐにソファに向かい、長い脚を広げて座り込んだ。犬が膝の上にのろうとしたが、カーリーはさっと手で払った。「そこへ伏せてなさい、おばかさん！　あなた、自分がどれほど危うい立場にいるかわかってるの？　いいかげんにしてくれないと、安楽死させるわよ」しかし、ルーファスはうれしそうに尻尾《しっぽ》を床に叩きつけて喜んでいる。カーリーはルーファスの耳をかきながら顔を上げた。「ハイ、マック。ハイ、ジャックス。トリーナ、車を返すのが遅くなってごめんね」

「いいのよ。ジャックスのバイパーを運転させてもらったから」

「バイパー？　待って、ひょっとして駐車場で見たあの赤いスポーツカーのこと？」トリーナがうなずくと、カーリーはジャックスに感心するような視線を向けた。「へえ、いい趣味してるじゃない」

「ありがとう。ぼくの車だって言えればいいんだが、実はレンタカーなんだ」

「どちらにしてもしゃれてるわ」カーリーは息をのんだ。「ちょっと、このにおいはスパゲティ？」

「そうよ」トリーナは満面の笑みを向けてジャックスの目をくらましてから、カーリーに向かって言った。「一緒にどう？」

「ぜひとも、って言いたいところだけど」カーリーはゆっくりと体を起こした。「遠慮しておくわ。デートの邪魔はしたくないから」

「きみの友人も同じように気を遣ってくれるといいんだけどね」ジャックスが言った。

「マックは食べていくの？」マックが当然とばかりにうなずくと、カーリーはにっこりと笑った。「それなら、喜んでいただくわ。さんざんな一日だったのよ。誰かに料理してもらえるほどうれしいことはないわ」そう言うなり立ち上がった。「ルーファスを部屋に戻して、ベビーたちに餌《えさ》をやってくる」カーリーはルーファスの首輪をつかんだが、まっすぐに玄関へは行かずにカウンターに近づき、ワインボトルを手に取った。「なんだ、まだ冷えてないのね。でもよかったら一杯飲ませてちょうだい。大きなグラスでお願い。本当に今日は大変だったの」

昼下がりに始まった早めの夕食は、賑《にぎ》やかな会話とおいしい料理とたっぷりのワインとともに、夕方になっても終わる気配を見せなかった。途中、トリーナの隣人でエレンという小柄の女性も加わった。ジャックスがうれしかったのは、エレンのおかげでマックの詮《せん》索《さく》の目が自分からそれたことだ。エレンがクッキーののった皿を持ってリビングに入ってきた瞬間から、マックはエレンばかり気にしていた。

実際、トリーナに挨拶《あいさつ》をしてクッキーが山積みになった皿を手渡す間も、マックはずっとエレンを目で追っていた。少ししてからリビングに入ってきたエレンがトリーナと一緒に腰を下ろしたときも、マックはエレンの頭から爪先までざっと観察している様子だった。そして型どおりにジャックスにエレンを紹介すると、言った。「あいかわらず地味な女だな。からす色以外の色を着ようと思ったことはないのかね？　あんたに比べるとヘックルとジェクルのほうが、よほど派手だよ」

「ヘックルとジェクル？」ジャックスが尋ねた。

美しい笑みが陰り、頬がピンク色に染まったが、エレンはきっと顎を上げた。「ミスター・ブロディがおっしゃっているのは、六〇年代に流行したアニメのキャラクターのことなのよ、ジャックス。でも、いつものことながら、この人の言うことはまるで聞くに値しないわ」エレンはマックに向き直った。「ヘックルとジェクルはかささぎですよ。からすではありません」

その後も、ふたりの雰囲気は悪化する一方だった。ジャックスは椅子に背を預けてクラブソーダをすすり、様子を見守った。食事中もじっくり観察を続けた。

世界一の女たらしを自負するつもりはないが、女性の扱いにかけてはぼくのほうがマックよりはましだぞ。できることならマックを外へ連れていき、女性を落とすテクニックについて――自分のテクニックはさておき――ひとつやふたつアドバイスをしてやりたいくらいだ。

どちらにしても、ぼくには関係がない。それに、そろそろ帰らなければ。あまり気は進まなかったが、ジャックスは椅子を押して立ち上がった。「申し訳ありませんが」ジャックスが言ったとたん、テーブルの会話がぴたりとやみ、みんながいっせいにジャックスを見上げた。「とても楽しませてもらったのですが、そろそろ失礼します。試合がありますので」

「ああ、それで酒を飲まなかったのか?」カーリーが〝がんばって〟と言ったのと同時にマックが言った。

「お会いできてうれしかったわ」と、エレン。「せっかくだから、クッキーを持っていってちょうだい」

トリーナも立ち上がった。ジャックスはエレンの言葉を素直に受け取り、皿のクッキーを数枚、手につかんだ。「そこまで送るわ」

トリーナはジャックスの様子をうかがいながらドアへ向かった。「あなたに謝るべきかしら。それとも、あなたの寛容さに感謝すべき?」トリーナは正直に言った。

ジャックスと親密な関係に進むのを避けようとして身のまわりを友人で固めたやり方には、責任を感じている。臆病風に吹かれたのだ。できれば非の打ちどころがない自分を見せたい。自分にそう思わせる何かが、ジャックスにはあった。だが、残念なことにベッドルームでそれができるかというとまったく自信がない。これまで知り合った男性はみな、トリーナがショーガールだと知るととたんに見る目が変わり、ベッドでの行為に大きな期待を膨らませた。しかし、最初の期待が大きければ大きいほど、終わったあとの失望感も相当なものだった。たいていの場合、原因はトリーナにあった。自分をかなぐり捨て、エクスタシーに身をまかせることができないのだ。これまで愛し合った男性たちと同じように、ジャックスが失望するのをトリーナは見たくなかった。

突然、隣人たちが押しかけてきたことを、彼はどう思っているのだろう。ジャックスのあいまいな表情からは本心が読み取れない。そこで少し遠回しな方法をとることにした。

「約束と違っちゃったわね」

「気にしなくていいよ」玄関で足を止め、ジャックスは気軽な口調でトリーナに言った。「ぼくも楽しかった。マックについての結論はまだ出ていないけどね。なにしろぼくを一目見たとたんに猛犬に変わってしまったから。でも、カーリーとエレンはいい人たちだ。料理は、とにかく最高だったよ、トリーナ。唯一の不満は、みんながいたせいで……これができなかったことだ」

指の長いジャックスの手がトリーナのうなじを包んだ。ジャックスはトリーナを引き寄せ、頭を下げて唇を重ねた。

駐車場で交わしたような短いキスだったが、トリーナの舌をさっと一舐《な》めしたジャックスの大胆さに、トリーナの脳はすっかり溶けてしまった。ジャックスの首に腕をからませ、トリーナもキスを返した。わずか一拍の鼓動の間に、トリーナはさまざまな色が渦巻く、熱くて沸き返るような激情に包まれた。思わずジャックスに体を押しつける。

そのときジャックスの力強い手がトリーナの腕をつかんだ。豊かで柔らかな彼の髪に差し入れていた彼女の手を無理やり引き離して、ジャックスは彼女を押しやった。

体にぴったり張りついたブルーのTシャツが、ジャックスの呼吸に合わせて激しく上下しているのが見える。彼も動揺しているんだわ――トリーナはそう思ったせいか、キスを拒否されたことにとまどうこともなければ、侮辱されたような気分を味わうこともなかった。

「ちくしょう」ジャックスがかすれた声で言った。「くそ――」ジャックスは言葉を切り、やはり後ろへ下がった。片手をドアノブに伸ばし、もう一方の手で太陽の光で焼けてまだらになった前髪を払いのける。「ああ、きみはバーボンのストレートより効くよ。試合が始まるまでに、なんとかしてこの酔いをさまさないといけない」ジャックスはドアを開けて外へ出たところで足を止め、トリーナを振り返った。そのまま背中をそらしてトリーナの唇にぎゅっと自分の唇を押しつけ、言った。「また電話する」

そして外へ向き直ると、去っていった。

キスの感触を忘れないよう指を唇に当て、トリーナは身を乗り出して通路をのぞき込んだ。ジャックスの背中が階段の奥へ消えた。ドアを閉めて背中をもたせかけ、アーチの下からかろうじて見える暖炉の上のハイ・スケーラーにぼんやりと微笑みかけた。この地球にも、まだわたしをその気にさせてくれる男性がいたんだわ。

しばらくして、今日の残りをドアにもたれて過ごすわけにはいかないことに気づき、トリーナは間の抜けた笑みを浮かべた。そしてダイニングテーブルから聞こえる皿のぶつかる音や賑やかな人の声に導かれるように、友人たちのもとへ戻った。

11

その日の晩、エレンは遅くに部屋へ戻った。何かにつけ取り乱すことを嫌った夫ウィンストンとの生活が長かったせいだろう。夫が亡くなってずいぶんたっていても、当時と生活態度が大きく変わることはない。このときも、エレンは、物音をたてないよう慎重にドアを閉めた。

しかし心の中は違った。窓ががたつき、柱が震え、建物全体が基礎から揺れそうな勢いで、思いきり激しくドアを閉めたつもりだった。「からす色の服を着た、お堅い司書さん、ですって！」エレンはまっすぐにベッドルームに入っていき、クローゼットの扉についている鏡の前に立ちはだかった。

確かにそのとおりだわ。エレンは鏡に映った自分の姿をじっと見つめた。今夜は黒を着ているもの。それがどうかした？　黒は何にでも合わせられる基本の色よ。女性のワードローブにはなくてはならない色だわ。黒を使えば、ドレスアップだってドレスダウンだって、自由自在なのよ。それに、ほかの色の洋服もたくさん持っているわ。エレンは扉を開けて、ハンガーにかかっている洋服の色をひとつずつ確かめた。

黒、黒、ネイビーブルー、黒、茶、黒――確かに。でもほら、これは濃いグレーとベージュよ。それから……ネイビーに白いパイピングのついたもの、黒、深緑、黒と茶。それに、ほらこんなに明るい茶色もあるじゃない。あとは……黒。ううん、それ以外にも、さまざまなスタイルのぱりっとした白ブラウスが数枚あるわ。エレンは肩を落とした。なんてことかしら。本当に……暗い色の洋服ばかり。確かに面白みに欠けているわ。

ドアベルが鳴った。エレンはほっとしてクローゼットを閉めた。玄関のドアを開けると、驚いたことにトリーナが立っていた。「あら、いらっしゃい。ずいぶん長い間、顔を合わせてなかったみたいね」

トリーナは笑った。「そうね、お久しぶり、ってとこかしら」そう答えると、クッキーの皿を差し出した。「忘れないうちに返しておこうと思ったの。そうでないと、この先一、二週間はカウンターの上でほこりにまみれることになりそうだから」

エレンは皿に手を出す前に、後ろへ下がり、部屋の中へトリーナを招き入れた。トリーナが素直に中へ入ってくるのを見てエレンは言った。「まあ、わざわざ洗ってくれたのね」

トリーナは口をよじって微笑《ほほえ》んだ。「洗ったと言っていいものかどうか……落ちていたかけらを拭《ふ》き取っただけだもの。そもそも皿を洗うより、クッキーを作るほうがどれだけ手間がかかることか。エレンのお菓子は、本当においしいわ」

エレンはドアを閉めて皿を受け取ると、トリーナをリビングへ招き入れて椅子に座るよう勧めた。「おいしいといえば」皿をキッチンへ運びながらエレンが言った。「あなたのジャックスも、とてもおいしそうね」

「わたしのものかどうかはわからないけど、目の保養になることは確かだわ」

トリーナは頬をほんのりと赤らめ、更紗《サラサ》のカバーをかけたソファにしとやかに腰を下ろした。

「どうしてかしら。映画スターのようにハンサムというわけでもないのよ。パーツのひとつひとつはごく平均的なのに、ひとまとめにするとどこかが違うの。態度のせいかもしれないわね。冷静で、言うべきことははっきり言うし、自信家なの。そういうところが、あの背の高さと、すてきな色の髪と、ゴージャスなスカイブルーの目と合わさって……」トリーナはうっとりと微笑んだ。「ほんと、〝おいしそう〟ってぴったりの言葉ね」

するると、トリーナが急にソファの上で姿勢を正した。

「そうそう、クッキーのお皿の話に戻るけど」エレンが食器棚にしまおうとしている皿に向かって顎をしゃくりながら、トリーナは言った。「実はね、それを洗ったのはわたしじゃないのよ。マックが皿洗いをしてたこと、気づいてたでしょ?」

まるで凶暴なひきがえるを振り払う以上のすばやさで、エレンは皿を手から放した。幸いにも積まれた皿のすぐ上だったので、かちゃんと音がした程度ですんだ。「あの男の話は出さないで。からすみたいだって言われたのよ」

「ほんと、そんな言われ方はがっかりよね。でも、あなたもすぐにヘックルとジェクルはかささぎだって、反撃してたじゃない」

ええ、確かにそのとおりだわ。けど……。エレンは、トリーナが自分の服の好みをかばってくれていないことに気づいた。「あなたも、わたしの服装はぱっとしないって思ってる？」

「そうねえ、エレンの着こなしは……エレガントだわ。それにクラシックね」

「でも、ぱっとしないんでしょう？」エレンはあくまでも言い張った。が、ふと、相手がトリーナであることを思い出し、ソファに近づいた。「そういえば、あなたが着ている洋服はいつもカラフルね。まさに色の女王様って感じだわ」

トリーナはあきらめたように口の端を曲げてにっこりと微笑んだ。「オーケー、白状するわ。本当は、黒やアースカラー以外の洋服を着たエレンの姿が見たいと思っているの。でも、そういう落ち着いた色を着ないでほしいということではないのよ」トリーナはエレンの手を取り、自分の横へ座らせた。

エレンはおとなしく従った。トリーナは優しげな琥珀《こはく》色の瞳の奥からエレンをじっと見つめた。

「基本のスタイルを変える必要はないのよ」トリーナは繰り返した。「だって、エレガントさと上品さを兼ね備えたそのスタイルこそ、エレンらしさなんだもの。でも、今のワードローブに少し明るい色を足すだけで、クラシックさがすごく映えるようになると思うわ。あなたはすごくきれいな肌をしているし、白髪交じりの髪も本当にすてきよ。薄茶色の瞳は、どんな色にも合わせられるわ。例えばラベンダー色のタンクトップやブラウスなら、あなたが持っているショートパンツにぴったりだし、黒いスーツと合わせることもできるわね。淡いコーラルピンクもいいわよ。それにブルーグリーンやセージグリーン、あるいはうちのリビングの壁のような鈍いゴールドでも、瞳の色がすごく引き立つわ」トリーナが急に背筋を伸ばした。「そうだ！　いいことを思いついた」興奮したように頬を赤らめ、エレンの手を取って振る。「明日はカーリーもわたしもお休みなの。午前中にスタジオを予約してあるんだけど、そのあとでショッピングに行こうって話していたのよ。一緒に行きましょう」

　エレンはわずかに身を引いた。「まあ、ありがとう。でも、やめておくわ」

「どうして？」

「だって……」エレンはトリーナに向かって手を振った。「あなたとわたしをよく見比べてごらんなさいな。わたしはあなたの母親と言ってもおかしくないくらいのおばあちゃんよ。体形がまったく違うわ。服装の好みだって正反対に決まっているもの。同じお店で買い物なんてできるはずがないじゃない」

トリーナが大笑いした。あまりに愉快そうなので、エレンもつい笑みを返さずにいられない。

「〈スパンデクサラス〉へ行くわけじゃないわ。一緒に行きましょう、エレン。きっとわたしたちみんなが満足できる洋服が見つかるわ」トリーナはエレンの脚をつついた。「デートの約束があるっていうなら別だけど」

エレンはにっこり笑った。「残念ながら、それはないわね」

「それならいいでしょ？　少なくとも気晴らしになるわ」

「ええ、あなたやカーリーと一緒なら、きっと楽しいでしょうし。それにしても、明るい色のお洋服を買いに行くなんてねえ。ウィンストンが聞いたら、お墓の中で目を回しそう」

「あら、彼は喪服好きだったの？」

自分の暗い色の衣装をトリーナにからかわれたのに、エレンはなぜか笑いがこみ上げてきた。男性ホルモンをまき散らすばかりで人付き合いの下手なマック・ブロディだったら、かっとなっていたところだ。「ええ、そうよ。ウィンストンは、黒ほどすばらしい色はないと信じてたの。黒が似合わない人はいないもの」

「変わった人ね」トリーナはそっけなく言った。

脳裏にさまざまな思い出がよみがえり、エレンは唇に笑みを浮かべた。「あら、あの人にもいいところはあったのよ」

トリーナは顔をしかめた。「もちろんよ。ごめんなさいね。会ったこともない人のことを変なふうに言ったりして。無神経だったわ。わたしはただ、あまり黒ばっかりというのもつまらないいんじゃないかと思ったの。あなたを飾り上げてみたいな、って。それより、エレン、あなたがおしゃれしたら、マックはふらふらになっちゃうんじゃないかしら」

気持ちはトリーナたちとのショッピングに向いていたにもかかわらず、マック・ブロディの名前を耳にするなりエレンはさっと背を伸ばした。「あの無礼な男の言葉がきっかけとなって、わたしが自分のスタイルを変えたなんて思われたくないわ」

「エレン、マックはあなたに気があるのよ。少しセクシーなところを見せれば――胸の谷間をちらりとさせたりすれば、きっと彼は喜ぶわ。まあ、ちゃんと機能を果たしている脳細胞が残っていればの話だけど。きっと列車に衝突したかのような衝撃を受けることは間違いないもの」トリーナはひわいなジョークを聞かされたかのように色っぽく笑った。

「マックのことだもの、自分の名前ぐらいしか覚えていないわよ。自分の言ったことがあなたのワードローブに影響を与えたかどうかなんてわかりっこないわ」

気がある？　トリーナったら、何を勘違いしているのかしら。エレンは苦笑した。なるほど、すべてのことがセックスに結びつく、そういう年代なのね。

それでも、エレンの鼓動は高鳴り、どういうわけか気持ちがすっと軽くなった。エレンはゆっくりと言った。「そうねえ、カラフルな洋服を一、二枚買ってみるのも悪くはないわね。ミスター・ブロディがなんて思おうとわたしには関係ないわ」エレンは口早に言い足した。オーケー、今のは真っ赤な嘘《うそ》よ。でも、言ってしまったことを後悔したくはない。ましてや撤回などしたくはないわ。そんなことをしたら、トリーナにもっと愚か者だと思われてしまう。

「そうそう、その意気よ。カラフルな洋服を買うのは、自分自身を元気にするため。マックが黒は嫌いだって言うなら、自分でショッキングピンクのシャツを買えばいいのよ」

「それもそうよね」エレンはこくりとうなずいた。

「ということで、話はまとまったわね」トリーナは立ち上がった。「カーリーに電話して、あなたも一緒に行くことを伝えておくわ。余計な時間と手間を取らないためにも、わたしはバスでスタジオに行くことにする。カーリーが車を出してくれるから、十時半にふたりでスタジオまで来て」トリーナはドアに向かって歩きはじめた。「今から楽しみだわ。歩きやすい靴を履いてきてね。倒れるまでショップ巡りをするわよ」

エレンに考え直したり前言を撤回したりする隙《すき》を与えないかのように、トリーナはあっという間にドアの外へ消えた。

次の日、トリーナがスタジオに着いたときには、すでにジュリー＝アンの姿があった。

ふたりはそっけない挨拶《あいさつ》を交わしただけで、狭いスタジオの両端へ向かった。そうすれば話をする必要もない。ジュリー＝アンの選んだ音楽は、トリーナの好みではなかった。しかし、先にスタジオに入った者が好きな曲を選ぶというのが、ここでの暗黙のルールだ。

相手が別のダンサーなら、相談して別の曲にしてもらったかもしれない。しかし、ジュリー＝アンでは話しかける気にもならなかった。休みは今日までだ。せっかくの日に朝から口論するのはごめんだった。トリーナは、今度は携帯用プレーヤーを持ってこようと心の中で誓った。

ほどなくしてトリーナは自分だけの世界に没頭しはじめた。同じスタジオに別のダンサーがいることさえ忘れるほどだった。鏡に映った自分の姿をじっくりと眺めながら、組み合わせを変えつつさまざまなステップを次から次へとこなしていく。カーリーとエレンが到着したころには、自分の仕上がりぶりにほぼ満足していた。最終セットを終えてタオルを拾い、額や顔、胸に浮かんだ汗を拭き取る。そしてカーリーとエレンの背丈の違いに笑みを浮かべながら、ふたりのもとへ歩み寄った。

カーリーはハイヒールを履くとゆうに百八十センチを超える長身だ。そのうえ、つんつんにとがらせたブロンドの髪は、戦いで命を落とした勇敢な兵士を探すという北欧神話の女神ワルキューレを思わせる。打ち伸ばした金でできた上腕部のブレスレットが、さらにそのイメージを強調していた。クリーム色のシャークスキンのパンツとエレクトリックブルーのホルターネックのトップは豊満なカーリーの体の線をはっきりと見せている。そんなカーリーの隣にいるエレンは、黒いシルクスーツに品のいいパンプスを履いた、小柄でエレガントな小妖精《ようせい》そのものだ。

　その小妖精が大きな拍手をして、トリーナににっこりと微笑んだ。「あなたがダンサーだということは知っていたけど、どれほどの才能が必要かということはつい忘れてしまうのよね。あなたのダンスを見られてうれしいわ」

「ハイキックがずっとよくなったわよ」カーリーも褒めてくれた。

　エレンはにこやかに笑った。「あなたがたふたりの踊る姿をずいぶん見てないわ。近々、ショーを見に行かせていただくわね」

「あら、わざわざ見に行く必要なんかないわよ。今ここで見せてあげる」

「まさか、その格好で?」

「どうってことないわよ」カーリーはサンダルを脱ぎ捨て、ジッパーを下ろしてパンツを脱ぎ、エレンに手渡した。下着とタイトなトップだけで目の前に立つカーリーを見て、エレンは目をそらすべきなのか、それともあけっぴろげなその姿に感心すべきなのかわからず、とまどった様子だ。

「これでよし、と。ところで、今日は選曲権がなかったみたいね」カーリーはサンダルを履き直しながら低い声でトリーナにつぶやいた。そして今度は声をあげた。「ジュリー＝

アン！一曲だけステレオを貸してもらえる？」

「いいわよ」甘ったるいジュリー＝アンの声にトリーナは歯が浮く思いがした。カーリーが曲を選びに行くと、ジュリー＝アンがやってきた。「こんにちは」エレンに向かって言い、手を差し出す。「ジュリー＝アンよ。カーリーやトリーナのダンスチームのリーダーなの」

トリーナが口先だけの丁寧な会話を始めるよりも早く、ショーでかかる曲がスタジオに響きはじめた。一言、ジュリー＝アンに断りを入れ、トリーナはカーリーとともにフロアに立った。エレンのほうに向き直ったとたん、ジュリー＝アンの言葉が耳に入った。

「わたしも加わりますね。そのほうがらしくなりますから」

なんですって？

ジュリー＝アンが歩き出そうとしたそのとき、エレンが彼女の腕に手をかけた。「それより、ここにいてくださいな。あの子たちのステップの解説をしていただけないかしら」

「究極の選択ね」カーリーがつぶやいた。「ジュリー＝アンと一緒に踊るべきか、それともわたしたちのダンスについて言いたい放題言わせるべきか。あなたはどっちがいい？」

トリーナは肩をすくめたが、小声で言った。「さんざんわたしたちの悪口をエレンに吹き込めばいいわ。エレンはわたしたちの味方だもの。あの勢いだけのハイキックを見せつけられるよりましよ」トリーナは声をあげて続けた。「ジュリー＝アン、もう一度流してくれる？　トップから入りたいの」

ジュリー＝アンはむっとしたが、ステレオに向かっていった。

リズムを合わせ、ふたりは踊りはじめた。トリーナはやがて、ダンスの楽しさを思い出した。十一カ月の空白期間を経ての復帰は本当に大変だった。ここにきて、ようやく昔感じた楽しさを実感できたのだ。エレンは熱心に、そして心からダンスを見て楽しんでくれている。そんなエレンのために最高のパフォーマンスを見せたい。カーリーと踊るのも実に愉快だ。オーディションで初めて顔を合わせた日から、トリーナとカーリーはプライベートだけでなく、プロのダンサーとしても信頼し合ってきた。どちらも相手が動く前からその動きを読み取っているかのように、ぴったりと息の合ったダンスを披露することができた。ショーさながらに頭上で手を振りながら床の上で開脚してダンスを終えた瞬間、トリーナは終わったのが残念なほどだった。

エレンは、感情をむき出しにしてふたりに惜しみない賛辞を送った。トリーナは笑みを浮かべてタオルで汗を拭いた。その間もエレンはトリーナとカーリーを褒め続けた。

「ええ、今のふたりはとてもよかったわ」ジュリー＝アンが口を挟んできた。「でも、できることなら結婚前のトリーナのダンスをお見せしたかったわ」ジュリー＝アンはいかにもエレンに同情するかのように言った。「残念だけど、今の彼女に当時の切れはないもの」

何よ、その言い方。トリーナが反論しようとしたとたん、エレンがジュリー＝アンの手を軽く叩《たた》いて言った。

「あら、いいのよ。トリーナは、それよりもはるかに価値のあるものを持っているわ」

ジュリー＝アンが眉を上げた。「なんです？」

「忠誠心に礼儀。それに決してほかのダンサーを侮辱しないところかしら」穏やかな口調でジュリー＝アンを黙らせたエレンを、トリーナとカーリーはあっけにとられて見つめた。そんなふたりを優雅な所作で呼び寄せ、ふたりのあとについてスタジオを横切り外へ出た。

三人の背後でドアが閉まったとたん、トリーナとカーリーは歓喜の声をあげた。

「すごいわ。さすが、エレンね」トリーナが言い、カーリーはエレンに向かってにやにや笑いながら、三人は揃《そろ》って階段を駆け下りた。

「これからは、あなたを怒らせないようにしなくちゃ」カーリーがうれしそうに言った。

「見事な刺しっぷりだったわ。今ごろジュリー＝アンの足元に血の海ができてるわよ」

「ほんとね。最高だったわ」

エレンは肩をすくめた。「だてに三十年も図書館で働いていないわ。人の扱いは慣れているの。すばらしいものを見せてもらったのよ。自分のことしか考えないわがままな人に、せっかくのプレゼントを台無しにされたくはないわ」しかし、エレンは急に不安げに目を見開き、すでに階段を下りてエレンが追いつくのを待っているトリーナを見つめた。「まあ、どうしましょう！　さっさとスタジオを出てきてしまったから、あなたは着替えるひまもなかったのね」

　トリーナは汗で湿ったレオタードと、むき出しの脚、ダンスシューズを見下ろした。

「心配いらないわ」トリーナはダンスバッグから房のついたショールを取り出し、腰に巻きつけた。「洋服ならここに入っているから、車の中で着替えるわ。でもカーリーはパンツをはいたほうがいいわね。その下着とサンダル姿で町を歩いたら、間違いなく注目の的になるもの」

「まあ、ここはラスベガスだから」エレンはあっさりと言った。

「それもそうね」カーリーはそう言って笑ったものの、サンダルを脱ぎ捨てるとパンツに脚を入れた。

　三人は意気揚々と買い物に出発した。トリーナは駐車場に止めた車の陰で着替えた。その間、三人は大笑いし続けた。その後、カーリーの運転でネバダ州最大のショッピングセンター〈ブールバード〉へ向かいながら、トリーナが化粧をして髪を直している間も笑いっぱなしだった。車を降り、手始めに〈ザ・プティ・ソフィスティケイツ〉に立ち寄ったときもまだ笑っていた。

「まあ、エレン、これを見て」カーリーが明るい紫がかったブルーのシルクのキャミソールを棚から持ってきた。「これなら今のスーツにぴったりよ」

　別の棚を見ていたトリーナも顔を上げ、うなずいた。「あなたのほかの手持ちの衣装にもぴったりだわ」

　カーリーはその薄くて小さなキャミソールを自分の豊満な胸に当てた。「いやね。これ、本当に小さいわ。この店にいると、こびとの国に来たガリバーになった気分よ」

「これはどうかしら」トリーナはだいだい色のスエードのシャツ・ジャケットを引っ張り出し、エレンのところへ持ってきた。「長袖《ながそで》だから、今は暑苦しいと思うでしょうけど、ほら、この色合いを見て」

　カーリーが加わった。「ワオ。肌がクリーム色ですごくきれいに見えるわ。スタンドカラーのベージュの袖なしを持ってなかった？」

「あるわよ」エレンはシャツを手に取り、鏡の前へ持っていった。体の前に掲げたあと、ハンドバッグを置いてハンガーをはずし、試着してみた。

「やっぱりね。そのジャケットにジーンズを合わせたら最高におしゃれだと思う。あら、でも、見て。その黒いスーツにもすごく似合ってる」

　エレンは笑った。本当におしゃれだこと。そんなことを言ってくれるのは、この子たちぐらいでしょうね。

「これはどうかしら」トリーナは、近くのカウンターに置いてあった少し長めのネックレスを持ってきた。クリーム、オレンジ、緑青、ペールゴールド、シルバーブルーのチャンキーストーンをつないだものだ。「これを着けてみて」

エレンはネックレスを着け、三面鏡に全身を映した。まあ、ふたりの言うとおりだわ。シャツ・ジャケットの色のおかげで、肌の色がすごくきれいに見える。ボタンから下がったタグを取り、裏返した。「手洗いでも大丈夫ね」うれしそうに言った。「買うわ」

エレンも積極的に探しはじめた。それまでの遠慮をすべて捨て去り、目を引けばどんな色でも手に取ってみた。そのあと試着室に入り、腕に抱えた山のような洋服を、ハンガーのついたものは壁にかけ、Tシャツやタンクトップはベンチに積み上げた。選んだ衣服には、エレンとトリーナやカーリーのスタイルと趣味が入り混じっていた。まずカーリーが選んでくれたセージグリーンのノースリーブのチュニックに手を伸ばす。後ろをひもでしばるようになっていた。ひとまずじっくり眺めてからかぶり、胸元のボタンを留めた。

選んだ服はすべて試着するようにトリーナとカーリーに言われ、エレンは次々と試着を繰り返した。やがて試着室の外には三つの山ができた。〝却下〟、〝とりあえずキープ〟——最後は買わずにすんでしまいそうなものがほとんど——それから〝絶対買い〟の三つだ。最後から二枚目の洋服は全員一致で〝却下〟された。「ようやくあと一枚になったわ。これがすんだらランチをおごるわね。疲れたでしょう?」

試着室に戻ったエレンは、カーリーが最初に選んだ紫がかったブルーのキャミソールを頭からかぶり、下から引っ張った。顔を上げて鏡に映った自分を見て、エレンははっとした。「まあ、こんなことって」

記憶にあるかぎり、今までこれほどセクシーな服を着たことはない。シースルーや、ウエストがきゅっと引き締まっているといったようなセクシーさとは違う。肌の色を引き立て、欠点を隠しつつも体の曲線を強調し、肌をくすぐる指のような爽快《そうかい》感さえ感じられる。胸はしっかりと隠しながらも谷間をわずかに見せるデザインで、着ているだけで美しくなった気がした。

「エレン、大丈夫？」トリーナが呼んだ。

「ええ、大丈夫よ。なんとか……ね」

「早く出てきて、とっておきの一枚を見せてちょうだい」と、カーリー。

「試着室から出ないほうがいいと思うの。あなたが選んでくれたキャミソールよ」

カーリーが笑った。試着室の扉のすぐ外で声がしたことに驚き、エレンは飛び上がった。

「お店の中にいるのは女性だけですよ、奥さん」カーリーはジョン・ウェインのようなしわがれた声を出した。そしてすぐにいつもの声に戻す。「本当よ。今はわたしたちと店員しかいないわ。だから出てきて」

エレンは扉を開けて、外へ出た。

「ワーオ！」カーリーが息を吐いた。「トリーナ！　ちょっと来て！」

トリーナが三面鏡の裏から姿を見せた。歩きかけてすぐに立ち止まり、じっくりと見つめた。「まあ、エレン」ため息をつくように言う。「ものすごく似合っているわ」

「すごいと思わない？　自分がとってもすてきな女性になった気分よ」

「セクシーなのはもちろんだけど……わたしの言いたいこと、わかる？」カーリーは唇をゆがめた。「もうすぐ、この三人の中でセックスをしてないのはわたしだけになりそう」

男性に抱きしめられたり、体に触れられたりすることを想像しただけで、エレンの鼓動が高鳴った。そのときトリーナが言った。「わたしはセックスなんかしないわ」

カーリーが鼻を鳴らした。「今はまだ、でしょ。でも時間の問題よ」そう言って、うっとりと微笑んだ。「わたしはセックスも男も大好き。どちらも、ずいぶんご無沙汰《ぶさた》だけど。ああ、男がほしいわ」

ふとトリーナに目をやったエレンは、彼女が小さく鼻にしわを寄せたのに気がついた。まるでセックスなんか好きではないし、したいとも思わないと言わんばかりだわ。もちろん、気のせいかもしれないけど。それでもなぜか興味を引かれ、カーリーに話しかけた。

「いちおうほかにどんな色があるのか、見てきてくれないかしら、カーリー？」

カーリーの姿が見えなくなると、エレンはトリーナに向き直った。

「やっぱりジャックスは大したことはなかった？」

トリーナは目を見開いた。「いいえ、ジャックスはすてきよ。どうして？」

「カーリーがセックスの話をしたときに、あなたが変な顔をしたから。ひょっとしたらうまくいかなかったのかと思って」そのとき、前夜ジャックスを玄関まで見送ったトリーナが戻ってきたときの表情が脳裏をよぎった。「でも、それはおかしいわね。ゆうべテーブルに戻ってきたときのあなたは、死ぬほどキスをしてきたような顔だったもの」

「そうなの。キスは大好きなの。抱き合って、触り合うのも好きよ」そう言うと、一瞬目をそらし、顔を赤らめてエレンを横目で見つめた。

でも、そのあとは好きではないということ？　エレンは続けて尋ねようとした。トリーナがそれほどいやがる様子を見せなかったからだ。

しかしそのとき、キャミソールを数枚、手にして戻ってくるカーリーの姿が見えた。トリーナは体を硬くして、小声で言った。「今は話したくないの、いいかしら」

「もちろんよ」エレンは腕を伸ばしてトリーナの手を軽く叩いた。「でもわたしはピット・ブルよ。食らいついたら放さないんだから。逃げようなんて思わないこと。近いうちにゆっくり話しましょう」

12

　ジャックスは肩を回して力を抜き、それから腕を上げてトリーナの部屋のドアをリズミカルにノックした。アポなしの訪問だった。トリーナとドライブに行こうと思ったのだが、電話では断られる心配もある。どうしてそれほど彼女と出かけたいのか、自分でもわからなかった。頭では自分の本来の計画を進めるためだと考えようとしていたが、内心では別の意思が働いていることを直感していた。

　あまり深く突き詰めたいとは思わない意思が。

　すぐにドアが開き、トリーナが現れた。色あせたブルーのスポーツブラに、やはり縫い目が色あせたローライズのショートパンツ姿だ。化粧もしていない。トリーナはジャックスを見つめてから瞬《まばた》きし、唇に笑みを浮かべて目を輝かせた。「あら、いらっしゃい」

「やあ。いきなり現れてごめんよ。でも、よければ……」ジャックスは言葉を切り、トリーナの鼻を見つめた。「へえ、きみにもそばかすがあるんだ」少しだったが、それまで一度も気づかなかった。

トリーナは鼻の付け根を指でこすった。「いやだわ。素顔を見られちゃったのね」トリーナは肩をすくめ、後ずさりした。「でも、あらかじめ言ってくれないとこうなるってことよ。どうぞ入って。今、掃除していたところなの」

「手伝おうか?」

「〝いいえ、けっこうよ〟って答えると思ったでしょ?」キッチンへ案内しながらトリーナは言った。「そうはいかないわよ。わたしの姉妹はすぐに家の仕事をさぼろうとしてたの。だから、小さいときから借りられる手はできるかぎり利用する術《すべ》を身に着けてきたのよ。クローゼットからダストモップを出して、床のほこりを拭《ふ》き取ってくれる? わたしは家具の上をすませるから」トリーナは肩越しに振り返り、苦笑いを浮かべた。「家具は自由に動かしてくれてかまわないわよ。あなたにとって整理整頓《せいとん》は最優先事項のひとつでしょうから」トリーナはそう言ってリビングへ入っていった。

ジャックスはゆらゆらと揺れるトリーナのヒップを目で追いながら、モップを持って彼女のあとについていった。戸棚のステレオからジャズ風の音楽が流れている。ステレオに近づくにしたがい、トリーナのヒップは曲に合わせてますます揺れはじめた。食器棚の前で背を伸ばしたまましゃがみ込み、ベースの旋律に合わせて上下左右に動かしている。ジャックスはしばらく見入っていたが、やがて床に注意を向けた。

モップをひっくり返して眺めたあと、ゴムのパッドに使い捨ての雑巾《ぞうきん》を当てて表に返し、フローリングの上を拭きはじめた。モップは狭いスペースや低い家具の下も楽々と入っていく。ジャックスはトリーナの後頭部に向かってにやりと笑った。「こいつは便利だ」

トリーナはジャックスを振り返り、口の端を上げた。「でしょ？　自分が発明すればよかったって思ってない？　シンプルで、効率的で、何百万ドルも稼げるわよ」

ジャックスはトリーナを思案深げに見つめた。「百万ドルあったらどうする？」

「スタジオを買うわ」トリーナは即座に答えた。

ジャックスはモップを動かしていた手を止め、トリーナを見やった。「スタジオ？　ユニバーサル・スタジオ？」

トリーナは大笑いし、勢い余って床に座り込んだ。脚を立たせながら、ジャックスに向き直る。「まさか。ユニバーサル・スタジオを買おうと思ったら、百万ドルじゃすまないわ。わたしがほしいのは自分のダンススタジオよ。ダンスが教えられて、リハーサル用に貸し出せるようなスタジオのこと」

「先生になりたいの？」

「そう」ジャックスが信じていないと思ったのだろう、トリーナは口の端をゆがめて微笑《ほほえ》み、続けた。「世界中を旅している人にはつまらないかもしれないけど、わたしはダンスを教えるのが好きだし、こう見えても上手なのよ。本当はスタジオを買うために貯金してたんだけど……まあ、いろいろあって」

ジャックスは〝いろいろ〟の内容を聞きたかったが、トリーナが細い眉を上げて彼に尋ねた。「あなたは？　百万ドルあったらどうする？」

「実は、二年前に、パリの〈アビエーション・クラブ・ド・フランス〉で百三十万ドル手に入れた」

トリーナはあっけにとられている。

「いちおう断っておくけど、だからといって百万長者になれたわけじゃない。そのうちの半分は税金として国に納めさせられたからね」

トリーナはようやく口を閉じた。「あら、そう。お気の毒に。ということは、一晩働いただけで、六、七十万ドルを稼いだの？」

「正確には四日だ。四日もかかったのさ。移動にも時間がかかるしね」

「ボンジュール、パリ、ってなものね」

「なるほど、その間どれだけぼくが気の張り詰めた長い毎日を過ごしていたとしても、同情はしてもらえないのか」

トリーナは鼻で笑ったが、すぐに目を大きく開けてジャックスを見つめた。「その試合で、一手に賭《か》けた最高額はいくらだったの？」

考える必要はなかった。「百九十二だ」

「百九十二ドルじゃないわよね？」

「その千倍」

トリーナはまた口を開けた。「十九万二千ドルってこと？　一度の勝負で十九万二千ドルも賭けたの？」

トリーナの表情を見て、ジャックスはほくそ笑んだ。まあ、今になってみれば、いい思い出だ。「きみに見せたかったよ、トリーナ。オールイン、つまり持っていたチップをすべて注《つ》ぎ込んで勝負に出たんだ」

「まあ」トリーナは驚きのあまり声にならない。

「ヨーロッパ人にはよく知られた戦法さ。でも、ぼくはどちらかといえば保守的なプレーをするほうでね。サーキットを回るプレーヤーにもそう思われている。だから、言ってみれば、こっちの思うつぼだった。あのときの最大の敵はベニーという名前のオーストラリア人だった。正直、そいつのほうがぼくより手はよかった。けれど土壇場で降りたんだ。ぼくが全チップを賭けたのを見て、よほど大きな手だと思ったんだろう」ジャックスは当時のことを思い出し、にっこり微笑んだ。「そのときポットにあった賭け金は全部で十七万ドルだった」

トリーナは首を横に振った。「想像もつかない。わたしなら汗だくになっていたでしょうね」声がうわずったもののすぐに落ち着きを取り戻し、眉を上げてジャックスを見つめた。「ということは、いいダンススタジオが見つかったら、寄付してくれるのかしら？」

しかし、その言葉が真剣なのかどうかジャックスが判断する間もなくトリーナは続けた。

「それで、そのたなぼたで何を買ったの？」

「新しいスーツさ。ジャケットと言ったほうがいいかな」

「スーツのジャケット？　それだけ？」

「おいおい、すごく上等のジャケットなんだぞ」頭がおかしいんじゃないのとばかりに見つめるトリーナを見て、ジャックスは肩をすくめた。「それほどほしいものはなかったんだ。でもユーロスターに乗って、数日かけてロンドンまで行ったよ」

「まあ、すごいわ」トリーナは肘をついて体をそらし、むき出しの脚をフローリングの床の上に伸ばした。「パリ、ロンドン、ユーロスター。一日中聞いていても飽きないわ。あなたの話を聞いててせいぜい疑似体験しなくちゃ。お願い、見て覚えてることをすべて話して」


　トリーナに請われるまま、ジャックスはロンドンやパリでの経験談を語りはじめた。トリーナは夢中になって聞いている。掃除を続けようとするものの、ジャックスが有名な地名や名所の名を挙げるたびにぱっと振り向き、目を輝かせて彼を見つめる。ジャックスもモップを動かそうとするのだが、トリーナの質問攻めに遭い、結局、腕を組んで話を続けることになった。

　ついにジャックスはそれ以上、我慢できなくなった。トリーナの熱烈さに打たれ、彼女に触れたくてしかたがなくなった。彼女の肌から発散され、彼女の人柄からあふれる熱を感じずにはいられなくなった。ジャックスはトリーナに歩み寄り、しゃがみ込んで彼女の太ももの下と背に腕を当てて抱き上げた。

トリーナは驚きの声を漏らして、ジャックスの肩をつかんだ。「いったいどうしたの……？」

ジャックスは口で彼女の唇をふさいだ。

「もう」トリーナはつぶやき、ジャックスにキスを返した。

決してよい作戦とはいえないことは、ジャックスは十分に承知していた。もっと冷静に誘惑し、自分の感情は心の奥に閉じ込めたうえで、彼女の心を自分だけに向けさせるべきだと。しかし、まるで井戸に投げ込まれた石のように、ジャックスは跡形もなく沈んでいった。トリーナの唇は柔らかくて甘く、熱っぽい口はコーヒーの味がした。トリーナも激しい欲望を感じている。もうだめだ。耐えられない。唇を重ねたまま、ジャックスはソファに向かって歩いていき、トリーナを膝にのせたまま腰を下ろした。

ふたりはそのままキスを続けた。いったいどれくらい唇を合わせていたのだろう。やがてジャックスが顔を上げ、トリーナを見下ろした。「参った。きみのせいでぼくはどうかしてしまったらしい」そう、まさしく想定外だ。

「詳しく聞かせてほしいわ」トリーナは息も絶え絶えに小さく笑いながら答えた。「わたしだって、あなたのせいでどうかしちゃったもの」そう言うと、ジャックスのうなじに手をかけ、顔を引き寄せてもう一度キスをしようとした。

ジャックスは自分からトリーナにキスをした。右手をトリーナの喉に当てて指を広げ、彼女の顎をつかんで口を開いて重ね合わせる。トリーナが舌を差し入れ、ふたりは同時にうなり声をあげた。

トリーナは我を失いそうになった。自制心を失ってはだめ。ちゃんと気を確かに持たなければ。ジャックスのキスのせいよ。こんなキス、今までしたことがない。脳の神経細胞からときどき火花が飛ぶせいで、しばらくはどうにか理性をとどめていられた。しかしそれもつかの間、体中から押し寄せる快感の波に、ついに抑えがきかなくなった。

ジャックスの手がトリーナの喉をゆっくりと下っていき、やがて胸に到達したとき、トリーナはようやく感覚を取り戻した。ジャックスの膝の上に起き上がってしまうほどではなかったが、ジャックスはトリーナが体をこわばらせたことに気づいたらしい。下へ向かう指の動きを止めた。

だが、巧みな唇がその動きを止めることはなかった。トリーナの唇を軽く押すように自分の唇をこすりつけてくる。動きが止まらないのは舌も同じだ。厚かましいほど支配的かと思えば、じれったいほどに逃げようとする。トリーナは不満げなうめき声をあげ、ジャックスの頭をつかんでしっかりと固定し、唇を合わせた。

キスに夢中になっていたトリーナは、親指と人差し指で乳房の先端をつままれるまで、ジャックスの手が乳房を覆っていることに気づいていなかった。

トリーナははっと息をのんだ。つまれたところから太ももの間の奥深い神経まで、稲妻が走ったのだ。しかしそれが最高の感覚なのか、それとも恐れるべき感覚なのかの判断がつく前に、ジャックスは乳房から手を引き、指先でスポーツブラの輪郭を軽くなぞりはじめた。

ジャックスが頭を起こし、トリーナを見下ろした。「きみの肌はなんて美しいんだろう」そうつぶやき、眠たげな笑みを見せた。スポーツブラのストラップを指で引っかけ、肩からはずす。「体はとても健康的で締まっているのに、肌は柔らかいんだね。信じられないほど柔らかい。それに滑らかだ」ジャックスは首を曲げ、露《あらわ》になったトリーナの肌を軽く噛《か》んだ。「体の隅々まで触りたい」

妙なことに、トリーナはまったくいやな気がしなかった。

ジャックスは決して急ぐことはなかった。ブラウスを押し上げたり、パンツを引き下げたりする必要がないからかもしれない。トリーナはジャックスが欲情していることに気づいていた。呼吸が荒くなっていたし、ジャックスの膝にすっぽりとはまったヒップに、硬くなった彼の欲望のあかしが当たっている。それでも、ジャックスはトリーナの肩を噛んではそこにできた小さなくぼみを舐《な》めるという動作を繰り返した。

ジャックスはときおりトリーナの喉に唇を上下に這《は》わせるほかは、じっくりと時間をかけてそれを楽しんだ。唇がないときは、手が代わりを果たした。ジャックスの指はトリーナの腕を滑り、首を通って、鎖骨を伝った。乳房を覆っているスポーツブラの上をさまようこともあったが、決して先端部に触れることはなかった。

やがてトリーナは、何かに気持ちを集中させることができなくなってきた。ジャックスの膝の上で体をくねらせながら日に焼けた彼の茶色い髪をつかみ、無理やり口を重ね合わせる。次の瞬間、ジャックスの手がスポーツブラの中に侵入した。トリーナは乳房をジャックスの手に押しつけた。

よし！　ジャックスの胸の中で勝利の喜びが炸裂《さくれつ》した。唇を重ねたまま、ジャックスは笑みを浮かべた。それにしても、女性を喜ばせるためにこれほど努力したのは初めてだ。そして目的を達成したことで、これほどうれしい思いをしたことも。少し前、ジャックスの手が乳房の先端に触れたとき、トリーナは体を引いた。そのときはさっと手を引っ込めた。それも女性を落とす手管のひとつだからだった。

ところが、ジャックスは知らないうちに自分が作った網にかかっていた。

心の奥には、彼女の服をはぎ取り、自分自身を彼女の奥深くへ埋《うず》めて、この焼けつくような思いをすっきりさせてしまいたい気持ちもある。それでも、トリーナを愛撫《あいぶ》し、サテンのように滑らかな彼女の肌の感触や、敏感な箇所に触ったときに鳥肌が立つ感触を味わっていたいという気持ちのほうが大きかった。

いったい彼女は何者なのだろう。車のボンネットの上で垣間見せた、出会ってから丸一日足らずで男をその気にさせる熱情的で快楽を追い求める女なのだろうか。それとも、今日のように慎重で、注意深い女性なのだろうか。

駐車場でのあの夜、いっときとはいえ彼女もジャックスに負けないほど欲情していた。それだけは確かだ。しかし、彼女は突然、気が変わったかのように身を引いた。今の彼女には、あのときに見せた困惑と警戒心が備わっている。

だが、今はそれを確かめている時間はない。これまでは、ジャックスの脳はどうにか下腹部をコントロールできていた。むしろ理性のほうが勝っていたほどだ。

だが、そんな理性はあっという間に吹き飛んだ。

トリーナが演技をしているのだとしても、ジャックスはかまわなかった。指で胸の先端をつまんだときに彼女が発した驚きのうめき声は、彼の股間《こかん》にストレートに響いた。それはそのまま欲望のあかしとしてトリーナのヒップの硬い曲線を突いた。まるで楽園の入口を探すかのように。

まずはこの着古したスポーツブラを脱がさなければ。ジャックスは両手の親指をブラジャーの縁に押し込み、乳房の上へ押し上げた。トリーナがまた体をこわばらせるのではないだろうか――ジャックスは思った。しかし、露になったトリーナの青白い曲線を目にしたとたん、体をこわばらせたのはジャックスのほうだった。

あのときのままだ。あの晩、セクシーな黒とゴールドのドレスのネックラインから垣間見たとおりの胸。違うのは、すべてを目にすることができたということ。なだらかな曲線を描くクリーミーな乳房。先端は温かみを帯びたシナモン色で、硬く引き締まり、まっすぐにジャックスのほうを向いている。

腕を交差させ、頭からブラを取ったのはトリーナだった。

「驚いたな」ジャックスは言った。声がうわずっている。「こんなにきれいだとは思わなかった」

トリーナは口の片端を上げた。「どうして男性は乳首に引きつけられるのかしら。わたしのダンスチームにいるゲイのふたりも、女性の乳首が気になってしょうがないらしいの」

「それは、ぼくたち男にはないものだからね」ジャックスは、横隔膜をなぞるようにトリーナの左胸の下側から手のひらで乳房を支えた。「もし男に乳房があったら、一日中いじってばかりで何ひとつ仕事ができなくなるだろうね。こいつはまさに美の象徴だ」トリーナの乳房を軽く揺らし、満足げなため息をついた。「作用と反作用というが」ジャックスはつぶやき、トリーナを見上げて弱々しい笑みを浮かべた。「これほど価値のある反作用はないと思う」

　トリーナはうっとりと閉じかけていた目を、一瞬ぱっと見開いた。「気をつけて。あなたが警告していた変わり者の片鱗《へんりん》が見えたわよ。ほら、作用と反作用って言ったわよね？　これはただのおっぱいよ。少しぐらい揺れたって不思議じゃないわ」そう言って、満面の笑みを浮かべた。「でも、こちら側からの反作用も悪くはないわよ」

「本当かい？　どれ、よく見てみよう」ジャックスは首を曲げた。しかし胸からつんととがった小さな乳首へ向かう視線は、途中で脇道《わきみち》にそれた。「おや、そばかすが、二、四、六、七つもあるぞ」トリーナの胸の谷間に散らばっている小さなしみを数えながらジャックスが言った。まるで出されたアイスクリームのバニラビーンズの数を数える意地の悪い客のようだ。

「そんなにそばかすが気になる？　そばかすを指摘したのは今日で二度目よ。ひょっとして、そばかすフェチ？」

「そんなこと考えもしなかったよ」ジャックスはにやりとしながらトリーナを見上げた。

「でも、まるでお宝に巡り合えたような気分なのは確かだ。だからやっぱり、そばかすフェチなのかもしれない」横目でトリーナを見つめる。「これ以上そばかすを見せつけられたら、ますます欲望に抑えがきかなくなりそうだ」

「まあ」トリーナはジャックスの欲望のあかしをヒップで押さえつけた。

　ジャックスははっと息をのんだ。「よくもやってくれたな。もうミスター・ナイスガイのふりはしないぞ」ジャックスはトリーナの乳房を押し上げて頭を低くし、先端を唇でくわえた。乳首が飛び出し、ジャックスの舌に当たった。そのまま上顎に押しつけ、吸った。

「ちょっと、何を……」トリーナが背をそらした。そのせいで乳房はますますジャックスの口の奥へと押し込まれた。ジャックスが舌を使うと、トリーナは激しく息を吸い込んだ。今度は湿った乳首に息が吹きかけられる。トリーナは体を震わせた。ジャックスが乳房を吸うと、トリーナは恍惚《こうこつ》状態に陥った。

いいぞ。最高の気分だ。快感にあえぎ、目を潤ませたトリーナのなんと美しいことか。トリーナがクライマックスに達するのを見届けようと決めた瞬間、ジャックスの脳裏から自分自身を解き放ちたいという欲望が姿を消した。

乳房をくわえていた唇を離す。トリーナはすぐに乳房の下に手を当て、ジャックスの口に向けて押し上げた。もう一方の手は、彼の髪をまさぐっている。

ジャックスは、トリーナの横隔膜からみぞおちの滑らかな肌、そして深いおへその穴に向かって、自由になった指を撫《な》で下ろした。さらに手を下げ、ショートパンツのウエストの下をくすぐる。それに反応してトリーナはヒップをぐいっと持ち上げた。トリーナの脚が開かれたとたん、硬くなったジャックスの欲望のあかしは《ハレルヤ・コーラス》のリズムを打ちはじめた。

しかし、この体勢ではどうしようもない。ジャックスはトリーナを膝から下ろし、ソファにじかに横たえ、その隣に自分も横になった。トリーナは瞬きしてジャックスを見上げた。ジャックスは肘をついて頭を支え、トリーナに笑いかけた。トリーナの頬は紅潮し、目は眠たげで唇はぷくんと腫《は》れている。「寝心地が悪くないかい？　さっきの体勢は少し落ち着かなくてね」答えを待つことなくジャックスは顔を近づけ、もう一度キスをした。

トリーナは小さく声をあげ、ジャックスの胸を手で撫でた。Tシャツを指で引っ張り、不満げに言った。「不公平よ。わたしは上半身裸なのに。あなたも脱いで」

ジャックスは袖口《そでぐち》から腕を引き抜き、シャツを引き上げた。ちょうどシャツで前が見えなくなった瞬間、盛り上がったジャックスの胸筋にトリーナが手を置いた。トリーナが体を動かしたと思うと指を離し、いきなり胸にキスをした。ジャックスは邪魔なシャツを頭から引き抜いた。

実にいい気持ちだった。だが、このままでは自制心を失ってしまう。ジャックスはトリーナの髪に手を差し入れて柔らかなカールをこぶしに巻きつけた。髪を引いて唇を胸から離し、トリーナの顔を上へ向けた。「初めて出会ったときから、こうなることをずっと考えていた」ジャックスは白状した。「始まりもしないうちに終わらせるのはいやだ」力を入れてトリーナの顔を自分のほうに引き寄せ、首を曲げて彼女の唇に唇を近づけようとした。しかしそれは無理だった。ふたりの位置は完全にずれてしまっている。

トリーナは笑って体を起こした。トリーナの胸がジャックスのみぞおちをこすり、やがて胸にぴったりと押しつけられた。トリーナは長くて力強い腕をジャックスの首に巻きつけ、キスをした。

その瞬間、ふたりは一気に燃え上がった。

ジャックスは髪を握るこぶしに力をこめ、激しくトリーナにキスを返した。彼女のすべてを味わおうとするかのように舌を奥へと差し入れる。欲望に突き動かされるまま、もう一方の手をトリーナの乳房へ撫で下ろした。首に巻かれたトリーナの腕をはずしてソファから滑り下り、指の代わりに唇で乳房を愛撫する。自由になった手をトリーナの脚の間に差し込み、指を軽く曲げて盛り上がった部分に手のひらを押しつけた。

「ああ、ジャックス」トリーナはヒップを上げてジャックスの愛撫を求めた。ジャックスの肩を両手で撫でていたが、彼が太ももの間の縫い目に沿って指を走らせると、腕の付け根の盛り上がった筋肉をぎゅっと握った。ジャックスが手を離した。トリーナは小さく息を震わせながらジャックスの胸を手で撫でた。

もちろんジャックスの攻撃はそこで終了したわけではない。くわえていた乳首を離し、首を回してトリーナのショートパンツのボタンをはずし、ジッパーを下ろす。すぐにローライズパンツの前が開いてふたつに分かれ、レースのついた紫色のパンティが現れた。パンティの中に指を入れて秘めた部分を指先でなぞり、そのまま欲望で潤いふっくらとなったひだとひだの間を探る。ジャックスの喉からうなり声に近い声が漏れ出した。さらに奥へ中指を進ませて求めていた場所を探り当て、彼女の中へ入り込む。

「ああ！」トリーナもジャックスのズボンのジッパーに手を伸ばした。しかしトリーナの奥深くにある最も感じやすい部分を探そうとするジャックスの指と、滑りのいい真珠を圧迫する手のひらに感覚を奪われ、思うように手が動かないようだった。トリーナはジッパーの金色のタブを指でつまんだまま、放そうともしない。クライマックスが近いせいで、それがなんなのか、どうしようと思ってつまんだのかもわからなくなっているのだろう。

もう少しの辛抱だ。ほぼ我慢の限界には来ているが、まだ大丈夫。できれば彼女に先にクライマックスを味わわせたい。それから入っていけばいい。ショートパンツのせいで手の動きはかぎられていた。だが、トリーナは背をそらして胸を天井に向かって突き上げている。ジャックスは体をかがめて硬くなった乳首を口にくわえた。

その瞬間、トリーナはのぼりつめた。彼女の秘部がジャックスの中指を締めつけるかのように収縮し、熱くてサテンのように滑らかなひだが人差し指を包み込んだ。息を漏らすようなあえぎ声がトリーナの喉から流れ出た。

「すてきだよ、スイートハート」至福の表情を浮かべたトリーナを見上げ、ジャックスはささやいた。乳首を歯でこすると、さらに指が締めつけられた。「最高だ。ぼくのために感じてくれたんだね。ああ、トリーナ、すばらしいよ！　きみは美そのものだ」

トリーナはソファの上にくずおれた。体を弓なりにそらしていた緊張感が完全に解き放たれたようだ。下腹部は今までにないほど張り詰めていたが、ジャックスは心から満足していた。トリーナにクライマックスを味わわせることができたということよりも、彼女がクライマックスに達するのを見て、感じ取ることができたからかもしれない。いよいよ自分の番だ。

ジャックスはトリーナの体から指を引き抜き、ショートパンツに差し入れた手も抜いて、トリーナにキスをした。けだるげなキスを返してきた彼女の唇に笑みを注ぐ。トリーナはすっかりエネルギーを消耗してしまったらしい。ジャックスはズボンの尻ポケットに指を入れて財布を抜き出し、コンドームを取り出した。トリーナと出会ってからずっと持ち歩いていたものだ。「大丈夫かい？」力なくズボンのファスナーに置かれたトリーナの手を脇へよけながら、ジャックスは尋ねた。

トリーナは瞬きした。「うん、まあね」しかし体を動かすことはなく、さらに目をぱちぱちさせる。「体の骨が溶けてしまったみたい」

ジャックスは笑った。「ゆっくり休んでくれればいい。無理強いはしたくない」

トリーナは目を大きく開き、ジャックスが彼女のヒップに押しつけてきた、張り詰めたものを見下ろした。「本当に？」トリーナは驚いているようだった。ジャックスの言葉が信じられないのか、手と足を同時に動かして体勢を整えようとする。「待って」トリーナはジャックスの指からコンドームを奪った。「貸して。手伝ってあげる」トリーナはジャックスのズボンに手を伸ばした。

だが、ジャックスはトリーナの手をさえぎった。「おっと、慌てることはない。落ち着いて」

トリーナはとまどっている様子だった。いったいどういうことなのだろう。まるで初めての経験に心を躍らせているかのようじゃないか。そうかと思えば、ぼくのことを何も知らない子供のように扱おうとする。どうして彼女にはこんなに混乱させられるのだろう。

やはり、ぼくは彼女のことが何もわかっていないのだろうか。

だが、今はそんなことを考えている場合じゃない。トリーナの手が張り詰めたものに触れた瞬間、ジャックスは我に返った。びくりと震えたジャックス自身が、トリーナの指の動きによってさらにこわばっていく。どうやら彼女も準備が整ったようだ。

ジャックスはもう一度首を下げ、次の段階へ進む合図となるようなキスをした。

再びふたりの熱が高まりはじめたそのとき、電話が鳴った。ジャックスの下にあったトリーナの唇がふと固まった。だが、すぐに力を抜いた。片方の腕をジャックスの首にかけ、空いている手でジャックスのズボンのファスナーを下ろし、中に手を入れてきた。硬くなった自分のものを包む彼女の手の感触に、ジャックスは激しく息をのんだ。

電話の音がやみ、留守番電話の応答が始まった。頭の奥のほうで、トリーナのメッセージが小さく流れている。その直後、快感に浸っていたジャックスの頭の中に、取り乱したカーリーの声が飛び込んできた。

「ああ、大変、どうしよう。トリーナ、留守なの？　お皿を洗ってたら手を切っちゃったのよ。どうしよう、トリーナ、血が止まらないわ。骨まで見えてるの」

　ふと気がつくと、トリーナの手が消え、ジャックスはフローリングに尻もちをついていた。トリーナはソファから飛び起き、床に伏せた彼の体を飛び越えた。フローリングに着地するなり走り出すと、脱げそうなショートパンツを片手でつかんでトラック運転手のような悪態をつきながら、電話に手を伸ばした。

13

緊急救命室《ER》の受付に立ち寄った看護師をトリーナがつかまえたときには、すでに太陽が地平線に沈もうとしていた。「すみません。カーリー・ヤコブセンはいつになったら診ていただけるんですか？　もう二時間以上、待っているんですけど」

「申し訳ありません。今日は急患が多くて。生命にかかわる危険性の高いほうから順に診察させていただいています」

「でも、彼女、骨が見えているんです。出血もひどいし」

「見せていただけますか」看護師は受付を回り、トリーナのあとについてカーリーとジャックスが座っている場所へやってきた。カーリーの前にしゃがみ、傷に当てたタオルをそっとはがした。「まあ、大変。お皿を洗っていたのね」

「ええ、どうしてわかったの？」

「見慣れていますから」看護師はタオルを当て直して立ち上がった。「でも、もう血は止まっているようですね。ただ、縫合をしなければいけないので、申し訳ないですけど診察室が空くまでもう少しお待ちください。今日はストリートギャングの縄張り争いがあったらしくて、ナイフや拳銃《けんじゅう》で負傷したギャングが何人も警察官に連れられてきているんですよ」看護師はカーリーの腕を軽く叩《たた》くと、ゴム底の靴を翻して立ち去った。

「無駄だったみたいね」トリーナは、頭を壁にもたせかけて目を閉じているカーリーを見ながら言い、隣に腰かけた。

「いいのよ、トリーナ。あの人の言うとおりだわ。わたしにとっては大事でも、拳銃で撃たれた傷に比べたら大したことはないもの」

「痛む？」

「ううん。今は痺《しび》れてるだけ。この痺れ感がなくなる前に診てもらえるといいんだけど」

「大丈夫だよ」トリーナの隣に座っていたジャックスが言った。口をきいたのは久しぶりだ。

トリーナはにっこりしながらジャックスを見た。「そうね。世界中の病院で受診経験のありそうな人がそう言うんだから」

「それはちょっと大げさだけど、最初は痺れていてあとで痛くなったのは、一度か二度くらいかな。まあ、痺れ感というのは麻酔が効きはじめるまで続くものだから」

ジャックスはトリーナに〝彼女、信じてくれるだろうか〟という表情をしてみせた。トリーナは途中で作り話だとわかったが、カーリーは彼の話を信じたらしい。目を閉じたまま、疲れた様子でうなずいた。小さく笑みも浮かべている。

「よかった」カーリーがつぶやいた。「わたし、痛いことには本当に弱いの」

「それなら、痺れがなくなる前に、痛み止めをもらったらどうだろう」

ジャックスが椅子にもたれた瞬間、彼とトリーナの太ももが接触した。驚いたことにトリーナの胸の先端がきゅっと硬くなって体がこわばり、お腹《なか》の奥がちくんと痛んだ。こんなことは初めてだわ。これまで男性ときわどいところまでいったあとで、こんなふうに感じることはなかった。そもそもジャックスとソファの上で過ごしたときに感じたような激しいエクスタシーは経験したことがない。たいていはトリーナの反応に失望した男性が、すぐに彼女から離れていくのがおちだった。男性が離れていかなくても、トリーナのほうが逃げ出した。次に期待したことなど一度もなかった。

トリーナは腕を伸ばしてカーリーのけがをしていないほうの手を取り、指と指をからませた。こんな場所で、こんなときに考えるようなことじゃないわね。もっと別のことを考えなくちゃ。だが、ついジャックスのほうを盗み見ずにはいられない。電話が鳴り出すまで、トリーナはエクスタシーの余韻に浸っていた。大胆にもジャックスのズボンの中に手を入れ、彼の欲望のあかしから発せられる、脈打つような熱を、生まれて初めて手のひらでじかに感じていた。

快感で無気力になっていたトリーナだったが、カーリーのキッチンを目にしたとたん、頭にかかっていた霞《かすみ》が吹き飛んだ。シンクから電話の場所までビニールの床材の上に点々とする血の跡。興奮するカーリー。そのうえ危険を察したペットたちが不安そうに歩き回り、混乱は増す一方。トリーナもすっかり動転してしまった。なんとか地に足をつけていられたのは、唯一ジャックスだけが冷静でいてくれたおかげだ。トリーナはカーリーを落ち着かせ、深い切り傷に清潔なタオルを当ててから、ジャックスのレンタカーに乗って病院までやってきたのである。

ようやく自分の気持ちをじっくり考え直す時間ができたはずなのに、どうしても考えることができなかった。あまりにも多くの感情が入り混じっているせいだろう。トリーナは満足していた。なぜならば、ジャックスが感じさせてくれたような快感は生まれて初めての経験だったから。一方で罪の意識もあった。なぜならば、ジャックスを満足させてあげられなかったから。残念でもある。なぜならば、前置きの段階でのすばらしさを考えると、この先へ進んだときの喜びも推し量れるから。心に引っかかっていることもある。中断されるまではあれほど燃えていたのに、いざとなったらこれまでと同じように彼をがっかりさせていたかもしれない。

そして後ろめたくも感じていた。カーリーはかわいそうに傷を負ったまま、混《こ》み合ったERの待合室で何時間もじっと待っているのに、彼女のことを最優先で心配してあげられないなんて。

「いけない！　どうしよう！」カーリーが急に目を見開き、もたせかけていた頭を起こした。肩に力が入り、緊張感さえ感じられる。「皿洗いが終わったらすぐにごはんをやるつもりだったの。でも血を見たとたんに、そんなこと頭の中から吹き飛んじゃったのよ。今ごろ壁を乗り越えようとしているかもしれないわ」

トリーナが立ち上がった。「携帯電話を持ってくるのは忘れたけど、公衆電話を探してマックに頼んでみるわ」

「ついでにバスターとルーファスを散歩に連れていくようお願いしてくれる？」

「了解」

「ほら、これ」ジャックスも立ち上がり、ポケットから自分の携帯電話を出してトリーナに差し出した。「わざわざ探しに行くことはないよ。ぼくのを使うといい」

「助かるわ」トリーナはジャックスを見つめた。一瞬、息と息とが混じり合いそうな距離まで顔が近づいた。トリーナの心臓はゆっくりと脈を打った。ジャックスは、楽しみが中断されたことに一言も文句を言わなかった。本当にすばらしい態度だった。だが、いつもに比べるとうんと無口だ。今日の出来事を、彼は本当はどう思っているのだろう。ふと思い立ち、トリーナは爪先立ってジャックスの唇に軽いキスをした。「いろいろとありがとう」トリーナは電話を手に取った。「静かな場所へ行ってかけてくるわ」

数分後、トリーナはマックに電話をした。状況を説明すると、マックはふたつ返事でぺットたちの世話を約束してくれた。マックは〝心配するな、まかしとけ、とカーリーに伝えておいてくれ〟と言って、電話を切った。トリーナは笑みを浮かべた。

マックも本当にいい人だわ。

いざというときの友人の存在の大切さを実感しつつ、今度はエレンに電話をした。エレンは、トリーナやカーリーにとって母親のような存在だ。それどころか、カーリーの実の母親さえ知らないことをエレンは知っている。だからトリーナはふと、エレンに連絡を入れようと思い立ったのだった。

トリーナがけがの話をしたときのエレンの反応は、いらいらしたトリーナの気持ちを慰めてくれた。

「まあ、かわいそうに。あなたも大変だったわね。今、どこにいるの？　デザート・スプリングス病院？」

「ええ」

「すぐそちらへ向かうわ」

「大丈夫よ、エレン、心配しないで」トリーナは本心からそう言おうとしたものの、エレンの言葉は、その日聞いた中でいちばん力強く聞こえた。

「何を言っているの。もちろん行くわよ」

「今夜は帰れないかもしれないわ。彼女の傷は優先順位が低いらしいから」

「時間なんか、どれだけかかったってかまわないわ」エレンは言った。「気をしっかり持っていてね。十分で行けると思うわ。道が混んでいても二十分あれば大丈夫だから」

電話が切れた。

病院の中へ戻ろうとしたトリーナは、ふと気づいた。そうだ、事務所に連絡をして状況を説明しなくては。八時のショーには出られそうにない。たとえ時間的に間に合ったとしても、心の準備ができないだろう。とはいえ、『ラ・ストラヴァガンザ』を無断欠勤するわけにはいかない。契約を更新してもらわなければいけないのだから。自動ドアから離れ、総支配人の電話番号を押した。

それから数分後、トリーナは電話を切った。ヴァーネッタ・グレイスは、一晩休みを取るよう言ってくれた。トリーナはERのドアから病院の中へ戻った。助けを待っている人々のにおいと声に改めてさらされる。スピーカーを通して病院関係者用のコードが叫ばれ、子供たちは泣き放題もしくは走り放題。大人はといえば、早く手当をしてくれと大声をあげる人もいれば、椅子に体を預けたままじっと動かない人もいる。みなミステリアスなERの奥へ連れていかれるのを待っていた。

トリーナはもう一度ジャックスとカーリーの間に腰を下ろした。「マックがおれにまかせておけ、って。心配せずに、治療のことだけ考えればいい、って言ってくれたわ」

「ほんと、優しい人ね」

「そうね。それからエレンが今こちらへ向かっているわ」

「まあ、エレンったら。うれしいわ。よかった！」

トリーナは笑った。「さてと、カーリー、あまりタオルをぎゅっと押さえつけないほうがいいわよ。化膿《かのう》して、ばい菌が広がるといけないから。今は、どんな感じ？」

カーリーは弱々しく笑みを浮かべた。「病気になったりけがをしたりすると、わたしが子供返りすること、知ってるでしょ？　今こそ、ママの愛が必要なの。もちろん、わたしの母親が思っているような愛じゃないわよ。でも、エレンこそ、わたしが求めていた薬だわ」嘲笑《ちょうしょう》よりも微笑《ほほえ》みのほうが似合っているカーリーが、口をへの字に曲げた。「きっとお医者さんもそう言ってくれると思うの」

「エレンは最高の女性だものね」トリーナは言い、肘でカーリーを軽く突いた。「ねえ、ひょっとしたらクッキーを持ってきてくれるかも」

さすがにクッキーはなかったが、エレンの姿を見ただけでトリーナの心は落ち着いた。数分後、ERの待合室に入ってきたエレンは、すぐに三人組の姿を見つけ出した。前日のショッピングで手に入れたカラフルなトップ――きれいな紫色を基調とした中にグレーが混じっていて、彼女の銀髪を引き立ててくれるセーターを身に着けたエレンは、まっすぐにカーリーに駆け寄り、けがをした手を避けるように慎重に抱きしめた。「大丈夫？　顔色が悪いわ」

「頭がどうかしちゃったみたい」カーリーは言った。「でも大丈夫よ。痛くはないの。痺れがなくなる前に薬をのめば痛くなることはないって、ジャックスが言ってくれたし。あまり考えすぎなければ大丈夫よ。血は好きじゃないわ。それに皮膚が裂けて、中が見えるなんて最低。ましてそれが自分の手だなんて」

「わかるわ」エレンはカーリーの隣に腰を下ろした。「そんなことに耐えられる人だったら、ダンサーじゃなく看護師になっていたでしょうね」

「そのとおり！」

やっぱりエレンが来てくれてよかった。彼女がいると、本当に心が慰められるし、場がなごむもの。

すると、ジャックスがいきなり立ち上がった。トリーナは驚いて振り向き、彼を見上げた。

「トリーナ」ジャックスはズボンのポケットに手を入れ、トリーナに向かって言った。「エレンも来てくれたことだし、そろそろ失礼してもいいかな？」ジャックスはエレンを見やった。「きみがふたりを家まで送り届けてくれるなら、ってことだけど」

「ええ、もちろんいいわよ」

いつになくぎこちない様子でトリーナも立ち上がった。まるで両腕と両脚の関節が急になくなってしまったかのようだった。どうしよう。ジャックスはやっぱり怒っているのかもしれない。礼儀正しい彼は、わたしとカーリーをふたりきりにすることができなかっただけなんだわ。

「そんな目で見ないでほしい」ジャックスは言い、トリーナの腕に指をかけ、カーリーとエレンには聞こえない場所へ移動した。

トリーナはジャックスの目の前で体をこわばらせた。「わたしのこと怒っているのね」

「違う。そうじゃない。きみの気持ちはわかるけど、これは今日あったこととはなんの関係もない——いや、なかったことと言ったほうがいいのかもしれないが。ただ、明日からいよいよトーナメントが始まるから、今夜中に心構えを作っておきたいんだ」

「まあ、もう始まるの？」

「ああ。いつも、プレー中に余計なことを考えることがないよう、トーナメント開始前夜は静かに過ごして頭の中を整理するようにしているんだよ」

「そうなのね」トリーナは答えたが、続いて出てきた言葉の皮肉っぽさを隠すことはできなかった。「それなら、わたしの部屋でいったい何をしていたのかしら？」

「長く居座るつもりはなかったんだ。少しドライブでもと思っただけでね。気分を一新したくて」ジャックスはトリーナの腕を上下に撫《な》でた。「信じてくれるかどうかはわからないけど、きみとあんなことになるなんて考えてもいなかった。それにこの状態も」ジャックスは、混雑した待合室に向けて頭を傾けた。

　自分がひどく心の貧しい人間になったとまでは思わないものの、トリーナがジャックスの言葉に慰められたのは確かだった。性的行為の苦手な自分のせいでジャックスが立ち去ろうとしているわけではないことを改めて知ることができたからだ。「わかったわ。それじゃあ」トリーナは後ろへ下がろうとしたが、ジャックスは彼女の腕を握る手に力をこめた。トリーナは首を後ろへ曲げて、ジャックスを見上げた。「しっかり集中できるといいわね。それから明日の試合の成功を祈ってるわ」

「本当に祈ってくれるの？」

「もちろんよ」

「それなら、これだけもらっていこう」ジャックスは頭を下げ、トリーナにキスをした。ジャックスが頭を上げるころには、トリーナは自分の脚だけでは立っていられないほど脱力していた。「これで運気が上がりそうだ」そう言って、トリーナに向かって微笑む。「きみのそういう顔が大好きだ」

「え？」トリーナはジャックスを見上げた。目を合わせるのが気恥ずかしい。「どんな顔？」

「目を潤ませた〝キスして〟という表情かな」

　トリーナはぷっと吹き出したが、指でジャックスの硬いお腹を突いて怒ったふりをした。

「いやだわ。すごい自信ね」

「自信があるわけじゃない。ただサインに気づいただけだ。きみは思ってることがそのまま顔に出るからね」ジャックスはトリーナの耳元でささやいた。「キスして、キスして」

トリーナはにやつかないよう頰の内側を軽く嚙《か》んだ。「ドアを抜けるときにその大きな頭を横向きにするのを忘れないでね。まっすぐに出ようとして、脳震盪《しんとう》を起こすといけないから。でも、よく考えたら、ここは病院だったわね」トリーナは後ろへ下がってジャックスをじっと見つめた。「でも、重傷患者以外はなかなか診てもらえないことは知っているし、頭の中がぱんぱんに膨れ上がったままじっと座っているんじゃ、試合には勝てそうにないわよね」

ジャックスは高笑いした。「きみには参った。また電話するよ」

そう言うと、トリーナが答えを考える隙《すき》も与えず彼女を引き寄せて激しいキスをし、それから後ろを向いて立ち去った。

トリーナはガラスの扉越しにジャックスの姿が消えたのを見届けると、元の場所へ戻った。近くまで行くと、カーリーがいないことに気づいた。

「もう呼ばれたの?」エレンの隣に腰を下ろし、トリーナが尋ねた。

「ええ、この病院は、どんな患者にでもできるだけ迅速に対応するという方針を掲げていらっしゃったわよね、って症状を見極める係の看護師に訊《き》いたの。そしたら、すぐにね」

「あなたって、本当にすごいわ。どうしてそんなことを知っているの?」

「だてに公共図書館の検索システムを何年も使ってきてはいないわよ。調べ物の方法を知っているし、ずっと不特定多数の人を相手にしてきたから、問題に対処するのは得意なの」エレンはにっこりと笑った。「カーリーの場合、ここへやってきたときにご自慢の迅速対応エリアに送られなければならなかったのよ。ただ偶然、ERがてんてこまいしているときに現れたものだから、いわば迷子にさせられちゃったみたいなものなの」

「でも、わたし、もっと前に看護師を呼んで、彼女の傷を見てもらったの。どうしてちゃんと案内してくれなかったのかしら」

「その看護師さん、カーリーを見てくれたあとで、彼女のカルテを正しい場所に置き直してくれたようよ。わたしは、それを少し後押ししただけ」

トリーナは肩の力を抜き、エレンの肩に寄りかかった。「あなたはスーパーウーマンだわ」

エレンは笑った。「まあ妥当な評価ということね」ふたりはしばらく黙っていたが、やがてエレンがそっと言った。「そういえば昨日、面白いことを言っていたわね。セックスよりも前戯のほうが好きとか、なんとか。どうかしら、ドクター・エレンに相談してみない？」

反射的にやめておくわと言いたくなる衝動を抑えつつ、トリーナはゆっくりと背を伸ばした。誰かに話したいという気持ちはある。ただ、カーリーの場合、あまりに親しすぎて、彼女がいちばん大好きと打ち明けてくれたものを、わたしはいやよ、とは言い出しにくい。数年前なら、たとえ本心を白状しても今ほど気が引けることはなかっただろう。しかし、あまりにも長い間わざと避けてきた話題だし、今さら打ち明けるのではばかみたいに思われる気がしていた。どうしようもない大嘘《うそ》つきと思われるのもいやだった。

でも、エレンなら……。彼女なら、カーリーに比べれば知り合ったのは最近だわ。それに他人を見た目だけで判断するような人でもない。トリーナはエレンに向き直った。口を開け、再び閉じた。

「なんだか、恥ずかしいわ」トリーナはつぶやいた。

「恥ずかしくなんかないわよ」エレンがトリーナの手を軽く叩いた。「恥ずかしい思いをさせるつもりはないもの」

「違うの。エレンのせいじゃないわ。自分で自分のことを恥ずかしく感じるの」トリーナは肩をすくめた。「わたしは三十五歳だし、今はまだ男性にセクシーな美女だと思われていると思うの。ただ、それはわたしをひとりの女性として見てくれているのじゃなくて、あくまでもわたしがダンサーだから。わかっているのよ。わたしをデートに誘う男性はみな、わたしにベッドで楽しみを求めてくるわ。でも、本当はセックスは好きじゃないの」

マックはぴたりと足を止めた。おいおい。とんでもないところへ来てしまったようだぞ。

それにしても病院の正面玄関から入ってきたのは幸いだった。ERのドアを通ってきたら、すぐにふたりに見つかってしまうところだったからな。マックはふたりからは死角になる柱の陰に身を潜めた。エレンがトリーナの手を握るのが見える。このまま帰ったほうがいいだろうか。それとも、足音をたてておれの存在を知らせたほうがいいだろうか。あるいは、ふたりが出ていくのを待つべきだろうか。

「わたしね、セックスがうまくいかない原因は自分にあるんだって言う女性の話を聞くたびに疑問に思うのよ」エレンはそっけなく言った。「本当に彼女のせいかしら。ひょっとしたらセックスの下手なパートナーを選んだせいなのじゃないかしら、って」

「それは両方が重なってしまったのかもしれないわね」トリーナが答えた。「わたしも、そういう男性に当たったことがあるもの。もう少し彼のことを知ればできるかもしれないことを、出会ってすぐに期待する男性に。でも、たいていの場合、原因はわたしにあるの。昨日も言ったけど、キスしたり、触れ合ったりするのはいいのよ。でも、肝心な場面に差しかかると、ついコントロールしてしまうの」

「男性をコントロールするのが好きなの？」

トリーナはせせら笑ったようにも、泣き笑いしたようにも聞こえる声を出した。「とんでもない。そんなことをしたら男性は大喜びするでしょうね。わたしは自分で自分をコントロールしてしまうの。自制心を失うのがいやなの。まあ、羽目をはずせないのは、見栄っぱりなのが原因だとは思ってるのよ。ただ、潜在的な理由があることもわかってるの」

「それは何？」

「わたしは、まだ若いころに、自分の目標を成し遂げるためには、自分自身だけが頼りだということを学んだの。自分を他人の手にゆだねてしまうと、何もかもがおしまいになるのではないかって……それが怖いのよ」トリーナは肩をすくめた。「つまり、自制がきかなくなる寸前までくると、どうしてもブレーキをかけてしまうわけ」

トリーナは椅子に座ったまま、エレンに向き直った。

「でもね、相手がジャックスだと違う気がするの。いえ、すでに違っているの」トリーナは顔を赤らめた。「彼は、これまで感じたことのないような気持ちにさせてくれるの。これまで自制心で感情にふたをしてきたことさえ忘れさせてくれるのよ。実はね、もし今日、カーリーが電話をしてこなかったら……」トリーナは言い淀《よど》み、エレンをちらりと見た。

「こんなこと、長々と話すようなことじゃないわね。簡潔に言うわ。彼のおかげで人生最高の瞬間を味わえたの。そして〝彼とならいざというときに固まらずに楽しめるかもしれない〟ことを確かめる寸前までいったのよ。結果的には、彼は損な役割を担わされたところで終わってしまったんだけど」

オーケー、もうたくさんだ。マックは自分の存在を知らせて話を中断させようと、足を踏み出した。偶然とはいえ、娘のセックスライフを耳にするなんてばつが悪い。それにこのままでは盗み聞きも同然で落ち着かない。だが、マックはふと足を止めた。なに、すぐにエレンが止めてくれるさ。それなら、自分が出ていって、ふたりをとまどわせる必要はない。

　そのときエレンが言った。「それで、わたしが到着するなり、彼は帰っていったの？　宙ぶらりん状態で放《ほう》っておかれたことがショックだったの？」

「それは違うわ。実は、わたしも最初はそう思ったの。すごくよくしてくれてはいたけど、実は腹を立てていたんじゃないかって。でも、彼は明日から始まるトーナメントに備えなければいけないからだ、って言っていたわ。でもね、エレン、セックスを楽しみたいなんて思ったのは本当に生まれて初めての経験だったの。わたしにとっては大きな一歩なの。これまで悩みに悩んで二の足を踏んだことが何度あったことか。彼に賭《か》けてみたいと思うわたしの気持ち、おかしいかしら？」

　マックは胸の前で腕を組み、純潔は結婚までとっておくものだとエレンが言うのを待っていた。

「そうねえ。率直に訊くわ」お堅い元司書のエレンが言った。「今日、エクスタシーを感じたのね？　そして、それはこれまでに経験したことがなかったのね？」

　ちょっと、待ってくれ。エクスタシーを感じたかなんて、若い女性に訊くことじゃないぞ！

「ええ、まあ。ただ、彼にリードされた結果だけど」

「それなら、決まりね。彼に賭けないほうがおかしい、って言わせてもらうわ」

マックはぽかんと口を開けた。

トリーナは小柄なエレンに体を寄せた。「個人的なことを訊いてもいい？」

「もちろんよ。あなたから個人的なことを無理やり聞き出したのはわたしのほうだもの。お互い様よ」

「セックスのこと、どう思ってる？　その、あなたはどうだった？　つまり、ご主人と、ということだけど」トリーナは、はあ、とため息をついた。「もういやだわ。大人らしくさらっと言いたいときにかぎって、つかえちゃうんだもの」

「それは、まだあなたがその方面で失望感を味わったことがなくて、何も失うものがないからじゃないかしら。それはともかく、今の質問の件だけど、ウィンストンとのセックスは最高だったわ。日常のことに関してはすごく頭の固い人だったのよ。でも、ベッドルームのドアを閉めたとたん、すごくワイルドな男に変身したわ。ああ、今でも彼とのセックスが懐かしいわ。彼はわたしにとって初めての男性ではなかったけど、最初のときに思ったの。きっと彼は自分にとって最後の男性になる人だって——少なくとも、死がふたりを分かつまでは、だけど。〝応接間では淑女、ベッドルームでは淫《みだ》らな女〟という言葉を聞いたことがある？　言ってみれば、わたしにとってウィンストンは、居間では銀行家、べッドルームでは精力絶倫の男だったの。彼のそんな二面性が大好きだったわ。そうよ、彼がわたしに体位を教えてくれたの。それでね……いえ、この話はやめておくわ。でも、わたしにひとつだけ言いたいことがあるとすれば、あなたが経験したのは、本当の快感のたったの半分だけということよ。だから、わたしのアドバイスは、ジャックスとやっちゃいなさい、ってことかしら」

「じゃあ、思いきってやってみるわ」そう言うと、トリーナはくすくす笑いはじめた。いまだかつてマックが聞いたことのない笑い声だった。

エレンもトリーナに向かって微笑んだ。「何がそんなにおかしいの？」

「考えちゃったの。マックは、あなたのことを典型的なお堅い司書だと思っているみたいでしょ。どこでそんな考えを仕入れてきたのかしら。だって、あなたと一時間も一緒に過ごせば、そんなイメージとは大違いだってことがわかりそうなものなのに」

「司書に対する侮辱については言うまでもないわね」エレンはとげとげしく言った。

「でも、今のあなたの話をマックが耳にしたらどんな顔をするか、こっそりと見てみたいと思わない？　あなたったら、彼がいると必要以上に堅苦しいふりをするんだもの。本当のあなたを知ったら、心臓麻痺《まひ》を起こすんじゃないかしら」

マックは音をたてて柱に頭をもたせかけ、胸に手を当てた。そのとおりだよ、トリーナ。おれは今にも心臓麻痺を起こしそうだ。

14

トーナメント会場として用意されたホテルの広大なボールルームは、トーナメント初日特有の異常な熱気に包まれていた。試合は午後六時に開始の予定だ。五時ちょうどに会場のドアをくぐり抜けると、ジャックスはいきなり喧噪《けんそう》に包まれた。座席はトーナメント開始前に行われる抽選で決められることになっている。ちょうど、大会関係者が抽選結果を拡声器を使って読み上げ、ほかの関係者が出場者の名前をホワイトボードに書き留めるところだった。座席はまだたっぷりと空いている。かなり手間と時間のかかる作業だ。

部屋に満ちている喧噪の大半は、主に自分がどのテーブルをあてがわれ、どの座席につくのか、そして一回戦の相手が誰になるのかを待っているプレーヤーの話し声だ。一万ドルの参加費を払えば誰でも参加できるこのトーナメントには、プロ、アマチュア合わせて何百人というプレーヤーが参加している。近年、特にアマチュアプレーヤーの参加が飛躍的に増加した。一部にはケーブルテレビでトーナメントの模様が放映され人気を博していることがその理由だとも言われている。

現時点での会場内はバベルの塔さながらだが、いったん試合が始まれば水を打ったように静かになる。日を追うにつれテーブルの数は次々と減っていき、いよいよトーナメントの最終決戦に入ると——一般市民がテレビで観戦するのはたいていここからだ——会場はもっと狭い部屋に移される。その部屋こそが、誰もが望み、到達したいと願う聖なる場所だった。

だが、発表されている参加者の人数を見るかぎり、当分、部屋が移されることはなさそうだった。トーナメントは五日にわたって開かれるので、決勝戦をのぞくすべての試合が四日間で消化されることになる。先のことに思いを巡らすことはしないジャックスは、とりあえず現状の騒々しさを受け入れるようにしていた。とりわけトーナメントの最後に自分がどうなっているかということは考えないようにしている。勝負の世界は運しだいだ。どう転ぶかは始まるまでわからない。

ジャックスは、自分の初戦のテーブルが決まったかどうかを確認しようとホワイトボードに歩み寄った。まだ自分の名前は出ていない。しかたない、コーヒーでも飲むか。群衆の間をくぐり抜け、反対側の壁に設置されたドリンクコーナーへ向かう。

コーヒーをすすりながら、数メートル離れた場所へ移動し、壁にもたれて行き交うプレーヤーたちを眺めた。ジャックスから少し離れたところに、実年齢は二十代半ばなのだろうが、実際にはもっと若く見えるひとりの若者が立っていた。汗だくになり、落ち着かない様子でほかのプレーヤーやテーブルをきょろきょろと見回している。何かを捜しているらしいが、視線がひとつのものに数秒と定まらない。テーブルの端では、若い女性が気取ったポーズで座っていた。小娘に負けるという醜態をさらしたくなければ、さっさとポットにお金を投げ込んだほうがいいわよ、とばかりに自信満々の様子が見て取れる。

　賭《かけ》をするとすれば〝どちらも明日には姿が消えている〟に賭《か》けるところだが、実際のところ、勝負をしてみなければこれもわからない。競技の相手をみくびってはいけない。いつなんどき誰に負けるともかぎらないのが、この世界だ。ジャックス自身、アマチュア時代に何人ものプロを打ち負かしてきたし、今でもどんな対戦相手であろうと敬意を払ってプレーしなければ、自分が同じ目に遭う可能性があることは十分に承知している。

　まあ、どれだけ敬意を払っても、やられるときはやられるものだが。

　徐々に期待感がみなぎってきた。やっぱりポーカーは最高だ。もちろん目的は勝つことだが、勝っても負けても、ポーカーほど楽しいゲームはない。数学的確率の論理もさることながら、運のきまぐれさも実にいい。頭では降りたほうがいいとわかっていても素直にカードを伏せる気にならないときに、はったりをかけるのも愉快だが、自分のほうは大した手でもないのに、相手の賭け金をわざと吊《つ》り上げさせるのは痛快このうえない。

　よし、準備は万端だ。

　そのとき、ふたりの大きな男たちが現れ、ジャックスの両脇《りょうわき》に陣取った。醜いその顔には見覚えがある。心の中で悪態をつきながら、モスクワ版エルビスが現れるのを待った。

「やあ、セルゲイ」まだ姿は見えていないが、ジャックスは静かに言った。

「よう、ジャックス」セルゲイが目の前に姿を現した。やけにきらきらしていると思ってよく見ると、シルバーがかったネイビーのジャンプスーツに身を包み、白いシルクのスカーフを首にゆったりと巻いている。偉大なるスターらしく、周囲から送られる物珍しげな視線には気づかないふりをしていた。「トーナメントの準備はできたか？」

「ああ。カードをめくるのが楽しみでしかたがない。おまえのほうはどうなんだ？」

「同じさ。サインボールを手に入れるのが楽しみでしかたがないぜ」

ちくしょう。腸《はらわた》が煮えくり返る思いがした。だが、表情は決して崩さない。あくまでもポーカーフェースでセルゲイを見返した。「顔を合わせるたびに、同じ挨拶《あいさつ》を繰り返すつもりか？」

「そんなことはない。ただ、考えたんだよ。もっと自分の手を大切にしたほうがいいんじゃないかってね。いや、別におれがどうこうするとは言ってない。ただ仮に……あくまでも仮にだ、おまえが約束を破るつもりなら、話は別だがね」

ジャックスの両側に立つ猿にそっくりのイワノフ兄弟が、ジャックスの手を取った。周囲からはほとんど気づかれることのないさりげない動作だったが、たとえ部屋いっぱいの人々の前でふたりが力ずくでジャックスの手をつかんだとしても、結果は大差ないだろう。

今にも指がつぶされそうだ。激しい痛みは腕にまで伝わってきた。浅い息をしながら、ジャックスは気持ちを集中させ、静かに言った。「約束はちゃんと守ると言っただろう」

セルゲイはじっとジャックスを見つめた。「確かに」そう言うと、ボディーガードに向かって小さくうなずいた。

ふたりはジャックスの手を放し、身を引いた。

「健闘を祈っているぜ」セルゲイはそう言うと、スカーフをなびかせてくるりときびすを返し、手下を従えて立ち去った。

「ああ、おまえもな。大ばか野郎」ジャックスは手をこすりながらつぶやいた。本当なら熱した鉄か去勢道具を贈ってやりたいところだ。だが、今のジャックスにはそれだけ言うのが精いっぱいだった。昨夜、サインボールを捜し出す絶好の機会をみすみす逃したのは自分自身だからだ。

それにしても困ったことになった。だいたい病院にトリーナを残してきたあと、自分が何をしたのかわかっているのか？　ばか正直にホテルへ戻ってしまったんだぞ。せっかくトリーナの部屋を捜し回る絶好のチャンスだったというのに。カーリーの言葉にすっかり気が動転していた彼女に、自分の部屋の鍵《かぎ》を閉める余裕などなかった。慌てて部屋を飛び出して、そのままカーリーの部屋に向かったんだ。ぼくはその後ろからついていっただけだ。

いったいどういうことか、わかっているのか？　計画はもうめちゃくちゃだ。そして、そうなってしまった理由ははっきりしている。ひとりの赤毛のダンサーにかかわりすぎたことだ。

こんなはずではなかった。トリーナはもちろん、彼女の陽気な仲間たちにまで興味を引かれることになるとは、考えもしなかった。

だが、これが現実だ。

ジャックスは、他人とかかわるのはもともと得意ではなかった。いつも自分は他人とは違っていて、うまく合わせることができない気がしていたからだ。最初は、やれるだけのことをやり、なんとか他人に合わせようとした。でも、結局はうまくいかなかった。ひとつの場所に長くとどまることができれば、状況は違っていたかもしれない。しかし、母親が死んだあと、心を持っていく先を失った父親は、破綻《はたん》企業があると聞けばどんな町にでもジャックスを連れて出向き、買収した。そして、その企業を立て直して売りに出すと、また別の町に移る。そんな生活が長く続いた。ようやく落ち着いたのは、ジャックスが十二歳半になり、二校目のハイスクールに通い出したときだ。なぜ父親が急にラスベガスに腰を落ち着けることにしたのか、その理由はジャックスも知らない。

だが、そのときには、ジャックスは他人に自分を合わせることをすっかりあきらめていた。そもそも飛び級を重ねてきたジャックスが、年上の同級生と話が合うはずはない。とうとう自分はどこにも属せない人間だと認めざるをえなくなったのである。

だが、トリーナといるときは違った。初めて帰属意識というものを実感した。悪い気分ではなかった。

それが間違っているんだ。彼女の性的魅力に惑わされているだけだ。ぼくは彼女にもてあそばれている。すっかりカモになってしまったに違いない。

とはいえ、トリーナはジャックスが最初に思っていたような、男と見れば誰とでも寝るような女には見えなかった。昨日のソファの上での彼女の様子からもそう感じたし、ERでの伏せがちな視線と不安げな態度を見て、ますますその思い込みを疑わざるをえなくなった。

だいたい本当にぼくを騙《だま》すつもりなら、あんなことにはならなかったのではないだろうか。フランスで百万ドル以上稼いだ話もしたんだぞ。金目当ての女なら、まず男を満足させることを優先して、カーリーのことなど放《ほう》っておいたはずだ。パトロン候補の男を突き飛ばして尻もちをつかせたり、こわばったままの股間《こかん》をそのまま放置したりして、看護師気取りで部屋を飛び出していくとは考えられない。いったい彼女はどういう人間なのだろう。ぼくの本能は、彼女は見たままの女性だと言っている。セクシーで——確かにとてもセクシーで、同時にとてもすてきな女性だと。しかも、特別すてきな女性かもしれない、と。

それなのに、他人とのかかわりを持つことをすっかりあきらめたぼくの脳は、彼女は見た目とはまったく異なる人間だと言って譲らない。

どちらにしても、自分がとんでもない事態に陥っているという事実に変わりはない。そして、そこから抜け出すには、あのサインボールを手に入れるしかないということも。セルゲイのデモンストレーションのおかげで、やるべきことはやらなければならないと改めて痛感させられた。ぼくが賭に負けたにもかかわらず、約束を履行しなかったなどという噂《うわさ》が流れれば、一流プロとしての評判を失墜するだけじゃない。身の安全さえ脅かされるかもしれない。

それでも、トリーナからサインボールを盗み出すことじたい、気が進まなくなっていた。もちろん、本当は盗むわけじゃない――ジャックスは顔をしかめて自分に言い聞かせた。自分のものを、取り戻すだけだ。

出だしから状況は決して上々とはいえなかったのが、ここにきて、すでに〝勝ち目なし〟の大きなネオンサインがあちらこちらで点滅しはじめている。

だが、今日の試合で最高のプレーをするつもりなら、今は余計なことを考えないようにしなければ。自分の力ではどうしようもできないことを、あれこれ考えていてもしょうがない。少なくとも、今日の対戦が終了するまでは。

自分の席が決まったか、もう一度ホワイトボードを確認してきたほうがよさそうだ。ふと気がつくと、いつの間にかマイクの声が聞こえなくなっていた。おそらく抽選は終了したのに違いない。実にいいタイミングだ。

今すぐ、自分が何をしているのか堂々と胸を張って言える場所へ行かなければ。

その日の夜遅く、自分の部屋の玄関ホールにマック・ブロディが現れるとは、エレンは夢にも思っていなかった。だから、玄関のドアを開けて目の前にマックが立っていることに気づいたときは、口がきけないほど驚いた。

マックは片方の尻を下げた気取ったポーズで立っていた。肩を傾け、左手の親指をジーンズのポケットに突っ込んでいる。右手は背中に隠れていて見えなかった。そのいかにも偉そうな姿勢を見て、エレンの唇が自然にほころびはじめた。

しかしその直後、エレンの笑みはぱったりと消えた。マックがいきなり怒鳴りはじめたからだ。「誰が来たのか確かめもしないでドアを開けるとは、いったいどういうつもりだ？　おれが娘たちに口を酸っぱくして言っていることを聞いてなかったのか？」

エレンは喉元まで出かかったため息をのみ込んだ。たまには、先手を打って言いたい放題言ってみたいものだわ。昨夜、トリーナと心を割って話をしたあとに現れたこの人は、いつもとはどこかが違って見えた。口数が少なくて、控えめで、考え込んだ様子で何度もわたしの顔を盗み見ていた。否定的な言葉は一度も出なかったし、それまでとは人が変わったみたいだった。トリーナやカーリーに対するように、わたしにも優しくしてくれるのかと思ったほどよ。

だが、マックはまた元のマックに戻っていた。だが、エレンが言い返す前に、彼は別の意味で、彼女をとまどわせてくれた。

「悪かったよ」マックがぶっきらぼうに言った。「信じてはもらえないかもしれないが、おれは喧嘩《けんか》をしに来たわけじゃないんだ」マックは背中に回していた右腕を出すと、美しい花束を差し出した。「ほら、これを渡しに来た。それから謝ろうと思って」

エレンは驚きのあまり、最初は花束を受け取ることを忘れていた。しばらくして当初の激しいショックが過ぎ去ると、ようやく落ち着きを取り戻した。せっかくだから、少しくらい楽しませてもらったってばちは当たらないわよね。エレンは首を横に傾けて、耳の後ろで手を広げた。「今、なんておっしゃったのかしら。わたしには、あなたがここへ来た理由をおっしゃったように聞こえたんですけど……」エレンはいぶかしげに眉を上げた。

「おれにもう一度同じことを言わせるつもりか？」

笑みがこぼれそうになったが、エレンは唇に力をこめた。「そうよ」取り澄ました様子で、エレンは繰り返した。だめよ、ばかみたいににやけちゃ。「あなたがここへ来たのは……」さあ続けてとばかりに、手のひらをマックに向ける。

「謝るためだ。わかったか？　おれは謝りに来たんだ」マックは花束をエレンに向かって突き出した。「受け取ってくれないのか?」

「あなたがこんなにしゃれた人だなんて思わなかったわ」エレンは花束を受け取り、胸に抱きかかえた。マックは持つもののなくなった手をもてあましているのか、カールのかかった鉄灰色の髪に指を押し込んだ。その部分だけ、髪が立ち上がりくしゃくしゃになった。

驚いたことに、マックは短くうなずいた。「そんなことはわかっている。おれはときどき思ってもいないことを言ってしまう。考えるより先に言葉が出ちまうんだ」

まあ、本当に考える気があるのかしら? だが、エレンは軽はずみなことを言わないよう口をつぐんだ。「ときどき?」

「わかったよ。あんたといるときに、つい喧嘩になっちまうのはおれのせいだ」マックはたくましい肩を大きくすくめ、エレンの目をじっと見つめた。「あんたが、おれに脅しをかけてくるせいかもしれない。そう思ったことはないかい?」

「そうね、よく思うわ」レディとしてのしつけを受けていなければ、鼻を鳴らしていただろう。しつけの良さがあだになるのは、こういうときだった。

「そうか。やっぱりおれは脅されていたのか。まあ、おれは面白みのない男だからな。あんたが一緒にいた教養のある男とは違う」ジーンズのポケットに指をかけたまま、マックは体を前後に揺すった。「おれが思うに、おれたちは出だしを間違えたんじゃないかな。まあ、悪いのはおれだったんだが」マックは花束に向かって顎をしゃくった。「その花は、おれのお詫《わ》びのしるしだ。できれば休戦といきたい。道理のわかる大人同士、最初からやり直さないか」

考えただけで心臓が高鳴ったが、エレンは疑わしげにマックを見つめた。「いったいどういう心境の変化かしら？」

「理由はいろいろある。さっきも言ったように、おれはあんたに申し訳ないことをしたと思っている。あれほど女性に対して失礼な態度はとったことがない。それから、ゆうべあんたが娘たちといるのを見ていて気づいた。彼女たちといるときのあんたのすばらしさをね。あんたに実の子がいないというのが不思議なくらいだ」

しばらく忘れていた痛みがエレンの中でよみがえった。だが、痛みといってもごく弱いもので、彼女の心をちくりと刺しただけですぐに消えてしまった。時が悲しみを癒《いや》してくれたのだろう。「子供はほしかったわ。ただ、ウィンストンとわたしには恵まれなかったの」

ウィンストン。マックは苦笑いを隠せなかった。この数カ月間、エレンに魅了されてどうしようもなく苦しんでいたが、肉体の強さでは頭脳派のエレンの夫には負けない自信があった。おれの行動は、まるで初恋でのぼせ上がった十二歳の子供同然なことはわかっていたし、エレンに蔑《さげす》まれたような目で見られて靴の底についた泥のような気分を味わってもしかたがないと思っていた。少なくとも自分は、まともなセックスもできないめめしい銀行家ではないのだから、と。

そんな優越感はあくまでも見せかけにすぎないこともわかっていた。優越感を抱いたところで心の底から慰められたわけではないし、今となっては、心の慰めどころの話じゃない。ウィンストンの寝室での武勇伝を盗み聞きしてしまってからは、優越感さえ消えてなくなった。

マックはベッドでの行為にはそれなりに自信を持っていた。だが、〝おれは面白みのない男だ〟という言葉も、ある意味、本当のことだった。昔からの定番スタイルや女性上位、またはバックといった体位や、その間のまったりした前戯があれば、それだけで十分幸せだった。しかし、エレンはセックスが好きだというばかりか――それだけでもマックにとっては、仰天の事実だったというのに――上下逆さまになったり、セクシーな下着を着けたりするというのだ。

だが、今はそんなことを考えている場合ではない。マックは嫉妬心《しっと》を振り払い、話の続きに戻った。「子供が持てないというのはさぞかしつらかっただろうね。娘のいない人生なんて、おれには想像もできない」

「つらかったわ。何年もの間、妊娠するためならどんなことでも試してみたの。でも結局、最後はあきらめざるをえなかった」エレンは腕に抱えた花束に顔を近づけて香りを吸い込み、花越しにおずおずと笑みを浮かべた。「さっそく花瓶に飾らなくちゃ。中でコーヒーでもいかが？」

「もちろんだ。喜んでいただくよ」

エレンの部屋に足を踏み入れたのは初めてだった。マックはきょろきょろと見回しながら、彼女のあとについてキッチンへ向かった。趣味がよく、きちんと整頓《せいとん》された部屋だった。本がたくさんある。「すばらしい部屋だ」マックはカウンターのスツールに腰かけ、リビングのほうへくるりと回転したあと、またキッチンに向き直った。「あんたらしいよ。上品で、優雅だ」

吊り下げ式の食器棚から花瓶を下ろそうとしていたエレンが手を止め、警戒するようにマックを見つめた。そして花瓶をそっとカウンターに置くと、落ち着いた表情でマックを見やった。「いかにも元司書らしい退屈な趣味だという意味かしら？」

「違う！　そんなつもりはないよ。さっき謝ったじゃないか。本当にいい部屋だと思ってるんだ。ここに比べたらおれの部屋は時計仕掛けのようだよ。それなりに快適で自分には合っているんだが、ここに比べたら単に実用的なだけだ」

エレンはコーヒーを注《つ》ぎ、白いナプキンを敷いた皿にクッキーを並べた。そういえば、カーリーやトリーナにおすそわけをするときも、彼女はこうして皿にナプキンを敷いている。ちょっとしたもてなしの工夫なのだろう。

「そういうことなら、褒めてくださってうれしいわ。ただ、あなたの部屋が時計仕掛けのようだという点にはなんとなく納得がいくわ。このコンドミニアムの管理ぶりを見ればすぐにわかるもの。修理でもなんでもすぐにやってくださるし」

エレンはコーヒーをすすって、引き出しから園芸ばさみを取り出すと、蛇口をひねった。水を流したまま茎を手際よく切り落とし、一本ずつ花瓶に挿していく。彼女が着ているセーターの柔らかな桃色が紅潮した頬によく映えていた。

「そのセーター、いいじゃないか。色がきれいだ」暗い色以外の洋服を着ているエレンを見るのは初めてだ。いや、待てよ。よく考えたら、ゆうべ着ていたトップもカラフルな色だったぞ。彼女のセクシーさばかりが気になって、すっかり忘れていた。

エレンは目を上げ、マックに向かって微笑《ほほえ》んだ。「ありがとう。トリーナやカーリーと一緒にショッピングに行ったのよ。ついつい買いすぎてしまったわ」

エレンの笑みが直接マックの股間を刺激した。マックははっとして息をのんだ。「わかるよ。おれにも経験がある。若い娘にかかるとついつい浪費させられちまうんだ。娘が結婚するまでどれほど金に苦労したことか。旦那《だんな》に娘の手を引き渡す前に、財布に突っ込む手を抜き出さにゃならんかった」

エレンは愉快そうに笑っている。マックは会話を続けられていることに内心ほっとしていた。欲望で喉が締めつけられ、声を出すのもつらいうえに、自分の口から出てくる言葉に気持ちを集中させることができない。エレンにキスがしたい。だが、いきなりそんなことをすればどうなるかぐらい、簡単に想像がつく。マックはしかたなくじっと座ったままスツールのシートをぎゅっと握りしめた。力を入れすぎて、真鍮《しんちゅう》の鋲《びょう》がついた栗《くり》色のレザーシートに跡がついてしまったほどだ。

彼女といると、どうしてこれほど心が乱れるのだろう。高等教育を受けていないことやブルーカラーだったことを決して恥じない、自信に満ちた男だったというのに。それがエレンに会ってから、すっかり変わってしまった。彼女と近づきになりたい。心ではそう思っているのに、つい逆の行動をとってしまうとは。彼女のせいで愚か者に成り果てた自分。彼女がどう思っているのか考え続けたまま、一年半も無駄に過ごしてしまった。彼女の上品な振る舞いに、自分らしさを見失っていた。彼女のことをもっと知りたいのに、あるいは彼女に本当の自分を知ってもらいたいのに、なぜかめちゃくちゃにしてしまう。

だが、せっかく自分の態度に責任を持つと決めたのに、なぜか行動に移すことができない。また妙なことを言ってしまいそうな気がする。まったく、そんなつまらないことで前に進めないとは情けないぞ。

マックの中に怒りの感情が沸き起こってきた。いかん。冷静にならなければ。おれは短気を起こしたことはない。メリーアンはおれが短気だなどと文句を言ったことはなかった。もちろんメリーアンはまったく飾ったところのない女だったが。

しかし、エレンだってそうじゃないか。昨夜、盗み聞きした会話の内容が事実だとしたらの話だが。マックは音をたててカップをテーブルに置くと、驚いた表情のエレンを挑戦的な目で見つめた。「おれは、セックスはまっすぐ突き上げるのがいい」

エレンは身を硬くした。「なんですって？」

しまった。〝まっすぐ向かっていく〟と言ったほうがよかったか。ちくしょう。〝突き上げる〟ではあまりに露骨すぎる。いや、それも悪くはないが、最初からそんなふうでは、彼女が引いてしまうかもしれないじゃないか。なんてことだ。まったく、いつになれば余計なことを言わなくなるのだろう。おれのセックスの好みをすべて教えるつもりか？

残念なことに、話題を変えるには遅すぎた。エレンは顔を真っ赤にしながら、最後の花を生け終え、花瓶を脇へずらした。コーヒーに手を伸ばしたが、手が震えているのか、カップとソーサーが音をたてた。エレンはコーヒーに口をつけず、カップを置いた。体の前で両手を組んでカウンターに置き、じっとマックを見つめている。「〝まっすぐ突き上げるのがいい〟というのは、具体的にどういう意味かしら？」

はっきり言って、あなたのセックスの好みなんてわたしにはどうでもいいことですけど――そこまでは言われなかったことに安心したマックは、身を乗り出した。「つまり、時間をたっぷりかけてキスをするのも、深く激しく愛し合うのも大好きだってことだ。ただ、あんたの死んだ旦那とは違って、挑戦できる体位はかぎられているがね」

エレンはあっけにとられていた。顔の赤みが増し、少し緑がかった茶色の瞳が熱を帯びている。だが、マックが亡くなった夫について触れたとたん、はっと目を伏せた。「ウィンストンがどんな体位が好きだったかなんて、どうしてあなたにわかるの？」

「ゆうべ、あんたがトリーナと話しているのを小耳に挟んだ」

「プライベートな会話を盗み聞きしたのね？」

「いや、おれは――」

「盗み聞きしたんでしょ？」エレンは体を起こし、カウンターの端を回ってやってきた。マックの目の前で足を止めたエレンは、直立姿勢になり、関節が白くなるほど力をこめてこぶしを握り、柔らかな曲線を描くヒップに当てている。

自分がやってもいない、いや、少なくともわざとしたわけではないことで非難されるのは面白くない。マックはスツールを下り、エレンの正面に立ちはだかった。「おれが、あんたの性生活を聞きたくてやってきたような人間であるかのように見るのはやめてくれ！わざとじゃないんだ」

エレンがひるんだのを見て、マックは必死になって怒りを抑えた。くそっ。いらいらしないと誓ったばかりじゃないか。

マックは息を吐き出し、穏やかに言った。「悪かった。あんたを困らせるつもりも、気持ちを傷つけるつもりもなかったんだ。ただ……病院へ入ったとたん、セックスが好きじゃないというトリーナの声が聞こえたんだ。思わず足を止めたよ。本当だ。自分の娘の口からそんな話は聞きたくないって思った。信じてくれ。自分の子供がセックスだなどと言うのを聞きたいわけがないじゃないか」

「それならどうして、すぐに自分の存在を知らせようとしなかったの？」

マックは指で顎をこすった。「そのつもりだった。自分が来たことを知らせるべきか、そのまま立ち去るべきか迷ったが、きっとあんたがトリーナを諭してくれるだろうと思ったんだ。ところが、あんたまで話しはじめた。おれはもうぶっ飛んだよ。結局、病院の正面玄関へ戻って、もう一度ＥＲの入口から入り直したんだ。あんたの言ったことを忘れようとしたんだが、脳みそに焼きついちまったみたいでな。どうしても消すことができない」

「だから、何？　ちょっとあいつのところへ行って、やる気があるか確かめてくるか、とでも思ったの？　わたしがすっかり干上がったばあさんじゃないってわかったから？」

「違う！　くそっ。おれは本当のことを言っただけだ。今まで礼儀知らずだったし、何もかも悪かったと思っている。これからはもっとましな人間になることをあんたに伝えたかったんだ。もう一度やり直したいんだ」

「わたしは、あなたにここから出ていっていただきたいわ」

心を沈ませて、マックはエレンの顔に手を伸ばした。冷たくて柔らかな肌だ。「エレン」マックは訴えかけるように言った。自尊心を気にしている場合ではない。だが、なんの効果もなかったようだ。

エレンはさっと後ずさった。「今すぐ帰ってちょうだい」

マックはしぶしぶ手を下ろし、すっかり心を閉ざしたエレンの表情を見つめた。「わかった」ようやくマックは言った。「だが、おれたちの関係はこれで終わったなんて思わないでくれ」マックは小さく肩をすくめてきびすを返し、玄関へ向かった。ドアノブに手をかけたところで、ためらいがちに振り返ってみた。しかしエレンの姿は見えない。マックに出ていってほしいという、はっきりした意思表示だろう。しかたなくマックはドアの外に出た。

愛の告白なんておれの専門分野じゃない。だが、恋愛に関する本や、ウェブサイトはいくらもあるし、訊《き》けばそれなりのテクニックを教えてくれる人間もごまんといるだろう。だが、テクニックを身に着ければいいというものじゃない。マックは自分の部屋へ戻った。

敗北はしたが、撃破されたわけではない。ひとつだけはっきりしていることがある。

何があろうと今度はもっとうまくやる。エレンにキスをするんだ——近いうちに必ず。

絶対にやり遂げてみせるとも。

15

髪の半分をまっすぐ立て、もう半分はぺちゃんこにしたカーリーが、トリーナの部屋のドアをばんと音をたてて閉めた。長い脚でさっそうと歩くカーリーの背後で、透明で花柄のスカートが風を受けてふわりと舞い上がった。トリーナは目をみはった。カーリーは色とりどりのスカートに、そのうちのどの色にも調和しない、彼女が唯一持っているへそ出しホルタートップを合わせていたからだ。

「ハイ」トリーナは穏やかに言った。

カーリーは慌てた様子でリビングの中へ駆け込むと、指を見せるように手を上げながら、まっすぐにトリーナのところへやってきた。カーリーの指は、いつもの倍の太さに腫《は》れている。「今夜は仕事に戻るつもりだったのに、これを見てよ！」

トリーナはじっと指を見つめた。「まだ腫れているんでしょ？　でも昨日よりはよくなってるわ」そんなことわかってるわよ、とばかりにカーリーが鼻を鳴らした。トリーナはにっこり笑った。「ごめん、くだらない反応だったわね」トリーナはカーリーを優しく抱きしめ、同情するように顔をしかめた。「かわいそうに」そう言うと後ずさり、カーリーをじっと観察した。「でも、わたしがあなただったら、そのファッションのほうが気になってしかたないわ」

　カーリーは笑った。「ばかなこと言わないでよ。洋服を一枚着るのだって、ふたつの手がどれほど大切な役割を果たしていたか、今回のことで初めて気づいたわ。ひもやボタンやファスナーのついてないスカートやトップの必要性もね。それに、この髪を見てよ！」カーリーはけがをしていないほうの手で、頭を叩《たた》いた。「こっち半分はどうしてもできないの！　今まで当たり前のようにやってきたのに」

　トリーナはけがをした指をじっと見つめた。「痛む？」

「今は平気。でも、短いソーセージみたい。まったく役に立たないし！」そう言うとカーリーはすっと背を伸ばした。「でも、今日は仕事に行くわ。ひょっとしたら誰も気づかないかもしれないし。でしょ？」トリーナが反論するとでも思ったのか、カーリーは言い訳するように付け加えた。「そういう可能性もあるってことだけど」

　トリーナは黙ってカーリーを見やった。

　カーリーは肩を落とした。「そうね」むっつりしながら認めた。「わかってるわよ。片手で衣装を替えることやヘッドギアを着けることなんかできないって。何さ」カーリーはベッドルームに入っていき、ベッドの上にあお向けに倒れ込んだ。明るい色のシルクの枕《まくら》をつかみ、胸に抱え込む。

　トリーナはのんびりとカーリーのあとをついてベッドルームに足を踏み入れた。追いつくころには、カーリーも機嫌を直してくれると思ったのだ。しかし、カーリーはトリーナを見やり、横を向いた。

「最低」カーリーはため息をついた。「休みになっちゃったわ」

「よかったじゃない」

「そうだけど。今日は休みを取るつもりなんかなかったのに」

「それでも一日中、ベビーちゃんたちと遊んでいられるじゃない。悪くはないでしょ」

「確かに」カーリーの表情が明るくなった。「今日はルーファスの特訓に励むわ。あの子、ますますとんでもないことになっていく一方なのよ。間抜けな犬と間抜けな人間の勝負は十対〇。今はまだ犬のほうが優勢なの」

「ルーファスのしつけがうまくいかなかったらどうするつもり?」

「わからない」カーリーは心配そうにトリーナを見上げた。「そんなこと考えたくもない」

　トリーナはベッドに近づき、カーリーの隣に横になった。カーリーのほうへ顔を向け、安心させるように言う。「じきに言うことを聞くようになるわよ」

「だといいんだけど」そのとき、急にカーリーの表情から憂鬱《ゆううつ》の色が消えた。「そうだわ！　お隣さんが引っ越してきたって話した?」

「いいえ。あなたの隣の部屋、とうとう売りに出されたのかしら」

「又貸しだって、マックが言ってたわ。なんだか複雑な気持ち。隣に人が住んでくれるのはうれしいけど、誰の目も気にすることのない静かな生活に慣れちゃったもの」カーリーは顔をゆがめてみせた。「まあ、どんな人が越してくるかによるわね」

「マックからは何か聞いてないの？」

「男の人だって。名前は、たしか……ウルフガング・ジョーンズっていったかしら」

トリーナは肘をついて頭を起こし、顔をしかめてカーリーを見下ろした。頭の奥で何かが引っかかっている。「どこかで聞いたことのある名前ね」そう言ったとたん、ふと思い出した。「そうか、思い出したわ。カジノで働いている人よ」

「〈アヴェンチュラト〉のこと？　まさか。じゃあ、どうしてわたしは知らないの？」

「警備員だもの。お金の管理をして、わたしたちみたいなあまり信用できない従業員の監視をする人」

「ああ」それ以上言わないで、という意味らしい。〈アヴェンチュラト〉の警備員——男性がほとんどだが、女性がひとりだけいる——は、毎日のようにカジノに流れ込む数百万ドルのお金の警備と輸送を担当しており、ほかの従業員と接触することはほとんどない。なぜならば、厨房《ちゅうぼう》の料理人からカジノのディーラーにいたるまで、ホテルのスタッフ全員の監視をすることも彼らの仕事のうちだからだ。

「ウルフガングっていう人があの警備員なら……いえ、まず間違いないと思うけど、一度カジノで呼び止められたのよ。バッグを検査されたんだったわ」

「どんな男か説明して。わたしにはわからないわ」

ドアベルが鳴った。トリーナはベッドを下り、玄関に向かって歩きはじめた。「背は高かったわ。インド＝ヨーロッパ系じゃないかしら。頬骨がすてきだった」

トリーナはドアを開けた。両足を肩幅ほど開き、腰の後ろで手を組んで立っているジャックスを見て、トリーナの脈が高まった。「ハイ！　トーナメントの調子はどう？」

「なんとかがんばっているよ。調子は上々ってとこさ」ジャックスは頭を下げ、トリーナの唇に軽くキスをした。頭を上げたジャックスは、トリーナに物憂げな笑みを投げかけた。

「今日は、いいものを持ってきたんだ」ジャックスの視線がトリーナの背後に向けられた。

「やあ、カーリー。手の具合はどう？」

振り向くと、カーリーがベッドルームを出て廊下を歩いてくるのが見えた。「最低よ」

カーリーは答えた。

「大変だったね」ジャックスはブロンドの髪をくしゃくしゃにしたカーリーを見て、困惑した表情を浮かべた。「面白い格好だ」部屋の中に足を踏み入れながら、言った。

「一度、片手だけで身支度をしてみればいいわ。それより、いいものを持ってきたって言わなかった？」

「そうだったわ。何を持ってきてくれたの？」トリーナははっとした。「ダイヤで覆われてるなんて言わないでね」

「まさか。二度とダイヤなんて持ってこないよ。その点に関しては、しっかり勉強させてもらったから」

「そうよ。よくトリーナなんかに自分の財産を注《つ》ぎ込めるわね」カーリーが言った。

「何よ、その言い方」だがトリーナは裏切り者のカーリーをちらっと見るだけにとどめ、ジャックスに向かって手を差し出した。「それで？」

ジャックスがにやりと笑った。「右と左、どっちがいい？」

「選ぶの？　どっちにしようかしら」トリーナはジャックスの左腕を叩いた。

ジャックスはさっと左腕を出し、白いリボンでラッピングされた小さな金色の箱を差し出した。結び目に色を合わせたシルクフラワーが挿してある。

「ゴディバのチョコレート！」トリーナはジャックスの手から箱をもぎ取った。「ありがとう！　ゴディバのチョコレートは大好きなの。わたしのいちばんの好物なのよ」

ジャックスは、今度は右手を出し、プラスチック製のカードを差し出した。

「これは？」トリーナはまたもそれをもぎ取った。

「チョコレートシロップとホイップクリーム増量のフラペチーノ、特大サイズ二杯分のギフトカードさ」

「まあ、優しいのね！」トリーナはジャックスの唇に熱いキスを返した。

「オーケー、今のは、わたしに出ていけという合図ね」カーリーが言った。「でも、その前にチョコレートを開けてちょうだい。ゴディバのチョコなんて、もう何年もお目にかかってないわ」

カーリーは、トリーナが封を開けて差し出した箱からひとつチョコレートを選んだ。

「ありがとう。さてと、そろそろ犬が呼んでそうだから行くわ。またね、おふたりさん。わたしがしないことはしちゃだめよ」そう言うとチョコを口の中に放《ほう》り込み、ドアを開けて出ていった。

トリーナはジャックスに向き直った。「キッチンへ行って、全部食べちゃいましょうよ。コーヒーをいれましょうか？」

「いや、いい。ありがとう。でも、こっちのごちそうはノーとは言わないよ」そう言うとジャックスはトリーナをすばやく引き寄せ、首を曲げて唇に熱烈なキスをした。

チョコレートが音をたてて床に散らばった。トリーナはジャックスの首に腕を巻きつけ、キスを返した。ジャックスの腕は強くて温かで、彼の口は熱くてゴディバの最高級チョコレートよりも甘い。トリーナは自分から体を押しつけた。もっとほしい。もっと、もっと。

すべてがほしい。

まあ、なんてことかしら。わたしは彼のすべてがほしいと思っている。動揺と興奮で鼓動が激しくなり、トリーナは唇を離してジャックスを見つめた。トリーナを見つめ返すジャックスの瞳も燃え立っている。

事実は火を見るより明らかだった。これまでノーとしか言えなかった自分が、どんなことになってもいいからジャックスと愛し合うことを望んでいる。ひょっとしたら、またうまくいかないかもしれない。それでも、自分を抑えることはできない。今回だけは。この人だけは。今までの男性に、こんなふうに感じたことは一度もなかった。今度こそはうまくいきそうな気がする。今ここで思いきらなければ、きっと自分自身を許せなくなる。彼に賭《か》けてみたい。自分自身にも賭けてみたい。今回だけは、絶対にうまくいくと思いたい。

トリーナは手を伸ばしてジャックスの下唇についていたしずくを親指で拭《ふ》き取り、後ずさった。ジャックスの手を取り、ベッドルームへ向かう。

「待って」ジャックスは言い、床にしゃがんで散らばったチョコレートを拾い集めた。ふたの開いた箱に詰め直して近くのテーブルに置いたが、すぐに手を伸ばして少し形の崩れたミルクチョコレートのトリュフをつまむ。それをトリーナの口に放り込むと、彼女を抱き上げた。

トリーナは声をあげて笑い出した。しかし、舌の上で溶けるチョコレートと、その直後に口に差し込まれたジャックスの熱を帯びた舌というふたつの感覚で、愉快な笑い声はくぐもったハスキーなうめき声に変わった。時間の感覚がなくなった。気がつくとトリーナはベッドの上掛けの上に寝かされていた。

「ああ」体を重ねながらジャックスがしゃがれ声で言った。「このときを待ちかねていたよ。きみとこうなることを」ジャックスはトリーナの髪に両手を差し入れて頭を押さえ、唇を奪った。

トリーナの唇、乳房の先端、そして脚の間がかっと熱くなり、やがて何も考えられなくなった。もうろうとした意識の中で、トリーナは恍惚《こうこつ》の渦巻くような奔流に逆らおうとあえいだ。しかし、ジャックスの胸が自分の胸を激しくこすり、彼の欲望のあかしが脚の間に押しつけられると、ショートパンツの生地の下で敏感になった神経の束が刺激され、トリーナの体は一気に燃え上がった。無駄な抵抗はやめたほうがよさそう。トリーナはジャックスの髪に指を差し入れて同じように頭をつかみ、彼のふくらはぎに自分の足首を巻きつけて引き寄せた。

ジャックスにとっては予想外の行動だったらしい。うなり声をあげてトリーナの太ももに挟まれた自分の脚を開き、トリーナの脚を押し広げてその間に自分の体を沈めた。彼女のカールをつかんでいた右手を放すと、自分の髪を握っていたトリーナの左手をつかみ、指と指を組み合わせて彼女の頭の隣に押さえつけた。もう一方の手も同じことを繰り返し、頭の上で腕を伸ばした状態で重ね合わせた。トリーナは背をそらして、ジャックスの胸に乳房を押しつけた。

ジャックスはゆっくりと唇を離していった。口と口が離れると、真夜中の闇《やみ》のような濃紺の瞳でトリーナを見下ろした。「これできみはぼくの言いなりだ」荒々しいその声は、トリーナのうなじから尾骨までつながる神経を激しく震わせた。

ジャックスの声が優しい前戯のようにトリーナを燃え立たせる一方で、彼の言葉そのものはまた別の感情を抱かせた。対抗意識だ。わたしが言いなり？　冗談じゃないわ。確かに生まれて初めて性の喜びを味わうことができたけれど、わたしはわたしよ。

「あなたの言いなりですって？　本当にそう思う？」トリーナは、ジャックスのふくらはぎから膝の裏、そして太ももの外側まで、自分の足の裏でこすり上げた。だが、そのせいでトリーナの太ももがさらに開いて骨盤が上を向き、ジャックスの硬くなった下腹部が、トリーナの脚の間に食い込んだ。

ふたりは同時に息をのんだ。

「いや、思い違いだった」ジャックスがしわがれた声で答えた。生まれて初めてのすばらしい体験をしているかのごとく夢見るようなまなざしを浮かべて、腰を動かす。

「ああ、どうしよう」トリーナの対抗意識はすぐに消え去った。「どうしたらいいの」

「ああ」ジャックスは熱い息を漏らし、トリーナに顔を近づけて彼女の顎とその真下の柔らかな肌にキスをした。「ぼくも同じ気持ちだ」

トリーナは上掛けに押しつけられている手を抜こうとした。「あなたを抱きしめたいの」

だが、ジャックスは手を放そうとしない。ため息をつき、もう一度引っ張った。「お願い」

ジャックスは組んでいた指をはずし、トリーナの腕の内側をそっと撫《な》でた。そのまま肘の内側の柔らかな肌を伝い、腕から肩へ、そして首筋へと指を走らせる。さらに髪に手を差し入れて頭をつかみ、顎の下から喉にかけて唇を押しつけた。

トリーナはジャックスの広い肩を指で撫でた。トリーナの愛撫《あいぶ》で筋肉に力が入り、盛り上がる。上質なウールの生地の上から彼の背中を撫で下ろす。手でお尻の形を確かめたい。しかし、神経が高ぶって方向が定まらないうえ、ジャケットのベントがめくれ上がって邪魔をした。なかなかお尻まで手が届かない。トリーナは高級なジャケットを引っ張った。

「ジャケットが邪魔だわ」

ジャックスはあいかわらずトリーナの首にキスをしていた。髪がトリーナの顎の下を優しくこする。ジャックスは手のひらをついて肩を上げた。トリーナはジャックスの肩からジャケットをはずそうとしたが、それ以上は進まない。苛立《いらだ》ったトリーナは太ももにからませていた脚をはずし、ベッドに置いた。ジャックスはうめき声をあげながらトリーナの開いた脚の間で体を起こしてひざまずき、ジャケットを脱いでナイトスタンドに向かって放り投げた。ジャケットが床に滑り落ちたが、まったく気にする様子はない。トリーナを見下ろすジャックスの頬骨は赤く染まり、息づかいがはっきりと聞こえる。

「そのTシャツも脱いで」トリーナが命じた。

ジャックスは真新しい白のTシャツを頭から引っ張った。トリーナは、現れつつある上半身をじっと見つめた。体が火照り、口が乾いた。

ちょっと、しっかりしなさい。トリーナは自分に言い聞かせた。彼の胸や腹筋を見るのは初めてというわけじゃないのよ。まだ、そう、昨日見たばかりだわ。それでも、やはりそのたくましさについ目を奪われてしまう。

ジャックスの腹筋を見つめたままトリーナは手を伸ばし、みぞおちからジーンズのベルトにかけてくっきりと分かれている筋肉を撫でた。「座っているだけのポーカー・プレーヤーに、どうしてこんな筋肉がついているの？」

「なんだって？」トリーナのトップのボタンをはずそうとかがみ込んでいたジャックスが目を上げ、ゆっくりと瞬《まばた》きした。「ジムへ通った。子供時代に〝おたく〟と呼ばれるほどの変わり者だったからね。ジムでトレーニングすることに信仰心のようなものを見いだしていたんだ」

「主のご加護を」トリーナはつぶやいた。人間の体を教会にたとえたら、彼の場合は、セント・パトリック大聖堂とシスティーナ礼拝堂とウェストミンスター寺院を合わせてひとつにしたようなものだ。筋肉と骨が美しく作り上げられた彼の肉体は、ボディービルの大会に出るような人が持つ野性みはない。それでも引き締まった筋肉と腱《けん》が、まるで彫刻を施したかのように、胸と割れた腹筋、肩や二頭筋の丸くて硬い盛り上がりを形作っている。

腕とわきの下に茶色くて柔らかな毛が生えている以外、肌は滑らかだ。

トリーナは両手を伸ばし、ジャックスの鎖骨からわずかに膨らんだ胸骨に沿って指を這《は》わせた。平らな乳首を囲むように指を動かし、滑らかな赤銅色の乳輪を親指でこすりながら、爪で小さな乳首をはじく。

ジャックスが悪態をつき、トリーナのトップのボタンをはずす手を速めたので、トリーナは声を出して笑った。さっきはつい虚勢を張ってしまったものの、男性に対してこれほどの優越感を抱いたのは初めてのことだった。

やがてボタンをはずし終えたジャックスがうやうやしく言った。「参った」トリーナのはだけた胸を見下ろしている。

トリーナは胸を見られることには慣れている。恥ずかしいふりをするつもりもない。そもそも恥ずかしさなどを感じていたら今のような仕事につくことはできない。それでも、これまでの男たちのトリーナの胸を見る目には好色さが感じられ、トリーナはいつも自分がさらしものにされているような気がした。そういう男たちは、ショーガールをものにできた喜びに浸るばかりで、彼女の気持ちなどおかまいなしだった。

でも、ジャックスはトリーナを見ている。ショーガールではなく、彼女のすべてを受け入れようとしてくれている。だからブラジャーを着けていなくても気にしなかった。胸を隠そうとも思わなかった。ジャックスは、まるでモナリザの微笑《ほほえ》みを見るかのように、トリーナの乳房を見ていた。

「これほどきれいな乳首は見たことがない」ジャックスは言った。

オーケー、あまり詩的とはいえないけれど、許すわ。

ジャックスも気づいたらしい。喉元が赤くなったからだ。「すまない。ぼくが言ったのは、きみの胸が、ってことだ。きみの胸は本当にすばらしいよ」

「ありがとう。でも大きくはないの。わたしは気にしていないけれど、この胸のせいで『ラ・ストラヴァガンザ』のオーディションの二次審査に落ちるところだったのよ。ほら、ほかのダンサーはみな、カーリーのように、もっと胸が大きいから」

「でも、きみの胸は形がいい」

「ええ、おかげでなんとか通ったの」そう言ってトリーナは笑った。この数年というもの、トリーナは自分の体を機械のように感じていた。仕事を失わないために常にメンテナンスをしなければならない機械である。自分自身の女性らしさなど、二の次になっていたようなものだ。けれども、今は自分のセクシーさを実感していた。すごく魅力的になったような気もした。もちろんジャックスのおかげだ。トリーナの体と心をそっと撫でてくれるジャックスの優しさが、鏡で見る以上にトリーナの魅力を引き出してくれたのだ。

真剣なまなざしでトリーナを見つめながら、ジャックスは指先で彼女の乳房のまわりに八の字を描きはじめ、周辺部から中心に向かって徐々に小さくしていった。トリーナの脚の間の敏感な場所に激しい電気ショックが走る。胸の先端にジャックスの指が迫ってくるのを感じていた。そこは触られるのを待ちかねたようにすでに硬く張り詰めている。しかし、はっと息をのもうとしたとたん、ジャックスは手を放し、トリーナの脚の間に入って体を起こした。

トリーナはがっかりしたような吐息を漏らしたが、ジャックスには聞こえなかったようだ。

「本当にきれいだよ」ジャックスはささやき、人差し指をトリーナの額の中心に当てて、鼻から唇、顎へとたどらせていった。喉、胸骨、みぞおち、腹筋を通り、とうとう股上《またがみ》の浅いショートパンツのウエスト部分に達すると、おへそを指先でゆっくりともてあそぶ。やがてその指は、どこへ向かおうとしていたのか忘れてしまったかのように、切り取られた裾《すそ》からぱらぱらとぶら下がっているショートパンツのほつれをまっすぐにしはじめた。

ジャックスは、太ももの内側に急いで指を差し入れるようなことはしなかった。ほつれたショートパンツの裾をゆっくりと揃《そろ》え、ほつれてからまった糸を器用に選《え》り分けている。几帳面《きちょうめん》なほど正確に、糸を一本ずつ引っ張ってトリーナの太ももの上にまっすぐ並べると、裾にもう一度指を差し入れて次の糸を取り出す。ジャックスはすぐに両裾の糸をきれいに整えてしまった。ジャックスの温かな手が脚の間の敏感な場所にさらに近づいた。トリーナは落ち着かない気分になり脚を動かした。ジャックスの手の動きは、腹立たしいほどどらえどころがない。もう少し上へ……ほんの少しでいいから、上へ動かしてくれたらいいのに。トリーナは彼を促すように、太ももをさらに開いた。

だが、そんな無言の誘いにジャックスは乗ってこなかった。

トリーナは目を上げてジャックスの顔を盗み見た。彼はわたしが欲情していることに気づいていないのかしら。ジャックスは目を伏せるように下を向いている。目の動きまでは見えないが、トリーナの脚の間をまさぐることに没頭しているようだ。ふいに人差し指がショーツの端をこすり、トリーナはあえぎ声を漏らした。するとジャックスが唇に小さな笑みを浮かべた。ああ、やっぱり彼はちゃんとわかっているのね。

ジャックスにじらされていることに気づいたとたん、それまで眠っていた競争心が頭をもたげた。

「つまり、これが変わり者とのデート、ってこと？」トリーナはジャックスのジーンズのボタンをはずしながら尋ねた。「悪くないわよ。痩《や》せでのっぽの変わり者が、これほど刺激的になれるなんて誰も思わなかったんじゃない？」トリーナはジーンズのファスナーを下ろしはじめた。徐々に露《あらわ》になってゆく張り詰めた膨らみを、トリーナはわざと指で撫で下ろした。

ジャックスが顔を上げた。ブルーの瞳がますます濃くなっている。「ぼくは徹底したサービス派なんだ」ジャックスは面白がっているような軽い口調で言った。「きみは、ぼくに命令されることは望んでいないからね」しかし手は正直だった。それまでしなやかだった手の動きが、急に激しさを増し、トリーナの太ももをつかんだのだ。

トリーナは口をよじった。「つまり、あなたもわたしと同じくらい燃えているってこと？」そうよ。わたしは、すっかり燃え上がって欲情しているわ。彼のプラトニックに近い愛撫では我慢できないほど。

「燃えているなんてものじゃない」ジャックスは自分の重みでトリーナを押しつぶさないよう手のひらを支えにし、ぎりぎりのところでトリーナの上に覆いかぶさった。頭を下げ、唇をぶつけるように重ね合わせる。

自制心がかろうじてきいている、激しく求めるようなキスだった。トリーナはジャックスの首に腕を巻きつけ、彼の体を引き寄せた。彼がほしい。彼の体の重みをじかに感じたい。ジャックスはトリーナの上に体を重ねた。九十キロを超える欲情した男の体。トリーナは肌と肌が重なった感触に酔いしれるようにため息をつき、彼の滑らかな背中を爪でなぞった。

ジャックスは喉の奥からうなるような声をあげ、転がった。

急に自分が上になったことに気づき、トリーナは体を起こした。ジャックスが両手を上げてトリーナの乳房を包む。頭を後ろへ傾けたトリーナは、ジャックスのこわばったものの存在をヒップで感じ取った。想像していた以上の満足感が得られそうな予感に心が沸き立った。トリーナは体をわずかに動かし、懇願してしまいそうになるのを我慢した。もう少し。ああ、もうすぐだわ。息づかいが荒くなっていく。

　そのときジャックスがトリーナを脇《わき》に下ろして床に立たせようとしていることに気づいた。トリーナは不満の声をあげた。

「わかってる。スイートハート。わかってるよ」ジャックスはしわがれ声で言った。「ただ、きみを裸にしてしまいたいんだ。今すぐに」そう言うとジャックスは靴を脱ぎ捨て、ジーンズとボクサーパンツを足首まで引き下ろした。トリーナが胸のはだけたトップを脱ぐと、ジャックスは脚を振って足首にからまったジーンズを投げ捨てた。そして身長約二メートルの欲情した裸の男性が、トリーナの女性らしい上掛けの上に横たわった。

　ショートパンツを太ももの途中まで下ろしたところでトリーナは手を止め、じっとジャックスを見つめた。肩幅が広くて、筋肉質で、こわばった欲望のあかしを堂々と見せつける姿は、まるでハーレムのスルタンのよう。明るい色のシルクの枕に寄りかかり、恋人が自分のもとにやってくるのを待っている。

　ジャックスはトリーナを見つめながらその誇張した欲望のあかしに手を当て、ゆっくりと撫でていた。「さあ、裸になれ」命令口調だった。

　日焼けした彼の手と彼が手につかんだものから目が離せないまま、トリーナはショートパンツを一気に下まで下ろし、足からはずした。

「パンティもだ」

トリーナはヒップの両脇で二枚の三角形をつなぎ合わせているひもを引いた。パンティははらりと床に舞い下りた。

「さあ、こっちへおいで」

あれほど失うのを恐れていた自制心が、今やどこにも見当たらない。かまわないわ――そう思ったのは生まれて初めての経験だった。興奮が高まっていく。トリーナはベッドサイドに近づいた。

ジャックスはがばっと枕から頭を起こしてトリーナの手首をつかんで引っ張った。トリーナはよろめくようにベッドの上に膝をついた。ジャックスに腰をつかまれた瞬間、部屋がぐるりと回転し、気がつくとベッドの上にあお向けに横たわっていた。まだめまいがおさまらないうちからジャックスはトリーナの横で上半身を起こし、お腹《なか》に手のひらを当て、トリーナの小さなカールに向かって手のひらをゆっくりと動かした。

「前は触っただけで、見られなかった」ジャックスのしゃがれた低い声がトリーナの神経を刺激した。「頭の中ではいろいろと想像してみたけど。でも想像以上に滑らかできれいだ」ジャックスはトリーナの深みに指を差し入れ、動かした。「ほら、こんなに潤っている」指の動きを目で追っていたジャックスが顔を上げ、トリーナの目をのぞき込んだ。

「これが噂《うわさ》に聞くビキニライン脱毛《ブラジリアンワックス》だね」

トリーナはうなずいた。体の奥に長い指がゆっくりと差し入れられ、言葉にならない。

「ああ、ジャックス、お願い」

「気持ちいい?」ジャックスはいったん指を抜き、もう一度差し入れた。

「ええ、お願い、もっと」トリーナには、ジャックスが彼女をもっとじらそうとしているのがわかった。いや。もうこれ以上、我慢できないわ。

トリーナは手を伸ばし、ジャックスの欲望のあかしをつかんだ。

今度はジャックスが息をのむ番だった。トリーナはジャックスのほうに体を向け、彼の胸にキスをした。ジャックスの高まりを握って手を動かすことがごく自然な行為に思える。トリーナはそんな自分に驚いていた。その間にジャックスはジーンズから取り出しておいたらしいコンドームを手に取り、歯でパッケージを引き裂いた。

「貸して」トリーナが空いているほうの手を差し出した。ジャックスはトリーナに素直に手渡した。トリーナはすっかり張り詰めた高まりにコンドームを装着し終えると、その手を滑らせるように先端へ持っていき、再び手のひら全体で根元までぎゅっと握りしめた。

とうとう我慢の限界を超えた。ジャックスはトリーナの上に覆いかぶさり、彼女の脚を開いた。熱のこもった激しいキスをしながら、自分の高まりを彼女の入口へと近づける。

トリーナは心配だった。今までのように、いざとなったらやっぱりだめかもしれない。そうなったらどうしよう。ジャックスは口を離してトリーナをじっと見下ろし、ゆっくりと中へ入った。ジャックスのスカイブルーの瞳を見つめていたトリーナは、そのとき気づいた。違うわ。今までとはまったく違う。こんな気持ち、ジャックス以外の誰にも感じたことはない。なんと呼べばいいのかはわからなかった。けれども、ジャックスを前にして思いとどまるようなことはなかった。

彼になら、わたしのすべてを――心も体も――ゆだねられる。

そのとき、ジャックスがトリーナの奥へ身を沈めた。自分の中で沸き立っている新しい感情がなかったとしても、自分を抑制することなどできなかっただろう。ジャックスは熱を帯びてこわばった高まりを奥へ埋《うず》めたかと思うと、その感触をトリーナが味わう間もなく、身を引いた。そして、また沈める。

引く。

沈める。

激しい刺激に欲望が燃え立ち、トリーナはヒップを押し上げた。ジャックスの動きに合わせて自分も腰を動かす。ジャックスが彼女をじらしながら腰を引こうとすると、トリーナは彼の硬く引き締まった尻をつかみ、自分の腰を押しつけた。トリーナの両膝の距離はますます離れていき、やがて体の奥で締めつけられるような痛みを感じはじめた。「ああ、ジャックス。もうだめ」

ジャックスは膝立ちになり、強く、速く腰を動かしはじめた。両手はトリーナの太ももの前部をつかみ、彼女を自分のほうに引き寄せる。トリーナはこれまであげたことのない悲鳴のような歓喜の声をあげた。ジャックスに突き上げられるたびに、鉄のような熱が彼女を溶かし、燃え立たせ、彼女の中の何かを破壊していく。とても黙ってなどいられなかった。ああ、神様、もうすぐです。もうすぐ……。

「きみは知ってる？」ジャックスは低い声で言い、親指と人差し指を彼女の湿った秘部に滑り込ませて、喜びの中心を探り当てた。それを指で挟み、優しく動かす。「きみの美しい髪に、美しい唇、そして、きみの美しい、美しい……うっ！」ジャックスが激しく息を吐き出した。トリーナが全身を震わせ、ジャックスを一気に締めつけたのだ。

ジャックスはもちろん、トリーナ自身も予想していないことだった。ジャックスの言葉には、トリーナの神経を高ぶらせる力があるのかもしれない。しかし、それほど激しいエクスタシーではなかった。布袋のひもをきゅっと引っ張った程度の快感にすぎない。しかし、同時に、いよいよクライマックスが迫りつつあるのをトリーナは感じていた。もっと激しく、さらに歓喜に満ちていて、そしてたっぷりと楽しめるエクスタシーを感じられるときが。

ジャックスは自分を締めつけた筋肉の短い動きに一瞬、体を震わせた。しかし、再びトリーナに話しかけながら、腰の動きを再開し、自分の体と言葉でトリーナを興奮の高みへと導いていった。「それでいい、スイートハート」ジャックスはそうつぶやきながら、体をトリーナに打ちつけた。ジャックスの男のしるしがトリーナのヒップを叩く。「いいぞ、トリーナ。このままいってほしい。ぼくを入れたまま。ぼくは見たいんだ、きみの……」

何も聞こえず、考えられなくなった。そう思ったとたん、トリーナの奥深くに隠れていた地雷が爆発した。爆発で世界がまっぷたつに裂けたような感覚を覚えた。瓦礫《がれき》の中に埋もれてしまう――そう感じたとたん、トリーナは絶頂の高みにまでのぼりつめ、そのまま地上へまっさかさまに落ちてきた。体が激しく震えた。その間も、脚の間の秘密の場所は、彼女を生まれて初めての感覚に導いてくれた、すばらしく美しい侵入者を繰り返し何度も締めつけた。

「ちくしょう!」ジャックスがうなった。「くそう、トリーナ、ぼくも、ああ、ぼくも……」ジャックスは歯を噛《か》みしめ、手でトリーナの太ももを握って自分のほうへ引き寄せ、しっかりとつかんだまま彼女の中に深々と突き入れた。

ジャックスも絶頂に達した。目をぎゅっと閉じ、低くて長いうめき声をあげる。それを見ていたトリーナを再びクライマックスが襲った。とっさにジャックスの手首をつかんだものの、どうするわけでもなく、ただその温かい肌に爪を立てて拠《よ》りどころとした。

ようやく絶頂感の余波が過ぎ去ると、トリーナは脱力感に襲われた。上掛けの上に力なく横たわり、腕も脚も投げ出すことしかできない。ジャックスも、切り倒された大木のように彼女の隣に倒れ込んだ。ジャックスの体重の重みでトリーナの体がマットレスに沈み、トリーナは思わず息を吐き出した。ふたりは胸から膝までをぴったりと寄り添わせ、黙ったまましばらく横になっていた。やがて汗がおさまり、鼓動も平常に戻った。

ジャックスはわずかに上半身を起こし、トリーナの額に張りついた湿った髪にキスをした。「ちゃんと、息をしている？」

「まあね」

「ぼくは？」

トリーナが吹き出した。「ふたりで鏡を見てみないとね。取りに行ってもいいけど、歩けないかもしれない」トリーナは片腕を持ち上げようとしたが、力が入らない。五センチほど上げただけで、すぐに下がってしまった。「わたしに何をしてくれたの？　なんだか、くらげになってしまったみたいよ」これほどリラックスできたことは、今まで一度もなかった。

「もう少し詳しく聞かせてほしいな」ジャックスはトリーナのカールした髪に顎をこすりつけた。「きみに楽しんでもらえればぼくは幸せだよ。なぜかというと、ぼくにとって今のが最後の戦いになったかもしれないからね。まさに記録ものの一戦だった。そういう意味で、きみに感謝する。でも、正直言うと、きみに殺されるかと思った」

しかし、もちろんジャックスの生命力は健在だった。そのあと手足を伸ばしたトリーナのセクシーな姿を見て、ジャックスの体に興味深い出来事が起こったからだ。彼女の中で柔らかくなっていたジャックスが、急に脈を打ちはじめ、徐々にこわばっていった。そしてみるみる間に張り詰めて、歓喜のうちに彼女との再会を果たした。

「やっぱりさっきの言葉を撤回する」首をもたげてトリーナに向かって顔をしかめながら、ジャックスは言った。「いくらなんでも、あれが最後ということはなさそうだ」

16

上掛けの上から軽くヒップを叩《たた》かれ、ぐっすりと眠っていたトリーナははっとした。だが、その手はすぐに離れることなく、トリーナのヒップに置かれている。夢心地にあるトリーナは、手で軽く撫《な》でられているような心地よさを感じていた。なぜ叩かれたのか確めようという気にもならない。それどころか寝心地のいい布団の中にすっぽりと収まり、まどろみの中に引き込まれていった。

「そろそろ起きたら、トリーナ」ジャックスの声がした。「このまま一日、寝て過ごすつもりかい？」

「だとしたら？」トリーナは枕《まくら》に向かってつぶやいた。「何が言いたいの？」

「時間の無駄だ」

トリーナはあくびをした。羽毛を詰めたエジプト綿の上掛けが口の中に入り込んだ。咳《せき》をして、慌てて吐き出す。「あなたが夜中まで張りきり続けて寝かせてくれなかったから、こんなことになったのよ。わたしはくたくたなの。放《ほう》っておいて」

ジャックスの笑い声に、トリーナの背筋がぞくりとした。すると、ヒップの脇《わき》のマットレスが急に沈み込んだ。ジャックスが腰を下ろしたのだ。「そんなに張りきったかなあ」

トリーナは枕に大きく息を吐いた。「わたしを寝かせてくれないつもり？」

「当然だ」

トリーナはごろんとあお向けになり、重たいまぶたを無理やり開けてジャックスの顔を見上げた。

もう、夜明けにこんなにすがすがしい顔をしている人がいるかしら。トリーナはベッドサイドの時計をちらりと見やった。すでに正午に近かった。細かいことは考えないでおこう。ジャックスがすっかり身なりを整えていることから判断するなら、彼はわたしよりも睡眠時間が少ないはず。けれどもジャックスの瞳は、たっぷりと睡眠をとったあとの新生児のように澄んでいて、明るい色をしている。顎はひげを剃《そ》ったばかりのように滑らかで、真っ白なTシャツは均整のとれた上半身にまるで第二の肌にようにフィットしている。ヒップとヒップを合わせて座っているジャックスは、トリーナと同じくらいリラックスしているように見えた。

ただし、今のわたしは安眠の邪魔をされて怒ってもいるのよ。

ジャックスはトリーナの左目にかかっている髪の毛を払った。「寝ぼけてないで服を着てくれ。きみのように若くてセクシーな女性が、一日ぼくと一緒に裸で過ごしたいという気持ちはわからないでもないが」そう言って、いかにもさっぱりした笑顔を向ける。「でも、ぼくはそういうタイプの男じゃない」

トリーナは高笑いした。「いいえ、そういうタイプよ」

ジャックスも笑いながらベッドから立ち上がり、トリーナの脚に手を伸ばした。「オーケー、確かにぼくはそういう男だ。でも、今日はいくらか涼しくてね、気温が二十八度しかないんだ。ミード湖にでもピクニックに行かないかい？　ヨットを借りるのもいいな」

トリーナは浮かない顔をした。「まあ、ジャックス。行きたいけど、二時にスタジオを予約してあるの。練習をキャンセルする余裕はないわ」

ジャックスはがっかりした表情を浮かべたが、ただ尋ねた。「オーディションはいつ？」

「今度の火曜日。正直言って、あまり自信がないのよ。だからとにかく時間があるだけ練習しないと」この四カ月というもの、オーディションの合格がトリーナの最大の目標だったのだ。ふと気がつくとトリーナはジャックスの腰に腕を回していた。温かな胸に頬を当て、彼を見上げる。「ごめんなさい」

「なに、大したことじゃない」ジャックスもトリーナを両手で抱きしめ、彼女の頭の上に顎をのせた。「どうせ今日は土曜日だ。しかもぼくがラスベガスに来て初めて涼しいと思ったぐらいだから、湖の周辺は動物園並みに混《こ》んでいると思う。だからこの企画は今度の水曜日に延期しないか？　きみは一年の契約更新を決めて、ぼくはトーナメントに勝つ。

そのあとならいくらでも楽しむ時間はあるさ」

「あなたって、根っからの楽天主義者なのね。その自信を少しでも分けてもらえたら、たっぷりお礼するのに」

ジャックスはトリーナを力いっぱい抱きしめた。「大丈夫、きみならやれる」

どうしよう。わたしは彼を愛してしまった。その事実が指先から真っ赤に塗った足の爪先まで、トリーナの体中を燃え立たせた。昨夜は、心の奥で感じてはいたものの、自分の気持ちを完全に受け入れる準備ができていなかった。だって論理的に考えればありえないことだわ。彼と出会ってからまだ二週間もたっていないのよ。それなのに恋に落ちるなんてありえるかしら。

だが、トリーナはそう思っていたし、もはや否定することもできなかった。彼女が感じたのは単なる欲望ではない。昨夜の経験がどれほどすばらしかったとはいえ、わたしはセックスだけを求めたわけではない。そしてもちろん、冗談であんなことになったわけじゃない。自分のためにも、素直に認めるべきよ。わたしの体を心の奥から温めているその感覚は、愛以外の何ものでもないわ。特定の男性に対する、心は沸き立つのだけれど、どこか怖いところもある本物の愛。

純粋で、単純な愛。

もちろん、事は決して単純ではなかった。わたしがジャックスを愛することで、彼に重荷を背負わせるわけにはいかない。まだ知り合ってからそれほど日がたっていないのに、急に真剣になって彼にのめり込んだりしたら、きっと彼は逃げ出すわ。それだけはいや。

もっと気楽な関係でいたほうがいい。トリーナはジャックスの腕をほどき、後ずさりした。「まだ少し時間があるわ。プールで泳ぐというのはどう？」トリーナはそう言ったものの、すぐに唇をよじって訂正した。「わたしの場合は、泳ぐというよりもがくと言ったほうがいいかもしれないけど」

「泳げないのかい？」

「泳げるわよ。ただ、得意じゃないの。ちゃんと習ったことがないから。姉妹と一緒に、フランクおじさんに町営プールでときどき教えてもらった程度なの。プールの端から端まで泳ぐことはできるし、見た目にもそれほど悪くはないのよ。ただ、才能があるとはいえないだけ。だから、泳ぐというより遊んでいるほうが多いわ」トリーナは気取った笑みを浮かべた。「それでも、ビキニ姿には自信があるのよ。それにデッキチェアの上でポーズを決めるのも」

「まあ、誰にでもそれなりに得意分野ってものがあるからね。ぼくの得意技は膝を抱えて飛び込むキャノンボールかな」ジャックスは一瞬の間を置いてから続けた。「海水パンツは持ってないが、ここからそう遠くないところに店があった。ぼくが買いに行ってくる間に、きみはビキニを着るっていうのはどうだい？」

「了解」

ジャックスはベッドルームのドアに向かって歩きかけ、途中で振り返った。「もうひとつ頼みがある」

「なあに?」

ジャックスは自分のほうへ指を曲げた。「こっちへ来てくれないか。離れていては伝えられない」

トリーナは笑みを浮かべながらジャックスに歩み寄った。「何かしら?」

ジャックスはトリーナの腰に腕を回して引き寄せ、キスをした。しばらくして頭を上げると、そっとささやいた。「おはよう、って言ってなかったね」

「おはよう、ジャックス」トリーナは首を傾けた。「わたしも忘れていたけど、朝食は? コーヒーか何か飲む?」

「いや、ぼくはいい。きみが寝ている間に、トーストを焼いて食べたから」

「じゃあ、あなたが戻ってくるまでにわたしも食べて準備しておくわ」

「すぐに帰るよ」

三十分ほどでジャックスは戻ってきた。ベッドルームで水着に着替え、トリーナのいるキッチンへやってきた。トリーナは日焼け止めとペットボトルの水をトートバッグに入れたところだった。何かつまめるものはないかしらと冷蔵庫をのぞいていたトリーナにジャックスは近づき、背後から抱きしめて首筋にキスをした。

背中に電流が走り、体中が痺《しび》れた。トリーナはジャックスに抱かれたまま振り返り、唇にキスを返した。幸福感で胸がいっぱいになり、今にも涙がこぼれそうだ。なんとか涙を押しとどめてジャックスの腕をつかみ、腕の長さだけ間を空けて彼の新品の水着をチェックした。

ヒップのまわりに青と紫の椰子《やし》の葉が並んだ黒いサーフパンツだ。「あなたのことだから、競泳用水着を買ってくるかと思ったわ」

「勘弁してくれよ」悲しそうな表情を浮かべてジャックスは言った。「本物の男は競泳用水着なんて着ない」

「本物の男はね、胸毛のある胸を叩いて、本物の女の髪をつかんで洞穴へ連れていくのよ」トリーナが言った。

ジャックスはにやりと笑った。「わかった、降参する。ぼくは、競泳用水着は着ない」

「わかったわ。でも、サーファーっぽいあなたもすてき」これは彼女の本心だった。背が高く、肩幅もあるジャックスは、このときサーフパンツしか身に着けていないからだ。トリーナは手を伸ばし、おへその下にきているウエスト部分をつまんではじいた。「特に、この椰子の葉の色があなたの目の色に上手にコーディネートされているわね」

ジャックスは日焼けしてまだらになった髪をかき上げ、虚《うつ》ろな笑みを浮かべた。「かっこいいだろ？　ファッション・コーディネートっていうには、かなり大げさだけどね」

トリーナは高笑いした。「やっぱりあなたには競泳用水着のほうが似合っていたかも。サーフパンツなんかはいたから、もう脳細胞が溶けかかっているじゃない」

ふたりはプールへ向かい、椰子の木陰にデッキチェアを広げた。プールはすいていた。トリーナとジャックスがデッキチェアにタオルを広げている間に、泣きわめく子供を連れてプールを出ていった若い母親と、二十代のふたりの女性だけだ。女性たちは、ジャックスをあからさまな目つきでじろじろと見てきた。たまりかねたトリーナは女性たちをにらみつけ、無言の警告を発した。ふたりは肩をすくめ、トリーナたちが入ってきたときに中断した会話を再開した。

バッグから日焼け止めを取り出そうとしたトリーナの手をジャックスがつかんだ。「プールに入ろう」セクシーな声で言った。「きみの肌に日焼け止めを塗りはじめたら、またきみを部屋に引っ張っていきかねない」

日光に当たって輝いているジャックスの髪と軽く日焼けした肩を眺めていると、トリーナはすぐにでも日焼け止めのボトルを彼に押しつけ、自分のベッドルームへ駆り立てたい気持ちに駆られた。でも、ジャックスとただ遊ぶチャンスがあってもいいんじゃないかしら。セックス以外の面でも気が合うのかどうか、確かめたいわ。トリーナは日焼け止めをデッキチェアの横の小さなテーブルに置いた。「それなら、キャノンボールの腕前を拝見させていただこうかしら」

「なんだ」ジャックスはため息をついた。「しっかり日焼け止めを塗って肌をガードするって言い張るかと思ったのに」ジャックスはトリーナに近づき、彼女の腕を指でなぞった。

「それにしても、本当に繊細な肌だ」

体に震えが走り、トリーナはジャックスに体を寄せた。

小さな声で悪態をつきながら、ジャックスは後ずさりした。「新時代の進んだ若者のふりをするのも、けっこう大変だよ。水が冷たくないことを祈りたい」そう言って大きな歩幅をとって助走すると、プールの端で跳び上がって体を丸めた。体重九十キロを超えるジャックスの体が水面を打ち、思いきり水を跳ね上げた。トリーナが頭のてっぺんから爪先までびしょ濡《ぬ》れになったのはもちろんのこと、少し離れた場所に座っているふたりの女性たちのところにまで水が飛んだ。

ふたりは悲鳴をあげながら立ち上がった。髪や水着に有毒な廃棄物がかかったかのように水を払っている。しばらくするとジャックスが水面に上がってきた。顔にかかった濡れた髪を払っているジャックスを、女性たちは〝スライスして、千切りにして、さいの目にして、プールの底へ沈めてやる〟とばかりににらみつけている。しかし、ふたりの視線などものともせず楽しそうにプールに浮かんでいるジャックスに業を煮やしたのか、荷物をまとめてプールエリアから立ち去った。

ジャックスは、プールから出ていくふたりのこわばった背中とびしょ濡れになったトリーナを交互に見やった。「ほう、ぼくのキャノンボールは思った以上に威力があったらしい」

トリーナは顎を上げて高笑いした。「ええ、とってもすてきだったわ」

ジャックスはとまどった表情を浮かべた。「じゃあ、きみは怒ってないのかい？　濡れてもかまわないのか？」

「だって、そのためにプールに来たんでしょ？」トリーナは大笑いしている。「でも、彼女たちの場合、水着で塩素の入った水にあれ以上近づいたことがないんじゃないかしら」トリーナは目に垂れてきた水を拭《ぬぐ》った。「運が悪かったと思ってもらうよりしかたないわね。でも、もうあなたを変な目で見ることはないわ」

美しい女性に注目されていたと聞き、ジャックスも世の一般的な男性と同様に興味を引かれたらしい。ふたりが姿を消したゲートをちらりと見て、トリーナに向き直った。「彼女たちがぼくを見てた？」

「見てたわよ。でも、おあいにくさま。どちらにしても、ものにするチャンスを逃してしまったみたいだから」そう言うと、トリーナはジャックスのいる場所に向かって飛び込んだ。

ジャックスはトリーナを抱き留めたものの、ふたり一緒に水の中に沈んだ。しかし泳ぎが得意ではないというトリーナの言葉を覚えていたかのように、ジャックスはトリーナを抱きかかえたまま、すぐに水面に浮かび上がった。

トリーナはジャックスの腰に脚を巻きつけ、背中をそらした。「あなたって、すごいのね」トリーナは背中を水につけ、腕を伸ばして浮いている。「プールから人払いする方法をよく知ってたわね。男性のそういうずる賢さが好きよ」

「ぼくの好きなのはきみだ」ジャックスはトリーナのヒップをつかみ、自分のほうへ引き寄せた。「きれいな女性に注目されるのも悪くはないが、きみ以外には興味がなくてね」

「それを聞いて安心したわ。ほかの女性に目移りしているひまなんかないわよ」トリーナは脚をほどき、ジャックスの胸を壁代わりにすると、プールの浅いほうへ向かって泳ぎはじめた。

ジャックスはトリーナのあとを追った。そのあとの二十分間、ふたりはまるで子供のようにはしゃぎ続けた。鬼ごっこをしたり、馬跳びをしたり、互いの脚の間を通り抜けたり、順番に逆立ちをしてふざけ合った。

雰囲気が変わったのはトリーナのこの言葉がきっかけだった。「待って。わたしのほうが上手よ」そして、二度目の逆立ちをした。このときプールの底をダンスフロアに見立てていたトリーナは、手をどこに置こうかということばかり考えていた。目標が定まると、今度は完璧《かんぺき》なフォームを決めることに集中した。コンクリートの底にしっかりと手のひらをつき、足をぴたりと合わせて爪先は真上に向け、背中をわずかに曲げてバランスをとる。そして自分の技術を見せびらかすようだと思いながらも誘惑に負け、脚を広げてスプリットのポーズを決めた。ジャックスの手が太ももを撫でているのに気づいたのと、息が苦しくなりはじめたのはほぼ同時だった。まずは左脚をゆっくりと下ろしてプールの底につけ、そのまま右脚をゆっくり下ろす。次に上半身を起こして、腕を頭の上に伸ばした状態で顔を上げた。「どう?」

ジャックスが歩み寄り、指先でトリーナの喉を撫で下ろした。「きみの体の柔らかさはよくわかった」

熱を帯びたスカイブルーの瞳に見つめられ、トリーナの鼓動が高まっていく。トリーナは締めつけられるような喉の奥から声を出した。「そうでしょ?」

「その柔らかさを見て、考えた」ジャックスはトリーナの耳に口を寄せた。「ホットで、セクシーなことを」ジャックスがささやいた。顔を上げ、トリーナの目を見つめる。「きみがどうしてもプールにいたいというなら別だが、できればそう、三十秒以内にきみの部屋に戻りたい」

トリーナは視線を落とし、ジャックスの喉元を伝い落ちる水滴をじっと見つめた。そして考えるより先に体を寄せて、それを舐《な》め取り、再びジャックスを見上げた。

ふたりのまわりの水が湯になっていないことのほうが不思議なくらいだった。

トリーナはプールの浅いほうのコンクリート製の階段に向かって飛び出した。「先に着いたほうが勝ち！」

その気になればジャックスはすぐに追いついたことだろう。しかし、ジャックスはトリーナのあとをただ追ってくる。追われているという感覚に、トリーナの鼓動はさらに高まっていく。玄関に着いたと同時に、首元にジャックスの熱い息を感じた。もどかしく鍵《かぎ》を開けている間も、ジャックスは首筋をそっと噛《か》んでくる。そしてふたりはもつれるように部屋の中に入り込んだ。

ジャックスは後ろ手にドアを閉めると、トリーナのビキニのひもを緩めた。ビキニの上下がぱちゃっと音をたてて玄関ホールのタイル張りの床の上に落ちた。ジャックスもその場でサーフパンツを下ろし、トリーナをドアに押しつけた。「あの脚技をもう一度見せてくれないか」ジャックスは自分の左肩を叩いて言った。

トリーナはジャックスの胸に脚を当てて、上へ伸ばしていった。やがて脚の裏側がジャックスの胸とお腹《なか》にぴたりと張りついた。ジャックスが激しく息をのむのを感じ、トリーナは笑みを浮かべた。ジャックスの欲望のあかしをお腹に感じたと思ったとたん、ジャックスは膝を曲げ、硬く張り詰めたものをトリーナの深みにあてがった。ゆっくりと彼女の中へ身を沈めようとした。そのとき、トリーナがかすかにひるんだ。

ジャックスは体を離した。「少し急ぎすぎた」

準備が整っていないことを申し訳なく感じ、トリーナは謝ろうとした。しかしジャックスは彼女のうなじを手で包み、親指で顎を持ち上げてから唇に指を当て、トリーナを黙らせた。

「きみが謝る必要はない。先を急ぎすぎるのはぼくの欠点なんだ。興奮しすぎて、つい大切なことを忘れてしまった」そう言って親指を離すと、ジャックスは首を曲げ、トリーナの唇に甘いキスをした。そしてその場でひざまずく。高く上げていたトリーナの脚が折れ曲がり、ジャックスの肩の丸みを帯びた筋肉の上に足の裏がついた。

敏感な場所がジャックスの目の高さにあることに気づき、トリーナは足を下ろそうとした。しかしジャックスはすばやくトリーナの足首をつかみ、肩に置いたまま彼女を見上げた。「落ち着かなければ目を閉じていればいい。でも足は下ろさないで。ゲームの遅れを取り戻さないと」そう言うと視線を下げた。露《あらわ》になったトリーナの秘所を見つめ、首を曲げてキスをした。

唇で軽く触れられ、舌で優しく撫でられただけで、トリーナは思わずのけぞった。体を支えている脚から力が抜け、トリーナは慌てて両手でジャックスの髪をつかんで彼を立たせようとした。「もう十分よ」トリーナが息をつくと、ジャックスは自分の唇を舐めた。

「本当に、十分に遅れは取り戻せたと思う」

「でも、まだ終わってない」ジャックスがつぶやいた。「きみは滑らかで、最高だ。それにしょっぱくて甘くて、味もいい。できれば一日中食べていたいくらいさ」

「もう、どうしたらいいの」ジャックスがやめようとしないので、彼の髪をつかむ手にますます力が入った。やがてトリーナのヒップはゆっくりと揺れはじめ、その直後、今度は全身が震えはじめた。ああ、ジャックス、お願い、どうしよう――言葉はそれだけしか出てこない。

　そしてとうとうトリーナは絶頂を迎えた。

　激しいエクスタシーを感じたあとも、小さな震えが何度も彼女を襲った。やがて快感に力を奪われ、トリーナはドアを滑り落ちた。

　しかし、ジャックスがトリーナを抱き上げ、ベッドルームに向かった。「ドアに寄りかかって愛し合うというぼくの夢はまだまだ終わってないぞ」ジャックスはトリーナをベッドに横たえてつぶやいた。床に脱ぎ捨てたジーンズをつかみ、ポケットを探りはじめる。

「コンドームをどこへ入れたんだっけ？　これじゃあ、ボーイスカウト失格だ。準備がなってない。あった。さあ、これでいいぞ、お嬢さん」ジーンズを放り投げ、ジャックスはコンドームの包みを歯で破りながら後ろを振り返った。しかし、はっとして動きを止めた。トリーナがベッドの反対側へ転がり下りようとしている。「どこへ行くんだい？」

「出入口は玄関だけじゃないの」トリーナは答えた。「もう一箇所、ここにもあるのよ」

自分の大胆さに胸をときめかせながら、トリーナはそのドアを閉めてもたれかかると、ゆっくりと右脚を頭の上へ上げていった。カレンダーガールのまねをしている頭の変な女に思われないといいけど……。

だが、ジャックスの満足げなため息を聞いたとたん、そんな不安はすぐに消え去った。

「これは驚いた」ジャックスは大股《おおまた》で部屋を横切ってトリーナのところへやってきた。トリーナの顔の両側に手をつき、体をぴったりと重ねた。玄関のときと同じように。ジャックスはトリーナをじっと見つめた。「きみほどセクシーな女性には会ったことがない」

「あなたのおかげよ。ほかの男性ではこんなふうに感じないもの」

ジャックスはぴたりと動きを止めた。そして、まるでただし書きの存在を探すかのようにトリーナの瞳を見つめた。「本当かい？」

トリーナは息をのみ、うなずいた。

漠然とした何かが、ジャックスの瞳の奥で光った。「亡くなったご主人とも？」ジャックスは苦虫を噛みつぶしたかのように顔をしかめ、首を横に振った。「すまない。ぼくには関係のないことだ。すんでしまったことなのに。大事なのは、今、ここに、きみとぼくがいることなのだから」そう言うとジャックスは、トリーナの目にかかる乾いてカールした髪に優しいキスだった。唇を離したジャックスは顔を低くしてトリーナにキスをした。優しいキスだった。唇を離したジャックスは、トリーナの目にかかる乾いてカールした髪に指を引っかけ、今にも爆発しそうとトリーナ自身も恐れるほどボリュームのある髪の中へ押しやった。髪の赤いフランケンシュタインの花嫁――トリーナはふと、そう思ったものの、いつもほど楽しい気持ちにはなれなかった。ジャックスの瞳にすっかり心を奪われていたからだ。

コンドームを手渡され、トリーナはジャックスの高まりにそれを装着した。ジャックスは膝を曲げ、トリーナの中に身を沈めた。

「ああ」祈るようにジャックスはつぶやいた。ゆっくりと、優しく、腰を動かす。「ぼくにとってきみは、クリスマスプレゼントと少し早い誕生日プレゼントを一緒にもらったようなものだ」

自分の中でますます張り詰めるジャックスを感じ、トリーナは息をのんだ。「誕生日が近いの？」

ジャックスはうなずいた。膝を曲げていったん腰を引いたあと、いっそう深く彼女の中へ入り込んだ。

体の芯《しん》を刺激され、トリーナは虚ろだった。しかし、しばらくすると無理やり目を見開いた。息も絶え絶えに、トリーナが尋ねた。「いつ？」

「何？」

「誕生日はいつ？」

「もうすぐ」ジャックスは喉の奥で低い声を出し、両手でトリーナの頭を挟んだ。指を髪にくぐらせてうなじに当て、親指はトリーナの頬を撫でた。世界一はかないものを扱うかのようにそっとキスをしながら、ゆっくり腰を動かし続けた。しかし、物憂げなムードは徐々に性急なものに変わっていく。

そしてとうとう熱情の炎がふたりを包み込んだ。

ジャックスの突きは回を追うごとに激しさを増していった。トリーナの体の中の圧力が高まっていく。

そしてついに爆発した。

トリーナは歓喜の声をあげた。激しいエクスタシーが襲う。火花が飛び散り、コントロールを失った消火ホースに叩きつけられたような感覚を覚えた。トリーナの喉からこぼれ出た金切り声は、ぴったりと重ね合わされたジャックスの口の中に吸い込まれていった。ジャックスが胸の奥でうなり声をあげた。同じく絶頂を迎えたジャックスはトリーナを床から抱き上げた。トリーナはジャックスの肩をつかみ、支えを失った脚を彼の腰に巻きつけた。

ジャックスは重ねていた口を離すと、片方の手でトリーナの髪をつかみ、もう一方の手を彼女の喉に当てた。「ああ、トリーナ」ジャックスは、彼女の口から数センチも離れていない場所であえいだ。「ぼくの最愛の人。きみのことしか考えられない」

ジャックスは瞳を曇らせ、まるで足元を地獄の炎の熱に舐められたかのように低く、長いうなり声をあげた。だが、体の奥でジャックスの脈動を感じたトリーナには、彼が苦痛を感じているわけではないことはわかっていた。トリーナはジャックスの肩に頭をもたせかけ、彼のにおいと自分のにおい、そしてそれらが合わさったにおいを吸い込んだ。そしてトリーナをドアに押しつけてもたれかかってきたジャックスを、トリーナは抱きしめた。そしぼくの最愛の人。

きっと単なるサービストークよ。そう思いつつ、トリーナはその言葉を自分の胸でしっかりと受け止めた。それまで誰かの〝最愛の人〟になったことは一度もなかったからだ。世界中で誰よりもトリーナを大切にしてくれたビッグ・ジムでさえ。ビッグ・ジムにとってトリーナは、友人たちと対等に付き合うための道具のようなものだった。彼にとって大切な心のパートナーは、最初の奥さんだけだもの――トリーナはそう確信していた。でも、ジャックス・ギャラガーは、わたしのことを〝最愛の人〟と呼んでくれた。

それが彼の本心かどうかはわからない。ただ、これほど満ち足りた気持ちになったのは、それまで生きてきた中で初めてのことだった。

17

ぼくは大ばか野郎だ。スタジオの壁にもたれ、トリーナが踊っているのをじっと眺めながら、ジャックスは彼女の動きをじっと目で追った。その間も、いつもは軽快に働く頭を駆使し、自ら作り出した苦境を脱する方法を考え出そうとしている。だが、何も浮かばない。トリーナが真実を知ったとき、ぼくはどうすればいいのだろう。いつまでも隠し通せるものではない。それはよくわかっている。やっぱりぼくはどうしようもない男だ。

トリーナは、ハイキックからクロスオーバー、そしてゆっくりしたセクシーな動きに入った。これが、彼女が言っていたステップ・ボール・チェンジなのだろう。残念なことに、ジャックスの質問にいちいち答えていると踊りに集中ができないと、そこまでしか教えてもらえなかったのだ。それよりも、自分が陥った皮肉的状況を抜け出す方法を考えなければ。ジャックスは、それまでひとりの女性と深い関係になったことはなかった。ないわけではないが、一晩か二晩だけの短い関係にすぎなかった。それでも、嘘《うそ》をついて近づいたことはなかった。それなのに、嘘をついて自分から近づいた初めての女性と気が合い、あっという間に意気投合してしまうなど、どうして予想できようか？　彼女は自分の家族について恐ろしいほど正直に語ってくれた。だが、ぼくが話したのは真っ赤な嘘ばかり。ぼくは大嘘つきだ。

いったいどうしたらいいのだろう。

ジャックスは、彼女のことを知るまで信じていたように、彼女を金が目当ての男たらしだと思おうとした。そうすれば、自分の卑劣さをそれほど感じなくてもすむかもしれない。彼女のことは好きだし、この先もずっと彼女と一緒にいたいと思っている。だが、やはり彼女からサインボールを取り返さなければならないことに変わりはない。

問題は、自分の腕の中にいるときのトリーナを知りすぎてしまったことにある。愛し合ったときに彼女が見せてくれたあの喜びようは、もう脳裏に焼きついて離れない。まるで、これまで誰も彼女を心から喜ばせたことがなかったかのようだった。彼女の内なる熱を感じ、滑らかであると同時に自分を締めつけてくれる感触もたっぷりと味わうことができた。彼女が満足したときに発したあの歓喜の声もこの耳で聞くことができた。

彼女が今度のオーディションに失敗しても、あのサインボールがあれば、売ってスタジオを買う資金を作ることができることもわかっている。優美で滑らかな練習ぶりを見ているかぎり、とても失敗するとは思えないが、実際にやってみなければ結果はわからないという不安はジャックスにも理解できた。

音楽が止まった。しばらくすると、ジャックスが座っている場所へトリーナがやってきた。小さなタオルで喉と胸を伝う汗を拭《ぬぐ》いながら、トリーナは膝を開いてスクワットをしてみせた。トリーナの満面の笑みに、ジャックスの目がくらむ。心臓が激しく鼓動し、胸板を内側から叩《たた》いた。

「もう、最高の気分よ。こんなにリラックスして練習できたのは、この数カ月で初めてだったわ」トリーナはしゃがれ声で笑いながら、ジャックスの太ももを指で撫《な》で上げた。「セックス療法がこんなに効くなんて知らなかった。もっと早くから始めておけばよかった」

「いや。たぶん、効果はなかっただろうね」ジャックスは軽く言い返した。「ぼくだからこそ、効いたんだ」ジャックスは落ち着いてはいたものの、彼女が自分以外の男とベッドに入っているところを想像したとたん不愉快な気分になった。どう考えても気に入らない。ジャックスは壁にもたれたまま背筋を伸ばした。「トリーナ、きみが開きたいって言っていたスタジオのお金だけど、少しは貯《た》まっているの？」

いきなり話題が変わったせいで、トリーナは驚いた顔をした。しかし、すぐにまじめな表情を浮かべ、ジャックスの前に座り込んだ。「ええ、貯めたわ。利子も入れると、六万ドルぐらいあったの」

よかった。たとえぼくが裏切ったとしても、彼女は一文無しになることはない。しかし、ふと彼女が過去形を使っていたことに気づいた。「あった？」

トリーナは肩を一方だけすくめてみせた。「先日、話したでしょ？　ビッグ・ジムの看護代に使ったの」

くそっ！　なんてことだ！　ジャックスは、ますます窮地に追い詰められていく気がした。「二十四時間看護だったのか？」

「いいえ、そこまで余裕はなかったわ。わたしが眠っている深夜だけ、看護を頼んでいたの」

昼間はトリーナが面倒を見ていたというのか？　オーケー、解決策がひとつある。彼女からサインボールを買い取るんだ。それでいいじゃないか。もともとそのつもりだったのだし、それがお互いにとってベストな策のはずだ。彼女はスタジオを買うための現金を受け取り、自分は骨を折られなくてすむ。

だが、ダイヤのネックレスさえ進んで受け取ろうとしなかったトリーナが、大量の現金を素直に受け取るだろうか？　ジャックスは、自分を信頼しきって微笑《ほほえ》んでいる、トリーナの琥珀《こはく》色の目を見つめた。困ったことになったぞ。

いったいどうすればいいのだろう。

プールから上がろうとしたエレンは、タオルを置いたデッキチェアに座るマックの姿をえないリズムを刻みはじめた。そんな心臓の動きが水着を通して見えていないことを、下を向いて確認したい。そんな気持ちをこらえるのが精いっぱいだ。エレンはゆっくりと深呼吸し、水から出た。

マックがタオルを持って立ち上がり、エレンのほうへ向かって歩いてきた。いつものカーキ色のズボンに、チョコレート色のポロシャツ姿である。ふと、服を着ているマックに対し、自分が水着しか着ていない半裸であることに気づき、落ち着かなくなった。タオルを受け取ってすばやく腰に巻きつけ、お腹《なか》と、決して美しいとはいえない太ももを隠す間も、マックはじっとエレンを見つめ、彼女の体全体に視線を走らせている。

しかし、どこか満足げなマックの焦茶色の目を見せられると、悪い気はしない。「その水着、なかなかいいじゃないか」マックが言った。

エレンはえんじと黒のワンピース水着を見下ろし、にっこりと笑った。「すてきでしょ？　一目見て気に入ったの。チェックをパスしたときはすごくうれしかったわ」

マックは不思議そうに首を傾けた。「チェック？　なんのチェックをするんだ」

「背中がまくれないかとか、前があきすぎないかとか、ストラップが肩からずり落ちてこないかとかを確認するの。デッキチェアで横になっているだけならどんな水着でもいいけど、泳ぐとなるとそうはいかないわ。けっこう厳しい基準が必要なのよ」今着ている水着はエレンの設けた基準にぴったりとはまったうえ、奇跡としか言いようがないほど、彼女に似合っている。

マックはじっとエレンを眺めた。「若い娘のように頬が赤らんで見えるのもいい」

エレンはうれしくてますます頬を赤くした。「まあ、ずいぶん口がうまいのね。そんなにお世辞が上手だとは知らなかったわ」

「これまでは、悪い面しか見せたことがなかったからな」マックは素直に認めた。「でも、これからは態度を改める。信じてくれ」マックの笑顔に、エレンは心臓が止まりそうになった。「それで、まだ怒っているのか？」

「当然よ」そうは言ったものの、実はエレンはそれほど腹を立ててはいなかった。気分が落ち着いてからゆっくりと考えると――それに先日、突然、部屋を訪れた彼の態度を考え合わせても――〝マックはあなたに気があるのよ〟というトリーナの言葉が本当だったようにに思えたからだ。

そう考えると、ばかみたいに速い胸の動悸《どうき》がいっそう激しくなっていく。

「立ち入った話を聞いてしまったことは心から申し訳ないと思っている」マックは低いしわがれ声で、神妙な口調で言った。「でも、本当に盗み聞きするつもりなどなかったんだ」

エレンはうなずいた。「あなたを信じるわ」

「本当か？」

「ええ。何事にも率直なあなたが、わたしの周辺を嗅《か》ぎ回ってやましい秘密を探ろうなどとするはずがないもの」

　マックはまたにっこりと笑った。「ほかにも何か秘密があるのか？」

　エレンはマックを軽くにらみつけた。「実はあるのよ、それはね……なんて、わたしが言い出すと思う？」

「酒を飲ませたらどうだ？　ひょっとして聞けるんじゃないのか？」

「あなたって、本当に愉快な人ね」ちっとも愉快そうには聞こえない口調でエレンは言った。しきりに動くマックの眉毛を見て吹き出しそうになるのをこらえているせいだ。

　するとマックの眉毛が止まった。今度はいぶかしげに眉をひそめている。「愉快なのは、おれにはなんの関係もないと言いたいからなのか？　それとも、おれには話すつもりがないからなのか？　どっちだ？」

「お好きなほうをどうぞ」

「わかった。じゃあ、おれには関係のないことだからということにしておこう。そこで頼みがあるんだが、あんたの秘密を無理に聞き出そうとしないことを約束したら」マックは喉を赤らめ、咳払《せきばら》いした。「月曜の夜、一緒に食事に行かないか？」

　まあ、珍しい。この人がそわそわしているなんて。エレンはそんなマックを見るのがうれしくて、一瞬返事をためらった。若い娘に戻ったような浮かれた気持ちを押し隠し、適度に落ち着いた笑みを浮かべる。「喜んで」

「本当か？」エレンが誘いを受けてくれたことがいかにもうれしそうに、マックは笑った。さっと手をこすり合わせると、続けて尋ねた。「何が好きだい？」

「あら、そうねえ。なんでも好きよ。ただし、インド料理はちょっと。カレーはあまり好きじゃないの」

「わかった。おれは基本的に肉とポテト、というタイプなんだが、イタリアンや中華も好きだ」自分の好みがいかにも庶民的だと思われることを心配したのか、慌てて言い添えた。

「それなら、適当な店を探して、予約を入れておくよ。時間は七時でいいか？　それとも八時？」

「もしよければ、少し早めがいいわ。あまり遅い時間には外出しないの。六時半くらいまでに食事を始めないと、機嫌が悪くなるのよ」

マックの目が輝いた。「あんたはやっぱりおれの心にかなう女性だ。おれも六時に食べたいんだが、あんたはもっと遅いほうがいいんじゃないかと思ったんだよ」

「いいえ、ウィンストンと一緒に慈善パーティーに出席するたびに問題になったのがその点なの。ああいうパーティーに出席する人たちは、食事の時間がすごく遅いでしょう。やっと食事ができるころには、すっかり施しの気持ちなんてなくなっているの」マックの笑い声に満足して、エレンは満面の笑みを浮かべた。

マックが後ずさりして、ポケットから手を出した。「それじゃあ、今からどこかのレストランに予約を入れてくるよ。明日の五時半に迎えに行く」

マックの後ろ姿をエレンはじっと見つめた。後ろ姿がとてもすてきだわ。あの年齢にしてはびっくりするほど体が引き締まっているし、背が高すぎないところもいい。身長が百八十センチもある人を見上げて首の筋を違えるなんてもうこりごり。

エレンはこぶしを胸に当てて、鼓動の高まりを抑えた。デートですって。デートなんて一九七五年以来だわ。それにしても、いったい何を話せばいいのだろう。共通の話題なんて何もないのに。

もちろん、トリーナとカーリーのことが大好きだということだけは一致しているわ。それでも彼女たちの話でどこまで会話が続くかしら？　そうよ、まあ、どうしましょう。これまでふたりの間を取り持ってくれていたトリーナやカーリーのいないところで、マックとふたりきりで数時間を過ごすなんて。エレンは急に不安を覚えた。

とはいえ、これほどわくわくした気分を味わったのもエレンにとっては久しぶりのことだった。


やっぱり間違いないわ、とトリーナは思った。その夜、ジャックスに肩を抱かれてポーカー・トーナメントの会場に足を踏み入れたトリーナは、自分がＶＩＰになったような気がしていた。それまでトリーナは、どんな場所へ行っても自分の同伴者の地位や立場など気にしたことはない。だが、今回ばかりは様子が違った。ゲーム会場である〈ベラージオ〉のボールルームを進むうち、いやがおうでも認めざるをえなくなったのだ。ジャックスがこの場所ではかなりの有名人であることに。いや、有名人どころか、スター扱いと言ったほうがいいかもしれない。ふたりが通り過ぎるたびにあちこちでジャックスの名前がささやかれているのが耳に入ってくるのだから。いよいよジャックスのプレーが見られるという期待もあり、トリーナの興奮はますます高まった。今夜のトーナメントが終わるまではいられないが、ショーの準備に〈アヴェンチュラト〉に向かうまで、しばらくの間は観戦していられる。

トリーナは肘でジャックスの脇《わき》を突いた。「あなたって、かなり大物だったのね」

ジャックスは口角を下げ、控えめに笑みを浮かべた。「かぎられた世界の中だけさ」

「それは謙虚だこと。わたしのことを忘れたら承知しないから」

「ぼくは、きみがそばにいてくれればそれでいい」ジャックスが顔をしかめたのを見て、トリーナは笑った。

「こんばんは、ジャックス」官能的な女性の声がして、ふたりは足を止めた。トリーナが振り向くと、ひとりの美しい女性が歩み寄り、ジャックスに物問いたげな視線を送ってきた。

ジャックスは〝いったい誰だろう〟と言わんばかりに肩をすくめた。

その小柄な女性はブロンドで、スタイルも悪くない。胸元が深くて真っ赤なスパンデックスのホルタードレスを着ている。超ミニでお色気はたっぷりだ。ふたりに近づくと、トリーナの存在を無視して喉を鳴らすようにジャックスに話しかけた。「シャロンよ。大ファンなの」

「それはうれしいね」ジャックスは軽く答えた。「ポーカーはすばらしいゲームだよ」

「あなたはすばらしいプレーヤーだわ」女性は手を伸ばし、ジャックスのジャケットの折り襟をマニキュアで彩った指で撫でた。

トリーナはあっけにとられていた。信じられない！　この人、わたしの姿が見えていないの？

ジャックスは大丈夫とばかりにトリーナの肩をつかむ手に力をこめると、体を引いた。女性は手を脇へ下ろした。しかし、まるで気にならない様子でジャックスを見上げて微笑む。「サインをいただける？」

「もちろんです」トリーナから腕を離し、ジャックスはジャケットの内ポケットに手を入れて黒いペンを取り出した。女性を見つめ、尋ねる。「メモ帳か何かお持ちですか？」

「いいえ。でも、ここへお願い」そう言うと女性は自分のうなじに手を伸ばしてホルタートップのフックをはずした。さらに右側のストラップを下ろして、こともあろうに乳房を露《あらわ》にした。通りかかった男性が、同じグループのドリンクを持ったまま立っている別の男性に耳打ちをしているのが見えた。どちらも女性の官能的な肌をぽかんと見つめている。

「それはまずいですね」ジャックスはボールペンのペン先をしまいながら、冷ややかに言った。「ご覧のとおり、ぼくには連れがいますから」

ブロンドの女性はトリーナにちらりと目をやって肩をすくめ、何事もなかったかのようにホルタートップのフックをかけ直した。バッグの中からカードキーを取り出し、シルクのポケットチーフが入っているジャックスの胸ポケットに滑り込ませた。「水曜日までこのホテルにいるわ。飽きたら来てちょうだい。一二一八号室よ」そう言ってトリーナを見やった。「よかったらお連れの方もご一緒にどうぞ」

「なんで……」トリーナは文句を言おうとしたが、女性はすでにきびすを返し、ヒップを揺すりながら立ち去っていく。まるでダンスでも踊っているみたいだとトリーナは思った。女性の姿が見えなくなったところで、顔から嫌悪の表情を消しつつ、ゆっくりとジャックスを見上げた。ふと、少し前に聞いた〝きみがそばにいてくれればいい〟というジャックスの言葉が冗談には思えなくなった。

小さな町で育ったせいで、わたしは頭が固いのかしら。いいえ、そんなことはないわ。今のブロンド女性の態度は、ラスベガスといえどもやりすぎに決まっている。「ねえ」トリーナは咳払いした。「今の、興味深い経験だったわ。ああいうことは頻繁にあるものなの？」

「これまでも数回、ルームキーを渡されたことはある」当たり障りのない答えだった。「でも、あそこまで露骨な女性は初めてだ」ジャックスはトリーナを抱き寄せ、もう一方の手の親指でトリーナの眉間《みけん》のしわを撫でた。「いやな思いをさせたね」

釈明を求めたい気持ちはあったが、トリーナはとりあえず譲歩することにした。そして、顔をしかめて言った。「あなたが誘ったわけじゃないもの。でも、ああいうのは初めての経験だったから」トリーナはジャックスをじっと見つめた。「あなたの違う面が見られたって感じ」

今度はジャックスが顔をしかめる番だった。「それはうれしいね」

ジャックスがその気にさえなればいくらでも女性とベッドをともにすることができるという事実に改めて気づいたトリーナは、ふと愛し合っている最中に彼が口にした言葉を思い出した。「そうそう、誕生日が近いって言っていたわよね？」

ジャックスは、まるでトリーナが突然スワヒリ語で話しはじめたかのように、ぽかんとして見下ろした。「ルームキーを受け取る話から、ぼくの誕生日の話にいきなり飛ぶんだね」

「いきなりでもないわよ。大きな金色のリボンに包んだ自分の身を捧《ささ》げようとする彼女を見て、プレゼントみたいって思ったの。そうしたら、思い出したのよ。誕生日が近いってあなたが言ったこと」

「きみは恐ろしい女性だ、トリーナ・サーキラティ」

「マコールよ」トリーナは訂正を求め、にやりと笑った。「でも、お褒めをいただいて光栄だわ。ありがとう。それで、誕生日はいつって言っていたかしら？」

「言ってない」

「じゃあ、今がいいチャンスよ。教えてくれたら、盛大なパーティーを開いてあげる」

「いや、遠慮しておく」ジャックスはいかにも恐ろしそうに肩を震わせた。「そういうたぐいのことはあまり好きじゃないんだ」

「それなら、招待するのは親しい友人だけにするわ」

ジャックスは、トリーナの上腕を手のひらでさすった。「できれば開いてほしくない」

「わかったわ」トリーナはため息をついた。

ジャックスはかすかに笑みを浮かべた。ふたりは再び歩きはじめた。しかし急にトリーナが足を止めたので、ジャックスはトリーナの左肩を抱いたまま勢いあまってくるりと半回転し、彼女と向かい合わせになった。トリーナはにっこりと微笑むと顔を近づけてジャックスの滑らかな頬にキスをし、それから耳元でささやいた。「じゃあ、誕生日にわたしをデートに誘ってちょうだい。とびっきりの贈り物をするから」ジャックスの心がわずかに揺らいだのを感じ、トリーナは口の端を上げてかすかに笑った。

「それはそそられる話だ」ジャックスは正直に答えた。後ろへ下がり、トリーナの腕をたどって手を下ろすと、彼女の手を握りしめる。「でも、ハニー、すでに〝とびっきりの贈り物〟をいくつももらっているじゃないか。それだけで、ぼくの心は今にも爆発しそうだ」

彼女にビッグ・ジムの息子であることを悟られるわけにはいかない。そのために秘密をたっぷりと抱えなければいけないことが、これほどつらいとは。ジャックスが一生、誕生パーティーをする気がなくなったのは、父親のせいであるという事実もそのひとつだ。ビッグ・ジムはとにかく凝りに凝ったパーティーを開くのが好きだった。だが、それは本当は、ジャクソン・マコールのためではなく、ジャックスを父親の理想にかなった息子にするために開いたパーティーにすぎなかった。

もっとも、秘密を持つのも悪いことばかりではない。トリーナがなんとかして誕生日を聞き出そうとするところを見ているのは愉快だった。それまで考えもしなかったが、彼女と一緒にいるだけで、自分が幸せを感じることにようやく気づきはじめたのだ。

だが、いよいよトーナメントが始まろうとしている。これ以上、余計なことを考えている余裕はない。「もう行かないと」トリーナの琥珀色の瞳と温かな笑み、それに派手にカールした髪をじっと見つめたまま、ジャックスは言った。「幸運のキスをしてくれないか」

トリーナはさっとジャックスの肩をつかみ、唇に温かいキスをした。ジャックスはトリーナの甘さと熱っぽさの中に身を沈めた。その心地よさに、危うく自分のいる場所と、そこにいる理由を忘れそうになった。幸いなことに、ジャックスが手近な壁にトリーナを押しつける前に、彼女のほうから身を引いてくれた。

トリーナはジャックスがキスに夢中になってしまっていたことに気づいた様子はない。にっこり微笑むと、腕を伸ばして彼の唇から自分の口紅を拭《ふ》き取った。「がつんとやってきてね、カウボーイ」トリーナは小声でささやき、ジャックスの手に鍵《かぎ》を押しつけた。「今夜の試合に勝ったら、わたしの部屋に来て」そう言うときびすを返し、ジャックスが教えた観客席のほうへ向かって歩いていった。

ジャックスは呆然《ぼうぜん》としたまま、自分の席が表示されているリーディングボードに向き直った。

慌てて気持ちを立て直そうとしていると、自分と同じテーブルでプレーする選手の中にセルゲイの名前があるのに気づいた。すばらしい。今日のゲームだけは負けられない。万が一負ければ、いよいよサインボールを引き渡さなければいけなくなる。息を吐きながら手を振り、テーブルを捜し出して椅子に腰を下ろした。

だがすぐに立ち上がり、観客席に近づいてトリーナの姿を捜した。すぐに見つかり、彼女に近づいた。トリーナの手を取って立ち上がらせる。「どうも思い違いをしていたらしい」ジャックスはトリーナの手を引いてトーナメントルームの中を歩きながら言った。

「今日はまだ最終戦じゃない。つまり、観客席から見る必要はないんだ。きみがよければ、ここに立って見ていることもできる」ジャックスは自分の椅子の後ろを示した。「このほうがもっと近くでじっくりと試合の様子が見られる」

トリーナはうれしそうに笑い、それから周囲を見回した。「あなたも座ったほうがいいわ。みんなもう席についているじゃない」小声でささやいた。

「ああ。じゃあ、またのちほど。きみの部屋で会おう」ジャックスはトリーナに鍵を手渡されたことの意味をはっきりと理解していなかった。

「ええ。さあ、行って！」

ジャックスが席についたと同時に、最終アナウンスが流れた。ほかのプレーヤーにうなずいて合図しながら、ジャックスは緑色のフェルトのにおいを嗅いだ。ゆっくりと息を吸い込み、自分の領域を定めるためにチップを積み上げる。

ゲームが始まった。カードを配る人《ディーラー》の位置を表すディーラーボタンは、ジャックスの右に向かってふたり目のプレーヤーの場所に置かれていた。この大会ではゲームに参加しない専属のディーラーがいるので、このボタンはあくまでもディーラーのポジションを示すためのものだ。つまりジャックスは〝ビッグブラインド〟のポジションにいることになる。サングラスをかけ、雑念を払って気持ちを集中させた。ジャックスのいる〝ビッグブラインド〟と、ジャックスとディーラーに挟まれた〝スモールブラインド〟は、そのテーブルでは最も不利なポジションだ。ジャックスとその右隣のプレーヤーは、最初の賭け金《ポット》を形成するために、引いたカードに関係なく、それぞれ六千三百ドルをベットしなければならない。

スタートはさえなかった。最初の三枚《フロップ》を返してみても、状況は変わらない。前日の勝ち分が蓄えになっていることに感謝しつつ、ほかのプレーヤーの様子をうかがった。

セルゲイとベン・ジャノーのふたりとはプレーをしたことがあり、手の内はよく知っている。しかしディーラーポジションの男のことはよく知らない。男の喉が脈を打っているのは、手《ハンド》がいいせいなのか、それとも虚勢を張っているだけなのだろうか。U字形のテーブルのもう一方の端に座っている女性のこともずっと観察しているが、ベットする前にブレスレットを指で触る癖の意味はまだわからない。

結局ジャックスはそのゲームを落とした。だが、うれしいことに何人かのプレーヤーの癖を読み取ることはできた。次のプレーに備えてベットし、椅子に座り直したジャックスは、もうゲーム以外のことは考えられなくなった。自分の背後で見ているトリーナや見物人たちのことはすっかり脳裏から消え去った。会場の喧騒《けんそう》もいっさい耳に入らない。

そこにあるのはジャックスとゲームだけだった。

18

「あなたにも見せたかったわ、カーリー」その晩、楽屋でトリーナは言った。ライトのついた鏡に身を寄せ、最初の曲で使う背の高いヘッドピースを慎重に頭にのせる。「わたしが見ていた間だけでも、一度に十三万ドルくらい賭《か》けられていたわ。もちろんゲームが進めば賭け金はもっと上がっていくでしょうね。ああ、わたしが帰ったあと、ジャックスはどうしたかしら。彼のチップはあのテーブルの中でも、特に高く積まれていたのよ。わたしの隣にいた男性に教えてもらったんだけど、最初は全員が同じ額からスタートするんですって。だから、テーブルに積まれているチップの量が多いほど勝っているってことなの」

「なるほど。ジャックスとはストリップポーカーはしないほうがよさそうね」カーリーはそっけなく言った。

トリーナは笑った。「たぶんね」だが、負けるたびに衣服を一枚ずつ脱いでいく様子を思い浮かべたとたん、体の奥の温度が少しだけ上がった。「でも、意外と楽しいかも」そう言ったとたん、その日のゲームが始まったときの様子を思い出し、顔をしかめた。「ただ、ジャックスは最初のゲームを落としたの。隣の人が言うには、彼がなんとかっていうルールのせいで不利なポジションにいたからしいわ。あまりよく聞いてなかったんだけど、そこのポジションにいるプレーヤーは、いつもならすぐに放棄するようなカードが配られても、お金を賭けなくてはならないらしいの」トリーナは肩をすくめた。「ただ、ゲームごとにポジションは変わるみたい。ややこしくてわたしにはさっぱりだけど。ボタンだとかディーラーに関係があるとかなんとか、って言っていたわ。チップの動きが気になってあまり聞いてなかったのよ。でも、ジャックスの姿はあなたに見せたかった。マフィアのボスか何かみたいにサングラスをかけて座っていたわ。氷山みたいに冷静で、身動きひとつしないの」トリーナは眉を寄せた。「あら、たとえが変だったかしら？　学生のころから、どうも国語は苦手なのよね」

「そういうことはエレンに訊《き》いてちょうだい」

「でも、わたしの言いたいことはわかるわよね？」

「もちろん」カーリーは取り澄ました顔でうなずいた。「彼に見とれてたってことでしょ？」

「ほれぼれしちゃったわ。だからストリップポーカーも悪くないかも、って思ったの」カーリーに体を寄せ、トリーナは声を落とした。「時代遅れかもしれないけど、着ているものを脱いでぼくの言うとおりにしろ、ってわたしに命令する彼の姿が頭に浮かぶのよ」トリーナはふっと息を吐き出し、顔を手であおった。ステージ用の派手なメイクにもかかわらず、頬が赤らんでいるのがはっきりと見える。「いやだ。わたしったら何を言っているのかしら。信じられない」信じられないのはそれだけではなかった。ついこの間までセックスなんてくだらないと思っていた自分が、ジャックスにセクシャルな要求をされるのを想像しただけで、脚の間がこわばってしまうのだ。それほど過激なシナリオを思い描いているわけでもないのに……。トリーナは自分の心境の変化に改めて気づいた。

「いいじゃない。あなたにはその夢を実現させるチャンスがあるんだから」カーリーが悔しそうに言った。「今なら、ろくに口もきかずにありきたりのセックスしかしない男でもかまわないのに」

「新しいお隣さんとうまくいくかもしれないじゃない。わたしの記憶が正しければ、彼は、ハンサムという言葉は当てはまらないにしても、あなたの好きな〝男性ホルモンを持ってる〟タイプであることには違いないわ」

トリーナの説明にカーリーはにやりとしたが、残念そうに言った。「無理ね。セックスの相手が隣に住んでいれば便利だろうけど、ああいう警備員タイプは一般市民とはしないものよ」不満げだったカーリーが急に口調を変えた。「でも、だからどうだっていうのよ。わたしは細かいことをあれこれ言わない男を見つけないといけないの。ここのところ、生活がマンネリになってたわ。それだけのことよ。けど、そろそろ抜け出さなくちゃね」カーリーはいかにもドラマチックなメイクを鏡でもう一度、見直した。背の高い髪飾りと派手な尾羽根を着けた脚の長いカーリーが立ち上がった。「今夜は無理でしょうし、残念ながら明日というわけにもいかないかもしれないけど、近いうちに、必ずこのマンネリ生活から抜け出すわ」

「そうね、あなたの日照り続きの毎日も、もうすぐ終わるわよ。そんな気がする」トリーナは優しく言った。

カーリーはトリーナに向かって投げキスを送った。「あなたの言葉が神様に届くことを祈るわ」


ジャックスは夜中の十二時前にトリーナのコンドミニアムに入った。「トリーナ？」そっと呼んだ。「帰ってるかい？」

返事はない。

ベネチアン・ブラインドを通して差し込み、フローリングの床に白黒の縞《しま》の影を映している月明かりを頼りに、ジャックスは家の中を一巡してみた。別の部屋にいて、声が聞こえなかったのかもしれない。しかし、やはりトリーナの姿はなかった。ジャックスはリビングに戻った。また彼女の部屋でひとりきりになるチャンスが巡ってきた。ずる賢い男なら、さっそくサインボール捜しを始めるところだろう。

しかしジャックスはソファに腰を下ろした。背もたれに腕をかけ、両脚を前に突き出して部屋を見回す。月明かりだけだとずいぶん様子が違って見えるものだな。色がついているのは、カウンターに置かれたティファニーのランプの光でうっすらと照らされている、果物を入れたカラフルな磁器のボウルくらいだ。いつもは明るい色調に囲まれたトリーナの部屋がすっかり色を失い、その代わりに銀色の光を放っている。どれもが同じ色で、ひとつひとつの見分けがつかない。以前なら、間違って他人の家に足を踏み入れたかと思ったことだろう。

もちろん、今はそんな心配はない。あとは、この座り心地のいいソファから腰を上げて、いまいましいサインボール捜しを始めるだけだ。

いや、もう少し計画を練らなければ。

だが、ソファから立ち上がるよりも早く、外の廊下からトリーナとカーリーの笑い声が聞こえた。その瞬間、ジャックスの心臓が飛び上がった。

驚いたのは、サインボール捜しをやめたのは正解だったと思ったせいだ。ジャックスは自分にそう言い聞かせた。トリーナが帰ってきたのに気づかずに、彼女のものをあさっているところを見つかったら、二度とサインボール捜しなどできなくなるじゃないか。

ジャックスは、鼻を鳴らして笑った。まったく、ぼくはどうしようもない男だ。

カーリーの声が遠ざかっていく。部屋のある上階に向かって階段を上っていったに違いない。しばらくしてトリーナが部屋の鍵《かぎ》を差し込む音がした。

「おかえり」ジャックスはそっと声をかけた。トリーナがきゃっと声をあげるのを聞いて、ジャックスは笑みを浮かべた。

トリーナが戸口に現れた。にっこりと笑っている。「もういたのね。わたしのほうが早く家に帰れたと思ったのに」

家。聞いただけで腹の中に何かがぐっときた。自分に家と呼べる場所があったのは、いつのことだろう。だが〝何か〟の正体を突き止める余裕はない。自分の気持ちを問い詰めたいという欲求を押しやり、トリーナに笑い返した。「ああ、そうだろうと思った。驚かせてすまなかったね。きみがここへ入ってきて、ソファに男の影を見つける前にぼくの存在を知らせておきたかったんだ」

トリーナはジャックスに歩み寄り、馬に乗るカウガールのように足を振り上げてジャックスの膝にまたがった。体を揺すって座り心地のいい場所を探り、こわばりはじめたジャックスの股間《こかん》に腰を落ち着ける。「どうかしら。あまり影らしくはないわね。ちゃんと実体があるもの。それで、暗闇《くらやみ》の中に座り込んで何をしていたの？」

「ゲームで使った頭を休ませているんだ」

「そうだったわ」トリーナが背筋をまっすぐに伸ばしたせいで、脚の間の柔らかな部分がジャックスのこわばった股間にさらに密着した。ジャックスはうなり声をあげた。「真っ先に訊くつもりだったの。だけど、近ごろは気がそれてしまうことが多くて。たいていは、これのせいだけど」トリーナは脚の間に手を伸ばし、ジャックスのジーンズの盛り上がりを軽く撫《な》でた。そしてすぐに手を離す。「わたしが帰ったあと、ゲームはどうなったの？」

ジャックスはトリーナのヒップをつかんで、彼女を引き寄せた。ちょうどいい位置に座らせ、にやりと笑う。「勝った」

トリーナは歓喜の声をあげてジャックスの頭を腕で抱え、顔に浅い胸の谷間を押しつけた。「まあ、ジャックス、おめでとう！　ポーカーがストレスの多い仕事だって言っていたあなたの言葉、実は信じてなかったの。でも、心を入れ替えたわ。あなたが稼ぐ額とそれにかかる時間を照らし合わせたときは、正直、想像がつかなかったのよ。でも、今夜あなたの姿を見ていて……」トリーナはため息をついた。そのせいでジャックスの鼻がトリーナの柔らかな胸に食い込んだ。「よく心臓麻痺《まひ》も起こさずに、あんなことを毎晩していられるわって感心したの。あなたが毎回のように賭ける額を見ただけで、わたしのほうが心臓麻痺を起こしそうだった」

ジャックスは声をあげて笑い、トリーナの背中のあいたホルタートップ――初めて会った日に彼女が着ていたものだ――の浅いネックラインの中に舌を差し入れた。胸骨から鎖骨に向かって谷間に舌を走らせる。

「それだけ?」ジャックスの髪の毛をつかんで頭を離し、背をそらして彼の顔をのぞき込んだ。「それが、わたしの心からの謝罪に対する返答なの? 胸を舐《な》めることが?」

「まあ、そうかな。舐めずにはいられないだろう?」ジャックスは眉を動かしてみせた。「しょっぱくて、甘くて、まさに超一流のマルガリータ並みのおいしさだ」

「信じられない」トリーナはわざと、うんざりしたような声で言った。「あなたってそういうふざけた人だったのね」

「これでも、ふざけているっていうのかい?」自分の髪をつかんだトリーナの手をほどき、ジャックスは彼女の胸の谷間に顔を埋《うず》めた。ジャックスはトリーナのむき出しの背に当てていた両手を前に引き、胸の両側に当てた。両側から胸を押して、頬に当たる滑らかなカーブの感触に酔いしれる。鼻をすりつけると、うっすらとひげが伸びかかったジャックスの肌にトリーナの乳房がこすれた。ジャックスはクレープ地のトップの上から、すでに硬く突き出たトリーナの胸の先端を、指で優しくつまんだ。

トリーナははっと息をのみ、背中をそらした。「ああ」トリーナがつぶやいた。ジャックスのこわばりにヒップをのせて軽く体を揺らしながら、気持ちをコントロールするかのようにトリーナは深く息を吸った。しかし、長く、震えるような息づかいのあと、トリーナは彼女の細長い首が頭の重さに耐えられなくなったかのように、首を後ろに倒した。

ジャックスはトリーナのか細い首や口角の下がった官能的な唇、彼女の赤みがかった金色のまつげが頬に映し出す、ぼんやりとした扇形の影を見つめた。すると、まるで目に見えない巨人にものすごい力で心臓を握られたかのような、激しい痛みを感じた。

トリーナは重そうなまぶたを開き、今にも火がつきそうな熱い視線をジャックスに送った。「ねえ」セクシーな声で言う。「まだカードを扱うだけの元気があるなら、ストリップポーカーでわたしと勝負しない？」


翌朝、トリーナとジャックスが眠たい目をこすりながら遅めの朝食を用意していると、玄関を誰かがノックした。レンジに向かってベーコンを裏返していたトリーナは、ジャックスを振り返った。ジャックスは陶器のボウルの縁にパンケーキのバターを塗りたくっていた手を止め、トリーナに向かって眉を上げた。「出てくれる？」トリーナが言った。「今、手が離せないの」

「わかった」手にしていた木製のスプーンを華やかな色合いのボウルの縁に立てかけ、ジャックスはスツールを下りて、裸足《はだし》のまま玄関ホールへ向かった。

「やあ、いらっしゃい」ドアが開いたと思った直後、ジャックスの声が聞こえてきた。

「意外だったよ。いつもさっさとドアを開けて入ってくるから」

「あら、ノックぐらいするわよ」カーリーの声だ。「たまにはね。トリーナはいる？」

「いるよ。入って。今、キッチンにいるんだ。それにしても、グッドタイミングだね。朝食にするところだったんだよ。まあ、トリーナがきみの連れにもごちそうを出してくれるかどうかまでは、ぼくにはわからないが」

　カーリーが誰かを連れてきたのかしら。そう思ったとたん、ルーファスがカウンターの角を曲がってキッチンに飛び込んできた。ルーファスの勢いで、キッチンとリビングの境目に敷いてある絨毯《じゅうたん》がアコーディオンカーテンのように縮まった。黒と茶色のまだらのルーファスはびっくりしてかん高い叫び声をあげ、絨毯の上にちょこんと乗っかった。絨毯はすっかりくちゃくちゃだ。ぴょんと跳び上がったものの、バランスを崩したままタイル張りの床に着地した。

　勢い余ったルーファスは舵《かじ》のない帆船のようにキッチンの床を滑り、トリーナを通り越して食器棚にぶつかった。

　トリーナはあまりのおかしさにレンジの前の床に座り込んで大笑いした。涙を拭《ふ》きながら顔を上げると、今度はバスターがルーファスのあとを追って駆けてきた。ルーファスよりは行儀のいいバスターは、ルーファスがくちゃくちゃにした敷物の上にやや重そうな尻をどすんと下ろした。尻尾《しっぽ》で床を二度叩《たた》く。

　トリーナは気を落ち着かせようとした。しかし、笑いがおさまりかけるたびに目の前を唖然《あぜん》とした表情で滑っていったルーファスの顔が脳裏をよぎる。笑いが止まらなくなってしまうのだ。そんなトリーナの前を、ルーファスがまるでおどおどした人間のような顔つきで通っていった。くちゃくちゃの敷物に座っているバスターの横に行き、荒い息をしながらバスターに寄りかかる。

ようやく落ち着いたものの、忍び笑いだけはいっこうにおさまりそうにない。そのとき、ジャックスの脚が目の前に現れた。こんろの火を消す音が聞こえた。「いけない、ベーコンのことを忘れてた」自分が笑いこけている間にかりかりに焦げたベーコンを想像して、トリーナは再び大笑いを始めた。

「彼女、笑い上戸だったんだね」ジャックスの声がした。カーリーに話しかけているのだろうが、彼女の姿は見えない。ジャックスはキッチンの入口をふさいでいる犬たちの横にしゃがんだ。「おまえ、なかなか見事だったぞ」ルーファスの耳をいじりながら、ジャックスが言った。「すばらしい登場ぶりだ」それからバスターのほうを向いた。「おまえは、このちびよりおとなしいらしいな」ジャックスはバスターが差し出した前脚をつかんで振った。「よろしくな。おまえの名前、なんていったっけ?」

トリーナはようやく気を取り直して立ち上がった。ばかみたいに笑いこけた自分を心の中で叱《しか》りつけながら、咳払《せきばら》いする。「その子はバスターよ」

ジャックスが振り返ってカーリーを見上げると、カーリーがカウンターを回ってきた。

「面白い犬だな」ジャックスは愉快そうに言った。「ドクター・スースの絵本に出てくるブス犬にそっくりだ」

その言葉があまりにもぴったりで、立ち直ったばかりのトリーナのつぼにはまった。バスターは脚が長く、尻が大きい。大きなぶちのあるしょうが色の短毛犬だが、頭のてっぺんは毛が立っていて、足首にもふわふわと比較的長い毛が生えている。

しかしそのとき、カーリーの冷めた声がその場の空気をかき切った。「あら、褒めていただいてうれしいわ」決してうれしそうではない口調だった。「あなたはただでさえ元気のない病人を蹴飛《けと》ばすようなまねをするわけ?」

家の中がしんと静まり返った。するとジャックスは立ち上がり、冷静な口調で言った。「申し訳ない。きみの犬をからかうつもりはなかった。ただ……」

「いいえ、わたしこそごめんなさい、ジャックス」カーリーがジャックスの言葉をさえぎり、ため息をついた。「あなたに怒りをぶつける資格なんてわたしにはないわ。バスターは確かにドクター・スースの本に出てくるような犬だわ。そうよね、スイートハート?」バスターはカーリーの言葉に賛同するかのように尻尾で床を叩いた。カーリーは片膝を床についてバスターの首に手を回し、耳の間の毛の立った部分を愛情をこめて小突いた。「この子は醜くてもかわいいもの」

その言葉を聞いてジャックスは安心した。だが、カーリーのことをよく知っているトリーナは騙《だま》されなかった。「何があったの?」

「え? なんでもないわよ」カーリーは立ち上がり、手のひらについた犬の毛を払うと、何もなかったようにトリーナを見つめた。「それで、ベーコン以外のメニューは?」

「パンケーキよ。それよりちゃんと話して、カーリー」

カーリーは歯を食いしばり、しばらくトリーナを見つめていた。だが、ため息をつくと背中を丸めた。「今朝、お隣さんに会ったの」

なるほど。どうやら楽しい出会いではなかったってことね。「それで?」

「もしわたしがあの男を殺したら、死体を隠すのを手伝ってくれる?」

「もちろん」トリーナはすぐに同意した。「いやな男のひとりやふたり、砂漠に行けば隠し場所はいくらでもあるわ」

「これは驚いた」ジャックスがふたりのそばから大きく離れて言った。巻き込まれるのはごめんとばかりに、手のひらを外に向けて両手を上げている。「きみたちふたりを怒らせてはいけないということを、頭の中に叩き込んでおくよ」ジャックスの顔が曇ったのをトリーナは見逃さなかった。しかしその理由を解明するより早く、ジャックスがカーリーに向かって尋ねた。「その男、そんなにひどいのかい?」

「ひどいなんてものじゃないわ」カーリーの美貌《びぼう》がこわばった。「丸刈りだし、たばこを立てて吸うし、犬嫌いなの」

トリーナにはようやく話が見えてきた。「あなたのベビーたちを悪く言ったのね?」

「なんてこった」ジャックスは小声でつぶやいた。カーリーの辞書にそれ以上の侮辱はないということが、彼もよくわかったようだ。

「ルーファスのことを〝ばか犬〟って呼んだの！　そのうえ、わたしがルーファスをしつけられないことをさんざんけなしたのよ」カーリーはタンクトップが張り裂けそうになるほど深々と息を吸い込んだ。おそらく、そのうち酸素は十パーセントで、残りの九十パーセントは怒りだろう。「わたしがどれほど苦労してきたかも知らないくせに！」そう言うと、今度は思いきり息を吐き出した。「今に見てなさい。わたしのベビーたちに手出ししようものなら、絶対に許さない。あんなに引き締まったお尻の持ち主はほかに知らないけど、そんなことどうでもいいわ」

ふーん、なるほどね。カーリーを慰めるように肩に腕を回し、スツールに座らせながら、トリーナは思った。けっこう面白そうじゃない。

動物の嫌いな男性をカーリーが好きになれるとは思えない。でも、彼女が犬の悪口を言う男性のお尻の形を気にするなんて、きっと何かの力が働いている証拠だわ。

だが、トリーナは今のカーリーにそれを告げるつもりはなかった。カーリーを椅子に座らせ、彼女の手を握りしめた。「さあ、二、三回深呼吸して、わたしたちと一緒にパンケーキとベーコンを食べましょう。それから、そんな男のことは忘れちゃいなさい。彼も虫の居所が悪かったのかもしれないわよ。そうでなければ、そういうくだらない男なのよ。どちらにしても、そのうちになんとかなるわ」

「息の根を止めることだって、なんとかするひとつの方法よ。別に殺すとかそういうことじゃないわ。ああいう愚かな男を生かしておく価値がないから、安楽死させるの。実に慈悲深い死だと思うけど」

「でも、その引き締まったお尻が見られなくなるのは悔しくない？」

「まあね」カーリーは口惜しそうにため息をつき、腕を組んでカウンターに伏せた。「そのとおりなの。そこが問題なのよねえ」


その晩、楽屋ではカーリーの隣人トラブルの話題でもちきりだった。カーリーの話を熱心に聞いていたのは、付き合いはじめたばかりの恋人がワールドポーカーの大ファンでジャックスの名前も知っていたジェリリンだ。ほかのダンサーたちも、カーリーに同情するようにうなずいている。

「ウルフガング・ジョーンズ、か」ジェリリンが言った。「知ってるわよ。警備員でしょ？　あいつが笑っているところって、見たことがないわ。でもお尻の形は最高なのよ。それに、六つに分かれた腹筋は見なかった？」ジェリリンはカーリーの返事を待たずに話題を変えた。「まあ、いいわ。でも、二度目のチャンスを与えるに値しない男もいるのよね。ましてや三度目、四度目なんて論外」ジェリリンは頭にかぶっているネットをまっすぐに直した。「そうは言っても、ドニーには何度チャンスを与えてきたことか。でも正直なところ、彼の取り柄はベッドの中だけなの。だから、結局は捨てるしかないのよね」ジェリリンは首を横に振った。「彼とのベッドインは恋しくなるだろうけど」

イヴがうなずいた。「男の取り柄って、それくらいじゃないの。仕事が終わって家に帰るでしょ。ベッドの隣に臭い靴下が落ちてたり、バスルームに濡《ぬ》れたタオルが放置されていたりしようものなら、あたしのジェレミーはとんでもない目に遭うわよ。だって自分の汚れ物くらい、自分で洗濯かごに入れて当然でしょ？」

「わたしの場合は、シンクにひげが落ちてるときね」ミシェルが言った。「蛇口のすぐ横に紙コップが積んであるの。ゴーディーがひげを剃《そ》ったあと、紙コップでシンクを洗い流すのがどれほど簡単なことか。なのに、彼が自分でやったことがあると思う？　もちろんノーよ」

ダンサーたちはみな落胆した様子で〝男なんて〟と言いながら、楽屋を出て舞台の袖《そで》に向かった。わたしだけ違うのが申し訳ないみたいだわ、とトリーナは思った。ジャックスと一緒にいると楽しいし、わくわくすることばかりだからだ。

もちろん、来週トーナメントが終わったらどうなるのか、トリーナには想像もつかなかった。ジャックスはさっさと荷物をまとめて、はるかかなたの異国で行われる次のツアーに向かってしまうのかしら。

もし、そうだとしたら、彼は、わたしに一緒に来てほしいと言ってくれるだろうか？

もし、そう言われたらどうするつもり？　いくらジャックスを愛しているとはいっても、わたしはこれまでたったひとつの目標に向かって生きてきたようなものじゃない。そう、自分の力で経済的に不自由のない安定した生活を送るという目標に向けて。

今は、経済的にゆとりがあるとはいえないけれど、少なくとも安定した収入を得ることはできている。

そして、来週からもこの生活を続けられるようにすることが当面の目標だわ。

せっかくオーディションに通ったとしても、経済的安定性を放棄してまでギャンブラーについて放浪の旅に出るつもり？　自分が唯一積んできたキャリアばかりか、いつかスタジオを持ちたいという夢を捨てられるの？

スタジオを持つことなどまず不可能だからというわけではない。今現在は安定した収入があっても、永遠に仕事があるという保証も貯金もない状態でいる自分と、一晩で何万ドルという収入があるかと思えば同じ額を失う危険も持っているジャックスとでは、どちらのほうが生活は安定しているのだろう？　どちらも決して安定とはいえないことは確かだ。

でも、そんなのはマジシャンが使うトリックと同じ。経済的安定性などあってもなくても、ジャックスについてきてほしいと言われればふたつ返事でついていくに決まっている。

もちろん、これはあくまでもわたしの希望的観測にすぎない。そもそも、ジャックスが、わたしのことをツアーの途中で偶然出会った情事の相手以上の存在だというようなことを言ってくれたことがある？〝ぼくの最愛の人〟と言われたところで、それは友達にだって使う表現だ。それでも、わたしが彼を大切に思っているのと同じくらい、彼もわたしのことを思ってくれているように感じられることがあるのは事実だけど。

でも、やっぱり〝感じられる〟にすぎないことも確か。彼は一度もはっきりと言葉で気持ちを伝えてくれたことはないもの。

まったく、もう……。

こんなこと考えなければよかった。楽屋にいたみんなと同じくらい、わたしも落ち込んできちゃったじゃない。

トリーナは急に踊るのがいやになった。しかし、すでに次の出し物を紹介する音楽がオーケストラピットから聞こえてくる。トリーナはあきらめのため息をつき、気持ちを落ち着けてステージへ向かった。

19

家事労働がこれほど興奮するものだとは、ジャックスは思ってもいなかった。そんなふうに思えるのは、もちろんトリーナのおかげだ。彼女と一緒ならなんでも楽しくできる気がする。トリーナの仕事が休みの月曜日、ジャックスは彼女の週に一度の大掃除を手伝うことにした。掃除が早く終われば、午後のダンスレッスンの時間まで、外へ遊びに行くことができる。秋分を迎えてようやく訪れた心地いい夏を、少しでも満喫しない手はない。

ふたりは掃除のスピードアップを図るために、最後の二箇所を手分けすることにした。ジャックスが床掃除を終え、トリーナがキッチンの掃除を終えれば、あとは出かけるだけだ。

トイレの裏側のほこりを拭《ふ》き取っていたジャックスの膝の裏に何かが当たった。膝ががくりと折れる。ジャックスは慌ててタンクをつかんで体を支えた。その直後、力は強いけれども柔らかな腕が彼の腰に巻きつけられた。

「ハーイ、ジャックス」トリーナがジャックスの肩胛骨《けんこう》に胸を押しつけ、左右に動かした。

「お久しぶりね。それで、あなたの誕生日はいつって言ってたかしら？」トリーナの無邪気な声が耳に響く。背中にぴったりと押しつけられた体から、かぐわしい温かみが漂う。

　壁に押し当てたモップの柄を支えにしてトリーナの腕をほどき、振り向いた。「ぼくの誕生日？」ジャックスは彼女のヒップをつかんでシンクの脇《わき》にあるカウンターの上に座らせ、体を寄せた。「三――いや、ちょっと待った。よく考えたら、きみに誕生日を教えた覚えはないぞ」ジャックスはトリーナの太ももまで手を下ろして両側に開き、その間に入り込んだ。

「もう少しだったのに！」笑みを噛《か》み殺しながら、トリーナはジャックスの胸を叩《たた》き、そのあとで軽く撫《な》でた。「でも今、〝三〟って言ったわ。三日か三十日か三十一日ということでしょ？」

　ジャックスはにやりと笑った。トリーナはジャックスの誕生日を必死に聞き出そうとしていて、それが一種のゲームのようになっている。降参して教えそうになることも何度かあった。しかし今では、彼女が次にどんな手を打ってくるかが楽しみになっていた。ジャックスは首を曲げてトリーナにキスをしようとした。

「そうはいかないわよ」トリーナは体を引き、腕を伸ばしてジャックスの肩をつかんだ。「キスをすればごまかせるなんて思わないことね。このままじゃ、キスだってさせてあげないから」トリーナは上目づかいでジャックスを見やった。「もちろん、今すぐ誕生日を白状すれば別だけど。そうしたら考え直してもいいわ」

　ジャックスはトリーナの首を指で撫で下ろした。トリーナはまぶたを重そうに閉じ、小さく息を吐き出した。ジャックスはかすかな笑みを浮かべ、ささやいた。「どちらが長く耐えられるか、賭《か》けようか？」そうは言ったものの、勝つ自信はない。

「やめておくわ」トリーナは明るく答えると、カウンターから滑り下りて洗面台とジャックスの間に立った。そして彼が壁にもたせかけたモップに向かって顎をしゃくった。「そろそろ終わる？」

「うん。あとは、さっき拭き忘れたバスタブの横をすませるだけだ」そう言っている間にモップの長いブルーの柄をつかみ、作業をすませた。

　トリーナが満面の笑みを見せた。ジャックスは胸が締めつけられる思いがした。「よろしい。これで終了ね。そのモップをコートクローゼットに片付けてくれたら、その間にお化粧をするわ。すぐに出かけられるように。ただ、あのクローゼット、いろんなものが入っていて、慣れない人には危険なの。だから、モップは前に置いておいてくれればいいわ。あとでわたしがしまうから」

「ぼくをなんだと思っている？　ぼくには猫並みの反射神経があるということをきみに示す必要がありそうだな。こう見えてもぼくは、鏡の中の煙であり、闇夜《やみよ》の影であり――」

「わかったわよ。男気を否定されたのが気に入らないんでしょ？」

ジャックスは口角をわずかに上げて笑みを浮かべた。「残念、ばれたか」ああ、ぼくは彼女を愛している。

ちょっと待て。愛している？　ぼくが彼女に恋をしたというのか？　そんなはずはない。最初から腹づもりがあって近づいただけなのに。そう思う一方で、それが真実だということもわかっていた。心の奥底では、どれだけ否定しても無駄だということを感じていた。

いったい、これからどうすればいいのだろう。ジャックスは後ろへ下がり、モップを指で示した。「じゃあ、こいつを片付けてくるよ。ゆっくり厚化粧するといい」

トリーナは高らかに笑った。「口の達者な人ね」

心臓の鼓動を感じつつ、ジャックスはモップをリビングのコートクローゼットに運んでいき、扉を開けた。「まったく」ごちゃごちゃにものが詰め込まれたクローゼットを見て、ジャックスはつぶやいた。「〝危険〟とはまたずいぶん婉曲《えんきょく》的な表現だな」

まさに混沌《こんとん》状態だった。ビッグバンが起こったあとの宇宙。きれい好きのトリーナの遺伝子も、コートクローゼットの入口までしか気持ちは行き届かないらしい。ジャックスは鼻を鳴らした。コートクローゼットというわりに、コートはいちばん肩身の狭い思いをしているじゃないか。

クローゼットの中は、床から天井までありとあらゆるがらくたで埋まっている――ように見えた。例えば、コートの下に並べられた革のブーツ。ベッドルームのクローゼットにしまってある靴とトリーナがふだん履いている靴のほかにまだ靴があったとは想像もできなかった。しかも、ジャックスが見るかぎり、実用的な靴は一足もない。まあ、ここにある靴なら芝生を歩いている途中で犬のふんを踏んでも、即座にお払い箱にできそうだが。

ジャックスは首を左右に振って、奥に積まれた箱や右側の壁のところどころに並べられた箱を眺めた。

がらくたとがらくたの間から奥の壁をのぞいたが、モップをかけるようなフックは見えない。そこで左の壁の洋服掛けの下に置かれた不安定ながらくたを避けるように、山と山の間をゆっくりと奥へ進んだ。向きを変えようとしたとたん、右側の箱の山に腕がかすった。箱が動き、山から何かがずり落ちた。ジャックスはとっさにモップを放し、本能的に手を差し出した。骨の曲がった折りたたみ傘だった。床に落下する寸前にかろうじてキャッチする。そっと元の場所に戻し、ジャックスはほっと息をついた。ふと見ると目の前にぽっかりと空いたスペースがある。モップを拾い上げ、空きスペースに向かって慎重に足を踏み出そうとしたとたん、左側の山のいちばん上に置かれた硬いものの角に肘が当たった。

その瞬間、不安定な山が横滑りをはじめた。ジャックスは再びモップを落として、なだれを起こしかけたプラスチック製の箱をつかみ、崩れ落ちるのを防ぐために胸で受け止めた。小声で悪態をつきながら、むこうずねを使って山の下のほうを支え、空いた手でいくらか立て直した。やれやれ、物が床に崩れ落ちることだけはどうにか防ぐことができたぞ。だが、トリーナのがらくたに埋もれる心配がなくなってほっとしたのもつかの間、目の前にあるものを見てジャックスは息をのんだ。

ショックで体が引きつったらしい。たった今、止めた山が根元から一気に崩れはじめた。しかし、ジャックスはそれにはかまわず、自分をトリーナに引き合わせたお宝にじっと見入った。

しばらくして、ようやくジャックスは立ち上がり、モップを拾ってホルダーに差し込んだ。そしてその場に立ったまま、かろうじて漏れ入るわずかな光を頼りに、祖父のサインボールを改めて見つめた。

父親の声が耳に響く。〝何をしている、ジャクソン！　どれも凡フライばかりじゃないか！　もっと目を開けてボールを見ろ！　グラウンドに出たら、余計なことを考えずにボールを追えばいいんだ〟ジャックスは透明の箱に入ったボールを見下ろした。長年、忘れようとしてきた苦い思いがよみがえってくる。スポーツが苦手で、みじめな思いをしたこと。父親に侮辱され、自分の存在の意味を見失ったあのころのいたたまれない気持ち。一九二七年のワールドシリーズのサインボールを見ただけで、幼いころの自分をいやがおうでも思い出させられる。

こんなもの、二度と見たくはなかったのに。

〝だったら、今すぐこれをセルゲイのところへ持っていけ。そうすれば、もう何も思い悩むことはなくなるじゃないか〟

確かにそのとおりだ。自分が愛してしまった女性から盗み出さなければならないという事実さえ気にしなければ。自分の裏切り行為は悪意によるものではなく、必要に迫られたうえでの行為だ。だから、しかたがないんだ――そう思えるのならば。

ちくしょう。

だが、ほかにどんな手があるというのだ？　どんな理由があろうと、サインボールはセルゲイに渡さなければならない。

でも、今日、渡す必要はないさ。

ジャックスはボールをプラスチックのケースにしまい、積み上げた山のいちばん上、折りたたみ傘の後ろにそっと戻した。床に落ちたスカーフを拾い、不自然にならないよう注意しながらサインボールの箱と折りたたみ傘の上にかけた。

ジャックスは体を震わせた。明日の夜、トーナメントが終わってからでもいいじゃないか。それまでには、自分がトリーナに近づいた本当の理由を話す、うまい方法を思いつけるはずだ。

「ねえ」突然、トリーナの声がした。リビングをこちらへ向かってくる足音が聞こえる。

「ひょっとして迷子になった？」

まずい。ジャックスは指で髪を引っ張った。「いや」ジャックスは返事をした。「まさにアフリカの奥地さながらだが、ようやくセレンゲティ国立公園が見えてきた」ジャックスは後ろを向き、クローゼットの中をゆっくりと引き返した。リビングの明るさに目がくらみ、思わず立ち止まる。トリーナが近づいてきた。ブルーのタンクトップに、揃《そろ》いのカジュアルなスカート、ヒールの低いストラップサンダル姿だ。ジャックスは彼女の肩に腕をかけ、額と額を合わせた。気持ちが休まり、サインボールを見つけたことでよみがえったいやな感情がすべて消え去った。

「二度ときみに会えないかと思った」ジャックスは言った。思わず声が詰まってしまい、咳払《せきばら》いをした。もっと気軽にいけ――頭の奥から、好きになった女性に失望されても気にしないようにしてきたジャックスの声がした。「そこら中に、わなが張り巡らされていたからね」

トリーナはジャックスの表情を確かめるかのように体を引こうとした。しかし、ジャックスは彼女の頭の後ろの柔らかなカールの中で指をしっかりと組み合わせた。今は、顔を見られたくない。このときばかりはいつものポーカーフェースを保てる自信がなかった。

トリーナはジャックスに逆らおうとはせず、むしろ額を押しつけてきた。両手で彼の胸を撫でながら、何かを察したかのように心配そうに尋ねた。「大丈夫？」

彼女に言おう。今、言ってしまえ。責任感のある大人のジャックスが命令した。トリーナはおそらくわかってくれる。

いや、やっぱりわかってはもらえないだろう。子供のころから良心に従いたいと願っていたが、自己防衛本能のほうが強く働く機会のほうがずっと多かった。このときも例外ではない。「大丈夫だ。トリーナ・サーキラティが秘密にしているものぐさな一面について考えていただけさ」

「マコールよ」トリーナはいつものごとく訂正を入れながら顔を上げ、ジャックスのお腹《なか》を突いた。「それに、言っておきますけど、いつもは整理整頓《せいとん》好きなの」

「なるほど。そうだろうね」ジャックスは冷めた表情を浮かべていたが、心の中でトリーナをどうしても旧姓で呼んでしまう理由に気づき、愕然《がくぜん》としていた。ジャックスがトリーナをマコールという名をつけて呼べないのは、それによって自分の父親と結婚していたことを思い出させられ、耐えられないからだった。愛し合ったあと、顔や体を紅潮させ、満足げな表情を浮かべた彼女が自分の腕に抱かれるように、父親の腕に抱かれていたなどという事実には、とても向き合う気にはなれない。

頭の中に浮かんだ面白くないイメージを押しやり、ジャックスは言った。「あのクローゼットの中を見れば一目瞭然《りょうぜん》じゃないか」そしてトリーナの返答を待たず、玄関に向かって顎をしゃくった。「それより、準備はできた?」

「わたしはいつでも準備万端よ」トリーナが言い返してきたので、ジャックスは笑った。

トリーナはジャックスの下唇に指を当てて言った。「あとはバッグを持ってくるだけ。日焼け止めと水のペットボトルが入ってるの」

ジャックスが手をほどくと、トリーナはバッグを取りに行った。どうにか地雷を回避できたぞ。自己防衛本能の強い子供のジャックスはほっとした。その一方で、大人のジャックスの心には釈然としないものが残っている。それでも〝今、自分の正体を明かしてもふたりのためにはならない〟という合理的思考でどうにか自分を納得させた。明日はふたりにとって大切な日だ。トリーナは、目標としてきたオーディションが控えているし、ジャックスは、今夜うまく勝ち残れば、明日の夜はトーナメントの決勝テーブルに座ることになる。事実を話して彼女を動揺させれば、お互いにうまくいくものもいかなくなってしまう。

たとえどんなにひどい話だとしても、トリーナには事実を告げなければならない。だから、明日、すべてを話す。すべて片がついたら。言い訳も、ごまかしもいっさいなしだ。

それでも、まだあと二十四時間待たなければならない。そして、そのときが来るまでは、裏切られたと彼女に思わせるようなことをするわけにはいかない。

その日、午後五時半きっかりにマックはエレンの部屋のドアをノックした。

「さて、プライムリブではどうだろう？」エレンがドアを開けると同時にマックは尋ね、彼女の頭の先から爪先までさっと視線を走らせた。もう少しで目が飛び出すところだった。エレンはシンプルな黒のスーツに薄手の黒のストッキング、それに実用的なパンプスというういでたちだ。しかし、ジャケットの下に、すべすべした紫色のトップを着ている。いかにも滑らかで光沢のあるその生地を目にしたとたん、マックの口の中がからからになった。原因は、おしゃれな下着をイメージしてしまったことと、エレンが彼を中に入れるためにドアを大きく開いたときにジャケットが引っ張られ、禁断の場所である胸の谷間が垣間見えたことのふたつだ。

「大賛成よ」エレンはにっこりと微笑《ほほえ》んだ。

マックは手近な話題に気持ちを引き戻した。「〈ロウリーズ・ザ・プライムリブ〉に予約を入れた。行ったことがあれば知っているだろうが、あの店だったらなんでも食べられる。ただし、プライムリブなら、の話だがね。そこで、もしそういう気分じゃない場合のことを考えて、テキサス・スター・レーン沿いの〈オースティンズ・ステーキハウス〉にも予約を入れておいた」マックは首を横に振り、もう一度エレンをじっと見つめた。「ああ、あんた、実にきれいだよ！」

エレンが頬を赤らめた。「ありがとう。あなたもとてもすてきよ」

マックは自分のチャコールグレーのスーツを見下ろした。中に白いワイシャツを着て、輪縄のようなシルバーグレーのネクタイを締めている。マックは片方の肩をぐっと上げてみせた。「まずまずといったところだ。だが、あんたは……食べたくなるほどいい」マックは目を引かれた小さなトップに向かって顎をしゃくった。「そのなんとかいう服が気に入っているようだね。なんていう色だい？」

「紫色よ」エレンは無表情に答えた。しかし、薄茶色の小さな目が、笑いを押し殺したように光った。

マックは笑った。「おいおい、本当はなんていうのか教えてくれよ。女性は色にもさまざまな名前をつけるじゃないか。蚤《のみ》色だとか。そういえばお袋が昔、蚤色が云々《うんぬん》って言ってたことがあったな。それは、いったいどういう色なんだい？」

「ブラウニッシュ・パープル」

マックは首を振った。「ほう。もっと具体的には？」

「ペリウインクル・ブルー。ツルニチニチソウの花の色よ」

「ああ、知ってる。最初の家を買う前に借りていた家の庭でメリーアンが育てていた花だ。きれいな色だ。あんたによく似合っている」マックは咳払いした。「それで、どちらのレストランがいいだろう？」

「〈ロウリーズ〉がいいわ。まだ行ったことがないし、プライムリブは大好きなの」

「そいつは驚いた」マックは両手をこすり合わせた。「おれもプライムリブは大好物でね。電話を借りてもいいかい？〈オースティンズ〉に電話して、予約をキャンセルする」

その後しばらくして、マックはレッドカーペットが敷かれた〈ロウリーズ〉のロビーにエレンと一緒に足を踏み入れた。メインダイニングルームへ案内してくれる係を待つ間、暖炉の明かりで改めてエレンを眺めた。「今夜のあんたがどれほどきれいか、言ったかな?」マックが尋ねた。

「ええ、言ってくれたわ」エレンは取り澄ました顔で答えた。「でも、そういう言葉は何度聞かされても女はうれしいものよ」

マックは頭をのけぞらせて笑うと、エレンの腰に手を当てて、案内された白いリネンのかかったテーブルまで彼女をエスコートした。ジャケットの下で滑らかな生地のトップが滑るのがわかる。

ふたりが席につくとウエイトレスが現れた。ミセス・バクスターと名乗り、ドリンクの注文を取っていった。ウエイトレスが立ち去ると、エレンはマックに笑いかけた。「すてきなお店ね。アール・デコ調の装飾は大好きなの」

「なるほど、これがそうなのか」マックは折り上げ天井や、フローリングの床、カラフルな敷物を見回すと、エレンに視線を戻した。「木を使ってあるのがいい」

「すてきよね。それに、ほら、ウエイトレスの制服もかわいいわ」

「確かに。一九三八年にビバリーヒルズで最初の店を開いて以来、スタイルを変えていないという話をどこかで読んだことがある」ミセス・バクスターがワインを持って現れた。

ふたりは黙り込み、アイロンのきいた昔風の制服を眺めた。濃いバーガンディ色の制服は、店内に置かれたベルベット地の長椅子のクッションと同じ色づかいだ。襟と袖口《そでぐち》は白く、糊《のり》がきいている。その上に清潔な白いエプロンを着け、腰の後ろで大きなリボン結びにしている。

コルクを抜き、テイスティングを終えてグラスにワインを注《つ》ぐと、ウエイトレスは再び去っていった。マックはエレンをいぶかしげに見やった。「あの頭に着けている白いのはなんていうんだい？」

「わたしも知らないわ。でも、子供のころ、〈ウールワース〉のセルフサービス式レストランのカウンターで見た覚えがあるわよ」

「おれが何を思い出したか教えようか？　扁桃腺《へんとうせん》を取ってもらった病院の看護師だよ。五〇年代初めのことだがね」

「五〇年代？」テーブル越しに見つめるエレンの温かな目が興味深く光った。「いくつのときの話？」

「十歳になったばかりだ」

「あれってていやじゃなかった？　わたしが扁桃腺を取ったのは十四歳のときだったわ。手術をしたのが春休みの初日だったのよ。次の日にはすっかり元どおりだから、って母は言ってくれたけど、結局まるまる一週間、気分が悪かったの。せっかくのお休みが台無しでさんざんだった」

「おれは、それほどでもなかったな。二日間、アイスクリームとゼリーばかり食べられたからね。その後は、いつもどおりのトラブルメーカーぶりを発揮していたよ」マックは椅子に背を預けた。実のところマックは、ふたりきりになると何も話すことがなくなるのではないかと心配していた。だがふたを開けてみれば、すっかりリラックスして話すことができている。「ところで、図書館の仕事というのはどういうものなのか、聞かせてくれないか？」

エレンの表情がぱっと明るくなった。「すばらしい仕事よ。同僚とも楽しく仕事ができたわ。面白い本を探したり、論文や計画をまとめるのに必要な資料を探したりするのを手伝うのが大好きだったの。毎日のように新しい発見があったし」エレンはうれしそうにため息をついた。「でも、いちばんよかったのは本に囲まれていたことかしら」

マックはにやりと笑った。「リビングの様子からすると今でも本に囲まれているじゃないか」

「あらあら、ばれてしまったわね。実は活字中毒なのよ。あなたはどう？　本を読む？」

「あんたほどじゃない。だが、エルモア・レナードとかニール・スティーヴンスンは好きだ。特に忙しかった日の夜にゆっくり読むのがいい。最近はやりのリアリティー番組っていうのかな、ああいうのぞき見的な番組はあまり好きじゃないんだ。だから本を読んでくつろぐことにしている」

「確かに、あなたはいつも忙しそう」エレンは身を乗り出し、腕を伸ばして指先でマックの手の甲に触った。「あなたみたいに器用な人は、何をしてもやりがいがあるでしょうね」エレンは口角をわずかに下げた。「ウィンストンは金融に関してはやり手だったけど、家事の切り盛りとなると、まるでだめだったわ。だから、いったん手をつけるとすぐにマスターしてしまうあなたには、いつも感心していたの」

おれはあんたに手をつけたい。喉元が熱くなり、マックはネクタイの結び目を引っ張った。落ち着け。マックは自分を叱《しか》りつけた。せっかくのデートをぶち壊しにする気か。エレンが始めたトピックからできるだけ離れないようにしながら、マックは航空機メーカーに勤めていたころの話や、今のようななんでも屋になれたのは、父親が工具の使い方を教えてくれたおかげだといった話をした。

だが、血が騒ぐのを抑えることは難しかった。しばらくするとエレンが手を扇代わりにして顔をあおいで、こう言ったからだ。「ワインのせいで、体が火照ってしまったわ」そしてスーツのジャケットを脱ぎ、椅子の背もたれにかけた。椅子に座り直すエレンの肩をマックはじっと見つめた。ペリウインクル・ブルーのタンクトップは、レストランの控えめな照明の中でも美しい光沢を放っている。やがてマックの貪欲《どんよく》な視線は、タンクトップに覆われた彼女の美しい胸へと移っていった。

そのとき、タイミングよくミセス・バクスターが注文を取りに戻ってきた。マックはほっと胸を撫で下ろした。

しかし一度、淫《みだ》らな想像をしてしまうと、それを脳裏から消すのは大変なことだ。その点、〈ロウリーズ〉を選んだのは正解だった。〈ロウリーズ〉の呼び物であるテーブルサービスのおかげで、気をまぎらわすことができたからだった。レストランのサラダといえば、普通はただかきまぜて皿に盛られたものが運ばれてくるものだ。しかし、この店ではウエイトレスが氷にのせたステンレス製のボウルに緑の野菜、細かく刻んだビートやゆで卵、ミニトマトにクルトンを入れて客の前でかき回し、ドレッシングを振りかけて皿に取り分け、よく冷えたサラダフォークと一緒に出してくれる。その後、シェフが自らステンレス製のカートを押してテーブルの横に現れ、大きなあばら肉を目の前で切り分けてくれるというショーのような仕組みになっていた。

だが、それだけではない。エレン自身、すばらしい話し相手だった。話をすればするほど、ベッドに転がるよりも心の結びつきを深くしたいという思いが強まっていく。その一方で性的欲望も徐々に高まっていき、限界に達しようとしていた。エレンは頭がよく、ユーモアもあり、マックが想像していた以上に実際的な女性だった。

ユーモアのセンスが合うのか、ふたりは頻繁に笑い合った。エレンは取りやめになったイタリア旅行の話をし、マックはメリーアンが死ぬ前年にイギリスとフランスにふたりで行った、一度きりのヨーロッパ旅行の話をした。マックの娘や、〝ふたりの娘〟たちについて噂《うわさ》し、トリーナがジャックスに本気になっていること、カーリーがルーファスをしつけるのにどれくらい時間がかかりそうかといったことについて話した。会話はほとんど止まることなく進んだが、ときおり訪れる沈黙も、決して気まずいものではなかった。

しかし家に戻るために車に乗り込んだとたん、食事中はかろうじて抑えつけていた性的緊張が一気に復活した。コンドミニアムが近づくにつれ、それは激しさを増し、エレンの部屋に着いたころには、すっかり肩に力が入っていた。最悪なことに、木のドアに彼女を押しつけ、気をそそられてしかたのない小さなトップを手で撫で回したい気分だった。

だが、マックはそんな気持ちを再び抑え込み、首を曲げてエレンにそっとキスをした。唇以外は決して彼女に触れないよう、細心の注意を払いながら。

マックはなんとかがんばった。欲望を見事に抑えることができていた。だがそのとき、重ねた唇の下でエレンの柔らかな唇が開いた。マックはちょっと味わってみるだけだと自分に言い聞かせ、温かで湿ったエレンの口の中へ舌を差し入れた。

それが大きな間違いだった。欲望が急に激しさを増したのだ。マックは体を震わせながら、自分自身の気持ちを抑え、エレンに体を押しつけることなくただ唇を吸うことに意識を集中した。やっとのことで唇を引き離し、荒い息をしながらエレンを見下ろした。「それじゃあ、その、おやすみ」マックはしゃがれた声で言い、狂犬病の犬のように彼女を襲うことがないようポケットに両手を突っ込んだ。

エレンは瞬《まばた》きをし、体を震わすように小さく息を吸い込むと、バッグを開けて鍵《かぎ》を取り出した。ドアロックをはずしてドアを開けながら、エレンはマックを見上げ、おやすみなさいと優しく言った。

だがその直後、エレンがきゅっと結んでいた唇に妖婦《ようふ》のような笑みを浮かべて腕を伸ばした。マックのネクタイをつかんでこぶしに巻き、部屋の中へ引き入れた。

ためらう必要はない。心臓を激しく鼓動させ、マックはエレンのか細い肩をつかんだ。足でドアを閉めると、エレンを抱き寄せ、彼女の口に口を押しつけた。

20

翌朝、トリーナがシャワーを終えてベッドルームに戻ると、ジャックスはまだぐっすり眠っていた。わたしたち、お互いにかなり無理をしているものね。わたしだって午後のオーディションが終わったら、一週間眠り続けたい気分だわ。もちろん、それは非現実的な話だけど、少なくとも明日の午前中くらい、惰眠をむさぼりたい。

体の大きなジャックスが、小さな子供のようにうつぶせになって寝ているのを見ているうちに、トリーナはなぜか感傷的な気分になった。ジャックスは両腕を頭の上に上げ、膝は片方だけ曲げている。上掛けが腰に巻きつき、太ももが丸見えだった。だが、体格がよくて男らしい彼が自分のベッドで幸せそうに眠っている姿は、トリーナの心の急所を突くだけでなく、いよいよ迫ってきたオーディションで不安に満ちている彼女の心を落ち着かせてくれもした。

トリーナは部屋の中を静かに歩き、清潔な下着と薄手のトップとジーンズを引き出しから取り出して身に着けた。それからメイクをするために再びバスルームに向かった。

ベッドルームへ戻ってきても、ジャックスは身動きひとつせずに眠っていた。そこでオーディションの準備を始めることにした。ダンスバッグからいつもの古いレオタードを取り出し、網タイツ、新品同然の背中がダブルクロスになったホルタートップ、それにVフロントのボーイカットのショートパンツを詰める。黒いTストラップ・シューズを磨き、バッグのサイドポケットに入れた。『ラ・ストラヴァガンザ』ではほかのショーのオーディションと違い、必ずしもフルメイクで衣装を着て踊る必要はない。しかしトリーナは長年の経験から自分を美しく見せて損することはないと知っている。審査をする振付師や総支配人は、そういった点に注目するものだ。

ましてや今年は、そこを頼りにする必要がある。

ストッキングの替えを取りに行こうとしたとき、化粧台の椅子の横にジャックスの財布が落ちているのを見つけた。足を止めて財布を拾い、椅子の上に置いてあるジーンズの上に置いた。しかし数歩進んだところで、トリーナははっと立ち止まった。肩越しに振り返って革の財布を見やり、それからまだぐっすりと眠っているジャックスに視線を戻した。

トリーナはほくそ笑んだ。「運転免許証が入っているかもしれないわ」うれしそうにつぶやいた。財布を取り上げてもう一度、肩越しにジャックスのほうを振り返ると、三つ折りになった財布を開いた。

ジャックスの免許証はマサチューセッツ州で発行されていた。マサチューセッツに住んでいたなんて聞いてない。そう思ったものの、ふと彼の生い立ちについてはほとんど聞いていないことに気がついた。どれどれ。表情は暗いけど、写真映りは悪くないわ。誕生日は……なるほど、十月三日ね。

「わかっちゃった」トリーナはゲームに勝った満足感で笑みを浮かべた。彼が三十四歳になる日がわかったことをすぐに知らせるべきかしら。それとも誕生日まで待って、彼にあっと言わせたほうがいいかしら。ジャックスが年下だったことに少しは驚いたものの、気にはならない。

ジャックスが知ったときの表情を楽しく想像しながら、トリーナは免許証の氏名欄にふと目をやった。そのとたん、胃にぽっかりと穴があき、笑みが凍りついた。まさか。そんなはずはないわ。

しかし、もう一度見直しても、免許証の氏名欄には〝ジャクソン・ギャラガー・マコール〟とあるではないか。

トリーナが恋に落ち、心から信頼し、ともに過ごす薔薇《ばら》色の未来を描いていた男性は、ビッグ・ジムの息子だった。頭の中で何かががらがらと崩れ落ちる音が聞こえた。

自分の夢が壊れていく音に違いない。

左腕を激しく揺すられ、ジャックスは目を覚ました。頭をぼうっとさせたまま、右腕で体を起こした。「何？　なんだい？」

　トリーナがジャックスの上にのしかかってきた。両手でジャックスの頭や首、肩を叩《たた》いたかと思うと、ジャックスが支えにしている右腕を握り、引っ張り上げている。九十八キロの体をベッドから引きずり下ろそうとしているようだ。「出ていって！　今すぐ、ここから出ていって！」トリーナが叫んだ。

「トリーナ？」ジャックスは体を起こした。「いったいどうしたんだ？　火事でも起きたのかい？」しかし、そうではないことはわかっていた。すっかり目は覚めている。トリーナがジャックスの身の安全を心配しているわけではないことぐらい、区別はつく。

　トリーナはジャックスにひどく腹を立てている。思いつく理由はひとつしかない。腹の奥がよじれ、心臓が激しく打ちはじめた。

「驚いたわ」トリーナは笑った。しかし、笑い声は乾いていて、少しも楽しそうではない。「いったいどうしたんだ、ですって？　あなたのこと、すっかりわかった気でいたけど、そうじゃなかったのね。今すぐここを出ていってちょうだい、ジャクソン・マコール」トリーナは吐き出すように言った。「さあ、今すぐ！」

　くそっ。

「どうしてわかった？」ジャックスは陰気な声で尋ねた。

　しまった、言い方がまずかった。

トリーナのげんこつをかわしながら、ジャックスは口早に言った。「聞いてくれ、トリーナ。今夜、本当のことを言うつもりだったんだ」

「嘘《うそ》つき！」トリーナがジャックスに向かってきた。目に怒りの色を浮かべて、手当たりしだい叩いてくる。「ひどい嘘つきよ！」

ジャックスはさっと立ち上がり、トリーナの腕ごと彼女を抱きしめた。トリーナは逆らい、ジャックスを振りほどこうとした。花束を抱いているのとはわけが違う。トリーナは背が高く、力も強い。そのうえ、ひどく腹を立てている。ジャックスは足と腕に力を入れ、トリーナが疲れておとなしくなるのを待った。

時間はかかったが、ようやくトリーナの体から力が抜けた。熱い涙が胸を伝うのを感じたとたん、ジャックスは心臓がつぶれる思いがした。彼女の頭の上に頬を押しつけた。そこから蒸気が上がっているような気がした。

「今夜、本当のことを言うつもりだった」ジャックスは繰り返した。彼女に話を聞いてほしい、自分の言うことを信じてほしい——そんな切羽詰まった思いでしゃがれ声になった。

「初めて会ったときは、話すつもりはなかった。でも、ぼくはきみを好きになってしまった。あまりに好きで、どうしていいかわからなかった。だから、自分の正体を明らかにするのを先延ばしにしてしまったんだ。でも、母親の墓に誓ってもいい。ぼくは今夜、きみに話すつもりだった。大事なオーディションの前にぼくの正体を知らせて、オーディションを台無しにさせたくなかった」

トリーナが勢いよく顔を上げたので、頭がジャックスの頬にまともにぶち当たった。ジャックスは徐々に広がる痛みをぐっとこらえた。

トリーナは目を細めてジャックスを見上げた。「あら、心配しないで。オーディションならちゃんと合格するわ。あなたこそ、わたしのためにしくじらないでほしいわ」トリーナの心臓の鼓動が響いてきた。「いつからわたしのことを知っていたの？」

きみの誕生日の翌日にビッグ・ジムの名前を聞いたときさ――そう言ってごまかしたい気持ちに駆られた。だが、真実を言わなければならない。彼女にはそれだけの借りがある。

いや、それだけじゃない。彼女を愛しているからだ。「出会う前から」

トリーナの心の痛みが表情に表れ、ジャックスは危うく膝の力が抜けそうになった。

「最低な人」トリーナがつぶやいた。荒い息で胸を上下させながらジャックスを見つめている。苦悩に満ちた声でトリーナが尋ねた。「知っていてどうして近づいたの？」

「祖父のサインボールを手に入れるためだ」

「おじいさんのサインボールですって？」トリーナはいぶかしげに顔をゆがめ、すぐに目を見開いた。「ワールドシリーズのボールのこと？」

「ああ。ちょっと困った状況に陥ってね。あのボールがないと、両手がとんでもないことになる」

ジャックスの言っていることはトリーナにはさっぱりわからないようだ。ジャックスは深々と息を吸い込んで、吐き出し、頭の中を整理しようとした。「ぼくは小さいころから祖父のサインボールのせいでずっとつらい思いを強いられていた。父さんが説教の最後に必ず言った言葉がなんだったかわかるかい？　サインボールはいつかおまえのものになるのだから、という言葉さ。だけど、ぼくはそんなものはちっともほしくなかった。ぼくはスポーツが苦手なことを父さんにさんざん罵倒《ばとう》されてきた。くだらないサインボールのおかげで、ぼくたちの親子関係はめちゃくちゃにされたようなものだ。そのせいかもしれない。父さんが死んだことを知った日に、信じられないほど愚かなまねをしてしまった。エゴの命じるままにポーカーのゲームをしたんだ。その結果、ぼくは相手の挑発に乗って、サインボールを賭《かけ》の対象にしてしまった」

「サインボールを賭《か》けたの？」

「そうだ」

トリーナはおぞましいものを見るような目つきでジャックスを見つめた。「はっきりさせてちょうだい。お父さんのお葬式に出席する時間はなくても、お父さんにとってとても大切なボールを賭けてまでポーカーをする時間はあったのね」

軽蔑《けいべつ》するようなトリーナの声を気にしないようにしながら、ジャックスは淡々とした口調で言った。「父さんが死んだという知らせを受け取ったのは、亡くなって一、二カ月がたってからだった。ぼくのあとを追いかけてヨーロッパ中に転送されて、ようやくぼくのもとにたどりついたんだ。ショックだったよ。酒を飲んで、気をまぎらわそうとした」

「それで負けたのね」質問ではなかった。

「そうだ。そのときの相手に、今夜のトーナメントが終わるまでにボールを渡さないと、手下にぼくの指を折らせると脅されている」

そのときトリーナは初めて顔に同情の色を浮かべた。「指の骨を折られるの?」

ジャックスは小さく肩をすくめた。「はっきりそう言ったわけじゃない。ほのめかしただけだ。だが、先日、やつの手下に親指を曲げられた。単なる脅しじゃなかった」息を吸い込んだジャックスは、まだトリーナを抱きしめたままだったことに気がついた。少しは落ち着いたようだし、死ぬまで叩かれることはないだろう。腕をほどき、彼女を自由にするべきだ。

だが、できなかった。できるだけ長く、彼女を抱いていたい。それでも少しだけ力を緩めた。

「誓って言うが、ぼくはしかるべき手段をとろうと思っていたんだ。遺産の中にサインボールが入ってないことを知ったとき、ぼくは弁護士を通じてきみからボールを買い取ろうとした」

「あなただったの?」トリーナは唖然《あぜん》とした表情でジャックスを見上げた。そして頭がおかしくなったかのように笑いはじめた。

　いつまでも笑い続けるトリーナにジャックスが不安を覚えたとたん、トリーナはぴたりと笑いを止めてジャックスを見上げた。涙を最後の一滴まで乾かしてしまったかのように熱い炎をたぎらせるトリーナの軽蔑のまなざしに、ジャックスはたじろぎ、思わずのけぞった。

「どうしようもなくばかな人ね」トリーナは蔑《さげす》むように言った。「わたしがどれほどあの申し出を受けたかったかわかる？　あれだけのお金があれば、当座の生活の心配をする必要もなかったでしょうし、万が一、今日のオーディションに落ちても、ダンススタジオを開くことはできたと思うわ」

　トリーナはジャックスの手を振りほどき、後ろへ下がった。

「でも、できなかったの。売ることはできなかったのよ。その理由を知りたい？」

「ああ」トリーナから目を離すことなく、ジャックスは椅子の上にあったジーンズをつかみ、身に着けた。

「あのボールをどうしようもない息子に渡すことがビッグ・ジムの願いだったからよ。まったく、すてきだと思わない？　実にすばらしい話よね。サインボールを目当てにわたしに近づいてきたあなたのために、わたしはわざわざボールを保管していたのだから」

　なんてことだ。ジャックスはめまいがした。自慢としてきた論理的思考がまったく働かない。

トリーナは苦笑いした。「わたしが欲を出した報いね」

「いや、そうじゃない」拾い上げたTシャツを床に落とし、ジャックスはトリーナの柔らかな頬を人差し指で撫《な》でた。「ぼくに対する報いでもある」

トリーナはいぶかしげなため息をつき、ジャックスの手を払った。「あなたが何を失ったというの？　いいかげんにしてちょうだい！　あなたにとっては大勝利じゃないの。貴重なサインボールを手に入れることができるのよ」一瞬、トリーナは言い淀《よど》んだ。「それとも、もうクローゼットから盗み出しているのかもしれないけど」

「見つけたけど、手はつけていない」

「なるほど、かろうじてボールには手は出さずにいたわけね。それはともかく、ボールを手に入れれば、賢いその手も折られずにすむわけでしょ。病気で苦しむ父親を一度も見舞うことなく遺産を手に入れたのよ。好きでもない父親にわざわざ会いに行く必要もなかったのよね。彼は死ぬ前に息子に一目会いたいと願っていたのに」

その言葉は、ジャックスの心にぐさりと突き刺さった。父の死に目に会えなかったという後悔の念から一転、心が一瞬にして凍りついた。ジャックスは背をまっすぐ伸ばして後ずさりした。得意のポーカーフェースを浮かべて冷ややかに言った。「きみは何もわかっていない」

「そうかしら？」トリーナは顔をまっすぐに上げ、長い指をジャックスの胸に突きつけた。「わたしは彼を看取《みと》ったわ。でも、あなたはいなかった。彼は何度もあなたの名を呼んだのよ。〝ジャクソン、ジャクソン〟って。たまにかかってくるあなたの電話をどれほど楽しみにしていたことか。息子は数学の天才だって友人たちにいつも自慢していたわ。ビッグ・ジムほど立派な人には、わたしは会ったことがなかったわよ。それなのに、わたしが彼と出会ってから、あなたは一度も彼に会いに来たことがなかった」

「きみの言うとおりだ。ぼくのどこがそんなに気に入っていたのか知らないが、子供のころのぼくは父さんが自慢できるようなことは何ひとつできなかった。ぼくが数学の天才だって？　そんな心にもないことを――」

「心にもないことなんかじゃないわ、ジャクソン」

「ジャクソンと呼ぶのはやめろ！」毛嫌いしていた名前でトリーナに呼ばれ、ジャックスは危うく逆上するところだった。「ぼくのことをジャクソンと呼んだのは、父さんだけだ。しかも、ぼくがそもそも出たくなかった野球の試合でミスをして、それについて長々と説教するときには決まってその名前で呼んだものさ。ぼくはジャックスだ。わかったか？　母さんはジャックスと呼んだ。ぼくはジャックスだ」

「わかったわ、ジャックス。でもね、ビッグ・ジムにとってあなたは自慢の息子だったの。ほんと、もったいないくらい自慢していたわ。あなたがわずか十七歳でＭＩＴをトップの成績で卒業したことを一日に一度は聞かされたものよ」

「そのわりに、ぼくの卒業式に来なかったじゃないか！」ジャックスは怒鳴った。

「病気だったのよ。そんなこともわからないの？　あなたの晴れの日をぶち壊すようなことをしたくなかったのよ」

「もっと大事な急用ができたような口ぶりだった」ジャックスは、卒業式の日に父から受けた電話を思い出した。〝申し訳ない。おまえならわかってくれるだろう？　ちょっと用事ができてな〟「あんな父親でも、喜ばせようとぼくは必死に努力したんだ。だが、無駄だった。ぼくが何をしても、父さんは喜んではくれなかった」

トリーナはうなずいた。「あなたのお父さんも、あなたの育て方を誤ったって言っていたわ」

「へえ、そうかい」ジャックスは皮肉混じりに言った。「やはり父さんはぼくのことは何もわかっていなかったわけだ」

「確かにそうかもしれない。あなたから聞いたかぎりでは、あなたのお母さんはあなたのことをとても大切にしていたようだけど、お父さんは子供の扱いすら知らなかったのよ。だからお母さんが亡くなって、父親に反感を持つ恐ろしく頭のいい子供とふたりきりになってしまったときは、あなたにどう接すればいいのかまったくわからなかったの」

ジャックスは胃がよじれる思いがした。「そうは言っても、ぼくを罵倒してまでミニチュア版ビッグ・ジム・マコールを作り上げることをやめようともしなかったじゃないか」

「まったく、少しは大人になりなさい。子供のころは、何かと大人と意見が衝突したりするものよ。わたしの家族が、わたしの生き方を認めてくれたと思う?」トリーナはジャックスをにらみつけた。「親だって判断を誤ることぐらいあるわ。それを乗り越えなくてどうするの?」

軽蔑したようなトリーナの言葉がジャックスの痛いところを突いた。ジャックスは必死になって言い返した。「ばかを言うな。きみの場合は家族に愛されてきたじゃないか。ぼくが父さんの愛情を感じたのは、凡フライをキャッチできたときか、塁に出たときだけだった。つまり、一度もなかったってことだ! いや、そういえばぼくの数学おたくぶりを認めてくれていたって、さっききみは言ったよな。それならどうして、ぼくが十四歳で大学へ入学することになって、いちばん年齢の近い同級生でも運転免許が取れるような学生しかいない場所へ行くときに、何も言ってくれなかった? 〝大丈夫、なんとかなるさ。おれはおまえを誇りに思っているぞ〟――それぐらい言ってくれてもばちは当たらないだろう? ぼくは認めてもらおうと必死に努力したのに、父さんはぼくを世界一の負け犬のようにしか扱ってくれなかった。トリーナ、父さんの言ったことを真に受けないでほしい。ぼくの話こそが真実なんだ。父さんの子育ては〝失敗〟じゃない。子育てじたい、できてなかったんだ」

「でも、彼は、嘘は言わなかったわ！」トリーナはコートクローゼットに近づいてドアを開け、奥へ入っていった。ものが激しく崩れ落ちる音がした。トリーナが荷物の山にぶつかったのだろう。「それに、人の心を奪っておいてそれを引き裂いて踏みつけにするようなこともしなかった！」トリーナが顔を真っ赤にしてクローゼットから出てきた。プラスチック製のケースをぎゅっとつかんでいる。

ジャックスの体が固まった。それまでの怒りが急速に冷めていく。しまった。ぼくはなんてことを言ってしまったんだろう。トリーナに謝らなければ。ぼくが彼女を愛していることをきちんと伝えなければ。

しかしジャックスが口を開く前に、トリーナはケースをジャックスのお腹《なか》に押しつけた。単なる反射運動でジャックスはそれをつかんだ。

「返すわ。それを持って、出ていって。あなたのお父さんがどんな過ちを犯したのであれ、彼はとても正直な人だった。誠実そのものだったわ」トリーナはジャックスをドアに向かって押し出した。しかし、ふと足を止め、ジャックスの目を見つめた。「それに、ジャクソン、いいえジャックス、まあ名前なんてどうでもいいけど、あなたのお父さんは、あなたよりもずっと男らしかった」

「待ってくれ」吐き気がこみ上げ、まるで股間《こかん》を蹴《け》られたかのようにジャックスは背を丸めた。一瞬、自分が十代前半の子供に戻ったような気がした。学識はあっても常識がなく、何をしてもビッグ・ジム・マコールを満足させられなかった子供時代に。

ジャックスはなんとか吐き気をのみ込み、トリーナの髪に触ろうとした。「そんなふうに言わないでくれ」ジャックスはつぶやいた。「お願いだ。それだけは言わないでほしい」

トリーナは冷ややかな表情を浮かべたままドアを開けた。腕を伸ばし、人差し指でまっすぐに廊下を指さしている。「ここから出ていって。あなたの顔は二度と見たくない」

トリーナの表情は硬かった。ためらいのかけらも見えない。心が痛むあまり息を深く吸い込むこともできず、ジャックスは重い足取りで戸口を通り抜けた。

ジャックスの裸足《はだし》の足が敷居をまたいだとたん、背後でドアがばたんと閉まった。


トリーナはドアにもたれたまましゃがみ込んだ。膝が震えているのが見た目にもはっきりとわかる。腕ですねを抱え込み、膝の間に顔を埋《うず》めてトリーナは泣いた。涙にむせび、肺が破れそうな勢いで、傷ついた心がずたずたになりそうな勢いで泣きじゃくった。涙が涸《か》れるまで泣き続けると、胎児のように体を丸め、力なく横たわった。

どれほどの時間がたったのだろう。突然、トリーナの頭の上で激しくドアを叩く音がした。驚きのあまり心臓が飛び上がったが、トリーナは動こうとはしなかった。ドアを叩いたのが誰であれ、すぐに立ち去ってくれることを願った。再びノックの音がして、ドアが開いた。しかし、ドアはトリーナの体にぶつかり、止まった。

「何よ、これ？」カーリーの声がした。「トリーナ？　いないの？　もうすぐオーディションに出かける時間よ」

そうだったわ。オーディションに行かなくちゃ。絶望の中に一筋の決意を見いだし、トリーナは体を起こした。

カーリーが部屋の中に入ってきた。何かにつまずいてバランスを失い、悪態をついたが、どうにか体を起こした。そしてつまずいたものの正体に気づき、トリーナをぽかんと見つめた。わたし、よほどひどい顔をしているのね。カーリーの表情を見ればわかるわ。

「ちょっと、どうしたの？　何があったの？　あのろくでなしに何をされたのよ？」

21

　ヒップの脇《わき》でマットレスが沈んだ。エレンが微笑《ほほえ》むと、マックがかがみ込み、うなじに唇を押しつけた。エレンは喜びの声をあげ、マックによって呼び起こされた感覚に猫のように体をそらした。

「やあ、おはよう」マックは耳元でささやき、頭の向きを変えると、エレンの首から肩にかけての敏感なカーブに唇を這《は》わせた。同時に、毛布の上からヒップを撫《な》でる。「もう十一時だ。こんなに朝寝坊したのは、久しぶりなんじゃないかい？」マックはもう一度キスをすると、体を起こした。

　マックが遠ざかったのを残念に思いつつ、エレンは天井を向いてセクシーに体を伸ばした。マックの焦茶色の目が黒ずむのを見て、女としての満足感に浸る。「そのとおりよ」エレンはそう答え、わきの下のシーツを引き上げながら起き上がった。「でもあんなにがんばったのも久しぶりだもの。しかたないわ」

　マックは笑い、エレンにローブを手渡した。そのときになってようやく、マックが着替えのために一度、部屋に戻ったことにエレンは気づいた。昨夜はスーツとネクタイ姿だったのに、今朝はもう、いつものきちんとアイロンのかかったチノパンツと黒いTシャツ姿に戻っている。しかし、いかつい顔のマックが見たことのないほど甘い笑みを浮かべたとたん、洋服のことなどすっかり頭から消えてなくなった。

「朝のあんたもとてもきれいだ」マックが言った。「できることなら、ベッドにその小さな背中を横たえて、もう一度愛したいよ」マックの笑顔がゆがんだ。「だが、おれも年をとったし、あんたのせいで今日はくたくただ。だから、代わりにおれが食事をごちそうする。腹は減ってないかい？」

タイミングを合わせたかのように、エレンのお腹《なか》が鳴った。ふたりは大笑いした。エレンはくしゃくしゃになったシーツをはがして起き上がり、ローブを羽織ってシェニール織りのベルトを腰で結んだ。「何も食べられないわ、なんて言うにはもう手遅れね」

「そんなことを言われたらがっかりだ。もうすぐでき上がるんだから」

エレンは顔を輝かせた。「作ってくださったの？　驚いたわ。本当になんでもできるのね。多芸多能っていう言葉はあなたのためにあるんじゃないかしら」

マックは自慢げに眉を上げた。「多芸多能なんて言われたのは、初めてだよ」

「でも、本当にそうなんですもの。むしろ、あなたのできないことを知りたいくらいよ。だってこのコンドミニアムをきちんと管理しているし、料理もできるし、それにあちらも

いした。

マックはにやりと笑みを浮かべ、エレンの腰に腕を回して部屋を出た。「あんたこそ……よかったよ」肉体労働者らしい大きな手をエレンのヒップの上で広げ、温かな目でエレンを見下ろす。「本当のことを言う。ゆうべはこの何年かで最高の夜だった」

「わたしもよ」

マックはバスルームの前で足を止めた。キスをしてくれるのかと思った。だが、キスはキスでも唇に軽くしただけ。あっという間の出来事だった。唇が触れた感触だけが残っている。マックは頭を上げ、バスルームのドアに向かって傾けた。「ゆっくりと準備をしてくるといい」

まあ、なんて気がきく人かしら。「ええ、少し待っていてくださる？　すぐに行くわ」

「わかった。オムレツに合わせる飲み物は何がいい？」

「紅茶をお願い。お湯を沸かしておいてくだされば、葉は自分で選ぶわ」

エレンは手と顔を洗い、歯を磨いた。ベッドの中ですっかり乱れた髪をいつもの髪形に整えながら、マックのことを考える。

エレンはにっこりと微笑んだ。マックはいろいろな体位を試してくれたけど、決して手を抜いたりはしなかったわ。思い出しただけで、エレンはうっとりとした。最初はどうかなりそうなほど情熱的だった。でも二度目は卑猥《ひわい》な言葉をたっぷりとささやきながらゆっくりと愛してくれた。体が少しずつ熱を帯びていって、最後は焦げてしまいそうなほど燃え上がった。それに終わったあとも抱きしめてくれていた。エレンは鏡の中の自分に向かってにやけた。そんな彼が、今は料理をしてくれている。

こんなにすばらしい人生って今まであったかしら。

テーブルについたエレンは、マックが日常的に使っている皿の中でも最上のものを使って、美しくテーブルをセッティングしてくれたことに気づいた。さまざまな種類の花も飾られている。庭で摘んできて、コップに挿してくれたのだろう。

バターを塗ったトーストを持って自分の席に向かう途中で、マックはエレンにお湯を入れたマグカップを手渡した。エレンは食器棚からアイリッシュ・ブレックファーストを選び、ティーバッグを入れながらマックを肩越しに振り返った。「何かお手伝いしましょうか?」

「いいから座って。オーブンから皿を出せば食べられる」マックはエレンのために椅子を引き、椅子に腰かけようとしているエレンのうなじを、たこのできた指でそっと撫でた。

エレンは喜びに身を震わせた。ウィンストンの手は、銀行家らしい手だったわ。肌は滑らかで、爪はきちんと手入れしてあった。二十年以上、ああいう手の感触が好きなのだと思っていたわ。まさか、マックの荒々しい手やざらざらした指に触られただけで、あんなに官能的な感覚を呼び起こされるなんて。

マックが出してくれたのは、グリーンオニオン、トマト、それにチーズをふんだんに使ったオムレツだった。フレンチフライとトーストもついている。ふたりは食事をしながら、とりとめなく会話を続けた。

ようやくエレンは皿を押し出し、ため息をついた。「ふう」満足そうにつぶやく。「おいしかった」

マックはエレンのお世辞を素直に受け取ったが、急に真顔になった。「考えていたことがあるんだ」

エレンは頬杖《ほおづえ》をついて微笑んだ。マックの頑丈そうな肩と、落ち着きさえ感じるその顔を眺めているだけでも幸せだわ。「なあに?」

「おれたち、うまくやっていけると思うんだ。すごく気が合うっていうか」

「同感よ。数日前まで、顔を合わせてはいがみ合っていたのが嘘《うそ》のよう」

「ああ、本当だ」マックの太い首が心なしか赤くなった。「実に心苦しいが、あれはおれが悪かった。初めて会ったときに、あんたほどの美人は見たことがない、ものにしたいって思ったんだ。でも、その気持ちを言葉に表すことができず、まるで青臭い子供のようなまねをしてしまった。あんたはわかってるだろうが、おれの女性経験はメリーアンだけだ。彼女とは小学校六年のときに知り合って、高校を出るとすぐに結婚した」

「本当なの?」エレンは驚いた。「あなたがそんなに若くして結婚したなんて思ってもいなかったわ」

「本当さ。十代で結婚したカップルは離婚率が高いと言われているが、幸いなことに、結婚後はよりいっそう深く結ばれていったんだ。二十代半ばで破綻《はたん》なんて話は、おれたちには無縁だったよ」マックはじれったそうに首を横に振った。「だが、おれが言いたいのはそんなことじゃない。さっきも言ったが、あんたとおれはすごく気が合うと思う。できれば、この関係を永遠のものにしたいんだ」

エレンは思わず椅子に座り直した。「つまり、結婚するということ？」

「ああ。おかしいかい？　すばらしいアイデアだと思うんだが」

「おかしいわよ、マック。わたしたちはまだ一度しかデートしていないのよ」

「その結果、こういうことになったんじゃないか」マックは皿を脇によけて肘を置き、満面の笑みを浮かべてエレンに向かって身を乗り出した。「ふたりで暮らすだけでも悪くはないと思ったんだ。だが、おれたちには感じやすい年代のふたりの娘たちがいる」

「わたしの記憶が間違ってなければ、三十五歳と三十三歳よ」それでもエレンはこみ上げてきた笑みを抑えつけることはできなかった。テーブルに力強い腕を置いて真向かいに座るマック、彼の強い意志の表れとも言える深い焦茶色の瞳のなんてすてきなことか。しかし、エレンの心をつかんで離さなかったのは〝おれを愛しているんだろう？〟と言わんばかりのその笑みだった。

「オーケー、確かに彼女たちは一人前の大人だ」マックはしぶしぶ認めた。「それでも、セクシーな元司書とただ同棲《どうせい》するよりも、正式に結婚するところを見せたいんだ」マックはにやりと笑った。「それに、素直に認めたらどうだい？　あんたが誘惑したんだぞ」

「悔しいけど、そのとおりね。でも、わたしはもともと慎重派で――」

マックは鼻を鳴らした。「そうだな。ゆうべ、おれのネクタイをつかんでここへ引き入れたやり方でよくわかったよ」

エレンは頬が紅潮するのを感じた。だが、とまどっているわけではない。今まで体の内に秘めていた情熱の表れだ。しかし、あまりにも大それた行為だったことを、エレンは認めざるをえなかった。

それでも……。「あれはいわばはずみだったの。柄にもないことをしたと思っているのよ。今回は少し先走ってベッドをともにしてしまったけど、ほんの数日前まで侮辱し合っていたような人といきなり結婚するようなことはできないわ」

「でも、まったくその気がないわけじゃないんだね？」

エレンは取り澄ました笑みを見せた。「またいつかデートをするくらいならかまわない、とでも言っておきましょうか」

「いつか、なんてのんびりしたことを言ってられるものか。お互い、これ以上若返ることはないんだから」

「そうよ。わたしたちは経験の豊富な成熟した大人同士よ。互いのことをよく知りもしないうちに、結婚式場へ走っていくようなまねはできないわ。だから、わたしたちにとって結婚という形が自然の成り行きだと思えるようになったときに、もう一度、時期について話し合いましょう」

「わかった。やっぱりおれたちは馬が合うようだ」マックは両手をこすりながら立ち上がり、テーブルを回ってエレンの椅子を引いた。「オフィスへ行こう。交渉のプロが腕前を披露するよ」

「腕の立つほうが交渉のしかたを教えたほうがいいと思うけど」エレンはさりげなく提案した。体の奥が徐々に熱くなってきた。しかし、エレンは〝とっつきにくい司書〟の表情を装った。「その〝オフィス〟というのは、ベッドルームのことと考えていいのかしら」

マックはエレンに向かって眉をひそめた。

「わたしが言う〝互いを知る〟という言葉の意味は、単に知り合う以上のことだってことはもうわかっているんでしょ？」エレンはマックの返事を待たずに続けた。「それより、わたしがくたくたにさせた〝年をとった人〟はどうなったの？」

「それがなんともいまいましいことに」マックはエレンを廊下へせき立てながらささやいた。「思っていた以上に早く回復したよ」

オーディションの最後の曲が鳴りやんだ。しかしトリーナは筋肉が急に冷えないよう、鼓動が落ち着くまで体を動かし続けた。サイドへのステップを繰り返し、腕を交互に曲げては伸ばす。

「お疲れさまでした」薄暗い客席から『ラ・ストラヴァガンザ』の総支配人ヴァーネッタ・グレイスが声をかけた。ほかのダンサーたちも、クールダウンをするためにその場をうろうろと歩き回っている。このダンスチームのオーディションの進行手順に慣れていないダンサーは、この時点ですぐに見分けられた。審査の結果がすぐに聞けるものと思って、ステージを照らす明るい光の奥をのぞき込もうとするからだ。このあとの総支配人の口上をそらで言えるトリーナは、すぐに楽屋に向かって歩きはじめた。カーリーもトリーナについてきた。

総支配人の声はバックステージまで聞こえてきた。「すでに『ラ・ストラヴァガンザ』のメンバーとして踊ってきたオーディション参加者については」総支配人はいつもどおりきびきびした口調で言っている。「木曜の夜の今年度契約の最終ステージまでに、更新可能かどうかの通知が届くことになっています。それ以外の参加者については、合格者のみ、金曜日の朝、電話で連絡をいたします」

「本日はオーディションにご参加いただき、ありがとうございました。お疲れさまでした」バックステージの廊下を進むにつれ遠くなってゆくヴァーネッタ・グレイスの声に合わせて、トリーナが言った。

楽屋にはまだ誰もいなかった。オーディションの最中はなんとか保っていたすべてのエネルギーが、あっという間に手のひらをすり抜けるように流れ出していく。この一時間半、彼女が体を動かすことができたのは、頑強な自尊心があったからこそだ。わたしはこのオーディションのために、すべてをなげうってがんばってきたのよ。それをたったひとりの男のために台無しにしてたまるものですか。トリーナはダンス以外のことをすべて忘れ、オーディションに合格するためにひたすら踊った。しかし、オーディションが終わった今、トリーナは頭をまっすぐ上げることもできなくなった。ジャックスの裏切りによる心の痛みを寄せつけないよう築き上げた胸の中のダムが、ついに決壊しはじめたようだ。

それでもトリーナは一筋の自尊心を持って、カーリーを見上げた。「うまくいったと思うわ」疲れた声でつぶやいた。「たぶん合格できたと思う」

「当然よ」カーリーは言った。「すばらしい出来だったもの。言っておくけど、状況が状況だっただけに、という意味じゃないわよ」

「でも、体中の筋肉が悲鳴をあげてるの」トリーナは正直に言った。「今夜は眠れそうにないわ」泣きじゃくったせいでトリーナの目はひりひりしている。しかし、家を出る前にカーリーが施してくれた氷水療法が驚くべき功を奏した。カーリーに髪の毛を持ってもらい、トリーナは氷水を入れたボウルで顔を冷やしたのだ。さらにカーリーの運転で〈アヴエンチュラト〉へ向かう間、ティーバッグを目に押しつけていたのもあり、トリーナの顔の腫《は》れと目の充血はなんとか見られる程度にまでおさまった。それでも間に合わないところはメイクでなんとかカバーできた――トリーナはそう信じたかった。

　自分の隣でカーリーがクロップトップを脱ぎ捨てるのが目に入り、トリーナははっとした。なんてことかしら。わたしったら、オーディションを受けたのは自分だけじゃないことをすっかり忘れていたわ。

「カーリー、ごめんなさい」トリーナは後悔して言った。「あなたのことを訊《き》こうともしなかったわね」去年までは一緒にオーディションを受けた仲間のことを気にかける余裕があったのに、今日は自分のダンスに集中するのが精いっぱいだった。

　カーリーは小さなショーツのついたタイツを脱ぎながら顔を上げ、にやりと笑った。「完璧《かんぺき》よ。あなたも同じ。でも、そうじゃない人もいたわ。誰だと思う?」カーリーはくつくっと笑った。「我らがリーダーのジュリー＝アンよ」

　トリーナは驚いた。「冗談でしょ?」

「いいえ、本当よ。まあ、彼女が失敗してさんざんな結果に終わったところで、わたしにはどうでもいいけど。それにしても、いつもの彼女からは考えられないような出来だったわ。正直な話、見てて楽しかったわよ。そういえば、いかにも軽そうなブルネットの女がいたの、気づかなかった?　二十二歳か、二十三歳くらいで、赤いユニタードを着てたわ」

トリーナは首を横に振った。

「強烈だったわよ。さすがのミズ・ジュリー＝アンも、年上のダンサーに文句を言うひまがあったら、自分の身を守ることを考えたほうがいいって気づいたんじゃないかしら。だってこの世界で確かなことがひとつだけあるとしたら、若くて、きれいで、踊りの上手なダンサーの卵が世間にはごまんといて、現役ダンサーの仕事を奪おうと常に手ぐすねを引いてるってことだもの」

トリーナはジュリー＝アンの不幸に同情するそぶりも見せなかった。「自分はいつまでもこのチームの中でいちばん若いダンサーだと思っているなんて、自己陶酔もいいところね。何を考えているのかしら」

「なんにも考えてないわよ。ジュリーちゃんはわたしたちみたいにひどいことを言われたことがないもの。自己陶酔って、彼女のためにあるような言葉ね。でも、あの赤いユニタードド・ガールが誰よりも優れているのを見て、彼女も将来の自分の姿を少しは思い描いたんじゃないかしら。ううん、ものすごくショックを受けたはずよ。だってチームに空きが出れば、ヴァーネッタ・グレイスは間違いなく彼女を雇うわ。そうなれば、ジュリー＝アンも、追い詰められる者の気持ちがわかるようになるでしょうね」カーリーはいかにもうれしそうに微笑んだ。「因果応報ってやつよ」

カーリーはほかのメンバーのダンスについても批評を始めたが、トリーナはそれ以上聞くのをやめた。やがてダンサーたちが次々と楽屋に戻ってきた。笑ったり、おしゃべりをしたり、終わったばかりのオーディションのプレッシャーを吹き飛ばす計画に余念がない。楽屋の賑《にぎ》やかさが復活したとたん、それまで抑えつけていたみじめな気持ちが一気に解き放たれた。悲しみに屈しないよう自分を叱咤《しった》したが、長くはもたないことはわかっている。身も心もずたずたになる前に家にたどりつけたら、万々歳ってとこね。

周囲の会話の渦に引き込まれたくなかったトリーナは、着替えを終えると湿った衣装をバッグに押し込み、オーディションについて楽しそうにイヴと話しているカーリーに声をかけた。「劇場の外で待っているわね」

カーリーは〝ちょっとごめん〟とイヴに断りを入れると、バッグに手を入れてキーホルダーを取り出し、トリーナに手渡した。「車を使って。わたしはもう少し残って、イヴやミシェルと一緒に一杯、飲みに行ってくるから」

イヴがカーリーにもたれかかった。「トリーナも一緒に来ればいいじゃない」

「体調があまりよくないのよ、イヴ。今日はまっすぐ家に帰るわ」

カーリーは表情を曇らせ、首を横に振った。「ごめん、トリーナ」小声でつぶやいた。

「一年間はオーディションの心配をしなくてもいい幸福感に浸ってて、すっかりほかのことが頭から飛んでたわ。家まで送ってあげる」手を伸ばしてキーを取り返そうとした。

トリーナはさっと手を引いた。だめ。それだけはだめ。やっとひとりになれると思ってほっとしたのに。誰とも顔を合わせたくないし、話もしたくないのに。「ばかなことを言わないで」あまり悲壮な口調に聞こえないといいんだけど……。そう願いながら答え、ダンスバッグをつかんで立ち上がった。「楽しんできて。わたしは大丈夫だから。じゃあ、またね」誰にともなく言うと、引き止められる前に部屋を出た。

暗い客席へ足を踏み入れたとたん、トリーナはほっと息をついた。ここまで来れば同僚の前で泣き崩れたらどうしようなんて心配をする必要もない。彼女たちは友人だし、きっとわたしの味方をしてくれる。だからといって、彼女たちの目の前で自分の感情をさらけ出すわけにはいかない。いつものように仲間を振った男を血祭りに上げてくれたところで、わたしの気持ちが慰められるわけじゃないのだから。

でも、ようやくひとりになれるわ。鼓動がようやく落ち着きはじめたころ、トリーナは劇場のドアを押して外に出た。なんとか無事に家に帰れそう。

「トリーナ」

思わず背筋が凍りつき、トリーナはびくりとして足を止めた。ちょっと待って。こんなの想定外よ！　しかし、その声を聞き間違えるはずはない。トリーナに心構えがあろうとなかろうと、今いちばん会いたくない人物がそこにいることは確かだ。

簡単にはいかないことは、ジャックスもわかっていた。トリーナの部屋から追い出され、ばたんと扉を閉められてから、彼の気持ちはひどく混乱していた。

トリーナのコンドミニアムを立ち去ったときは、ただ挫折《ざせつ》感と自己嫌悪を感じていたにすぎなかった。しかし、車を運転して〈アヴェンチュラト〉に戻るうちに、自己防衛意識がふつふつとわいてきた。おい、ぼくは彼女に真実を打ち明けるつもりだったんじゃないのか？　それはそれで、重要なことじゃないのか？　それに父さんがすばらしい人間だっただと？　いったい何をばかげたことを言っているんだろう。上半身は裸、おまけに素足でホテルの中を歩き、ようやく自分の部屋にたどりついたときには、サインボールをセルゲイに渡し、その晩の試合に勝ってすぐにラスベガスをあとにすることを決意していたはずだった。

しかし、ジャックスはボールを箱から取り出して部屋の金庫にしまうと、カジノへ行ってゲームをすることにした。これまでは、いやなことがあると、いつもギャンブルで気をまぎらわしてきたものだ。

しかし、今日はすんなりとはいかなかった。ジャックスは何度やっても負け続けた。だが、そんなことは大した問題ではない。問題は、人混《ひとご》みの中にいる自分の孤独感にあった。特別な感情ではない。これまでも、自分はひとりぼっちだったじゃないか。しかし、トリーナと親しくなってからの短い間に、誰かがそばにいるという安心感にすっかり慣れてしまった。どれほど彼女を大切に思っていたか、改めて気づかされた。

オーディションはうまくいったのだろうか。トリーナのことが気になって、ジャックスはカードに集中できなくなり、ついに残っていたチップを現金に換えて部屋に戻った。ぼくにはやるべきことがあるじゃないか。

それが、ジャックスがそこにいる理由だった。片手をポケットに入れ、もう一方の手にギフトバッグを持っていた。トリーナはジャックスを無視して通り過ぎようとした。ジャックスは彼女の行く手をさえぎった。

トリーナはさっとジャックスをよけた。「あなたとは話したくないの」

近づきすぎないよう注意しながら、ジャックスはトリーナの横についた。「頼む。一分だけ時間をくれないか」

トリーナは無視して歩き続けたが、ジャックスはぴたりとついてきた。とうとうトリーナは足を止め、ジャックスに向き直った。いつもは温かな目が、氷のように冷えきっている。ジャックスを叩《たた》き、撫でた手は、こぶしが白くなるほどの力でダンスバッグのストラップを握っていた。「いったいどういう用件なの、ジャクソン?」

「ジャクソンとは呼ばないでほしい」ジャックスは言ったが、すぐに首を横に振った。「だが、ここへ来たのはそんなことを言うためじゃない。オーディションはどうだった?」

トリーナの美しい目が心なしか腫れて見える。ジャックスは胃がよじれる思いがした。

トリーナはまるで今にも叩きつぶしたい害虫を見るような目でジャックスを見つめ、よそよそしく言った。「仕事を失うことはないと思うわ」

「よかった。それならいいんだ」今まで、なんのためらいもなく話ができただけに、今のぎこちなさと緊張感で身につまされる。ジャックスは咳払いした。「結果がはっきりするのはいつ？」

「木曜日の夜よ。話はそれだけかしら」

もう一度彼女に会って話をすれば、許してくれるのではないだろうか。ジャックスは心の奥底でそう願っていた。だが、それが無駄な願いであることは、彼女の冷ややかなまなざしを見るまでもなく明らかだった。ジャックスは自分の気持ちを押し隠し、ギフトバッグを差し出した。「これは、きみに持っていてほしいんだ。時機が来たらこれを売って、スタジオを買ってくれればいい」ぼくにだって、それぐらいのことはできる。

トリーナは反射的にバッグを受け取った。しかしあえて中を見ようとはせず、ジャックスの顔色をうかがった。「おじいさんのサインボールをわたしに？」

「そうだ」

「どうして？　今夜中にこれを渡さないと、指を折られるんじゃなかったの？」

ジャックスは肩をひねった。「それはぼくの問題だ」そう言った直後、さまざまな感情が一気に押し寄せてきた。ジャックスはきっぱりと言い足した。「折りたければ折らせてやるさ。しょせん、身から出たさびだ」乾いた笑い声をあげた。「ぼくは自分のことを頭の回転の速い人間だと思っていた。ジェームズ・ボンドを気取って、ショーガールを誘惑して家に入り込み、サインボールを盗んで風のように姿を消すつもりだったんだ。統計学や確率は大得意だから、勝算を立てるぐらいお手のものさ。だが、今回は大きな計算間違いをした。きみがぼくに与える影響を計算に入れていなかった」

必死になって抑え込んできた感情が一気に爆発し、心臓が胸に当たらんばかりに鼓動が激しくなった。ジャックスは髪に指を突っ込み、トリーナを見下ろした。

「正直言って、きみにはなんの期待もしていなかった」ジャックスはしゃがれ声で言った。「きみがその誠実な瞳や広くて大きな心の持ち主であることなど、想像もしていなかった。ずっと前から知っていたような気持ちにさせてくれる女性がこの世に存在するなんて思いもしなかったし、自分の居場所があると思ったのも、そういう場所なら心からくつろげることができるということを知ったのも初めての経験だった」

ジャックスは手を伸ばした。指先で彼女の顔をなぞりたい。だが、もし顔をそむけられたら、ぼくはどうしていいかわからなくなってしまう。ジャックスはトリーナの顔に触れる前に、手を下ろした。

「恋に落ちるなんて思ってもいなかった」ジャックスはつぶやいた。喉の奥で声が詰まった。「だが、落ちてしまった。きみを愛している、トリーナ。母親よりも、自分の生まれ育った国よりも、そして呼吸に必要な空気よりもずっと、きみのことを大切に思っている。

きみを傷つけたことは謝る。でも、自分の気持ちに気づいたときには、手遅れだった。自分が出ることもできないほど深い墓穴を掘ってしまったようなものだ。だから、それはきみが持っていてくれ」ジャックスは、トリーナの指にぶら下がっているギフトバッグに向かって顎をしゃくった。「きみが持っていてくれ」ジャックスは激しい口調で繰り返した。「そして、それでスタジオを買ってほしい。そうしたら、これ以上の迷惑をかける前に、ぼくはきみの人生から消える」

トリーナにキスをしたい。だが、そんなことはしようとするだけ無駄だ。彼女に触れたい。だが、そんな権利はとうに放棄したはずだ。ジャックスはさっときびすを返し、歩きはじめた。絶対に後ろを振り向くんじゃないぞ――そう自分に言い聞かせながら。

ジャックスにとって、それまでの人生で最もつらいことだった。

22

ジャックスは檻《おり》に入れられた猫のように、部屋の中をうろうろと歩き回っていた。少しはじっとしたらどうだ、と自分に言い聞かせてみたが無駄だった。トーナメントの最終戦に向け、時間は刻一刻と過ぎていく。頭の中を空っぽにして、試合のために精神を集中しなければだめじゃないか。しかし、集中しようとすればするほど、気持ちが混乱し、いたたまれない思いに苦悩は深まる。とてもじっとしてなどいられなかった。どうにか腰を落ち着けたとしても、一分もすると体がむずむずし、理性の抑えがきかなくなる。トリーナの姿や彼女と交わした言葉の断片が何度も脳裏をよぎり、止めようにも止められない。

ビッグ・ジムはとても正直ですばらしい人だった。だが、ぼくは嘘《うそ》つきだ。

ビッグ・ジムは誠実だった。だが、ぼくは違う。

トリーナはビッグ・ジムを愛し、ぼくのことも愛してくれようとしていた。ぼくがふたりの関係をめちゃくちゃにするまでは。

ジャックスは、自分の心がそこまで傷つくとは思ってもいなかった。だから、本能的に、すべての責任を父親に押しつけようとしてしまう。こんなことになったのは、すべてビッグ・ジムのせいだ、と。しかし、そう思い込んで納得しようとするたびに、トリーナの〝大人になりなさい〟という声が聞こえてくるのだ。

そういえば、父親との複雑な関係を大人の目で見たことは一度もなかった気がする。確かにトリーナの言葉には一理あるのだろう。ぼくがビッグ・ジムにどう接していいのかわからなかったように、ビッグ・ジムもぼくとの接し方がわからなかったのかもしれない。

それでも、決して立派な父親だったとはいえないじゃないか。ジャックスはカーテンのかかった大きな窓に近づき、空を疾走する嵐雲《あらしぐも》を見つめた。うなじをさすっていたジャックスはふと思った。そういえば子供のころ、父親の仕事の関係であちこち引っ越しして回ったものだが、ぼくはいつも父さんと一緒だった。そういう視点から見れば、片親を失ったぼくの面倒を見るためにビッグ・ジムが自分の生き方を変えようとしていたのは確かだろう。それだけでも、立派なことではないか。だが、もしぼくがビッグ・ジムだったら、いったいどうするだろう。

父さんよりはましなことをするに決まっているじゃないか。ジャックスはむきになって思った。窓に背を向け、再び歩きはじめた。あんな人間になってたまるものか。

それなのに……深々と息を吸いながら部屋を横切って、ふたつあるスーツケースのうち小さいほうを引き出すと、ヨーロッパ中を旅してジュネーブでようやく自分に追いついた手紙を取り出した。封筒から便箋《びんせん》を抜き、レターヘッドに記された場所に電話をした。父親の遺産手続きを扱っている法律事務所の弁護士と数分話して電話を切ると、たった今、教わった番号にかけ直し、ビッグ・ジムの主治医を呼び出してもらった。〝あとでかけ直します〟と言われるものとばかり思っていたが、驚いたことに、受付係は直接、主治医に電話を回してくれた。ビッグ・ジムの詳しい病状について聞きながら、ジャックスは電話線の許す範囲で、電話を抱えて歩き回った。

電話を終えると、受話器をそっと元に戻し、大きく息をついた。そういうことだったのか。

トリーナの言うとおりだった。

ビッグ・ジムが前立腺癌《ぜんりつせんがん》にかかっていると診断されたのは、ジャックスがＭＩＴを卒業する少し前のことだったらしい。手術を受けた直後でなければ、ビッグ・ジムは卒業式に出席してくれていたのかもしれない。

だが、どうだろう。どちらにしても、出席することはなかったかもしれないじゃないか。

「ちくしょう！」ジャックスはキーをつかみ、ドアへ向かった。ドライブにでも行って、頭の中をすっきりさせよう。このまま考え込んでいても、結論は出ない。いずれ近いうちに、ゆっくり落ち着いてビッグ・ジムへのわだかまりを捨て去る方法を考えられるときが来るはずだ。すでに死んで土に埋められた父親を恨み続けても、どうしようもないじゃないか。トリーナも言っていたことがある。いつまでも嘆いてばかりいる人なんて誰も好きにならないわ、と。

トリーナ。新たな心の痛みがジャックスを襲った。ジャックスはそんな痛みを引き離すかのように部屋のドアを勢いよく閉めた。

父親に対する複雑な思いは、しばらく放《ほう》っておけばいい。トリーナを失ったつらさに比べれば、大したことじゃない。

今日は、そんなことを考えている余裕はない。

何よ、卑劣などぶねずみ！　トリーナはコーヒーテーブルに置かれた、プラスチック製のケースに入ったサインボールをにらみつけた。ソファに足をのせ、すねを抱えて体を小さく丸めている。まるで自分の命を狙《ねら》うアナコンダとにらみ合っているかのようだ。

ジャクソン・ギャラガー・マコールはわたしを裏切った。しかも男として最低の裏切り方で。あの男は、わたしの信頼を、そして愛を奪った。わたしは心や魂のかけらでさえ、軽い気持ちで誰かに分け与えたことはないし、ましてやこれほどの愛をジャックス以外の男性に捧《ささ》げたことはないのに。そのうえで、彼はそれらをたばこの吸い殻のように踏みにじったのよ。それなのに、無条件で彼を憎むことしかできないなんて。

だけど、ジャックスはどうなのかしら。あんな慰めにもならないような言葉だけを残し

て、わたしのもとを去っていったことに満足しているの？　そんなはずはないわ。だって
ボールをわざわざ返しに来たのよ。自分の命を危険にさらしてまで。
　そのうえ、わたしのことを愛していると言った。とても説得力のある告白だった。
　トリーナは、自分がジャックスの指を折っているような気分になった。わたしがあれほ
ど腹を立てていたのに、どうしてあそこまで献身的な態度をとろうとしたの？　あんなに
ひどいことをしておいて、その理由を甘い言葉でわたしに納得させようとしたのはなぜな
の？　わたしは彼に騙《だま》されたのよ。どうしてもっと文句を言わなかったの？
　それは、ジャックスを失いたくなかったから。
　トリーナはますます腹が立ってきた。しっかりしなさい。弱気になっちゃだめ。わたし
の人生に、男性なんて必要ないわ。
〝愛している〟感情をむき出しにしたジャックスの声が脳裏をよぎった。〝きみを愛して
いる、トリーナ。母親よりも……〟
　この一時間というもの、いったい何度ジャックスの言葉が頭の中で繰り返されたかわか
らない。だが、トリーナはそんなジャックスの言葉を改めてじっくりと考えてみた。普通、
恋人に抱いている愛を母親に対する愛情と比較するかしら。どう考えても変よ。でも、そ
れだけジャックスがトリーナを愛しているという意味なのかもしれない。深く考えれば考
えるほど体中が熱くなり、彼とは二度と会わないという決意が鈍りそうになる。トリーナ

は膝の間に顎を挟み、母親の視点から考えてみた。

だめ。無理に決まっているわ。力が抜け、脚を抱えていた腕がはずれた。上半身をゆっくりと起こし、ソファにのせていた足を滑らせて床につけ、背中をぴんと伸ばす。

ジャックスは母親への愛のほかに、愛の深さを比べる対象を知らないのかもしれない。人は誰でも恋をするものだ。トリーナはこれまで友人たちが恋をしたり、逆に愛が冷めてしまったりするのを何度も見てきた。でも、ジャックスの場合、別の女性と真剣に恋をしたことがないのではないだろうか。

トリーナ自身、いわゆる真剣な男女の愛は経験したことがないかもしれない。それでもカーリーとはまさに心の友のような仲だし、エレンやマックのことも両親のように思っている。彼らと知り合う前にしても、トリーナには愛すべき家族や、数は少ないが親しい友人はいた。話を聞いたことはないが、ジャックスにもおそらくどこかに友人がいるはずだ。彼への純粋な愛情で彼の心とつながっている人が。

だけど、今日のジャックスは、そんな人間はこの世に誰もいないかのような口ぶりだった。自分の居場所はどこにもなく、昔からの知り合いのように心を許せる相手はこの世には誰ひとりとしていなかった――確かにそう言っていた。

彼の言葉には説得力があった。湯たんぽのようにわたしの傷ついた心を温め、癒《いや》してくれた。なのに、ジャックスはわたしに対する気持ちを表したにすぎないのだと思って、もっと広い視野に立って言葉の意味を考えることはなかった。

ジャックスはひとりぼっちなのかもしれない。

ビッグ・ジムとの短い結婚生活の間、たまに息子と電話で話したあと、彼がひどく悲しそうな顔をしていることがよくあった。トリーナはできるだけ黙って見ていたが、ジャクソンの恩知らずぶりを非難したことも少なからずある。そんなとき、ビッグ・ジムはいつもこう言ったものだった。〝当然の報いなんだ。わたしがまいた種だからね、スイートハート〟

あのときは、そんなビッグ・ジムの言葉が信じられなかった。だが、ジャックスが父親を避けようとしていたのには、それなりの理由があったのかもしれない。トリーナはあくまでもビッグ・ジムを擁護するつもりだったが、ひとつだけ否定できないことがあった。それは、周囲に自分がどう思われているかということをビッグ・ジムは必要以上に気にしていたということだ。そのせいで息子が不本意な思いをさせられていたとすれば、ジャックスの言い分にも一理ある。

トリーナははじかれたように立ち上がった。ジャックスを正当化するなんて、わたしったら……。体を曲げ、さっき脇《わき》へ放ったギフトバッグを拾い上げた。

ギフトバッグの中にサインボールを入れた箱を収め、バッグに入っていた薄紙でそれを覆った。

愛している。

ジャックスのささやき声が脳裏をよぎり、トリーナは首が震えるほど肩をすくめた。彼の行動が、言葉以上に彼の本心を物語っているのかもしれない。

きみを愛している、トリーナ……。

悪態をつきながらバッグをつかみ、コートクローゼットに歩み寄る。ドアを開け、奥に向かってバッグを放り投げると、再びばたんとドアを閉めた。

だが、自分の目につかない場所へ隠すだけでは気がおさまらず、玄関ホールへ向かった。頭が混乱して、自分がどうしたいのかもわからない。神経が過敏になり、少し前までは一秒でも早くひとりになりたかったのに、今は四方から壁がどんどん自分に迫ってくるようで、ひとりでいるのが不安でしかたがない。早くここから出なければ。どこかゆっくり呼吸のできるところへ行かなければ。

ようやく玄関にたどりつき、ノブに手をかけたところで、もう一度コートクローゼットを振り返った。

だめ。あのボールを置いてはいけない。

「まったく、なんてことかしら」トリーナは声に出して言った。「ほんと、どうしようもないわ。あんな愚か者のことなど、忘れてしまうべきなのに」ビッグ・ジムが死んだあと、あのサインボールはクローゼットに入れておけば十分だと思っていた。あのボールがものすごく貴重なお宝だと知ったあとも、もっと安全な場所に隠すことなど思いもよらなかった。

だが、どうやらあのボールの存在に、ジャックスの身の安全がかかっているらしい。だからといって、彼のためにあのボールを返すと決めたわけじゃないわ。心の奥には、このまま怒りの波に乗っていたいと思う自分がいる。もちろん、あのボールはもうわたしのものになったんだと主張する欲張りな自分も。だってわたしはそれだけの犠牲を払ったんだもの。でも、ジャックスはどうなるの？

たとえボールを彼に返すと決めたとしても、今夜はもう会うつもりはない。だったら、ボールをクローゼットに残しておこうがどうしようが、関係ないじゃない。

しかし、心の中でどれほど理由をつけても、なぜかサインボールを持っていったほうがいい気がしてならなかった。しかたなくトリーナはボールを取りに行き、慌てて玄関へ戻ると力いっぱいドアを開けた。

目の前にマックとエレンが立っていた。

思いがけず顔を合わせたエレンとトリーナは、同時に驚きの声をあげた。トリーナは反射的に空いているほうの手で心臓を押さえた。エレンは皿を持っていた。皿が傾き、のっていたクッキーが横滑りを始めたが、マックがすばやくエレンの指を支え、なんとか落下せずにすんだ。

「もう」口から出かかった悪態をのみ込み、トリーナは息を吐き出した。「びっくりしたわ」

「ほんと、驚いた」指を放したマックの手首を軽く叩《たた》きながら、エレンも言った。「白髪が二、三本増えたかもしれない」そう言って笑い、ごちゃまぜになったクッキーを手際よく並べ直しながら、薄茶色の目を輝かせてトリーナを見つめた。「ごめんなさいね、トリーナ。物音がしたからあなたが帰ってきたのかと思ったのよ。それで、オーディションがうまくいったのかどうか聞きたくて、わたしたち、いてもたってもいられなくなったの」

わたしたち？　よく見ると、マックはエレンの腰に軽く手を当てている。さらに、エレンはわずかにマックに背をもたせかけているようだ。

うらやましくもあったが、トリーナはふたりを心から祝福した。仲睦《むつ》まじいカップルを見るのはうれしいものだ。

「出かけるところだったのかい？」マックが尋ねた。「それならいいんだ。本当のことを言うと、ドアが勢いよく閉まる音が聞こえたから少し心配したんだよ。もしうまくいったのなら、おまえたちは今ごろ祝杯をあげに行って、当分帰ってこないんじゃないかと思っていたから」マックは眉をひそめ、焦茶色の瞳でトリーナを見つめた。「うまくいったんだろう？」

トリーナは、自分やカーリーを娘のように心配してくれるマックが大好きだった。だから、にっこりと微笑《ほほえ》んだ。トリーナの唇がカーブを描いたのは、その日の朝、ジャックスの財布を開けて以来、初めてだった。

「木曜日の夜にならないと、はっきりしたことはわからないの。でも、カーリーもわたしも、すごくうまくいったと思うわ。それから、そう、今、出かけようとしていたところよ。ダンサー仲間が何人か集まって、カジノで祝杯をあげてるから」仲間に加わるかどうかまだ心を決めかねていることまでは、言う必要はないわね。

「それなら、引き止めては申し訳ないわね。オーディションの出来具合を聞いて、これを渡したかっただけなの」エレンはクッキーの盛られた皿を差し出し、爪先立ちしてトリーナの頬にキスをした。「おめでとう！　きっとうまくいくと思っていたわ」

「そのとおりだ」マックが言った。

「まあ、あなたがたったら。でも、ありがとう。心配してくれてうれしいわ」まあ、どうしよう。ふたりの優しさに触れ、トリーナの目頭が熱くなった。今のわたしに必要なのはこれなのかもしれない――優しいエレンとマックの前で思いきり泣くこと。

「そういえば、ジャックスはいないのか？」マックが言った。「まだ話してないのかい？」

出かかっていた涙はあっという間に引っ込んでしまった。トリーナはジャックスの名前を出してくれたマックに心の中で感謝した。「彼には、真っ先に報告したわ」嘘ではない。

「劇場の外で待っていてくれたのよ」エレンとマックには近いうちに本当のことを言わな

ければならないだろう。でも、今日はだめ。まだ心の準備ができていないから。

しばらく立ち話をしたあと、トリーナはふたりがエレンの部屋に姿を消すのを見届けた。なんて幸せそうなのかしら。それに比べてわたしは……。トリーナはため息をこらえ、車へ向かった。

しばらくして〈アヴェンチュラト〉に到着したころには、ひとりで落ち込んでいるよりは、みじめな思いをしながらでも誰かと一緒にいたほうがいいという結論に達していた。ひとりでいても、あれこれ考えすぎて堂々巡りをするだけ。それでなくてもさんざんな一日だったのに、これ以上頭痛の種を増やすことはないじゃない。仲間と一緒なら、自分のことばかり考えなくてもすむだろうし。

トリーナはまっすぐに、カジノの中心部にあるダンサー仲間のお気に入りのバーへ足を運んだ。彼女の三十五歳の誕生日を祝った店だ。しかし、カーリーやイヴの姿はなく、しかたなく別の店へ行ってみることにした。

だが、どこへ行っても仲間たちには会えず、二十分後には最初の店へ戻ってきた。トリーナはちょうど通りかかった顔見知りのウエイトレスを呼び止めた。「ねえ、クラリッサ、今夜、カーリーは来てない？」

「来てたわよ。仲間と一緒に。少し前だったかしら。『サンダー・フロム・ダウン・アンダー』に間に合うかしら、とかなんとかって言ってたけど」

もう、最低。クラリッサに礼を言うと、時計を探して店内を見渡した。もちろん、あるはずがない。ここはカジノなのだから。それに、ショーに間に合うように〈エクスカリバー〉に行けるとしても、マッチョなオーストリア人男性の裸を見たい気分ではなかった。

これは、やっぱり家に帰ったほうがいいという神の思《おぼ》し召しかもしれない。それにしても踏んだり蹴《け》ったりね。ひとりになりたいときには誰かがいるし、せっかく誰かといたいと思ったときには誰もいないなんて。しかたない、家に帰ってベッドに入ろう。そう心を決めて、出口へ足を向けた。

しかし通りに出たとたん、自分の足が駐車場ではなくラスベガス・ストリップをまっすぐに進もうとしていることに気づいた。空には稲妻が走り、東の砂漠の上空には真っ黒な雲がわき上がっている。雨の降らない雷雲だ。やがて、トリーナは〈ベラージオ〉の中に入った。

ロビーの中に入ったところで、足を止めた。どうしよう。こんなこと、あまりいいアイデアとはいえないわ。

あまりよくないどころか、悪すぎる。しかし、ジャックスの最終戦を見なければという突然降ってわいたような思いは、あっという間に自衛本能に打ち勝った。トリーナは断固とした足取りで、天井に咲き乱れるデイル・チフーリの制作したガラス細工の花畑の下を抜け、温室と植物園を通り過ぎ、先日ジャックスに連れていってもらった広いボールルームをめざした。しばらくしてようやく目的地に着いた。背の高い両開きの扉の取っ手に手を伸ばす。しかし扉は開かなかった。

「いやだわ」トリーナは持っていたギフトバッグを床に置き、両手を使って両開きドアのふたつの取っ手を持ち、がたがたと揺すってみた。しかし、扉は開かない。トリーナはパニックに陥った。「どうして開かないの?」

「どうかなさいましたか?」

興奮して息を切らしながら振り向くと、中年の黒人男性が近づいてきた。〈ベラージオ〉の保守管理部門の従業員の制服を着ている。トリーナはバッグを持ち、従業員の男に向かって歩きはじめた。相手まで距離があるのを幸いに、なんとか落ち着きを取り戻そうとした。参ったわ。ジャックスに裏切られたぐらいで、たった一日で、どうしてわたしはこんなに気が弱くなってしまったのかしら。彼の最終ゲームが見られないからといって、わたしの人生が変わるの?　見ても見なくても、結果は同じじゃないの。ジャックスと顔を合わせることを考えただけで、トリーナの胃はちくりと痛んだ。

それでも……。

「ポーカー・トーナメントの最終戦を見に来たのに、ドアに鍵《かぎ》がかかっているの。もう、終わってしまったのかしら?」ジャックスは賞金を持って、とっくに町を出ていってしままったの？

「いいえ、わたしが聞いたかぎりでは、まだ三人のプレーヤーが残っていました。ただ、もうあのように広い部屋は必要ないので、いちばん狭いデガス・ルームに会場を移し、さらにその部屋をふたつに仕切って、そのうちのひとつで最終戦を行っているのです。よろしければその部屋へご案内いたします」従業員の男はトリーナが歩いてきた方向へ戻りはじめた。「残念ながらお客様がテーブルに近づくことはできませんが、試合はテレビ中継されています。仕切られたもう一方のスペースで、ケーブルテレビによる中継がご覧いただけるようになっています」

そのほうがいいわ。ジャックスと顔を合わせる心配をすることなく、トーナメントの結果を知ることができるもの。

従業員の男は、金歯を入れた前歯を見せて満面の笑みを浮かべた。「先ほど、ゲームの様子を少しだけのぞいたんですよ。プレーヤーのそれぞれの手持ちのカードがカメラを通して見られるようになっていましてね。ゲームの進行具合が手に取るようにわかるんです」男はドアの前で足を止めた。「こちらです」そう言って、ドアを開けた。「どうぞ、楽しんできてください」

部屋の中には、想像以上の人々が集まっていた。トリーナは人々の膝の前を通り過ぎて空席をめざす。不安で鼓動が速まるのを感じつつ、空いた椅子に腰を下ろし、サインボールの入ったギフトバッグを椅子の下に押し込んだ。それからゆっくりと目を上げて大きなテレビスクリーンを見つめた。ジャックスの顔が目に入ったとたん、トリーナは思わず息を止めた。

テーブルにはほかにふたりのプレーヤーが座っていたが、トリーナはほとんど目もくれなかった。ジャックスはサングラスをかけ、まったくの無表情だった。チップの山をいじっている長い指のほかは微動だにしていない。黒縁のサングラスと黒いスーツのジャケットを見て、トリーナは無理に皮肉った――あとは黒い中折れ帽があれば、ブルース・ブラザーズだと言っても十分通りそうね。やがてジャックスはいじっていた山からチップを数枚取り、残りをテーブル中央のポットにすべて押し出した。

「なんてこった」トリーナの一列前の、ふたつ席を挟んだ向こう側に座っている男がつぶやいた。「いったい、あいつ、今夜はどうしちまったんだろう?」

トリーナは驚いて身を乗り出し、男の肩を叩いた。

「おい!」男が怒鳴った。「おれの体に触るな」しかし肩越しに振り返ってトリーナの顔を見たとたん、男の態度はころりと変わった。「おっと。いや、今の言葉は取り消すよ。触りたければ好きなだけ触ってくれ」

「どういう意味?」トリーナは尋ねた。男がぽかんとしているのを見て、さらに言った。

「ギャラガーのことよ」

「誰だって? ああ、ギャラガーか」男はうんざりしたように首を横に振った。「今日のギャラガーは、席に座った瞬間からまるで夢遊病者みたいだったんだよ。今も、チップを賭《か》けたろう?」男はスクリーンに向かって顎をしゃくった。「引いたのは、クラブの7とダイヤの2だぜ。普通なら降りるよ」

「はったりをかけているのかもしれないわ。彼に聞いたことがあるの。パリのトーナメントで勝てたのは、いつも保守的な賭け方をしてきたからだって。彼がオールインで勝負に出たから、相手が降りたんですって」

「いや、それは今回はありえないな」

男がそう言ったのと同時に、テレビのアナウンサーが叫んだ。

「これは驚いた! 信じられない展開だ! スミスが勝負を降りました」

男は肩をすくめ、トリーナに向かって小さく笑った。「なるほど、あんたの言うとおりだ。だが、さっきのおれの言葉を撤回するつもりはないよ。今日のギャラガーは変だ。あれは、頭がゲーム以外の別の場所に飛んでいる」

隣の男も賛同したが、最初の男はそんなことにはかまわずに、トリーナをじろじろと見つめた。「あんた、ギャラガーの知り合いなのか?」

「そのつもりだったんだけど」トリーナは苦々しげに答えた。しかし、わけがわからないと言わんばかりの男の表情を見て冷静さを取り戻し、言い直した。「昔、ちょっと知っていたの」

「どうだい」男はトリーナの体を見回し、視線を胸の上で一瞬止めたあと、再び目を見つめた。「一杯おごらせてくれ」

「うれしいけど、けっこうよ」トリーナは笑みを浮かべて気まずさをごまかした。

男は肩をすくめ、スクリーンに向き直った。

ジャックスは次のゲームを降りた。残るふたりのうち、エースを三枚持っていたほうがオールインで勝負に出た。しかしもうひとりのプレーヤーが最後のカードでフルハウスを取り、勝負に出たプレーヤーが負けた。

残るプレーヤーはふたりだ。

そのとき盛大なファンファーレが鳴り響いた。百万ドルの賞金がのった台車を押す三人の美女が現れ、いんげん豆の形をしたテーブルの端に現金のピラミッドを積み上げた。脇でさりげなく警備をしている背の高い無愛想な男が、カーリーの新しい隣人であることにトリーナは気づいた。

大げさな演出が、いよいよ残るプレーヤーがふたりにしぼられたことを強調した。しかし、トリーナの前に座る男は正しかった。ジャックスはまったくゲームに集中できていないうえ、トリーナの周囲の全員があきれたことに、次から次へと悪手を打ち続けた。ジャックスのチップはみるみる間に減っていき、とうとう一山になってしまった。

ジャックスが負けていくのよ、もっと喜んでもいいんじゃないかしら。自業自得だと思って、踊り出したい気分になってもいいんじゃないかしら。頭ではそう考えているのに、なぜか胃がよじれる思いがした。ジャックスもトリーナに負けないほど混乱し、苦しんでいるらしい。だが、トリーナはうれしいどころか、気が滅入《めい》る一方だった。まるですべての喜びが自分の世界から吸い上げられていくかのように。

ついにジャックスは残りのチップをすべて賭けた。そして負けた。

トリーナはしばらく呆然《ぼうぜん》として座っていた。まわりの観客はみな荷物をまとめ、次々と退出していく。いったい、どういうこと？　ジャックスが立ち上がり、画面から消えるのを見つめながら、トリーナは心の中でつぶやいた。彼は負けたのよ。でも、二位とはいえ、わたしがこれまでの四年間で稼いだ以上の賞金を手にすることはできたのだから、いいじゃない。さあ、家へ帰りなさい。ワインでも飲んで、彼が言ってくれたようにサインボールを売ることを考えましょう。どんなダンススタジオを始めるか、ってことも。

しかし、トリーナは自分の心の声に耳を傾けるつもりはなかった。もっとも、そんなことは最初からわかっていたことだ。

ジャックスとは顔を合わせないという決意などすっかり忘れ去り、トリーナは座席の下からギフトバッグを取り出した。ジャックスを捜しに行かなくては。

23

試合会場を足早に出たジャックスだったが、半分に仕切ったもう一方の観客用の部屋から出てくる人波に行き当たった。しかたなく足を止め、人々が通り過ぎるのを待つことにした。

帰っていく観客のひとりがジャックスに気づき、哀れむような視線を向けた。「今日はついてなかったな」

無関心を決め込んでいたジャックスの心に、ガラスの破片のように、みじめさが突き刺さった。しかし、なんとか平静を装って肩をすくめる。「どうも。勝つこともあれば、負けることもありますよ」

トーナメントプロを追いかけて回っているグルーピーのふたり組がジャックスのもとへ駆け寄り、ジャックスを挟むように立った。「ハーイ、ジャックス」ブロンドが濃く、胸の大きいほうの若い女性が猫撫《な》で声を出した。「サインしてくれる?」

「ああ、いいとも」くそっ。早くここから逃げ出さなければ。しかしジャックスはふたりのファンのために笑みを繕い、ジャケットの内ポケットからクロス・マトリックスの万年筆を引き抜いて、女性たちが差し出した紙にサインをした。そしてくるりときびすを返すと、向かっていた方角とは反対の方向へ歩きはじめた。

人の流れが落ち着いたら戻ればいい。今は誰かと話したい気分じゃないんだ。今日のゲームはいまだかつて経験がないほどみじめな出来だった。ロビーに向かう間ずっと、自分の情けない戦いぶりを分析するファンの話など聞きたくはない。批評にさらされる筋合いはない、と考えているわけじゃない。ただ、今はそういった批評を素直に受け入れられるような状態じゃないだけだ。

それでも、文句を言われる理由はたっぷりと揃《そろ》っていることに異論はない。ポーカーは極度の集中力が要求されるゲームであるのに、今日のジャックスには集中力がまったく欠けていた。今日のプレーぶりはプロらしからぬどころか、元気のないアマチュアのようだった。そして、それらの原因はすべて、トリーナのことがほとんど頭から離れなかったことにある。

ちくしょう。彼女のことを思い出すだけで体中を貫く、この苦しいほどの心の痛みはなんなのだ。愛なんて最低だ。

いや、違う。ジャックスは急に足を止めた。愛はすばらしいものだ。短い間だったが、幸運にも愛をつかむことができたじゃないか。これまで幸せを感じたことなどなかった自分が、ほんの少しの間とはいえ、トリーナと幸せな時間を過ごせたんだ。最低なのは、愛を上手に扱えなかった自分のほうだ。最終戦の下手なプレーぶりを批判されたくなくてカジノの通路をこそこそ歩かなければいけなくなったとしても、その原因を作ったのは自分自身じゃないか。ジャックスは再びきびすを返し、来た道を引き返した。

そろそろ自分を哀れむのはやめにすべきだ。男らしく自分の未来と向き合わなければ。

まだ間に合う――トリーナはそう信じて、人々でごった返す〈ベラージオ〉のロビーに向かった。息を切らしてようやくたどりついたが、ジャックスの姿はない。いったいいつ彼を見逃したのだろう。ロビーを横切りチャペルへと向かう、美しい衣装で着飾ったカップル。広々としたメインロビーの受付デスクでホテルのチェックインやチェックアウトの手続きを待つ人々、そしてチフーリのガラス細工の下で、房飾りのあるベルベットの長椅子に腰かけ、高級品店のショッピングバッグから品物を取り出しては笑いながら買ったものを見せ合う女性グループ。しかし、非の打ちどころがないほどぴったりしたジャケットに、はき慣らしたジーンズ姿の、背が高く肩幅の広い男性の姿はどこにもなかった。

そんなはずはないわ。一、二分遅れて部屋を出ただけなのに。

トリーナはがっくり肩を落とした。急に疲れを感じ、頭をまっすぐにすることもままならなくなった。トリーナは近くの椅子に座り込み、ギフトバッグを足元に落とした。

トリーナはこれまではいつも実際的だった。しかし、今の彼女はただやみくもに、ジャックスに会えることだけを期待して、彼の背中を追っていた。ゲーム終了直後に観客席にいたときは、それがあまりにもすばらしいアイデアであるように思えたのだ。しかし、今は、自分でも信じられないほど非現実的だったことを思い知らされた。

長くて、とても疲れる一日だった。今日は先のことも考えずに突っ走ってばかりいた気がする。ジャックスを見つけていたら、どうしていたのだろう。何があろうといずれは落ち着くところに落ち着くのが当たり前、なんてどうして思っていたの？　わたしらしくないわよ。ああ、もうくたくた。家に帰ろう。

だが、立つことさえできない。足は鉛のように重く、ひどい頭痛がする。もうだめ。とにかく早く家に帰らなくちゃ。

そのとき、ジャックスの姿が見えた。試合会場のほうからロビーに向かって歩いてくる。どうして彼より早くロビーに着いたのかは知るよしもないが、彼の姿を一目見たとたん、エスプレッソのダブルショットをじかに静脈に注入されたかのように、トリーナの疲れは吹き飛び、体中にエネルギーがみなぎった。トリーナはすばやく立ち上がった。

しかし、ジャックスに自分の存在を知らせるより早く、ジャックスの両側にふたりの男性が近づくのが見え、トリーナは再び腰を下ろした。もう。身をかがめ、絨毯《じゅうたん》敷きのフロアに足を叩《たた》きつけた。それから、はやる気持ちを抑え、背を椅子にもたせかける。ファンらしいふたりの男性は、年齢的にはジャックスの兄弟くらいだろうか。だが、ジャックスに話しかける彼らの様子には、どこか張り詰めたものがある。一分、いえ、二分だけ我慢して、ジャックスに向かって歩きはじめることにしよう。彼と顔を合わせて何を言うつもりなのか、自分でもよくわからない。でも、このままでは落ち着かない。とにかく行けばなんとかなるわ。

ファンの男たちがジャックスから離れる気配はなく、むしろ三人はトリーナのほうに近づいてきた。

そのときトリーナは様子がおかしいことに気づいた。よく見ると、ジャックスと一緒にいる男たちは、観客席で見ていたポーカーファンとは見た目にもまったく違うタイプだ。ジャックスがスマートに見えるほど体格がよく、ボディービルダーかナイトクラブの用心棒かと思うほどだくましい。眉をひそめてジャックスをにらみつけ、彼を追い立てるように両側から挟んでいる。あれでは、まるで……。

思い出した。トーナメントは終わったんだわ。どうして今まで忘れていたのかしら。ジャックスを脅迫している男たちが、彼を待ち伏せしていることを。

三人はもうすぐそこまで来ていた。トリーナは必死になって考えた。どうすればいい？　声をあげて大騒ぎをするべき？　それとも警察に連絡したほうがいいの？

でも、もしすべてわたしの思い違いだったら？　人は見かけによらないって言うじゃない。悪役っぽいからといって、必ずしもそうとはかぎらないわ。大騒ぎをしたあげく、実はポキプシーからやってきた歯医者さんだった、なんてことになったら、大恥をかくだけじゃない。

　でも、もし予想が正しかったらどうするの？　何もせずにここに座っていたら、わたしは一生自分が許せないわ。トリーナはバッグから携帯電話を取り出し、通話ボタンを押して、大声をあげる準備をした。わたしはわたしのできることをするまでよ。

　しかし、トリーナが一言も発することができず、携帯電話で警察を呼び出す番号をすべて押し終わらないうちに、ジャックスと目が合った。

　ジャックスは驚いたように立ち止まった。彼はぴたりと口をつぐんだとほぼ同時に再び足を踏み出したが、ジャックスの動きについていけなかった両脇《りょうわき》の男たちは彼に衝突し、はずみでジャックスは前に向かって激しくよろめいた。

　その瞬間、トリーナの予感は確信に変わった。

　ジャックスはじっとトリーナを見つめたままだ。よかった、ひとりで考えるよりふたりでアイデアを働かせたほうがずっといいもの。しかし、ジャックスはトリーナの顔を見ても、少しもうれしそうな顔をしていないし、安心したそぶりも見せてくれなかった。それどころか、目を細くし、ホテルの出入口に向かって顎を小さくしゃくっている。まるでちょっと散歩でもしてきてくれとばかりに。ううん、きっとわたしの勘違いだわ。トリーナは首を横に振ってふたりの男たちをさりげなく指し示し、それから手に持った携帯電話を見せた。

〝だめだ！〟ジャックスは声を出さずに言い、今度ははっきりと顎をドアに向けてしゃくるとトリーナをにらみつけた。〝うせろ〟

「おい」ジャックスの右側にいる男が言った。「見ろよ、ポーカーするときは偉そうに大物ぶっているくせに、すっかり怖《お》じ気《け》づいて足腰が立たねえらしいぞ」首の太い男がジャックスを見てあざ笑った。「こんなところで小便を漏らしてくれるなよ、ギャラガー」

「体が麻痺《まひ》しちまったのかもな」ジャックスの左側の男が言い、ふたりは自分たちの冗談に高笑いした。

ふたりはジャックスをしっかりと間に挟むと、トリーナのすぐ横を通り過ぎた。トリーナが手を伸ばせば、近いほうの男に触れられるほどの距離だ。どうやって救出するのがいちばんいいかしら……こうなったら、ジャックスがなんて言おうと関係ないわ。トリーナが頭をひねっているところに、ジャックスのうんざりしたような声が聞こえた。「おまえたち、路上パフォーマーにでもなったらどうだ？　才能があるのに、セルゲイにこき使われているだけなんてもったいないぞ」

三人の男たちはあっという間にロビーを横切り、駐車場へ続く出口へと姿を消した。

トリーナは三人のあとを追いはじめた。しかし椅子から数歩進んだところでサインボールのことを思い出した。

トリーナははっとした。そうだわ、サインボールがあるじゃない！　目の前がふいに明るくなった。なんとなく持ち歩いていたようだけど、やっぱり理由はあったのよ。ダンススタジオが何よ。これがあればジャックスを救えるわ！　トリーナは椅子に駆け戻り、片手でさっとバッグを拾い上げると、ジャックスがふたりのいかつい男に挟まれて出ていったドアに小走りで向かった。

昇降口に入ると、足を止め、耳を澄ました。自分の鼓動に重なるように、階段を上っていく人の足音が聞こえる。できるだけ音をたてないよう気をつけながら、トリーナも階段を上りはじめた。同時に携帯電話を耳に当て、通話ボタンを押した。ジャックスは反対したけど、かまうものですか。警察に電話するのがいちばんよ。万が一ってこともあるもの。

しかし、なぜか呼び出し音が鳴らない。電話を耳から離したトリーナは信じられない思いで画面を見つめた。圏外？

不安がさらなる怒りを呼び、トリーナの膝から力が抜けそうになった。「もう、この役立たず！」トリーナは吐き捨てるように言い、携帯電話をぱたんと閉じると、バッグに投げ入れた。安い携帯はこれだからいやよ。こうなったら、コンクリートの壁に電波がさえぎられる心配のないロビーにでも戻らないかぎり、わたしひとりでなんとかするしかないわ。トリーナは深々と息を吸い込んで心の動揺をのみ込み、階段を上り続けた。

ジャックスはあえて抵抗することなく、セルゲイの手下に引っ張られるように駐車場の階段を上っていった。トリーナの姿を見てから冷や汗をかき続けたままだが、彼女とイワノフ兄弟の距離が離れれば離れるほど、安心感は増した。トリーナがロビーで何をしていたのかはわからない。だが、できれば自分とは無関係であることを願いたい。彼女がこのふたりと携帯電話を指さした意味もわからない。ぼくが無理やり連れて歩かされていたことは気づいているだろうが、この状況を改善する方法など彼女に思いつけるはずがない。

こんなことになったのは、ほかでもない自分のせいだ。最初から最後まで、状況を読み違えた自分の責任だ。手元にないサインボールを賭《か》けて勝負に負け、サインボールを手に入れるためにトリーナに嘘《うそ》を言って近づいたのはすべてぼく自身だ。ぼくが責任をとらなくてどうする？　トリーナとセルゲイ・キロフを会わせるわけにはいかない。彼女がサインボールを持っていることをセルゲイに知られたら――そう考えただけでまた冷や汗が出てきた。

やはり、彼女を追い返したのは正解だった。

どうして彼女が自分を助けてくれようとしたのかはわからない。ぼくの〝うせろ〟という言葉で彼女が正気を取り戻したかどうかも疑問だが、とりあえず、ああ言ったことは、間違っていなかったはずだ。

とにかくトリーナは無事なのだ。階段を踊りながら上ってもよさそうなものじゃないか。それなのに、この一抹の寂しさはなんだろう。とても踊る気になどなれない。

イワノフ兄弟に連れられたジャックスが駐車場の四階にたどりつくと、物陰から軽いアクセントのある声がした。「よく来たな、ジャックス」階段から少し離れた場所に置かれた異様に長いハンヴィー・リムジンの四角いボンネットの向こうから、セルゲイが姿を見せた。「会えてうれしいよ」

「ぼくもだ」セルゲイが立っているほうに向かってふたりの大男に背中を押し出されながら、ジャックスはそっけなく答えた。「せっかくの招待だからな。もっとも、最初は丁重に断りを入れさせてもらおうかと思ったのだが。なにしろ、今日は長い一日だったのでね。だが、どうにも断れない状況に陥ってしまったようだ」大男たちはようやくジャックスを放したが、ほんの数歩後ろでジャックスが逃げられないよう両脇を固めている。ジャックスは知らぬ顔をして唇をよじり、さりげなく言った。「驚いたよ」

セルゲイがにこりともしないので、ジャックスは肩をすくめた。今日のセルゲイは、黒く染めた髪をリーゼントにし、ラインストーンを埋め込んだ真っ白なジャンプスーツを着て、流れるようなスカーフを首に巻いている。

「今日はまた、ずいぶんきらびやかだな」

セルゲイは一瞬、得意そうに目を輝かせ、大好きなロックンロールの王様エルビス・プレスリー風に答えた。「それはどうも、あ、り、が、とう!」しかし、ジャックスが手ぶらなのに気づくと、急に顔をゆがめた。「トーナメントは終わったぞ。ワールドシリーズのサインボールはどこだ?」

男らしく罰を受ける覚悟を決めていたジャックスだったが、気がつくと口からでまかせを言っていた。「トーナメントが終わった直後とは言わなかったぞ」

「つまり、持ってきていないということか?」

「ああ、そうだ」

セルゲイはジャックスをじっと見つめ、ゆっくりとうなずいた。「まあ、貴重なお宝を見張りつつ、最終戦を戦うってわけにはいかないだろうな。そのわりに、今日の試合はお粗末だったじゃないか」

「ベストの状態ではなかった」ジャックスは素直に認めた。

「だが、もう何も心配する必要はないぞ。どうだ、少しドライブしないか。おれのサインボールを取りに行こう」

痛いのは好きじゃない。特に自分が痛いのはごめんだ。だが、避けられない事態を先延ばしにしてもしかたがない。ジャックスはポケットに両手を突っ込み、体をそらしてセルゲイの目を見つめた。「ドライブはかまわないが、サインボールに関してはちょっと問題がある」

セルゲイは身動きひとつせずに、目を細めた。「なんだと?」

「ボールはない。あれはぼくのじゃなかった」

セルゲイの顔色が変わった。「知っていて黙っていたのか? 知ったのはいつだ?」

「少し前だ。だが、おまえのためになんとか手に入れようと努力はしたんだぞ」ジャックスは顔をしかめた。「悪かったな」

セルゲイが手下に向かって顎をしゃくった。ふたりの大男はすぐにジャックスの両脇に歩み寄った。ジャックスを近くの壁に押しやり、腕を一本ずつ取って冷たいセメントの壁に押しつけた。セルゲイが指を鳴らすと、制服を着た運転手が車の中から出てきて、後ろのドアに歩み寄った。ドアを開け、頭を入れて探っていたが、やがて何かを取り出し、セルゲイのところへ持ってきた。

コードレス式の釘《くぎ》打ち銃がセルゲイの手に渡るのを見て、ジャックスの血の気が引いた。

セルゲイが近づいた。「おれのサインボールを持っている人間の名前を聞かせてもらおう」

「それは言えない」

「ならば、それなりの代償を払ってもらうぞ」

ジャックスは唾《つば》をのみ込んだが、かろうじて冷静に言った。「どう転んでも代償は払わせるつもりなんだろう? 払うべきものを払わなかったのはぼくのほうだ。どんな罰でも甘んじて受けるさ」だが、壁に釘付けにされるのはごめんだ。そこまでされるいわれはない。

「サインボールの持ち主の名前を言え。そうしたら、あいつらに指の一、二本を折らせて終わりにしてやる」セルゲイが釘打ち銃を持ち上げた。「こいつは、おまえの後ろの壁に釘を突き刺せる威力がある。まあ、誰かが発見してくれるまで、動くことはできないだろうな。釘を抜くのもさぞかし手間がかかることだろうよ。おれだったら、耐えられない」

くそう。ジャックスは何度か唾をのみ込み、しゃがれ声で言った。「ボールの正当な持ち主をこんなことに巻き込んでたまるものか」

セルゲイは手下のひとりを見やった。男はすぐにジャックスの左手首を壁に押しつけ、大きな手でジャックスの握りこぶしを開いた。セルゲイは、ジャックスの手のひらに釘打ち銃の銃口を押しつけた。

「最後のチャンスをやるぞ」

ジャックスは、恐怖のにおいがセルゲイに届かないことを祈った。間もなくぼくは虫の標本のように壁にはりつけにされてしまう。そう考えると体が震え、膝の力が抜けていく。

だがジャックスは何も言わず、じっとセルゲイを見つめた。

「ねえ、ちょっと！　そこのエルビスさん！　あなたの捜し物って、ひょっとしてこれじゃないかしら？」

ジャックスははっとして顔を上げた。もう何も怖いものなどないと思ったところなのに。どうやら間違いだったらしい。

トリーナが階段の踊り場に立っていた。背後からあふれ出すネオンサインの光で、髪の毛が真っ赤に燃え立って見える。トリーナの足元には薄紙が散乱し、その中にジャックスが渡したギフトバッグが逆さになって落ちていた。祖父のサインボールはプラスチックのケースから出され、今はトリーナの手の中にある。トリーナはボールを上に放《ほう》り投げたかと思うと、落ちてきたボールをキャッチした。もう一度ボールを投げ、キャッチする。

彼女を巻き込まないようあんなに苦労したのに、どうしてわざわざやってきたんだ？ 憤ったジャックスの膝に、抜けていたはずの力が舞い戻ってきた。釘打ち銃が手のひらに押しつけられていることを忘れ、ジャックスは彼女を追い返すために壁から体を離そうとした。もちろんイワノフ兄弟に押し戻されたが、ジャックスはふたりを無視してトリーナをにらみつけた。「うせろ、と言ったはずだ」

「そうよ。それがどうかした？ あなたにはほかにもいろいろとくだらないことを言われたわ」トリーナもジャックスをにらみ返した。「あなたには腹が立ってしかたないわよ、ジャクソン。でも、そんな態度の悪いエルビス野郎にあなたがはりつけにされるのを黙って見ているのもいやなの」

「それが、おれのワールドシリーズのサインボールなのか？」セルゲイが言った。ジャックスはトリーナから視線をはずし、セルゲイを見やった。セルゲイはトリーナが投げてはキャッチ、投げてはキャッチを繰り返すボールを、むさぼるように見つめている。

　セルゲイの視線を感じながら、トリーナはきっぱりと答えた。「これは、わたしのボールよ」

「どうだい、それは、おれがもらったほうがいいと思うんだがね」セルゲイは氷のような冷たい口調で言った。「このセルゲイ・キロフを怒らせたくはないだろう？　あんたの友人を壁にはりつけにして、そのボールを奪うことぐらい、こっちにはわけないんだぜ」

　トリーナはセルゲイの脅しにもひるむことはなかった。「あなたこそ、わたしを怒らせないほうがいいんじゃないかしら。あなたが一歩でもわたしに近づいたり、ジャックスを傷つけたりしようものなら、このボールがどうなるか、わかっているでしょうね」トリーナは自分の言葉を証明するかのようにボールを持った腕をさっと右方向に伸ばし、駐車場の外壁を囲む手すりの向こう側の空間に手を突き出した。数階下の歩道にちらりと視線をやったあと、再びセルゲイを見つめる。「下にはすごい数の人がいるわよ、エルビスさん。わたしがボールを落としたらどうなるかしら？　慌てて取りに行ったところで、まず見つからないでしょうね」

「あんたにそんなことができるわけがない」セルゲイは自信たっぷりに言った。「ものすごく貴重なお宝なんだ」

トリーナはボールを放り上げた。今度は手を滑らせ、危うくキャッチしそこなうところだった。「おっと。危なかったわね」

セルゲイが、ジャックスにはわからない、たぶんロシア語で何かつぶやいた。そして釘打ち銃を下げ、完全にトリーナに向き直った。「望みはなんだ？　金か？」

「いいえ。あなたは公正にボールを勝ち取ったわ。でも、ジャックスはあなたを騙《だま》してボールを賭けたわけじゃないのよ。彼のお父さんは、いつもこのボールはいつか彼のものになると言っていたんだもの。ボールがわたしのところに来てしまったのは、ちょっとした運命のいたずらだったのよ。だから、あなたに交換条件を出すわ。ボールはあげる。その代わりジャックスを返して」トリーナはセルゲイが持っている釘打ち銃をにらみつけた。「もちろん、無傷で、よ。釘打ち銃はあくまでも釘を打つための銃でしょ。人間をはりつけにするなんて使い方、聞いたことがないわ」

セルゲイは指をもう一度鳴らした。運転手が現れ、釘打ち銃を引き取っていった。セルゲイはトリーナをうかがうように見つめた。「おれのエルビス姿をどう思う？　なんて言ったかな……その、いかしてるか？」

「ええ、いかしてるわ。本当よ」

「おれは、趣味がよくて、スタイルがよくて、勇気のある女が大好きなんだ」

「わたしの長所を褒めてくれて、うれしいわ。それで、どうするのかしら、エルビスさん？」

　セルゲイは一瞬トリーナを見つめたあと、大きくうなずいた。「いいだろう。交換しようじゃないか。ボールとギャラガーを」

「よかった。じゃあ五分後にロビーで会いましょう」

「だめだ。ここで交換する。今すぐがいい」

　トリーナは鼻を鳴らした。「いいえ、だめよ。わたしもできるだけ早くすませたいの。ジャックスを連れてきてね。そうすれば、取引終了よ」トリーナは手を引っ込め、階段を下りていった。

　セルゲイは今までトリーナがいた場所をぼうっと見つめていたが、やがてくるりと振り返ってジャックスを見た。トリーナに対する畏敬《いけい》の念がまだ目に残っている。「ああいう女なら、負けても悔しくはないな。戦士のような女だ。おまえは運のいい男だ。せいぜい彼女に感謝しろ」

「ああ」トリーナはとりあえず無事だった。ほっとしたジャックスはいくらか呼吸が楽になった。「本当に運がいいよ」だが、トリーナの運は尽きてしまった。

　セルゲイがすんなりボールだけを受け取るとは思えない。

24

「あんたと取引ができて光栄だ」セルゲイ・キロフは頭をかがめ、まずトリーナの左頬に、それから右頬にキスをした。体を起こすとワールドシリーズのサインボールをうやうやしく両手で持ち、ジャックスにそっけなくうなずいて去っていった。

トリーナは、ふたりがボールとジャックスを交換した、ロビーの無人の一角をあとにするセルゲイをじっと見つめた。「あの人、本当にとんでもない人ね」セルゲイの姿が消えたとたん、トリーナはほっとして言った。興奮してすっかりのぼせ上がったトリーナは、ベルベットの椅子から勢いよく立ち上がり、ついでにジャックスの手を引っ張って同じように立たせた。その手はきれいなままで、すり傷ひとつない。このありあまったエネルギーを燃焼して、頭の中に新鮮な空気を送り込まなくちゃ。ヒップを振り動かしてすばやく短いステップを決めると、トリーナはテラスのドアへジャックスを引っ張っていった。

うまくいった！　ものすごく怖くて、うまくいくかどうか自信はなかったけど、なんとか成功したわ。トリーナは誇らしげにドアを抜け、吹きさらしのテラスに出ると、さっと振り向いた。さあ、せいぜい褒めてもらわなくちゃ。両手を広げ、にこやかに微笑《ほほえ》みかける。「感心した？」さあ、もう一度聞かせて。愛してるって。

ジャックスはトリーナの肩をぎゅっとつかんで爪先立たせた。淡いブルーの目をいつも以上に燃え立たせ、鼻先をぐっとトリーナに近づけた。「いったい何を考えてたんだ？」

ジャックスに殴られて膝をついても、これほど驚くことはなかったかもしれない。トリーナは思わずジャックスの手を振りほどこうとした。しかしジャックスは手にいっそう力をこめ、トリーナを放そうとしない。トリーナは大声で言った。「あなたを救おうとしたのよ。そんなこともわからないの？」

「そんなこと、誰が頼んだ？」ジャックスも負けてはいない。ジャックスの指がトリーナの肩に食い込んだ。「帰れと言ったはずだ」

「違うわ。あなたは〝うせろ〟って言ったのよ！　何事もなく終わったからって、今になって取り繕おうとしないで」ジャックスの腕の間から両手を上げ、横に広げてジャックスの腕を振り落とした。しかし、一歩たりとも引き下がることはなく、むしろジャックスの顔に向かって顔を突き出した。「それより、無事で何よりだったわね」トリーナはジャックスの硬い胸を手のひらで叩《たた》いた。「そもそも、あんなばか者どもからあなたの指を守る手段を持っているこのわたしが、帰れと言われて素直に帰ると真剣に思ったの？　そうだとしたら、あなたはわたしのことを何もわかってないってことね。実のところ、危うく間に合わないところだったのよ。わたしがあそこへ着いたときには、あの頭のおかしなロシア人があなたの手のひらに釘《くぎ》を打ちつけて、十字架にかけられたキリスト様よろしく壁にはりつけにする寸前だったんだから！」思い出すだけで、吐き気を覚えるわ。

東の砂漠へ向かって吹きつける嵐《あらし》が、トリーナの髪を巻き上げた。髪はふたりの頭に同時にからまった。ジャックスは長い指を乱れた髪に差し入れ、トリーナの顔にかかったカールを払った。ジャックスがトリーナを見つめた。鋭く熱い視線が送られたと思った直後、ジャックスが唇を重ねてきた。次の瞬間には、トリーナは何がなんだかわからなくなっていた。

甘くて優しい愛撫《あいぶ》ではなかった。歯と歯、舌と舌がぶつかり合う、激しいキスだった。ジャックスに再び触れられることの喜びを感じつつ、燃え狂う火のような情熱でトリーナもキスを返した。

しばらくしてジャックスは唇を離し、ただじっとトリーナを見つめた。胸が上下するのがわかるほど、ジャックスの息は荒い。「ぼくがそんなことを気にしていたと思うのか？」ジャックスが尋ねた。

トリーナは目をしばたたいた。彼にキスをされた勢いで、何を言い合っていたのか思い出そうとしたのだ。ああ、そうだった。セルゲイと、釘打ち銃のことだったわね。

「ぼくが恐れていたと思うか？」疑問形にはなっていても、トリーナに答えを求めているわけではないのは明らかだった。トリーナが答えるよりも早く、ジャックスが続けてこう言ったからだ。「ピクニック気分だったとは言わないが、あれぐらいのことなら耐えられる。手の傷など、いずれ治るんだ」ジャックスの声が沈んだ。「だが、もしきみの身に何かあったら、ぼくは耐えられない。二度と癒《いや》されることもなかっただろう」

ジャックスはトリーナの髪をつかみ、厳しい表情を浮かべてじっと彼女を見下ろした。トリーナの心臓は胸から飛び出さんばかりに激しく打っている。

「ぼくは幼いときからずっと、人に調子を合わせることができなかった。同年代の子供には変わり者と思われていた。大人はぼくの頭に感心はしてくれたけど、共通の話題は持てなかった。ようやく同年代の人間と接するようになったときには、もう表面的な付き合いしかできないようになっていたんだ」トリーナの目を見つめたまま、ジャックスは親指でそっと彼女の頬を撫《な》でた。「そして、きみと出会った」

お腹《なか》の中のしこりが溶けはじめ、気持ちも軽くなった。「それで、恋に落ちたのね」

「ああ、そうだ。まるで四十階の窓から落ちた赤ん坊のようにね」ジャックスはトリーナの唇にそっとキスをし、頭を上げた。そしてスカイブルーの美しい目でトリーナを見つめ、にこりともせずに言った。「ぼくを許してほしい」

トリーナの心の隅にはまだ、憤りの気持ちがわずかに残っていた。しかしトリーナは大きく息を吸い込み、呼気とともにすべての悪感情を吐き出した。「いいわよ」

「それに今さらだが、今夜はぼくを助けてくれてありがとう」

「どういたしまして」

ジャックスの表情が和らぎ、唇に笑みが浮かんだ。「駐車場でのきみはすごいなんてものじゃなかった。きみには感謝している。さぞかし勇気のいることだっただろう。だが、セルゲイは何をしでかすかわからない男だ。ぼくやあのサインボールのせいで、きみがあいつに傷つけられていたら、ぼくは二度と立ち直れなかったと思う」

トリーナはジャックスの首に腕を回した。「それで、あなたのことをどうすればいいのかしら、ジャクソン・ジャックス・ギャラガー・マコール？」

「そうだな、ぼくが社会の厄介者であることは確かだ。だからきみの家に連れていってくれないかな。誰かを傷つける前に、ぼくをどこかにかくまってほしい」

「どれくらいわたしと一緒にいるつもり？」

「それは場合による」ジャックスはトリーナの髪を放すと、手を肩から背中へと撫で下ろし、ヒップを包み込んだ。風を受けて再びトリーナの髪が乱れ、彼女の顔を覆う。ジャックスは少しでも風を避けられる場所へ彼女を移動させた。「喧嘩《けんか》をするたびに、ぼくは自分の不面目な行いを引き合いに出して責められるのかな？」

「永遠にということはないわね」トリーナはもったいぶったように言った。「でも、あと三カ月や四カ月くらいは、しぼり出してちくちく責めることになるかも」

「三十年や四十年ではどう？　しぼり出すものがなくなったらもう一度、交渉し直そう」

「取引成立ね」そう言ったとたん、トリーナの顔から笑みが消え、心臓をつかまれたかのような痛みが襲った。「わたしもあなたを愛しているもの」

「ああ。気持ちが落ち着いたとき――二分ぐらい前のことだけど――ぼくもそれを思った。ぼくのことを愛してくれているからこそ、あんな危険なまねをしてくれたんだね」

「わかってくれればいいの。もう二度とあんなことはしない。でも、あなたこそ、あんな結果を招くような愚かな賭《かけ》はしないで。お願い」

「かしこまりました」

　ジャックスの熱いまなざしに打たれ、トリーナも熱いキスを返した。やがて唇を離して息を吸い込むと、額の髪を払ってじっとジャックスを見上げた。ジャックスにどっぷりとつかっていたい。幸せの光を放つ彼のスカイブルーの瞳。頬骨に沿って紅潮した頬。たくましくて、わずかに突き出た顎もすてきだわ。そのときトリーナは重要なことに気がついた。「わたしたちはこれから三十年か四十年、交渉しだいではその後もずっとふたりで楽しく過ごすのね？」

「ああ、そうだ」ジャックスは笑いながらトリーナを抱き上げ、くるくると回った。ようやく止まると、笑みを浮かべてトリーナの目をのぞき込んだ。「銀行口座を賭《か》けて誓ってもいい、スイートハート」

エピローグ

「イタリアに乾杯！」

カーリーの乾杯の音頭に合わせて、トリーナ、マック、エレンがマティーニグラスやビアマグを宙に掲げた。ジャックスも声を合わせてラガービールのボトルを上げ、もう一方の手に持った脚付きグラスを軽く当てた。ここは、彼が初めてトリーナに会った〈アヴェンチュラト〉の小さなバーだ。

「エレンが楽しみにしていたイタリア旅行にふたりで行けるなんてうらやましいわ」トリーナはマックとエレンに言った。

「ああ、同感だ」ジャックスが言った。「それにしても、エレンはいつの間にマックを手なずけたんだい？」マックににらまれ、ジャックスは苦笑した。ジャックスがトリーナに本当の身分を隠していたことを、マックはまだ根に持っている。ジャックスはマックの機嫌をとることをあきらめ、逆に彼をからかうことにした。

そのほうがずっと楽しいことがわかったからだ。

「旅行中うまくやっていけたら、戻りしだい、あれをしてもいいなと思っているの」エレンは穏やかに答えた。

「あれ、って……」マックは椅子に座ったままエレンのほうを向いた。顔が輝いている。

「マジなのか？」

「マジ？」

「つまり、本気なのか、ってことだ」

エレンは高笑いした。「ああ、そういうこと。ええ、本気よ。冗談でもなんでもないわ。三週間も一緒に旅行をすれば、いろんなことがあると思うの。そういったことを無事に乗り越えられれば、この先、何があってもやっていけるわ」

「ちょろいもんだ。おれたちはすでにジャックスの問題を乗り越えたんだ。それを思えば大したことはないさ」

オーケー、実にうれしいよ。なんだかんだ言って、マックもぼくをだしにして楽しんでいるじゃないか。トリーナからマックの機嫌は直っていると聞いてはいたものの、ジャックスはあまり期待していなかった。もちろん、マックには許してほしいと思っている。トリーナやカーリーを思うマックの気持ちには、感服するものがあるからだ。それに、エレンを心底から愛するマックのことだ。きっと、ぼくがトリーナを思う気持ちに共感してくれるに違いない。大切なのはそこなのだから。

「そういうおまえたちはどうなんだ？」マックが尋ねた。「一緒に暮らしはじめて、もう三週間になるぞ。結婚するつもりなのか？　それともそのまま同棲《どうせい》を続ける気か？」

「結婚はないかもな」ジャックスは冷ややかに言った。おっと、マックの目が怒りに燃えているぞ。

トリーナがテーブル越しに手を伸ばし、マックの手を叩《たた》いた。「彼の言うことは気にしないで。ジャックスは毎日のように、結婚しよう、って言ってくれているの。慌てることはない、一、二カ月様子を見ましょう、って言っているのはわたしのほうなんだから」トリーナはエレンに向かってにやりと笑った。「エレンはわかってくれるわよね？」

「ええ、わかるわ。男性は、気が短いのよ。なんでもすぐに赤いサテンのリボンで包んで体裁を整えないと気がすまないんだもの」

「本当よね。愛だけを望んでいたあのころの彼らはどこへ行ってしまったのかしら？」

「ちょっと、あの男、ここで何してるのよ？」

カーリーが敵対心をむき出しにして話をする人間はひとりしかいない。案の定、彼女の憎々しげな視線をたどった先にいたのは、ウルフガング・ジョーンズだった。ルーレットテーブルにいるふたり組が言い争っているのを、にこりともせずに聞き入っている。

「仕事でしょ？」トリーナはカーリーを刺激しないように言った。

「不愉快だわ」カーリーはにべもなく言った。

「へえ、驚いた。自分と同じ空気を吸わせるのもいやみたいね」

カーリーは肩をすくめた。「何が言いたいの？　だって、あの髪形を見てよ。あの男、何様のつもり？　パンクロッカー？」

ジャックスは喉を詰まらせた。ほかの三人は、黙り込んでいる。カーリーはバーの向こうにいる背の高いブロンドの警備員から視線を離し、トリーナたちを見つめた。

「何よ？」

トリーナもマックもエレンも何も言おうとしない。するとカーリーはジャックスに問いただすような視線を向けた。ジャックスは肩をすくめた。「こんなことは言いたくないが、きみとジョーンズの髪形は、まったく一緒だよ」

「わけのわからないこと言わないで」カーリーは自分のつんつんに逆立てたブロンドヘアを手で撫《な》でた。「違うに決まってるわ」

「双子だと言ってもわからないくらい似てる」

カーリーはあきれたようにほかの三人を見やった。「誰か、ジャックスにくだらないことを言わないで、って言ってやって」

「いや、どちらかといえば、おれはジャックスに賛成だな」マックはつぶやいた。

「言いにくいけど、彼の言うとおりだわ、カーリー」エレンが言った。「ブラントカットのミスター・ジョーンズに比べて、あなたは髪が長めで軽い印象があるけど、基本的には同じに見えるわ」

「冗談じゃないわ」カーリーは両手で髪の毛を叩くと、きっと顎を上げた。「絶対にいやよ。わたし、髪を伸ばすわ」

「それでだ、ジャックス」マックは咳払《せきばら》いした。「いつになったらトリーナのすねをかじるのをやめて、仕事に戻るつもりかね？」

「さあ。彼女は仕事を楽しんでいるし、ぼくは今ののんびりした生活を楽しんでいますから」ジャックスは歯をむき出してにやりと笑ってみせた。だが、マックの今の質問が自分を狙《ねら》って投げかけられたものではないことはわかっていた。マックはテーブルについている三人の女性たちを家族のように思っている。ジャックスに話しかけたのは、カーリーに立ち直る時間を与えたにすぎない。

ジャックスはテーブルに肘を置き、両手で軽くビール瓶を包んだ。

「実はロサンゼルスでもうすぐトーナメントがあるんですよ。だから、ラスベガスからロサンゼルスに通うことを考えているんです。あるいはトリーナの仕事のある日はロサンゼルスにいて、彼女が休みの日にこっちに帰ってくるのもいいかな、と。まだ詳しいことは決めてませんが」

トリーナはジャックスの脇《わき》に腕を通し、ジャックスの腕を抱きかかえるように胸を押しつけてもたれかかった。「わたしたちのニュースをみんなに教えてあげてもいい？」

ジャックスはトリーナの興奮した表情につい見入ってしまった。慌てて首を振り、頭の中のもやを払いのけた。「もちろん」

トリーナは友人たちに向かってにやりと笑った。「休みが取れたら、十一月にモンテカルロで行われるトーナメントに連れていってもらえるの。すごいでしょ？」

トリーナを見るマックの顔が緩んだ。よし、彼女を喜ばせたことで、ぼくに対するマックの評価がぐんと上がったぞ。

「それはすばらしいニュースだ」マックが言い、エレンも満面の笑みを浮かべてうなずいた。

トリーナの反対側に座っているカーリーが彼女に肩を押しつけた。「長年の夢がかなったわね」

「そうなの」

この三週間というもの、ジャックスはこれまでの人生で経験したことがないほど楽しい時間を過ごしてきた。ビッグ・ジムに関しては、あいかわらずトリーナと意見が対立するものの、そのことでふたりの幸せに暗雲が立ち込めるような心配はまったくなかった。ふたりは恨みがましい気持ちを抱いたりすることなくそれぞれの意見を言い合える、いわば妥協点を見いだしつつある。トリーナはビッグ・ジムにも非はあったのだということを受け入れ、一方ジャックスは、彼が最低の父親だったという意見を撤回した。ジャックスもいつかは、トリーナが知っていたひとりの立派な男性として、ビッグ・ジムを認められることができるかもしれない。また、ビッグ・ジムはジャックスのことを誇りに思っていたというトリーナの言葉は、ジャックスが長年抱き続けてきた心の深い傷を癒《いや》してくれた。

〝家族〟の存在もジャックスを幸せにしてくれている。これまでにない経験だったが、ジャックスは気に入っていた。トリーナ、カーリー、エレンの三人の女性たちとマックは、小さいながらも強い絆《きずな》で結ばれ、互いを支え合い、気遣っている。互いの成功を喜び、誰かが落ち込めばすぐに駆けつけて慰める――そんな彼らの思いやりにジャックスは心を打たれた。

だが、今はジャックスもそんな家族の一員だ。彼らの生活の一部であり、ささやかではあるが彼らの日々を形成する礎の一部でもある。ようやくジャックスにも自分の居場所ができたのだ。

もちろん、うれしい気持ちと同じくらい、当惑する気持ちがないわけではない。

女々しさを感じないでもない。

それでも……。

ジャックスはトリーナのほうを向き、彼女の頭のてっぺんにぎゅっと唇を押しつけた。

トリーナが微笑《ほほえ》んだ。

「ありがとう、ハニー」ジャックスはしゃがれ声で言い、首を曲げてトリーナの唇にすばやくキスをした。

「どういたしまして」トリーナは答え、ジャックスの頭の後ろを自分の手で支えて、ジャックスのキスよりは少し長めのキスを返した。唇を離すと両手でジャックスの顔を包み、目をじっとのぞき込んだ。彼女のまなざしは、愛情に満ちあふれている。するとトリーナは真剣な表情を浮かべて言った。「何に感謝してくれているのかわからないけど、でも、ジャックス、あなたのためならどんなことでも喜んでするわ」

訳者あとがき

米国のロマンス作家スーザン・アンダーセンの作品をお届けします。日本では最近になって初邦訳が出たばかりですが、本国ではすでに十四冊の著書が刊行されている人気作家です。

本書は、世界一のエンターテインメント・シティ、ラスベガスを舞台とし、まさにエンターテインメントの中心であるギャンブルとダンスショーをそれぞれの生業とするヒーローとヒロインの愛の物語です。

プロのポーカー・プレーヤー、ジャックス・ギャラガーは、ある決意を胸に、生まれ故郷のラスベガスへやってきます。それは、遺産目当てで自分の父親と結婚し、夫の死後はその遺産で遊びほうけているはずのショーガールを誘惑し、彼女が持っている亡き祖父の遺《のこ》したお宝を取り返すことでした。一方、ラスベガスのホテル〈アヴェンチュラト〉のダンスチーム『ラ・ストラヴァガンザ』に所属するトリーナ・マコールは、亡くなった夫の看病で貯金も時間も使い果たし、オーディションに合格してステージ契約を延長してもらうことだけを願いながら、レッスンに明け暮れる毎日を送っていました。ダンス以外のことに興味のなかったトリーナですが、ハンサムで礼儀正しい青年ジャックス・ギャラガーにはどこか惹《ひ》かれるものを感じ、デートの誘いに応じます。

トリーナに近づいたジャックスは、トリーナが、自分が想像していたショーガールとはまったく違うことを知り、徐々に心を惹かれていきました。トリーナもジャックスにならすべてをさらけ出せることに気づき、心を許すようになります。

トリーナを騙《だま》して近づいたジャックスと、ジャックスを信じて彼を愛しはじめるトリーナ。著者の言葉を借りれば、物語はまさに〝ジェットコースター〟に乗った気分で展開していきます。ジャックスの嘘《うそ》から始まったふたりの愛は、果たしてどのような結末へと向かうのでしょうか。

ラスベガスが舞台とあって、本書には実在するホテルやショッピングセンターが多数登場します。レストランでの朝食に始まって、フーバー・ダムのデートにディスコ体験、もちろんカジノでのポーカー勝負から本場ラスベガスのレビュー、その裏舞台までも、まるで当事者になったように雰囲気を味わうことができるのも本書の魅力です。〝ラスベガスへちょっとお出かけ〟の気分で楽しんでいただければ幸いです。

立石ゆかり

訳者　立石ゆかり

南山大学外国語学部英米科卒業。英会話講師のキャリアを経て、翻訳の道に入る。主な訳書に、エリン・マッカーシー『そばにいるだけで』、エロイザ・ジェームズ『見つめあうたび』、タミー・ホウグ『楽園の暗い影』（以上、原書房）、トゥーションダ・ウィティカー『あたしの負け』（青山出版社）がある。

この賭の行方

2007年9月15日発行　第1刷

著　　者／スーザン・アンダーセン

訳　　者／立石ゆかり（たていし　ゆかり）

発 行 人／ベリンダ・ホブス

発 行 所／株式会社 ハーレクイン

東京都千代田区内神田1-14-6

電話／03-3292-8091（営業）

03-3292-8457（読者サービス係）

印刷・製本／凸版印刷株式会社

装 幀 者／小倉彩子（ビーワークス）

ISBN978-4-596-91244-2

月の光を抱いて

デビー・マッコーマー
松村和紀子 訳

父の生存を知ったロレインは婚約者の制止を聞かず、メキシコへ向かった。マヤの秘宝クルルカンの星が彼女の運命を大きく変えていくとも知らずに。

美しい標的

リンダ・ハワード
岡 聖子 訳

敏腕ビジネスマンのマックスは、ある企業の秘書に近づくが、情報を得るどころか心をつかむことすらできなくて…。名作『流れ星に祈って』関連作。

失意の向こう側

サンドラ・ブラウン
白船純子 訳

亡夫に公金横領容疑がかけられた。リポーターでもある妻カリーはTVを通じ地方検事を非難するが…。S・ブラウンが、永遠かつ普遍的な大人の愛を描く。

炎をこえて

リサ・ジャクソン
竹生さやか 訳

牧場主の息子デンバーと牧童頭の娘テサは、初恋を実らせ愛を交わした。直後に牧舎が火事になり離れ離れになる運命だとも知らずに——。

甘美すぎた誘惑

ビバリー・バートン
仁嶋いずる 訳

富豪の娘ルルが殺された。従姉のアナベルは、第一発見者でルルの恋人だった有名弁護士クインと共に真相を探るが、状況は彼が犯人だと告げていた…。

美しき容疑者

スーザン・ブロックマン
泉 智子 訳

美術品窃盗事件の容疑者としてマークされたあげく、命の危険にさらされ始めたアニー。心配した知人が護衛をよこすが、彼は危険なほど魅力的な男で…。